Heinrich Federerer

Pilatus

Leseklassiker

Heinrich Federer

Pilatus

ISBN/EAN: 9783955630256

Auflage: 1

Erscheinungsjahr: 2013

Erscheinungsort: Bremen, Deutschland

Leseklassiker

Pilatus

Eine Erzählung aus den Bergen von

Heinrich Federer

Berlin
G. Grote'sche Verlagsbuchhandlung

 Einbandentwurf von Erika Hansen. Druck von Fischer & Wittig, Leipzig

Ich will hier die Geschichte des Marx Omlis erzählen. Er ist frühauf ein Schlingel und daneben Hirt und Jäger und Bergführer und sonst noch viel Unruhiges gewesen. In seinem Leben gibt es leichte und schwere Kapitel und mit so bunten Gesichtern, daß man zweifeln könnte, ob es immer der nämliche Held sei. Aber immer schauen die gleichen Berge herein mit langen, grauen Felsenleibern und Silberhüten auf dem Kopf. Und immer leuchten die gleichen grünen Alpen aus ihrem Schoß herauf und schellt und brüllt es vom gleichen braunscheckigen Vieh um all die niedrigen Stadel und ihre alten, steinbeschwerten Schindeldächer. Vor allem aber dräut aus jedem Blatt immer der gleiche wilde und schöne Kopf des Pilatus gen Himmel. Und am Pilatus klebt und hängt das Leben des Marx Omlis fest. Von ihm hat er sich nicht losmachen können, so weit er auch floh. Der graue, alte Berg spielt die Hauptrolle in seinem Leben. Er war sein Freund und Feind, ist seine Wiege und sein Grabstein geworden. — Ich will mich sammeln und alles sachte und gelassen meinen lieben, besinnlichen Lesern auskramen.

I

Unser Gebirgsstädtchen hat ein Gymnasium mit sehr weisen Lehrern, sehr tiefen Tintengeschirren und sehr langen Sommerferien. Aber das beste von allem sind doch die breiten, großscheibigen Fensterreihen rundum am Haus gewesen. Da drang ein unsäglich reiner, feinblauer Gebirgshimmel herein und mit ihm der ganze Kreis von Alpen, wie er von unserem Seetal so hoch in diese Dombläue mit grünen und braunen und weißen

Säulen aufsteigt, daß man von ihren Kapitellen mit Sonne, Mond und Stern wie mit seinesgleichen reden kann. So wenigstens glaubten wir in unsern Knirpsjahren, und so ließen wir Prahlhänse die Knirpse unter uns wieder glauben.

Fast alle hiesigen Studenten haben einen Tropfen Älplerblut in den Adern und können sich nicht überwinden, so oft nur ein prachtvoller Zugstier über die Straße wandelt oder ein Rudel Geißen sich mit den wirren, vielstimmigen Halsschellchen die Berghalden hinauftummelt, über den ehrwürdigen, steifledernen Cicero oder die noch steiferen geometrischen Figuren hinweg dem lieben heimatlichen Vieh nachzublicken.

In der Geschichtsstunde konnten wir unsere Neugier am reichlichsten zum Fenster hinausspazieren lassen. Unser Professor lebte so innig, ja geradezu schwärmerisch in seiner Historie und versank beim Vortrag so völlig in der Vergangenheit, daß er Ort und Zeit und uns Buben vergaß und nur noch zu seiner eigenen Seele redete. Er merkte es nicht, daß ein Schüler nach dem andern auf dem Wege durch das heilige Hellas zurückblieb, zwei, drei schon in Athen, einige in Sparta, der Rest auf dem Anstieg zum Olymp. Er fühlte nicht, daß er allein mit den bleichen, augensternlosen Marmorgöttern auf der Akropolis verkehrte, und daß wir unterdessen viel lieber durch die Fenster hinaus auf den viel näheren und viel vertrauteren heimischen Gipfeln hin- und herschritten. Denn genau im Süden, am Brünnigjoch, senkte sich unser Vorgebirge rechts und links und ließ ein Stück der Berner Hochalpen wundersam aus dem Hintergrund schimmern. Die steilen Wetterhörner voran mit ihrem schwarzen Fels, daneben die Spitze des Schreckhorns, rund und blendend weiß wie ein himmlischer Zuckerstock. Dann kam der verschlossene grüblerische Mönch und hinter ihm in duftiger Ferne, aber nur bei durchsichtiger Föhnluft, die finstere, wie eine Lanze gen Himmel gezückte Spitze des Finsteraarhorns.

Das war die Welt unserer Träume. Dort hinten wollten wir einmal durch knirschenden Schnee und über die hallenden, grünen Eisplatten der Gletscher wandeln, viertausend Meter hoch über aller Gemeinheit und Alltäglichkeit, auf jenen unbesudelten Straßen, wo nur Übermenschen gehen können und rechts und links die unendliche Ewigkeit uns mit ihren eisgrauen Augen anstarrt. O wir wollten, wir wollten — und füllten unsere Kinderaugen mit dem Sehnsuchtsglanz jener freien, göttlichen Hochwelt, bis uns leider ein fallendes Lineal oder das zusammengeklappte Buch des Professors wieder in die schmale Sklaverei der Schulbänke zurückrief.

Wenn aber häufig ein feiner Nebelflor über jener fernen überirdischen Welt lag, dann übten wir uns einstweilen auf unsern Voralpen, die da nahe rundum liefen und doch auch schon aus dunkeln Fichten sehr schöne Felsbänder und sehr solide steinerne Gräte hoben und bis lange in den Sommer noch da und dort eine Schneeschärpe um den Hals geschlungen hatten.

Da lag für einmal die Welt unserer Möglichkeiten. Da waren unserer schon viele herumgeklettert und hatten zwischen Wald und Fels in halber Höhe, auf den baumlosen, samtgrasigen, von weißen Schaumbächen durchlärmten Alpen ihre Ferien zugebracht und unglaublich rote Backen, einen frischen Atem und einen langen, holperigen Berglerschritt großartig ins Städtchen heruntergebracht. Auf einer solchen Alpe am

Pilatus war sogar mein Bankgenosse Marx Omlis zur Welt gekommen. Hoch auf Fellalp hatte seine Mutter, Frau Dita Omlis, eine blutarme, schwächliche Bäuerin, ihn unerwartet früh geboren, ohne Arzt und Hebamme, und die erste Nacht zwischen sich und eine warme, liebe Kuh gebettet, bis die nötigen Decken und Kissen vom Dorf heraufkamen. Und dieser Marx, ein launischer, wilder Kerl, schaute wohl von uns allen mit dem heißesten Bergweh aus den verflucht trockenen Büchern in die frischen Höhen hinauf.

Zu jeder Jahreszeit besaß das Panorama vor den Fenstern wieder eine andere, mit nichts zu vergleichende Schönheit. Besonders gefiel es uns Studenten im Spätherbst, wenn am Nachmittag ein feiner, hellgrauer Nebelflimmer bis zum Wald herunterhing, so daß nur noch die untersten schwarzen Tannen und von da die Wiesenhalden mit ihren Bauerngehöften gegen das Städtchen hinunter frei in der dämmerigen Lichtung lagen. Krähen schwammen langsam aus dem Gewölk herunter und setzten sich in die falben Seepappeln, und blaue Rauchsäulen wirbelten an den Ufern aus Schilf- und Stoppelfeldern empor. Der lange, schmale See selber lag da zwischen den Bergen wie ein schläfriges, mattes Silberbecken. — Ja, so ein Nachmittag war wie ein Märchen. Die Glocken vom Rathaus und Kirchturm schlugen müde an. Die ganze Luft war voll von den Düften nach welkendem Rasen, Heiderauch, nahem Gebirgsschnee und neuem, süßem Most aus allen Gasthäusern des Ländchens. Denn das war ja auch die Zeit der Kilbi,*) der Schwingfeste, der Knabenschießet, die Zeit, wo unser stattliches Vieh seinen kurzweiligen Spaziergang von den oberen in die unteren Alpen

*) Kirchweih.

und von da in die tieferen Bergweiden bis hinunter zu den geöhmdeten Talwiesen säuberlich zurückgelegt hatte. Jetzt lag es in der traulich dampfenden Stallwärme beisammen im Stroh und freute sich nach so langem eigenen Futterrupfen zwischen Stein und Gestrüpp so recht ins faulrohe Kuhherz hinein an den vor die Nase gestellten, winterlichen Heukrippen.

Der Professor redete gerade von Theseus und dem furchtbaren Drachen Minotaurus, von Ulysses und der männerraubenden Scylla, — — — ach, was war das gegen Omlis Großknecht, den Hannebasch, der eben eine Schar rauchender brauner Kühe aus dem Stall zum Trog jagte? — Wie die schnaubten und stampften und die glänzenden Hörner gegeneinander stießen! Und Marx, der Sohn auf dem Edlingerhofe, sang mir ins Ohr: „Ich werde das Latein nicht fertig studieren! Keine Rede! Ich will kein Griech' und kein Römer, sondern ein kuhdeutscher Älpler wie mein Bruder Klaus werden! Das will ich!" — Und mit schönern Augen als Apoll zum Parnaß emporschwärmt, funkelte der aalglatte, lange, lockige Marx aus den grauen Augen seines kleinen, kugelrunden Köpfleins zu den Nebeln hinauf, die ihm die Kuppeln und Türme unserer Berge verhüllten.

Aber schön war von den Fenstern unserer Schule aus auch der Winter an einem klaren, eisigen Januarmorgen anzuschauen. Vom Tal bis hinauf zum Himmel ist alles schneeweiß und so still und widerhallend, daß man den Fuhrmann von einem Seeufer zum andern sein Hüpp und Hoſt rufen hört. Das Wasser liegt dann schwarz und bildlos da und fängt an, in den schilfigen Buchten sich mit grauen Eisrinden zu verschalen. Über alle Dächer quirlt der graue Ofenrauch und daneben der viel hübschere, bläuliche der Küchen und ihrer Kaffeepfannen in den Frosthimmel empor. Die Schlitten klingen von den Halden. Je höher ein Berg ist, um so weißer blinkt sein Schnee. Die obersten Spitzen gleißen wie bares Silber, man kann sie mit bloßem Aug' gar nicht betrachten. Erst am Abend, wenn die Dämmerung ihren Glanz gedämpft hat, konnte man deutlich beobachten, wie sie immer noch aus dem Schatten des Tals so alabasterrein in die Sternwelt ihre beinahe durchsichtigen Häupter hoben, unsere lieben, lieben Berge!

Der Professor kribbelte jetzt auf den klassischen Berglein Roms herum. Aber was war denn der spärliche Schnee auf dem Soracte, ja, was vermochten alle Sabiner- und Albanerhöhen gegen unsere gewaltigen Schneefelder, die dort oben so nah am Abendstern lagen. Spöttisch näselte Marx dem Lateinlehrer Horazens Vers nach: „Vides ut alta stat nive candidum Soracte!" — Er sollte eigentlich sagen „stet", aber was lag dem stolzen, wilden Bauernsohn an einem Konjunktiv!

Und obwohl mir Horaz sehr wohl gefiel, meinte ich, anstandshalber vor diesem römischen Fetzlein Schnee auch ausspucken zu müssen, von dem man mitten in unserem großartigen Winter ein solches Wesen machte.

„Bravo!" flüsterte mir Marx zum Lohne zu.

So gefiel nun den einen Studenten das winterliche, andern das herbstliche oder sömmerliche Gemälde vor unsern Fenstern besser. Aber darüber gab es keinen Streit, daß an einem saubern, sonnenhaften Nachmittag im April oder späten März die Rundschau am köstlichsten sei. Da fingen unsere fetten Wiesen schon an, in einem jungen, grellen Grün aufzuflammen. Es dufteten Schneeglöcklein und Veilchen von allen Hecken her.

Die vielen Bäche hörte man deutlich mit halb geschmolzenen blauen Eisstücken klirrend und klingend die Halde hinunter in den See springen. Ganze Wolken von heimkehrenden Schwalben durchplauderten die Luft und umschwirrten mietlustig ihre letztjährigen Hausgiebel. Die Vorfenster wurden herausgehoben, Geranienstöcke aufs Gesimse gestellt und dahinter begannen auch bleiche, kranke Winterstubengesichter leise aufzublühen. Die Straße ward lebendig. Schon meckerte eine Ziege und blökte ein schwarznasiges Schaf ungeduldig vom Stallsöller. Gegen den Wald hinauf glänzten die Häuslein mit ihren vielen kleinen Fenstern wie frischgeputzte Menschen, und aus dem Tann glitzerte schon das wunderhelle, junge Buchenlaub. Aber weiter oben hingen noch prachtvolle und breite Schneefelder in die Bergweide herunter. Sie waren nicht mehr winterlich weiß, sondern hatten braune Furchen oder Narben, wo eine Lawine hinabgefahren, oder eine lange, eisgrüne Spalte, wo ein heftiger, kristallener Bach unter der Decke bergab stürmte. Wo aber die Sonne eine ebene Trift oder einen platten Kopf traf, da war auch schon der dickste Schnee geschmolzen und schlich ein feines, dichtes, bronzefarbenes Berggras aus dem Geschiefer, oder wuchs ein kahler, unbarmherziger Felsenknochen hervor. So wechselten Gras, Schnee und Fels in langen Lappen über den halben Berg herunter, und man konnte leicht glauben, die alten, feierlichen Herren da oben hätten ein Narrenkleid angelegt und feierten nun erst die Fastnacht, die schon seit Wochen zu ihren Füßen ausgetobt hatte.

Nur der Pilatus machte diese Narrheit nicht mit. Er stand in seiner düstern Steinpracht am westlichen Ende des Bergkranzes und ließ weder viel Schnee vom Winter, noch viel Grün vom Lenz auf sein steiles, von ewigen Winden umfegtes Felsgebein kommen. An ihm blieben unsere Blicke zuletzt immer stillestehen. Düster und schroff stand er da und warf einen schwarzen Schatten ins Land und fast noch in den Himmel hinauf. Er nahm sich um so ernster aus, je traulichere Gesichter die übrigen Nachbarn im Winterpelz oder im Sommerflor machten.

Am Fuß des Pilatus entsteht eine schmale, tiefe Lichtung, durch die unser Bergtal mit der Welt da draußen wie an einem dünnen Faden zusammenhängt. Man sieht da ein Stück unbegreiflich weichen, seidigen Westhimmel und weiß, daß dort unten die berglose, menschendurchschwatzte, endlose Ebene liegt. Wenn die Jahreszeit es zwei, drei Wochen lang fügt, daß die Sonne gerade in dieser schmalen Senke niedergeht, dann sahen wir den Feuerball wohl eine halbe Stunde länger und in so blutroten Gluten, wie wir es bei seinem sonstigen, hellgelben, frühen Bergungergang nie geahnt hätten. So bluten kann also auch die herrische Sonne! Nun begriffen wir das purpurne Erröten unserer Berge am Abend und vor allem das Erblühen der breiten Bernergletscher, so tief und so gewaltig, als ob nichts als brennende, dunkelblutige Rosen aus ihrem Firn wüchsen. Sie litten mit der Sonne.

Nur der Pilatus blieb düster und ließ das rote Sonnenblut an seinem Stein vertropfen und versickern, ohne sich im mindesten dabei zu erweichen. Und das gefiel uns rauhen Buben gerade. Der Pilatus war unser Liebling. Mochte der Professor nur immer vom Olymp erzählen, mochte er den Ossa und Pelion darüber wälzen, — — wir lachten. Der Götterberg kam uns wie ein Spielzeug vor gegenüber dem Pilatus mit seiner Wolkenfinsternis, woraus es züngelt und kracht und eisern hagelt, wie in einem Weltkrieg, und woraus die erd- und menschenfressenden Gießbäche wie Bestien ins Land hinabspringen. Lauft Kinder, sagt der alte Pilatus, lauft und verteufelt, soviel ihr könnt!

Eben erzählte der alte, gute Schulherr von den Lorbeerbäumen der Griechenberge. Aber Marx Omlis sagte zu Florin Lauscher, dem Ochsenwirtsohn, im vordern Stuhl so laut, daß die ganze Klasse es hörte: „Tausendmal lieber ist mir ein Edelweiß vom Pilatus!"

In der Pause ging ein großes Edelweiß von Hand zu Hand. Marx behauptete, es selber von einem steilen Grätchen gepflückt zu haben. Er mußte auf dem Bauch liegen und halben Leibes über ein Wändchen niederhangen und reckte sich fast den Arm aus, um die große, milchige Blume, die wie ein Silberstern aus der schwarzen Spalte leuchtete, mit seinen langen Fingern zu erhaschen. Ganz allein mit den Schuhspitzen, die er in einen Felskerb eingebohrt hatte, hielt er sich am Leben. Aber so ein Edelweiß ist Himmel und Hölle wert.

Wir staunten die Blume an. Sie war größer als ein Fünffränkler und geheimnisvoll schön. Aber die Ahnung der Gefahr, des Abenteuers, des Hangens zwischen Leben und Sterben, was alles um ihr Gesicht einen mystischen Schleier wob, dieses Geheimnishafte machte sie uns noch viel verehrungswürdiger. Und der freche Marx mußte uns immer wieder jene Stelle am Pilatus mit seinem langen, braunen Zeigefinger durch die Luft weisen. Jeder spähte an einen andern Ort, keiner erkannte den richtigen, das war gar nicht möglich, aber alle nickten und sagten: „Verdammt fein, das!"

Nur Florin Lauscher hörte behaglich zu und sagte erst zu allerletzt und gähnend: „So gefährlich wird das wohl nicht gewesen sein. Ich hätte das Edelweiß jedenfalls auch nicht dort stehen lassen!"

Während er das ruhig sagte, funkelten doch aus dem dicken, bequemen Menschen zwei blaue, kreiselrunde Äuglein so sicher hervor, daß man sein übriges phlegmatisches Gehaben einen Augenblick vergessen konnte. Man fühlte, wie öfter, daß Florin, unser geschicktester Student, zwar breit und schwer gebaut, aber mit einem beweglichen Muskelspiel und mit einem zähen und tapfern Geist begabt war. Marx dagegen war entweder sehr lebhaft oder dann totenstill, redselig oder ganz stumm, Feuer oder Asche. Florin bewies eine liebe Gleichmäßigkeit und hatte immer ein Flämmchen aufgesteckt, das leis und vergnüglich brannte und uns so herzlich wie ihn selber erwärmte. Er war stets bei Laune und zu witzigen Schelmereien aufgelegt. Aber nur in der freien Zeit. Während der Stunde verstand er keinen Spaß, war professorlicher als der Professor selbst. Marx indessen flackerte auf, lustig, begeistert, jäh, und fiel dann ebenso schnell wieder in eine stille, in sich gekehrte, träumerische Lässigkeit zurück. Man wußte dann nicht, was seine schwimmenden, bleigrauen Augen sahen, wohin sie steuerten, so gar kein Bild und Ziel faßten sie. Auf Florin konnten wir bauen wie auf einen Fels. Er sagte: Ja! — oder dann: Nein, ich will nicht! — und so blieb es. Aber auf Marx war beim Ja und Nein kein Verlaß. Er schwankte zu heftig in seinen Entschlüssen und konnte sich wie ein Feigling benehmen, gleich auf die größte Waghalsigkeit hinab. Er besaß keine herzlichen Freunde. Denn uns alle hatte er zu oft einmal mit glühender Freundschaft, dann wieder mit abstoßender Kälte behandelt. Gleichmäßig zugetan schien er nur den schönen Kühen und Schafen seines Vaters und den Bergen, dieser unverständigen und geduldigen Natur gegenüber, die seine kalten und heißen Launen hinnehmen mußte, ohne vergelten zu können.

Sein Vater war auch so ein schwankender Mann und hatte nach dem frühen Tode der Frau erst recht allen Halt verloren. Er glänzte und prunkte nach außen. Aber im Innern seiner Wirtschaft verfiel eins ums andere. Knechte und Mägde faulenzten, da der Meister im Wirtshaus lag oder kegelte oder schlief oder in den Bergen jagte. Der ältere Sohn Klaus hätte wohl rüstig ins Zeug gegriffen. Aber er war jähzornigen Geistes und schlug gleich mit der Faust drein, so daß es sogar mit dem Vater zu schlimmen Auftritten kam. So schieden sich Vater und Sohn. Klaus besorgte die Berggüter und arbeitete im Winter im Holz. Nur am Sonntag aß er zu Mittag im Edlingerhof mit Vater und Bruder. Und jedesmal kam er nicht über die Suppe oder höchstens den Braten weg, ohne in ein hitziges Gehader mit dem Vater zu geraten, Gabel und Messer in die Stube hinauszuschmeißen und fluchend, daß er wahrhaftig nie mehr ins Haus treten wolle, aus dem Hof hinaus in den Ochsen hinüberzuspringen. Dort trank er sich vor Verdruß einen derben Schwips an und merkte es gewöhnlich nicht, daß Vater Omlis am Nebentisch schon lange ebenbürtig mitsoff. Schließlich gaben sie sich die Hände und kneipten mitsammen. Nur im Rausche kamen sie friedlich nebeneinander aus.

Der Alte fürchtete bei Marx eine schärfere Wiederholung dieses Hauszwistes, da der Jüngere noch reger, jäher und weit geschickter schien. Daher sollte er ein studierter Mann werden, Doktor oder Advokat oder Lehrer oder sonst was Ungefährliches. Wie der Ochsenwirtbub Florin. Der wollte. Aber Marx wollte gar nicht.

„Du wirst ja ein Professor!" spöttelte Marx damals zum Kameraden. „Dann suchst du wohl auch Lorbeerblätter auf einem Griechenhügel. — Die Edelweiß laß nur mir!"

„Nein, Marx, du mußt schon mit mir teilen. Ich hole, sobald es mir beliebt!"

„Gut!" brauste Marx auf, und sein mageres Gesicht rötete sich an den schmalen Backenknochen. „Gehen wir also im Sommer mitsammen hinauf. Dann will ich doch gern sehen, ob du mir die Kletterei nachmachst. Es gibt dort noch mehrere solche Edelweiß!"

„Was du mir vormachst, mach' ich alles leicht nach!" versetzte Florin lachend. „Nur kopier' ich's nicht. Ich mach's ein bißchen gescheiter!"

„Ihr habt es gehört," schrie Marx uns alle heftig auf und stellte die kleinen, spitzen Backenknochen immer härter vor. „Ihr seid mir Zeugen. Alle sollt ihr mitkommen. Er wagt es nicht, das weiß ich jetzt schon. Aber dann, Florin, wollen wir dich gehörig durchbläuen."

Er zog die braunen, hitzigen Lippen in den Mund, daß man nur noch einen scharfen, blutigen Streifen davon sah. Und ganz so schlitzte er seine Augen in einen Spalt zusammen, aus dem es wie kleine, grüne, bengalische Funken sprühte.

„Mit diesem Einbläuen wirst du dich schon noch ein wenig

gedulden müssen," meinte Florin ruhig. „Es gehört doch immer auch einer dazu, der herhält. Und die sind dann auch dabei, verstehst du?" — Dabei streckte er seine fetten, schweren, roten Fäuste vor.

„Ah bah!" machte Marx und stieß sie mit seinem eckigen Ellenbogen zurück.

„Wohlan," nahm ich das Wort, „wir andern wollen auch Edelweiß. Wir halten einmal im Sommer alle zusammen eine gemeinsame Kletterei am Pilatus ab. Und jeder klettert und wagt, was er kann!"

Das ward gutgeheißen. Sofort beim Beginn der großen Sommerferien, noch ehe die Klasse auseinanderstiebt, einige auf die Alpe, einige gar in eine heiße Stadt hinaus und andere zur ordentlichen Hausarbeit bei Vater und Mutter daheim in unsern sieben großen tätigen Dörfern.

Wir bestimmten indessen den Proviant, den man mitnehmen müßte. Mehrere taten mit Vaters oder Bruders Fußeisen groß. Einer gedachte ein Gletscherseil, Konrad Lödi gar einen Photographenapparat mitzunehmen. Wir gebärdeten uns, als wollten wir den Pilatus in seinen trotzigsten Bollwerken erstürmen. Aber der alte, mächtige Berg sah uns von oben herab mit einer so wunderlichen Gelassenheit an, wie etwa der Mond, wenn ihm ein dummer, kleiner Range einen Stein anwerfen will.

„Wir haben heute die quadratischen Gleichungen mit drei und mehreren Unbekannten zu repetieren — — Marx Omlis! An die Tafel!"

Was, die Algebrastunde begann schon! — — Marx reckte sich umsonst in seiner ganzen, glatten Länge und wand sich schlangenweich hin und her über das schwarze Geviert mit den Zahlenschnörkeln, als wäre es die kitzligste Felspartie. Er fand weder das x, noch das y aus der ziemlich einfachen Rechnung. Ach, wären es Edelweiß gewesen, an den schwindligsten Zacken klebend, er wollte sie hundertmal lieber gewinnen, als dieses trockene, blöde, unnütze x da!

2

Wie konnte es doch vier Jahre später im Tagblatt in gewöhnlichen kleinen Lettern und für uns doch in ungewöhnlichen, furchtbaren Lettern heißen: „Am Pilatus ist beim Edelweißsuchen verunglückt Florin Lauscher. Der junge Mann, der eben die Matura mit großem Erfolg bestanden hatte, wagte sich zu weit vor, glitt aus und fiel eine steile Rampe hinunter. Der Arzt konstatierte einen starken Schädelbruch. Man zweifelt am Aufkommen des liebenswürdigen und hoffnungsvollen Studenten, der sich dem Studium der Rechte widmen wollte."

Jahr für Jahr fallen eine Reihe Bergsteiger vom Pilatus ab. Das ist nicht zu ändern. Die Menschen werden nicht vorsichtiger, und der Berg wird nicht bequemer, also!

Und Jahr für Jahr liest man diese paar Druckzeilen nachlässig wie etwas Gewohntes, Unauffälliges, Selbstverständliches. Und gewiß haben auch diesmal Hunderte das Blatt wieder ruhig auf den Tisch gelegt und bedächtig gesagt: „Wieder einer! — — So ein Naseweis, der auf dem Pilatus tanzen will! Da hat er nun die Bescherung!" — Und dann ißt man weiter vom Rindfleisch und von den Rüben und gibt acht, daß einem mit den Bohnen kein langer Faden die Kehle hinunterschleift. Das Leben ist so kostbar!

Wir Kameraden aber lasen die Notiz dreimal und viermal, als ob da ein schwerer Druckfehler wäre, oder als ob diese Zeilen mitleidiger würden und beim zweiten Lesen barmherziger klängen, nicht mehr vom schwarzen, klaffenden Schädelbruch, sondern nur noch von einer leichtern Schramme redeten.

Marx Omlis aber weinte bald wie ein Wahnsinniger in

die Zeitung hinein und zerfetzte sie mit seinen kleinen, schwarzen Zähnen. Bald wieder verfiel er in ein stumpfes, totes Brüten. Mit ein paar Lappen des Papiers in der Hand, tief in den Lehnstuhl seiner Bude eingeknickt und fest schlafend, traf ihn die Magd, als sie ihm umsonst durchs ganze Haus zum Abendessen gerufen hatte. — Er und ich waren ja dabei gewesen!

Denn es war nicht jene prahlerische Bergtour, die wir einst einhellig in der Klasse beschlossen, aber, wie es solchen hitzigen Bubenplänen immer geht, schon nach wenigen Tagen vergessen hatten. Vier volle Jahre waren darüber gegangen mit allen Greueln der Mittelschule, aber auch dem ersten Flaum der Mannbarkeit. Und dennoch stand das Unglück mit jenem Knabenstreit in einem geheimnisvollen und tückischen Zusammenhang. Das trug sich also zu:

Marx studierte nicht mehr. Er hatte es dem Vater abgezwungen, Bauer werden zu dürfen. Wenn er uns begegnete, ein starkes Rind zum Markte führend oder einen fetten, großen Käse auf dem Rücken oder gar ohne Sattel auf seinem blanken Fuchs reitend, dann sah er mit zufriedenem Spott unser Käppi und unsere Mappe an und fragte lustig: „Hat es noch immer Schnee auf dem Soracte?"

„Ach ja," seufzten wir, „und was für einen klassischen Schnee!"

Dann lud er uns wohl auf Sonntag zu einer Kegelpartie in den Ochsen ein und zahlte uns Studentlein einen Schoppen Most nach dem andern. Er bat uns dann, im Chor einige lose Burschenlieder zu singen. Mit seiner weichen, hellen Klarinettenstimme spielte er wunderschön vor. Auch sein Reden, wenn er gut war und Liebes sagte, hatte eine seltsame Melodie. Nun ward gekegelt. Einmal warf er ein Ries ums andere um, ein andermal rollte er die Kugel dreimal hintereinander ins Leere. Dann ward er rasch sauertöpfisch, schüttete Most, Bier und Wein, wie es kam, seinen langen, magern Hals hinunter und verharrte in einem stummen, bleichen Grimm. Florin hockte unterdessen auf seinem Studierzimmer, gerade über dem Hausportal und dem blechernen Ochsen, der mit schwarzem, bezottetem Bauch und roter Zunge aus dem Türfries hervorsprang und das stolze Haus benamste. Zuweilen streckte Florin den weißgeschorenen, runden Kopf mit der Feder hinter dem Ohr ein wenig übers Gesimse oder hob ein blaues Heft hoch. Ward es heiß, so legte er zur Abwechslung wohl auch einmal Kragen und Krawatte ab und warf das Gehängsel dem Wappentier unterm Fenster um den Nacken. Dann wußten wir, daß Florin sehr emsig studiere, an etwas besonders Kitzligem. Und gerade dann wandelte uns mehr als je die Bosheit an, diesem Fleißigsten der Fleißigen den Appetit am Studium ein Weilchen zu nehmen und ihn zum Leichtsinn unserer Kegel, Spielkarten und Humpen zu verführen. Wir flehten ihn jämmerlich an, zu uns herab zu kommen, schrien, drohten, winselten wie Verrückte, läuteten mit den Gläsern, warfen mit Kieseln nach dem Kragen und riefen den Gasthofwirt zur Vermittlung an. Alles war umsonst. Erst wenn Florin seinen letzten Klecks hingesudelt hatte, erhob sich der gemächliche Bursche, ordnete Bücher und Papiere zu klugen, reinen Häufchen, drehte den Schlüssel ab, stapfte gemütlich die Treppe hinunter und ließ sich langsam herbei, dem Marx und vielleicht noch dem einen und andern aus seinem Glas Bescheid zu tun, aber immer mit einem ganz kleinen Schluck.

So saßen unserer sieben oder acht Studenten an einem heißen Juliabend in der Kastanienlaube des Wirtgartens. Marx war nicht dabei. Er hatte sich schon auf Fellalp begeben und lebte dort mit Hirten und Vieh dem wunderbaren und beneidenswerten Berufe eines Älplers und Jägers und Faulenzers. Wir andern hatten eben die Matura bestanden. Florin, der glänzendste von allen, mußte uns jetzt einige Flaschen Roten aus der Veltlinerecke des väterlichen Kellers wichsen. Er war ungewöhnlich aufgeräumt und ließ eine brillante Laune nach allen Seiten schießen. Er verübte Bosheiten, neckte, quälte, foppte, lachte und weinte, tat bald wie ein Neugeborenes, bald wie ein komischer Alter. Wir staunten ihn förmlich an. Und als er gar sagte, er wolle jetzt für zwei Monate vergessen, daß es ein ABC gebe und daß er je im Leben schon ein Buch gesehen habe, er habe sich nächtens gehäutet, und wer es sehen wolle, möge nur in seine Kammer hinaufgehen, dort hange die alte, zerschundene Weisheitshaut am Kleidernagel, — — — da umarmten wir ihn und ernannten ihn für die Ferien zum Häuptling unserer letzten Flegelwochen vor dem gesetzten Berufsstudium.

Als es dunkelte und droben am schwimmendweichen Julihimmel zwischen all den nachtblauen Bergen die überirdischen Lampen erglommen, zuerst die großen Sternenampeln, die ein weites, ruhiges Licht haben und ganze Welten hell machen müssen, — dann die kleinern Fünklein, die unruhigen, die Vagabunden, die zittern und funkeln und bei jedem blasenden Wind verlöschen wollen: da spazierte ich noch ein Weilchen mit

Florin gegen den nahen, lautlosen See hinunter. Wir zwei gedachten die nämliche Universität im nächsten Oktober zu belegen. So begann ich denn, durch den reichlichen Trunk mächtig und einbildnerisch angeregt, ihm alle die hundert Sachen aufzuzählen, die für eine erste Auslandreise und ein volles fernes Jahr in den Koffer eingepackt werden müßten. Schon der Koffer selbst müsse umfänglich breit und tief sein. Ich berechnete, wie viele Kleider wir mitnehmen müßten, wie es ohne Bratenfrack nun einmal nicht länger ginge, da die Deutschen ennet dem Rheine mehr auf festlichen Anstand im Gewand hielten, als wir grobschlächtigen Söhne Tells. Ich meinte sogar, wir sollten einiges ins Reich hinüberschmuggeln, vor allem guten Schweizertabak. Und Florin dürfe die Mundorgel nicht vergessen. Die summe und surre einem, so fern den grünen Alpen, weit draußen im märkischen Sande doppelt süß. Ich erörterte dann, ob wir wohl zwei anstoßende Buden mit gemeinsamem Durchschlupf und eine etwas schweizerisch gemütliche Philisterin mit liebem, rundem Doppelkinn, gutem Kaffee und einer genießbaren Filia hospitalis kaufen oder mieten können, — und ob — und ob — und fabulierte und plapperte so ohne Ende. Bis es plötzlich leise vor uns und in alle dunkle Weiten hinaus rauschte und flüsterte und hauchte: wir standen am See. Still setzten wir uns in den Sand und sahen über die schwarze, in mächtigen Breiten schwankende und wallende Fläche, worein das Gebirge so ruhig niedertauchte und woraus der Himmel mit allen seinen Sternen weich und trunken wie eine eitle Spiegelfrau hervorlächelte. Wie schön war das!

Jeder See ist groß bei Nacht und jeder See ist riesenhaft,

wenn man demütig an seinem Rand sitzt und seine Flut zu messen versucht. So viel Wasser, so ein Meer, so lang, so breit, so tief, so umfassend, mehr als alle Menschenhände und Menschenbecher zusammenzuschütten vermöchten! Aber wenn der See ein ganzes Gebirge mit grauen Hörnern und Wäldern und Schneerücken und dazwischen einen grenzenlos hohen, goldgestirnten Himmel auffängt und widergibt, als wäre das ein Spaß für ihn, dann scheint er einem noch tausendmal größer, man bekommt Scheu und Ehrfurcht vor ihm und man schaudert vor seinen verschwiegenen, seit Jahrtausenden noch nie gelüfteten Tiefen.

Trotz all diesem Feierlichen wollte ich weiter plaudern, da ich nun einmal wie toll im Zug war. Aber nun schlang Florin seinen Arm um meinen Hals, sah mich mit seinen lieben, gescheiten, blauen Augen inständig an und lispelte, als schliefe da etwas, was man durch Geschwätz aufstören würde, mit feiner, aber eindringlicher Stimme: „Laß doch das verflixte Zeug! Wir wollen doch einmal ein Stündchen lang nichts sein als Menschen, — — verstehst du, Menschen, — so Menschen, wie das da auch nichts anderes ist als Wasser, gesundes, reines Naturwasser!" —

Und ohne mir weiter ein Wort zu sagen, sprang er eilig auf, zog sich so hurtig aus, als nesselten ihn die Kleider, und warf sich mit seinem warmen, weichen Körper frischweg in den blanken Nachtspiegel, daß es weiße, blitzende Schäumchen gab. Ich folgte ihm unverweilt. Wir glitten schnell in den offenen, kühlen See hinaus, tauchten unter, jagten einander, ahmten den Hund, den Frosch und die Fischotter nach, dann schwammen wir selbzweit, das heißt, wir umschlangen uns mit einem Arm und einem Fuß und ruderten nun gemeinsam, jeder mit seiner freien halben Körperseite. Dann führten wir den Seehundekampf auf. Einer suchte nämlich den andern auf den Rücken zu legen, ihm auf die Brust zu knien und ihn so gnadenlos unter das Wasser zu drücken. Aber das gelang keinem völlig. Ich war zu mager und zu behend und er viel zu schwer und zu stark. Wir ließen uns schließlich lachend los und schwammen auf dem Rücken, den tausendflimmrigen Himmel im Auge, gegen das schwarze, totenstille Ufer zurück. Nichts war zu hören, als unser eigenes Gesprudel im Wasser und das tiefe Schlucken des Sees hüben und drüben, wo ein Bach vom Gebirg herunter in sein großes Maul fiel. Aber die Bergränder erschienen wunderbar klar. Jeden Grat und jede Scharte am Pilatus konnte man zählen. Hie und da schlug eine der fünf Kirchen um den See herum eine späte Viertelstunde an, hie und da ging ein schwaches Stubenlicht in den Berghäusern von einem zum andern Fensterchen hinüber — — sonst gab es nichts als Stille und Schlaf.

Im Ufersand ließen wir uns von der lauen Julinacht trocknen. Florin streckte sich in seiner kräftigen und gesunden Jünglingsschönheit der Länge nach hin und wußte sich wie ein Kater im Mittag nicht zu fassen vor wohliger Behaglichkeit. Und da er nicht auch so spinnen und schnurren konnte, so machte er seinen Gefühlen jetzt selber auch mit erregten Worten Luft.

„Ha, das hab' ich nicht gewußt, daß es so schön ist, wieder einmal recht Mensch zu sein! — Walter, sag', was sind wir eigentlich bisher gewesen? Studenten, nicht? Aber sind das Menschen? Ich zweifle, ich zweifle. Das sind Büchertiere, das sind Pultinsekten, das sind Professorenknechte und Zimmerhelden. — Nein, nein, jetzt wollen wir einmal eine lange Zeit Mensch sein und gar nichts anderes. Siehst du, wie meine Brust auf und ab geht, wie eine Seewoge! Hei, und wie ich Atem fange! — Horch einmal!" — Er schnaubte mich an mit einer Lunge voll heißem Föhn. — „Nun greif einmal den Muskel hier an! Will er nicht fast das ganze Glied sprengen? Oh, ich merke, das ist unverbrauchte Kraft, arme, eingesperrte, zimmerdumpfe Kraft, die nicht weiß wo hinaus! Und da, leg' mir die Hand auf den Schädel, — nicht da! — hier! — so — spürst du? Ist's nicht, als schlüge eine Axt drein? Schau, das ist das Blut, das gefangene, verriegelte Blut! Es hat Heimweh nach Luft und Licht und Freiheit. Es ruft nach der Natur! O Himmel, was sind wir doch für Esel und Hörige gewesen. Jetzt, Walter, jetzt wollen wir zwei ganze Monate hindurch Menschen voll Gesundheit und reiner Natur sein! Oder wenn du willst, Hengste wollen wir sein, die sich wild herumtummeln, oder Spatzen, die auf- und niederfliegen, wie's ihnen gerade beliebt, oder Fische wie vorhin, oder —"

Wie er nur redete! Sprach der Wein aus ihm, wovon er doch so wenig getrunken wie ein spitzmäuliges, zimperliches Jüngferchen? Freilich, schon ein Kelchlein voll mußte diesem Wassertrinker schwül machen und scharf in die Stirne fahren. Oder schuf ihn das Abgangszeugnis so zügellos? Er hatte geschanzt und ganze Nächte in den letzten Wochen bei den Büchern durchwacht. Machte nun mit solchen Reden die gesunde Natur im Burschen ihr tapferes Gegenrecht geltend?

In diesem beinahe beklommenen Raten unterbrach mich eine schöne, laute, junge Männerstimme hoch vom Berge herab.

Sie sang etwas Langsames, Tonarmes, Feierliches. Etwas von urweltlicher Einfachheit, so wie etwa die Psalmen oder die ältesten Volkslieder tönen. Man verstand kein Wort, keine Silbe. Es schien eine nicht mehr gesprochene Sprache zu sein, eine Sprache, so alt wie diese Berge oder wie der Himmel über ihnen. Ja, die gleiche Sprache, wie die Berge sie reden, wenn sie ihre Wälder aufschütteln, ihre Lawinen werfen und dann wieder im tiefsten Frieden sich dem Erorberertritt des Menschen beugen.

Es war der uralte, landesübliche Betruf eines Älplers. Er kam von Fellalp. Und es konnte ganz wohl Marxens Stimme sein. Die hatte ja etwas so Weiches und doch so Frisches, wie eine Meisterklarinette.

Wir horchten mit verhaltenem Atem, bis die letzte Note in den Tannen und Seewellen versank. Dann zogen wir uns an.

„Nun weiß ich, was ich morgen beginne. Kommst du mit in die Berge? Ganz früh! Wir wollen einmal mit Marx Edelweiß suchen, so gewaltig große, wie er eines im Hut stecken hat. Das Edelweiß ist auch noch etwas so Freies, Urweltliches und Unkultiviertes, dem ich sagen möchte: liebe Schwester!"

„Ich bin dabei," jubelte ich. „Besser können wir die Vakanz nicht einweihen."

Wir packten sogleich im Kutscherstüblein des Gasthofs Proviant für reichlich zehn Tage ein, dürres Obst, geräuchertes Fleisch, Eier, Zitronen, Zucker, Kaffee und haltbares Bauernbrot. Plötzlich erhob sich vom Ofenbänklein ein hagerer, alter Mann, den wir in unserer glücklichen Geschäftigkeit nicht bemerkt hatten. Es war der Briefträger vom Berg, Dietrich Hof. „Zum Teufel," sagte er, „mein alter Knab' muß heim! — Morgen gilt es wieder, um sechs Uhr auf der Post zu sein! —

Aber wohinaus denn, ihr Herrlein? — Auf welchem Horn muß ich euch morgen mit meinem Feldstecher suchen?"

Florin hätte zu jeder andern Zeit mit seinen kleinen, blauen Äuglein ihn kritisch angezwinkert und dann langsam gesagt: „Natürlich, du alter Leichtfuß, solltest längst schon auf deiner Bettlade schnarchen." — Aber heute war er wie umgestülpt und schüttete dem alten Kauz noch ein Glas bis an den Rand mit dem scharfen, gelben Birnenmost voll und meinte: „Trinkt das nur auch noch aus! Ihr braucht ja darum nicht mehr abzuhocken. Wie ein Zwanziger steht Ihr noch aufrecht. Und seid doch sicher schon gehörig über die Sechzig."

„Über die Sechzig —?" lachte der Greis. „Sagt lieber fünfundsiebzig!"

Mit aufrichtiger Ehrfurcht betrachteten wir den Bergboten.

„Und müßt täglich zweimal ins Dorf hinunter und wieder bergauf?" fragte ich beinah ungläubig, „stundenweit, bis Rikli und auf den Allweg? Herrgott, seid Ihr ein Kerl!"

„Anderthalb Stunden ist das Weiteste und neunhundert Meter das Höchste im Tag. Aber vergesset nicht, mit allem Pack auf dem Rücken, was die Post den Berglern bringt, Kistlein und Schachteln und Säcke, nicht bloß so Sudelbriefe und Zweirappenkarten! — Oft bin ich beladen wie ein Kamel. — Nichts für ungut, das trifft mich! — Ja, wie ein Kamel. Schöne Musik das, im Sommer, wenn's einen fast röstet, und im Winter, wenn's einen fast zum Eiszapfen macht, bergauf, bergab, acht Stunden lang!" — Er lachte uns mit seinen starken, gelben, tabakgebeizten Schaufelzähnen und mit seiner gesunden, braunen Lederhaut gutmütig an, aber ließ dazu seine zwei muntern Augen fast wie ein Raubvogel herumschießen.

„So möcht' ich auch werden," wünschte Florin sehnsüchtig. „So einer!"

„Einmal hab' ich gezählt, wie viele Tritte mein Tag ausmacht — — was meint Ihr? — Siebentausendzweihundertelf Tritte und keinen weniger! Das gibt einen Berg wie der Pilatus. Aber das ist nur die Häuser hinauf gerechnet. Nun messet aber den Weg zu jedem Haus von der Stadtpost bis zum Rikli hinauf! Das gäb' wohl einen Berg wie die Jungfrau ennet dem Brünnig! Und fünfundsiebzig alt! Aber greift einmal da!"

Genau wie ich vorhin dem Florin, mußte nun Florin dem Alten den Armmuskel befühlen und an den gespannten Sehnen heruntertasten. Es war wie lebendiger, warmer Stahl zu fassen.

Jetzt krempelte er die Ärmel auf. „Seht," rief er, „so muß einer Arme haben, wenn er gesund sein will! So braun und so leicht im Schwung wie eine Peitsche, und so dickes, langes Haar daran! — Und dann kann er auch das — —"

Ich sollte gleich erfahren, was! Er packte mich am Kragen, wie man ein Kaninchen faßt. Eins, zwei, drei — — da hing ich an seinem gestreckten Arm hoch über dem Boden. Langsam, als pressiere es gar nicht, stellte er mich dann wieder auf den Estrich ab, wischte den Most vom borstigen Schnauz und sagte: „Ich bedank' mich aufs schönste, ihr Herrchen! Und nichts für ungut. Ich bin ein alter Kauz, aber verhoff's noch ein zehen Jahr zu bleiben. Laßt euch Haar wachsen am Arm und klettert viel! Aufs Wiedersehen hoch oben!" — Damit sprang er über die Schwelle und wir hörten seinen leichten, jünglinghaften Schritt über den ganzen, hartgepflasterten Stadtplatz.

„Solche Kerls müssen wir werden," schwor Florin und band

seinen Rucksack fest zu. „Das ist doch das Beste von allem, zu leben, gesund wie ein Vogel, und lang zu leben, sehr lang, fast hundert Jahre lang! Auch dann kann man es nicht ganz austrinken, mein' ich, das Leben, so groß ist es und so lustig und so schön! Ach —!" Er breitete seine starken Arme aus, als wollte er durch eine große, unendliche Flut schwimmen.

„Jawohl," bestätigte ich. „Was stellen unsere Professoren gegen diesen einen Mann vor? — sag', was? Doktor Fehr hustet immer, — der Doktor Logarithmus hat immer Kopfweh, der Mohammed im Frack" — das war der Philosophielehrer — „kann keinen Salat ertragen und bekommt Bauchweh von einem Schluck Brunnenwasser. So sind die Helden! Da pfeif' ich auf ihr hochweises Gehirn, wenn daneben nichts Gesundes ist!"

„Du übertreibst," lachte Florin, „stark übertreibst du jetzt! Aber das ist doch wahr, krank sind sie im Huium *)! Und was ist ein kranker Tag? Mir scheint, eine Subtraktion vom Leben, — ein verdammtes Minus! Ja, jeder kranke Tag ist ein Geschenk oder ein Vorschuß an den Tod."

„Du redest großartig," lobte ich, „aber wir wollen jetzt zu Bette und morgen wieder leben."

*) Im Nu.

3

Vor vier Uhr stiegen wir schon langsam im feuchten Gras und fröstlichen Morgenschatten über das Tal schräg gegen die Fellalp empor. Im schlafenden Städtchen krähten erst einzelne Hähne. Aber die Pilatusgrate erglommen schon im ersten, gelben Licht. Um halb sieben langten wir bereits verschwitzt und versonnt bei den Hütten an und hatten die grenzenlose Schadenfreude, unsern Marx noch ganz voll Schlaf und Traum und Heu im Haar aus dem Gaden aufzuscheuchen.

„Da sieht man die Älpler," neckte Florin und fuhr dem magern Marx kameradschaftlich in die verwirbelten, tiefbraunen Locken, „die Frühaufsteher! — Ja, wahrhaftig, es ist wahr, was das Kilbilied von euch sagt: die Sonne ist eure Uhr, — aber die Mittagsonne mein' ich."

„Hör' auf," bat ich komisch, „sonst jagt er uns von der Hütte weg — und ich hab' doch einen Hunger zum Teufelverschlucken."

„Kommt also!" sagte Marx ein wenig mit Eigentümerstolz, „für euch Grünschnäbel langt es schon noch!"

Der Kamerad bewirtete uns auf einem wackeligen Tischchen mit Milch, gelber Butter, fettem Käse und hartem, alten Brot. Er selber goß seine Ohrlappentasse mit schwarzem Kaffee voll, spritzte etwas Kirschwasser dazu und zündete ein kurzes Pfeifchen an, ganz wie ein grauer, dürrer Bergsenn.

„Kannst du wohl ein bißchen mit uns herumklettern?" fragten wir. „Oder bist du hier notwendig?"

Ich deutete in die beginnende Emsigkeit der Hirten. Einzelne gingen mit Melkstuhl und Napf zum Vieh, andere warfen dicke Bengel unter den Käskessel und rührten das grüne, schaumige Gebräu mit mächtigen Kellen oder kleinen Birkenbesen auf. Ein alter Mann zwischen zwei zopfschwingenden Dirnen ging mit aufgeschulterter Hacke zu den Ribenen*) hinauf, wo der Schienbach beim letzten jähen Gewitter ein freches, unerlaubtes Bett gegen die Alpe hinuntergewühlt hatte und nächstens wohl einen rauschenden Überfall auf diesem Weg in die Hütten plante. Dem wollte man jetzt die alte Fährte deutlich genug graben. Um die Sennhütten und kleinen Gaden meckerten die Ziegen mit ihren langen, unverfrorenen Augen und mit ihrem spitzen Knebelbart à la Napoleon III. Sie machen den Humor der Alpe aus. Dann und wann kam ein gemelktes Tier hinter dem Stall hervor, schnupperte mit erleichtertem, fröhlichem Wesen in die Morgenfrische hinaus und wackelte dann behaglich dem nächsten saftigen Kraut zu. Durch die ganze Dachung rann der feine, dünne, graue Rauch der Käserei wie ein Nebel empor. Welch eine urweltliche Luft weht da um die Hütten! Was gibt das für einen unsagbaren Duft, dieses Gemisch von Erde, Tier und Mensch, von Rauch, von Milch und Käse, von elendem Kanaster und von ewig reinem Firnwind!

„Und ihr tragt noch Kragen und Krawatte und Manschetten!" höhnte Marx, „und wollt da oben klettern, potztausend!"

Beschämt rissen wir alles von uns bis auf Hosen, Hemd und Schuhe.

„Kannst du also kommen?" wiederholte Florin.

Marx sichtete mit geschlitzten Augen die Ferne ringsum. Der Himmel wimmelte auf einmal von weißlichen Wolken mit

---

*) Jähe Rieselhalden.

grauen Rändern. Weiß Gott, woher die kamen! Die Sonne hatte Glanz und Kraft verloren.

„Das Quecksilber ist gestern tief gesunken. Das Wetter kehrt um," sagte Marx nun langsam, „wir bekommen Wind und Nebel vor Abend."

„Was schadet das?" warf Florin ein. „Wir sind jetzt da und wollen klettert. Kommst du oder kommst du nicht?"

„Nein!"

„Warum nicht?"

„Ich tät's wohl gern, aber gerad herausgesagt, unsere schönste gescheckte Kuh ist am Kalbern. — Ich hab' ihr bis zwei Uhr nachts gewacht. — Jetzt will ich's nicht verfehlen. Wisset nur, das Junge hat mir der Vater zum voraus geschenkt!"

„Aha!" Wir begriffen Marx. Jetzt durfte er doch nicht weg, er, der Bauer, der Götti *)!

„So warten wir!" entschied Florin, der immer so Besonnene. „Bis dahin weiß man dann auch, wie es mit dem Wetter wird."

„Ihr seid liebe Hageln!" dankte uns Marx erleichtert. „Nachher komm' ich fürwahr gern mit, so weit ihr wollt. Es kann nicht mehr lang gehen."

Großartig knüllte er die Hemdärmel zurück und ging mit großem Schritt und ungewaschenem, wirrhaarigem Kopf in den kleinen Nebenstall, der junge Geburtshelfer.

Wir trieben uns indessen wie kleine Buben mit den Geißen herum, suchten Heidelbeeren unter den Stauden und setzten uns an einen aussichtsreichen Ranft hoch über den Hüttlein. Von

*) Der Pate.

da blickten wir hochmütig in die unterste Taltiefe, wo der See und seine Ufergemeinden bald von Wolken beschattet, bald von der Sonne für eine Minute erlöst, aber immer nur matt beleuchtet wurden. Wie tief das alles unter unsern Sohlen lag! Hüben und drüben stieg von den Bergkämmen der Nebel langsam und zögernd nieder. Zuerst setzte er sich vorsichtig auf die Häupter, dann spann er sich über die Grate weiter, schlich behutsam in die Einsattelungen und füllte nach und nach die obersten Wildtäler. Dann ward er sicherer und kroch langsam, langsam, aber unaufhaltsam auf die Voralpen nieder. Tausendarmig, tausendfüßig, wie ein Riesenpolyp tat er das, indem er dabei seinen übrigen Molluskenleib bald ungeheuer dehnte, bald zu einem Knäuel ballte. Im Tal mochte er wohl wie ein graues Gewölke von sieben Tagen Regenwetter aussehen.

„Marx hat recht," sagte ich, „es gibt übles Wetter. Schau nur, wie die Mücken verrückt tun!"

„Wenn's nur bis Vesper hält! Daß wir doch heut noch etwas leisten!" sehnte sich Florin. „Etwa einen Gipfel nehmen oder ein handbreites Edelweiß —"

„Hoiio, hoihoooo! hüoo! hüoo!" schallte die Prachtstimme unseres Freundes von der Alpe zu uns herauf. Er winkte uns. Wir sprangen eifrig hinab.

„Es ist famos abgelaufen," sagte er leise; „kommt, schaut einmal hinein, pst, pst!"

„Es geht doch nicht in die Kirche," lachte Florin auf der Schwelle.

„Willst du schweigen!" gebot Marx und ging auf den Zehen uns voraus in den dunkeln, kleinen, erstickend heißen Stall.

Erst nach und nach sahen wir in der Ecke auf viel Streu die

wichtige Kuh. Schlief sie vor Müdigkeit nach einer solchen Heldentat, daß es so still war? — Nein, da raschelt es im Laub. Das Kälblein. Gott, welch ein Wesen! Glatt und lichtbraun, mit einem unschuldigen, ungehörnten, weichen Kopf, schwachen Äuglein und einer süßen Hilflosigkeit in all seinen dünnen, des Lebens noch ungewohnten Gliedern. Ein Kleinod von einem Tier. Die Alte senkte ihr mütterliches Haupt und beleckte das Kind mit ihrer schweren, rauhen Zunge über Gesicht und Rücken und Hufe, wie's nur traf, voll Zärtlichkeit und zugleich voll Ernst, als wollte sie dem Jungen bedeuten: paß auf, jetzt bist du ein eigenes Leben! Erwach', erwach'! — Aber das gliederweiche Geschöpflein neben ihr war noch ganz wirr und dumm in dieser neuen Lage und suchte sich immer wieder davor zu verbergen und mit dem zu verbinden, aus dem es entsprungen war. Denn noch war es das ganz gleiche Blut, der gleiche Puls und die gleiche Lebenswärme vom einen zum andern. So wollte das Kälblein denn immer wieder unter die warme Mutter schlüpfen und an ihr Euter geschoben werden. Aber die Kuh leckte wieder und noch frischer und noch ernstlicher, und jetzt probierte das Junge wirklich ein paar eigene schwache Bewegungen seiner kleinen Existenz zu machen, sogar einen Ruf von sich zu geben, den ersten Schrei des Lebens — — aber es war noch zu schwach.

Ich muß gestehen, mir kam das alles widerwärtig vor. So gar elend, weichlich und weibisch! Aber Marxens und Florins Augen leuchteten vor Interesse. Sie nickten einander wichtig zu. Doch als dann Marx mit einem Näpflein warmer Milch von der Mutterkuh herzutrat und dem Tier sein kleines, ungeschicktes Schnäuzchen hineintunkte, und als das widerstrebende

Ding nach und nach klüger wurde und merkte, was das bedeute, und zu schlecken probierte, und als es dann sichtlich lebendiger wurde, zwar noch nicht aufstehen konnte, sondern alle viere täppisch im Heu überzwerch stellte, jedoch schon etwas Munterkeit und schalkhaften Geist zeigte: da spürte auch ich den neuen, tapferen Funken Leben und freute mich, daß die Welt schon wieder um dieses Junge da wärmer, lebendiger und beseelter geworden sei. Ich wollte das aussprechen, aber Marx machte aufs neue ein strenges pst! — Erst draußen auf dem Wege in die Pilatusfelsen hinauf ließ er uns auskramen, was wir bei diesem schönen Spiel, wo aus Altem Neues und aus einem zwei wurden, Wunderliches gedacht und gefühlt hatten. Aber er lachte Florin unbarmherzig aus, sobald er aus dem Ereignis Anlaß nahm, das alte Lied zu singen: daß er nun auch reine Natur erleben, einmal rechtschaffen und ehrlich nur Mensch sein wolle, wie das Kälblein im Stall nur Kälblein sei und der Fisch im Wasser nur Fisch und nichts Künstliches dazu. Wisset, ein reiner Naturmensch! —

„Was sind wir denn anders gewesen?" fragte Marx erstaunt. „Mein Lebtag hab' ich gelebt, wie ich wollte. Haben mir die Bücher schweren Atem gemacht? Pah," — er knipste verächtlich mit den Fingern — „darum habe ich keine Stunde weniger geschlafen oder auf der Gasse minder herumgestrolcht und mir wahrhaft nie ein graues Haar wachsen lassen, ob ich nun die lateinischen Vokabeln wisse oder nicht. Oder hab' ich die Professoren gefürchtet? — Hab' ich nicht Zigarren geraucht und bin nackt im Sand gelegen und habe fremde Katzen erschossen, als ob es auf der ganzen Welt keinen Professor und keinen Polizisten gebe? — Ach ja, ihr seid eben immer nach dem braven Schnürchen gegangen, und jetzt, wo ihr dieses Schnürchen einen Augenblick nicht mehr spürt, kitzelt es euch am Hals und macht euch übermütig, wie meinen Jagdhund, wenn ich ihn vom Strick lasse. Dann will er auch alles umrennen im ersten Satz. Aber ihr müßt ja doch wieder in die Schule, — — wenn ihr sie auch Universität oder Polytechnikum oder noch griechischer tauft, — — da hilft euch kein Teufel weg, — und dann habt ihr das Schnürchen wieder."

„So gescheit hast du noch nie geredet," foppte ich ärgerlich, „wird man auf der Alp so klug, Marxius?"

„Bleib mal vier Wochen hier, dann kann ich's dir vielleicht ansehen."

„Streitet nicht!" schrie Florin. „Du hast recht, Marx, mit dem Schnürchen. Aber da wir nun losgekommen sind, wollen wir die zwei Monate um so wilder leben. Leben für zwanzig Jahre am Schnürchen, nicht wahr, Walter?"

„Du, sogar du?" staunte Marx und musterte den fetten Burschen vom Kopf bis zu den Füßen.

„Ja, ich," antwortete Florin fest, „und wir wollen bald sehen, wer die frechern Sprünge macht dort oben und wer das erste schwierige Edelweiß holt!"

„Du auf keinen Fall," rief Marx überlaut.

„Was brüllst du jetzt so?" neckte ich Marx. „Und vorhin hast du noch im Stall kaum zu flüstern gewagt. Kann das Wunder dort nicht auch — —"

„Aber nicht wegen deinem Wunder," schnitt mir der Hitzige die Rede ab, „hör' mir doch mit diesem Wunder auf! Das ist kein Wunder, das ist Natur. Und so muß es sein, daß eine wackere Kuh im Jahr einmal kalbert. Bist du doch immer der alte Phantast! Meinst, aus lauter Wunder und Poesie hätten wir die Kuh mit dem Jungen in den hübschen, kleinen Gaden gebracht, wo sonst unsere Gäste schlafen? Du bist toll. Die zwei können doch nicht beim andern Vieh sein und müssen jetzt Ruhe haben. Darum habe ich pst! gemacht. Leicht würde die Kuh sich aufregen, wild werden und das Junge in der Angst erdrücken. Das weiß man doch. Das ist eben keine Kleinigkeit. Dieses Kalb muß mir groß und stark werden und, wenn ich es nicht behalte, so will ich es doch um eine schwere Handvoll Napoleon verkaufen. Das ist der Anfang meines Viehstandes. Jetzt bin ich eigener Bauer und Alpler, — — schaut mich an!"

Da stand er mit den schmal geschlitzten, blitzenden Augen und knöpfte das Hemd auf, so daß seine braune, harte Brust offen am Wind lag. Er kaute einen Halm mit den kleinen, scharfen Zähnen und ich merkte erst jetzt, wie er uns schon mit einem ganz respektabeln, dunkeln Flaum auf den Lippen um ein großes Stück Mannbarkeit voraus war.

„Das ist deine Sache," gab Florin zu. „Meine Sache wäre es nicht, immer hier bei den lieben, dummen Tieren zu sein. So giftig es mir heut selber klingt, ich muß doch wieder Bücher haben, das weiß ich, — und Papier, und muß darauf kritzeln können. Da ist nicht zu helfen, armer Walter," klagte er mit spaßigem Kummer, „wir sind beide beide vergiftet. Fügen wir uns in Gottesnamen! Aber heut' laßt uns Alpler sein, wie Marx, und Hirten und Bergmenschen, hüpp, vorwärts!"

So hastig, daß selbst der leichtfüßige Marx Mühe hatte mitzutun, lief Florin im Steingetrümmer empor, bis die letzte Spur eines Fußweges erlosch, der Fels steiler und ernster und der

Marsch heikler ward. Auf einmal verloren wir den Tag im Rücken, so plötzlich gerieten wir in einen schweren, lastenden Nebel. Jeder nahe Fels schien jetzt zweimal größer, jeder Abgrund zweimal tiefer, jeder Fußtritt gewagter und alles um uns seltsam gespenstisch.

Wir mußten Marx vorausgehen lassen. Er kannte sich hier noch am ehesten aus. Geredet ward immer einsilbiger und leiser. Fels und Nebel machen merkwürdig schweigsam. Man hörte bald nur noch unsere genagelten Schuhe, unser starkes Atmen und manchmal ein Geriesel in den verhüllten, grauen Tiefen von Steinen oder einem Wasser. Kein Vogel, kein Sonnenstrahl, nur Fels. Aber es ging gut. Marx fand immer einen Ausweg im Steingewirr, bald wie eine Stiege, bald wie eine Rinne oder ein Kamin, und bald wie ein lustiges Felsleiterchen, stets mit guten Handgriffen und genügenden Absätzchen für die Sohlen. So gelangten wir endlich auf eine kleine, steile Rasenterrasse, wo zwischen dem magern, farblosen Gras weiße Kalkrippen vorsprangen und mancherlei Bergblumen wuchsen. Es gab da Enzianglocken von tiefster Bläue, scharfe, goldige Ranunkeln, zerzausten Gemsbart, silbergraue Distelköpfe, braune Mörli *) mit ihrem bedrängenden, schweren Atem und kurzbeinigen, zähen Steinbrech. Hier mußten auch Edelweiß sein.

Wir klommen höher im schlüpfrigen, sozusagen gläsernen Grasband. Kaum sahen wir einander drei Schritt weit, so dicht umfloß der Nebel hier alles. Mir ward sonderbar zumute. Ich konnte es mir nicht erklären und mußte mir doch heimlich immer wieder sagen: wir tun da nicht gut! Es wäre besser, wir

*) Mohrenköpfe oder Bergmännertreu.

säßen jetzt gemütlich unten in unserem Städtchen in einem soliden Stubensessel!

Aber das verrauchte im Nu, als es plötzlich aus dem Nebel wie ein Jauchzer sang und klang: „Ich hab' eins!"

Hochatmend zeigte uns Marx ein Edelweiß. Es war klein, aber hatte ein milchweißes, süßes, weiches Gesichtlein. Der Junge steckte es stolz auf den Hut und sagte: „Das erste, das kleinste! Das letzte, das größte! So ist's immer!"

„Das will ich, das letzte," eiferte Florin und sprang nun vom Saum der Halde direkt in die Felsen hinaus. Bald gerieten wir über eine Bergrippe hinüber auf die Nordseite, wo der Wind gewaltig blies und die Nebel bald ineinander walkte, daß es ganz abendlich wurde, bald wieder allen Dunst aufriß, so daß wir einmal ein grünes Stück See unter uns, einmal von den Bergen gegenüber oder vom grauen Himmel ein geiziges Teilchen erhaschten.

Wir fanden nun wirklich ein paar Edelweiß, aber unschöne, kleine, vom Winde mißhandelte. Schon wollten wir unzufrieden einen Rückweg aus dem feuchten, finstern und immer unwegsameren Gestein suchen, als Marx auf ein lockeres, zersägtes Felsgesimse wies, das einige Meter tiefer aus dem Dunst starrte wie die zerschossenen und verbrannten Mauern einer Festung. „Seht ihr, seht!" schrie er leidenschaftlich.

Ob wir sahen! Gott, wie das leuchtete! Wie silberne Mondlichter brach es durch den Nebel zu uns herauf. Es waren nicht viele, aber große Blumen. Jedoch zu äußerst am Fels, der wie fauler Dachschiefer über eine gähnende Tiefe hinaushing, stand die Königin, ein Riesenedelweiß.

Florin und mich durchrieselte jene wunderbare Aufregung,

die nur Bergmenschen in dieser Art kennen. Es ist ein atemloses Staunen und Entzücken! Es ist wie Hunger und schon halb wie Sättigung — ich kann es nicht anders sagen —, was einem dann durch Leib und Seele fährt. Die Finger brennen uns. Man vergißt in dieser Minute den Himmel oben und die Hölle unten und alle guten, warnenden Geister ringsum, greift gierig aus und preßt die Blume ans übermütige Herz oder stürzt mit ihr einen tiefen, raschen Tod hinunter.

In Pantoffeln und Schlafmützen zetern dann durch hunderttausend gepolsterte Sofastüblein die ehrsamen Philister über diese Respektlosigkeit gegen das Leben. Ach, kennen die denn das Leben? Haben sie es je zwischen Abgrund und Gipfel ermessen? Haben sie seine Herrlichkeit je einmal funkeln sehen, wenn daneben Tod und Finsternis lauerte? Die sterben an einem dünnen Novemberschnee, an einem süßen Tau im März oder straucheln über einen Schemel zu Tod, und wollen das Leben gekannt und respektiert haben!

Es gibt für einen jungen Alpler drei große Augenblicke: wenn er den ersten gefährlichen Berg erstiegen, wenn er das erste Wild ins Herzblatt geschossen und wenn er das erste große Edelweiß vom mörderischen Fels gepflückt hat. Jedesmal ist ihm wie in einem starken, seligen Rausch.

Und in einem solchen Rausch blickten wir auf die nahen und scheinbar doch unerreichbaren Blumen hinunter. Eigentlich sahen wir nur noch die äußerste und größte. Sie übertraf alle andern. An einem langen Seidenstengel mit geringem Laub neigte sie ihr schwindelfreies, großes Gesicht über die Kluft hinaus. Ihr Stern mit den herrlich gespitzten, wolligen Blumenblättern schien handbreit und zitterte leise im Wind.

„Da muß ich hinunter," schrie Florin. Er war wie eine Flamme.

Marx lachte. Er blieb nüchtern. Noch aufmerksamer als das Edelweiß sah er Florin mit seinen scharfen Augen an. „Da gehst du nicht hinunter!" bestritt er fast zornig. „Die sind zum Anschauen. Die hol' ich mir ein andermal selbst. Da braucht es andere Hände und Füße, sag' ich euch, hopla —!"

„Wenn du's kannst, Großhans, kann ich's auch," eiferte Florin und maß die Gefahr mit verliebten blauen Blicken.

„Auf den Absatz hinab, ja, das kannst du vielleicht, aber in die Grozen*) hinaus traust du dir nicht, das wett' ich. Und ich rat' dir ab, Bursch'!"

„Grad von da klettere ich hinunter!" entgegnete Florin stramm.

Ich spähte hin und her, vom Edelweiß ganz geblendet, wo man sicherer hinzu käme. Mochten die zanken! Schräg unten, woher wir heraufgeklommen waren, konnte man gewiß eher in diese tiefern Staffeln hinausrutschen. Ich eilte flink eine Strecke zurück und kroch dann halb und glitt halb auf ein Felsband nieder, das sicher zu jenen Trümmern mit den Edelweiß führen mußte. Große Blöcke hielten mich zwar immer wieder auf. Aber ich kletterte darum und darüber wie besessen. Nun hörte ich Stimmen. Und da hing ja auch Marx sein braunes, knochiges Gesicht über ein Wändlein herunter, und ich verstand jetzt deutlich: „Hab' ich's nicht gesagt, du kannst nicht?" —

‚Donnerwetter, nun ist mir Florin schon zuvorgekommen,'

---

*) Faule Firstfelschen.

dachte ich, 'und nimmt mir das schönste Edelweiß der Erde vor der Nase weg. Wehr' dich, Walter!'

Ich schwang mich um ein weiteres Felschen, um Florin zu sehen. Vielleicht hing er doch noch weiter oben im Gestein. Alle Vorsicht und Besinnung hatte ich verloren. Mürber, fauler Schiefer flog mir unter den Schuhen weg, ein Windstoß riß mir den Hut vom Kopf. Er fuhr in einem weiten Bogen in den Nebelkessel hinunter.

„Da fliegt schon einer!" spottete Marx mit gottlosem Lachen über mir im Gewölk.

Florin antwortete von unten herauf etwas. Aber ich verstand ihn nicht.

„Mein Kälblein soll haben, wer das Edelweiß kriegt, hörst du, Walter! Aber ich rat' ab!" — Wie ein Satan schön und böse lachte er zu uns nieder.

„Ach, nun hat er's gewiß!" schimpfte ich und suchte um die letzte Ecke herumzukommen. Ich blinzelte schlau zu Marx hinauf, er solle mich nicht verraten, damit ich am Ende doch noch der erste sei. Aber wie sah denn sein Gesicht aus? Mein Lebtag seh' ich's: weiß wie Kreide, das Haar gesträubt, die Augen von einem großen Entsetzen aufgerissen und den Mund zu einem Schrei auseinander gesperrt. Mir war, ich sehe einen Menschen am Sterben. Aber im gleichen Augenblick bewegte sich das Geriesel unter meinen Füßen. All das schiefrige Gestein fing an zu zappeln. Doch tief unten im Nebel hörte ich ein Plumpsen und Klirren, wie wenn sich ein Felsblock löst, niederfällt und mit unendlichem Geschiebe noch eine Runse hinabrutscht. Ich umkrallte den Fels, schrie zu Marx auf, sah ihn nirgends mehr und weiß noch heute nicht, wie ich durch Schutt und Klippen und dicken Nebel kollernd und schleifend und zehnmal in die Knie stürzend in einer wunderlich kurzen Zeit bei Florin stand. —

Er lag beim vollen Verstand auf dem Rücken mitten in einem wüsten Schutt. Aber sein lichtblondes, dichtes Haar war brennendrot vom Blut, das ihm mitten aus dem Schädel über Stirne und Hinterkopf rann.

„Es ist nichts," sagte er hastig, aber mit einer schwachen, seltsam fernen Stimme, und versuchte wahrhaft dazu ein Lächeln. „Nur ein Loch im Kopf, ich Esel! — Gebrochen hab' ich nichts! Hilf mir aufstehen — hier — langsamer — so —"

Da erlosch alles Licht in seinem Auge. Er kniff die blauen Lippen zusammen und knickte mit dem Kopfe über meinem Knie ein, wie gebrochen.

„Marx! Marx!"

Endlich kam er mit zerrissenem Gewand und blutenden Händen, weiß Gott, direkt die tödliche Stelle herab. Heulend wie ein Kind.

„Er ist tot, Jesses Gott! — er ist tot! oh! oh!" — Er warf sich auf den Bauch und raufte wie ein Verzweifelter Kies aus dem Boden.

„Nur ohnmächtig," sagte ich unsicher. Hol' lieber Wasser, — da in deinem Filz, — und gib ein Nastuch und deine Binde."

Marx warf den ganzen Hosensack heraus, auch das Messer und den vollen, schweren Geldsäckel und den weißledernen Tabakbeutel — „nehmt da, alles, alles, alles!"

Als er endlich aus einer tiefen Schlucht herauf Wasser brachte, wuschen wir unsern Freund, legten kühle Bergsalbei, wie sie Marx am Tümpel fand, auf die Wunde, banden den

Kopf dann wie eine Haube ein, tropften Schnaps zwischen die verklemmten Zähne des Bewußtlosen und hatten daneben noch eine viel zu lange, fast ewige Zeit nachzudenken, was nun folgen werde, wenn er erwacht — oder — wenn er nicht mehr erwacht!

Ich sah die Absturzstelle hinauf. Florin war nicht hoch gefallen. Kaum drei Meter senkrecht. Aber mit den schweren, kantigen Trümmern, und dann war er noch ein gutes Stück gerollt. — Es war genug. „Schau, Marx," heuchelte ich, um uns beiden Mut zu machen, „es ist nicht hoch gewesen!"

Marx wollte nicht aufblicken. Aber er tat es doch, und gerade da wischte der tosende Wind wieder einmal den Nebel auseinander und hoch und schwarz in die Lücke dräute der Kopf des Pilatus. Marx schloß sogleich die Augen.

Als aber Florin wieder zu sich kam, umschlang er ihn vor Freude. Und als der Verunglückte wiederholte: „Ich habe nichts gebrochen," — bedeckte er in ungewohnter, bübischer Zärtlichkeit das Gesicht und die Hände des Kameraden mit trockenen, wilden Küssen.

„Laß, laß," wehrte Florin ab, „wenn ihr mich stützt, kann ich jetzt schon gehen. — Aber wo ist das Edelweiß?"

Marx rannte zum Felsen hinauf. „Bleib, bleib," schrie ich, „jetzt wollen wir lieber den Doktor, als ein Edelweiß! — Habt ihr noch immer nicht genug?"

Wir gingen langsam bergab. Florin biß bei jedem größern Schritt die Zähne fest aufeinander. Die Kraft ging ihm aus. Zuletzt hing er den Kopf schwer wie einen Stein auf meine Achsel. Aber er lächelte und flüsterte dann und wann ein Wörtchen, dieser Held!

Nach einer Weile, da nun weder der Tod, noch sonst etwas Schauerliches zwischen uns getreten war, lebte Marx wieder auf. Sein Gesicht nahm erstaunlich schnell die frühere braune, harte Farbe an. Die alte Frechheit kehrte zurück. Es war nichts als ein kleines Abenteuer gewesen. Zuletzt pfiff er leise durch die Lücke seiner zwei kleinen, braunen Mittelzähne:

„Niene geihts so schön und lustig
Wiä däheim im Emmetal!
Da gihts aller Gattig Rustig —
Daß eim schwär wird niäd Uuswahl*)."

„Wie magst du jetzt pfeifen?" tadelte ich. Ganz unleidlich war mir der Kerl auf einmal wieder.

Marx brach sofort ab, aber er machte eine verwunderte und gekränkte Miene.

Plötzlich nickte er, schüttelte wieder den Lockenkopf und sah mich unsicher an.

„Bin ich da etwa schuld?" kam es zögernd heraus.

„Niemand!" sagte Florin leise. „Oder ja, das große Edelweiß!" fügte er noch matter bei und versuchte wieder zu lächeln. Diesmal gelang es ihm nicht mehr. Ihn fröstelte. Ich merkte es am Beben seines ganzen Leibes.

„Du schweigst, Walter," herrschte mich Marx kühner an. „Bin ich schuld? — Sag's du nur auch! — Hab' ich befohlen, ihr sollt das Edelweiß holen? Hab' ich nicht gesagt, es sei schwer, ihr könnet das nicht leisten? Wäre Florin nicht

*) „Nirgends geht es so schön und lustig her
Wie daheim im Emmental,
Da gibt es allerart Kram,
So daß einem jede Wahl schwer wird."

Ein altes, berühmtes Berneralpenlied.

hinuntergefallen, so wärest du gestürzt, und sicher noch viel dümmer! — Wäre ich dann schuld daran?"

„Bei mir nicht!" sagte ich, angewidert von seinem Gerede und so kalt ich konnte.

Wieder riß ein Wind die Wolken entzwei, und wieder sah uns das Pilatushaupt sonderbar an. Der Pilatus, der Pilatus, fuhr es mir im Kopf eigen herum. Aha, der Pilatus, da hab' ich's, wo man sagt, die Leiche des jüdischen Landpflegers ruhe droben im Gratseelein. Mir fiel dieser Mann aus dem Evangelium ein, der sich die Hände wusch und beschwor, er sei unschuldig am Blute des Galiläers. Und genau so kam mir jetzt unser Marx vor.

Der fuhr fort, in mich zu dringen: „Aber bin ich schuld, daß Florin gestürzt ist?"

Da nahm ich allen Mut zusammen und sagte fest: „Ja, das bist du! Aber das wissen wir drei allein, fertig!"

„Walter!" drohte Marx, die Augen gefährlich schlitzend.

„Walter!" bat auch Florin.

„Er muß es wissen. Das ist für ein andermal gut!" versetzte ich hart.

„Du lügst! Du lügst!" tobte Marx. „Ich habe gewarnt, gewehrt, — ich habe gesagt: tut es nicht, ihr könnt es doch nicht! — Ich lachte dann, weil ihr es doch probieren wolltet. Keinen Augenblick dachte ich, es würde einer Ernst machen. Bis zu den faulen Steinen, ja, aber nicht weiter! Ihr konntet doch selber sehen, daß der Fels ganz mürb war. Drum neckte ich euch! — Nein, ich bin nicht schuld, nicht schuld, gar nicht schuld!"

„O du Pilatus!" entfuhr es mir da. Gleich reute mich das

Wort. Die Geschichte ist bekannt wie das Vaterunser. — Und Marx hatte mich verstanden. Er ward totenbleich. Seine grauen Augen schienen schwarz wie Tintenflecke zu werden.

„Ich nehm's zurück! Sei still, bitte, Marx — Schau da!"

Florin war wieder in Ohnmacht gefallen. — Wir holten jetzt Alpler, und in einer Stunde lag der Arme schon auf einem dicht geschütteten Heulager im gleichen stillen Gaden, wo die Mutterkuh mit ihrem Jungen untergebracht war. Es gab auf Fellalp kein näheres, stilleres und reinlicheres Plätzchen mit so bequemem Eingang.

Immer elender ward Florin. Bang horchten wir auf jeden Schritt von draußen. Der Arzt und der Vater sollten kommen. Es war schon Nacht. Wieder brannte das Stallaternchen in der Ecke, wieder knisterte es drüben beim Kälblein. Aber schon frischer und munterer spielte das Leben aus dem Geschöpf. Es leckte die Milch mit viel mehr Geräusch auf, schnupperte appetitlich am Futter herum und strengte ordentlich die Beinchen und den Hals an, um etwas von seinem jungen Dasein zu erfahren, und versuchte sogar zu schreien. Die Freude am Leben wuchs da von Stunde zu Stunde. — Aber hüben auf dem groben Leintuch schien das Leben langsam zu verflackern. Florin hatte längst kein Wort mehr gesprochen, kein Auge mehr geöffnet. Man mußte Marx immer wieder ermahnen, so wild und laut schluchzte er in die Heuschochen hinein.

Endlich kamen die zwei Männer. Der Vater war gefaßt, aber sah uns feindselig an, als hätte es uns und nicht seinen schönen, einzigen Buben treffen sollen. Der Arzt machte die nötigen Verbände und blieb dann mit ernster und bedenklicher Miene die ganze Nacht beim Patienten.

Welch eine unheimlich stille Nacht war das! Nur selten krispelte ein Strohhalm. Der Wind ging in den Höhen und trug hie und da das Rauschen des Baches herzu. Oder im Ziegenstall schellte ein unruhiger Bock im Traum. Hie und da schnaufte auch die Mutterkuh, die über ihrem neuen Leben wachte, mit gewaltiger Wichtigkeit auf. Einmal schwatzte Florin etwas im Fieber. Niemand verstand die schlurfenden Worte. Aber Marx meinte, der Kranke sei wach und reger geworden. Und nun rauschte und schnaubte und sträubte sich etwas im Stallwinkel bei den Tieren. Auf einmal taucht der schlanke Marx vor uns auf, das weiche, blinzelnde Kälblein auf den Armen. Er legt es vor Florin nieder wie ein Opfertier. „Ich hab's dir ja versprochen, nimm's nur!" — Wie er aber das bleiche, sinnlose Antlitz des Wunden und das böse Kopfschütteln des Ochsenwirts sah, trug er das Geschöpflein wieder aufschluchzend hinüber zur Mutter und verfiel dort rasch neben Kuh und Kälblein in einen schweren, tiefen Schlaf.

4

Am nächsten Tag trugen wir Florin ins Städtchen hinunter. Auf halbem Weg begegnete uns der Postbote Dietrich Hof mit einem Rücken voll Paketen und Säcken. Verwundert ließ er den Zug an sich vorbei und zog vor dem Kranken den alten Filzhut ab. Florin verzog die Lippen. Es sollte ein Lächeln sein, aber es sah ganz anders aus.

„Diesmal tragt ihr schwerer als ich," nickte Dietrich uns zu. „Gute Besserung, Junge!"

Tagelang ging nun der alte Tod vor Florins Kammer auf und ab. Am zehnten Tag brach er sogar ins Gemach voll Karbol und Arzneienduft und drang bis hart ans Bett vor. Aber dort hatte sich der Arzt mit den Eltern und dem zähen Florin hinter eine kräftige, blutfrische Gestalt mit braunen, vollen Armen und tapfern Knien und einem entzückend herzhaften Auge gewaltig verschanzt. Das war das Leben, das Leben, das ohne strenge Not keines seiner lieben Kinder hergibt. Helft mir! sagte es über die Achseln hinweg, und da schrieb der Doktor seine mächtigsten Rezepte, betete die Mutter ihre innigsten Vaterunser, fluchte der Ochsenwirt seine stärksten Flüche und sperrte sich der Knab im Bett mit Händen und Füßen so gewaltig, daß der Tod einfach nichts vermochte und mit einer wilden Verwünschung aus einem so unbotmäßigen Hause hinausklapperte.

Aber umsonst wollte er seine Sense nicht gedengelt haben. Gemäht mußte werden. Also dorthin, wo er immer läuft, wenn ihm ein beherzter Mensch eine Nase gedreht hat. Ins Spital! Und da lag ein uneheliches Kind, das man halb verfroren unter der Rathausstiege gefunden hatte, und das sich auf keine Art gegen das Sterben wehren konnte. Und da war noch ein verschrumpftes, neunzigjähriges Weiblein, das nichts mehr sah und nichts mehr hörte und nur noch Guten Tag und Amen sagen konnte. Auf die brauste der Tod herein mit einer unnötigen, dummen Majestät, als ob es sich um ungebogene, eherne Recken handelte. Ritsch — war das Kindlein gemäht, ritsch — lag auch das Frauchen am Boden. Wer in jener Mitternacht helläugig über die Dächer geschaut hätte, konnte ein winziges Engelchen mit Schneeglöcklein im Haar und einen grauen, alten Engel mit etwas verrupften Federn, aber im gleichen frohen Sternenschwung in die Himmel fahren sehen.

Florins Schädelbruch bedeutete nichts Tödliches. Schlimmer war die Gehirnentzündung gewesen, die acht Tage später über seinen schönen, runden, weißblonden Kopf hereinbrach. Der Arzt ließ es im ungewissen, ob sie vom Falle oder von den Studien und harten Examen komme. Ihm schien, etwas davon müsse schon vor der Bergtour in dem Jüngling gesteckt haben. Da ging mir ein Lichtlein auf über sein jähes Lustigwerden nach dem letzten Maturatag, und ich meinte, nun eher sein tolles Schwatzen vom Menschsein und einmal echt leben Wollen, sowie seinen Übermut im See und auf dem Berg zu begreifen.

Als er leidlich genesen war, hatte Florin gerade noch Zeit, allen seinen vielen Basen und Vettern Ade zu sagen und mit mir an die Universität ins weise nördliche Deutschland hinaus zu reisen. Er war nun wieder der alte, genaue, minutengeizige Mensch von ehedem, den man selten zu einem Spaziergang, nie zu einer Kneipe verführen konnte. Wie dumm bist du doch bei aller Gescheitheit, dachte ich oft, wenn ich voll Wind und Gassenfrechheit in seine warme Bude stürmte und ihn auf dem

Sofa liegen, ein Pfeifchen schmauchen und tief in einem tausendblättrigen Kodex grübelnd sah. Ich rief ihm seine eigenen Worte vom gesunden Leben und vom Menschsein in den Sinn. Er ward nicht böse, wie ich fürchtete, sondern lächelte verschmitzt mit seinem blauäugigen, rosenroten Gesicht und den Fettgrüblein in den Backen und gab mir mit eigentümlichem Spott zurück: „Soll ich denn immer daran erinnert werden, daß ich einmal einen Erzrausch gehabt habe? — Das ist nicht höflich von dir. Glaubst du denn wirklich, so einen verdammt scharfen Schnaps trinke man ein zweites Mal? — Ich habe genug von der ersten Zeche, prosit, laß mich!" —

Häufig litt er nun an Kopfweh, mußte öfter wochenlang aussetzen, bekam im zweiten Frühling die Gesichtsrosen und am Ende des neunten Semesters, da ihm gerade die Universität ihr schwerstes und bestes Bleisiegel ans Doktordiplom hängen wollte, befiel ihn eine zweite Gehirnentzündung und legte ihn schon nach drei brausenden Fiebertagen schlaff und still mit einem noch immer rosigen, fetten Gesichtlein in einen schönen, breiten Sarg. Bald war uns übrigen Studenten, Florin habe nie gelebt, so wenig Geräusch und Staub hatte er auf seiner kurzen Straße gemacht.

5

Bei der Beerdigung stand ich neben Marx. Mit seinem bärtigen Kinn und seiner alle überragenden knochigen Figur stellte er einen ausgewachsenen Mann vor. Als man den Sarg am Seil ins Grab hinunterließ, schlitzte er die Augen wie in einem Schwindel zu und wagte kaum, durch eine Ritze dem düstern Vorgang zu folgen. Aber beim Leichenmahl ward er gesprächig und richtete gerade und herzhafte Blicke auf Agnes Dannig, ein entferntes, hübsches Bäschen des Verstorbenen.

Man munkelte allerlei: so, Marxens Vater, der alte Edlinger, stehe wegen seiner lässigen und doch so prahlerischen Wirtschaft vor dem Ruin. Er vertrinke seine Sorgen und sei fast immer benebelten Geistes. Darum sei Klaus vor Scham und Grimm zu einem Großonkel nach Argentinien ausgewandert. Marx selber sei ja freilich ein guter Kerl, aber auch weder Geschäftsmann noch solider Landwirt. Die gesamte Danniger Verwandtschaft sträube sich gegen die Verlobung Agnesens mit dem jungen Omlis. Das Mädchen sei freilich todverliebt in den schlanken Burschen, und man habe sie darum ins Welschland geschickt, zu Klosterfrauen ins Institut, hinter hohe Mauern und stille Heiligenbilder, um das närrische Blut zu verkühlen, feine Nadelstickereien zu lernen und mit den zierlich behaubten, dünnstimmigen Nonnen das Kyrieleis und Gloria zu singen.

Ich war Waise. Ein sechsjähriges Studium auf fernen Hochschulen entfremdete mich der Heimat immer mehr. Und als ich nun meine Praxis in einer großen, lärmenden Stadt eröffnete, hatte ich fast allen Zusammenhang mit den Orten meiner Kindheit verloren. Nur an seltenen Sonnabenden, wenn ich auf den nahen Hügel stieg, um die saure, staubige Woche aus dem Frack zu schütteln und mich sonntäglich zu stimmen, und wenn dann zufällig eine scharfe, sichtige Föhnluft ging und tief am südlichen Himmel den wunderbaren Bogen unserer Alpen mit blauen, grauen und strahlendweißen Gesichtern wie eine rasche Geistererscheinung aufleuchten und wieder verschwinden machte, wobei am nächsten und kräftigsten sich immer ihr finsterer Vorläufer, der Pilatus, vorstellte: dann überfluteten wieder hundert alte Geschichten meine Seele, und der Zauber der Gassenbubenjahre und die göttliche Sorglosigkeit der Jugendferien machten mir Heimweh. Ich sah die ungeflickten und verwaschenen Giebel meiner Vaterstadt, wanderte im Geiste durch die kleinen, engen Straßen und begegnete da bald dem wilden, grauen Auge Marxens, bald der bleichen Seele Florins. Salve! salve, juventus mea!

Aber dann kehrte ich in die Stadt zurück, und im Nu hatten die Tramwagen und die Zeitungen und das Restaurant mich in die Gegenwart zurückgeworfen.

Selten besuchten mich Bekannte aus den Bergen in meiner prosaischen Stadtbude. Noch seltener verlor ich mich selbst ins Ländchen zurück. Meist nur zu einer Hochzeit oder zu einer Bestattung. Und gerade dann fühlte ich jedesmal, wie wenig ich eigentlich noch zu allen andern passe, wie ich mit den Bekränzten am Tische mich nicht mehr landesüblich freuen und mit den schwarzgewandeten Leidleuten nicht mehr stilgemäß trauern könne, kaum noch eine halbe Seele mitbringe, kurz, wie die Heimat mir oder ich der Heimat leider entwachsen sei.

Aber die Zeitung, den Siebendörferboten, behielt ich. Dieses kleine, schlecht gedruckte, aus allen großen Journalen eine Woche später abgeschriebene Blatt heimelte mich im lokalen Teil immer wieder an. Denn da standen die naiven Dorfanekdoten, da las ich die alten, schönen Familiennamen, da predigte jeder Artikel und jedes Inserat von den unverwüstlichen Menschen in den Bergen und von ihren treuen Eigenheiten. Es gab Stunden, wo ich mit diesem Blatt zugleich das ganze Vaterland meiner jungen Jahre mit Berg und See, Eltern und Freunden, Kirche und Schule, Tanzboden und Friedhof vor mir wie ein fast von Hand erreichbares Panorama ausgebreitet glaubte.

Das geistreichste Wiener Blatt war mir nie so willkommen wie am Samstag abend der Siebendörferbote.

Aus diesem Blatt und ein paar Briefen, aus der knappen, aber ehrlichen Erzählung von Marxens nächsten Menschen und aus seiner eigenen, mir so wohlbekannten unsteten Seele heraus versuche ich die weiteren Ereignisse so wahr und klar zu schildern, als wäre ich selber mit Aug und Ohr bei allem gegenwärtig gewesen. — —

Der alte Omlis ging fallit und starb in der gleichen Woche. Klaus blieb verschollen. Die einen sagten, er sei irgendwo im Norden ein Millionär, die andern, er sei irgendwo im Süden Amerikas ein Lump und Bettler geworden. Marx hatte rechtschaffen am Los des Edlingerhofs mitgewoben. Wohl arbeitete er wochenlang wie drei Knechte; aber dann faulenzte er auch wieder wie drei Taugenichtse zusammen. Jede Übertreibung draußen im Acker rächte sich durch eine noch größere in der Pinte bei Glas, Kegel und Jaßkarten.

Haus und Land wurden an einem düstern Samstag verkauft, und noch düsterer war der Montag, an dem das Vieh und die fahrende Habe öffentlich versteigert wurden.

Marx stand unter der Türe des Wohngebäudes, das ihm schon nicht mehr gehörte, als der Weibel ein Stück Inventar nach dem andern im Hofe von einem kleinen Tischchen herab feilbot. Das halbe Städtchen wohnte der Gant mit neugieriger und feilschender Seele bei.

Es kamen eichene Kästen mit geschnitzten Eckverzierungen und solider, eingelegter Ahornarbeit in den dicken Doppeltüren. Dann schwere, runde Tische mit Schieferblatt und den unvertilgbaren Kerben von Heurechnungen und noch mehr vom Kartenspiel und seinen Trümpfen. Es folgte das alte, schwere Geschirr, Zinnkannen mit geschwungenen Röhren, Henkelkrüge aus geblumtem Ton, große, hölzerne Teller für Brot und Käse, worein mit vielfarbigem Kunstholz ein Riesenbukett oder ein Engel mit geschwollener Backe eingelegt war. Schoppengläser mit silbernem Deckel und prächtigem Schnapphahn, Schüsseln wie Wannen, in denen man die Buttermilch mit dem Fastnachtbesen zu Nidel schwang; dann all das Trinkbehältnis vom Fünfhundertfaß bis zum kleinen, giftigen Fuselgläschen. Nun noch manche Überraschung aus der Rumpelkammer, so eine alte, aber noch recht helle Geige, von der Vater Omlis ehemals als junger Eheherr rein aus dem Gedächtnis seiner Frau Melodien wie „Du, du liegst mir im Herzen" oder „In einem kühlen Grunde" gespielt hatte. Eine verstimmtes Tafelklavier, — altväterische, bunte Wandbilder, vor allem auch eines mit General Dufour und seinem Stab mitten in den Hochalpen des Gotthard, dann Geweih und anderes Holzgeschnitz, das der handfertige Großvater durchs ganze Haus gekünstelt hatte, —

dann zwei Vogelkäfige, eine Eichhörnchentrülle, alte Kuchenmodel und ähnlicher Plunder. Kurzum, der unglaublich reiche und unterhaltliche Kram eines jahrhundertealten Hauses und Hausvolkes ward da erbarmungslos hervorgezerrt, um einen Schundpreis ausgeboten und dem nichtsnutzigsten und respektlosesten Käufer, der gerade ein Fränklein mehr als der andächtige Liebhaber bot, in die Arme geschmissen.

Und unter der Haustür stand der lange Marx. Er schien weder stolz, noch demütig, sondern eher gelangweilt von dem eintönigen Ruf und Zuruf der Gant. Aber wer besser zusah, merkte, daß dies alles nur üble Verstellung war und daß der junge Mann unter dem geschweiften Türbalken jedesmal aufatmete, wenn wieder ein Möbel wegging. Nur als eine alte, verbogene Wiege gezeigt ward, mit unmöglich blauen Rosen und geschlängelten Goldbändern bemalt, ein unbrauchbares Rumpelstück, und als die ganze ehrlose Menge laut auflachte, da faßte Marx den Türhaken fester an, als hätte er beinahe einen Fehltritt getan und wäre in den finstern Gang hineingestürzt. Ach, er war ja in dieser Wiege geschaukelt worden, und er erinnerte sich noch, wie die Mutter ihm oft erzählt hatte, daß alle Omliskinder, wenn sie stärker wurden, sich so kühn im Bettlein herumgeschaukelt hätten, bis sie herausflogen und nun in einem großen, soliden Menschenbett schlafen durften.

Ach, da schaukelte ihn das wilde Leben jetzt zum zweitenmal aus dem ganzen, warmen Omlisnest hinaus.

Man liebte Marx nicht, weil man von ihm auch keine Liebe kannte. Man bedauerte ihn nicht einmal, weil alle wußten, daß ihm laut Gesetz und Recht die verstorbene Mutter ein paar tausend unantastbare Fränklein und das Berggut Kleinmäusli hinter dem Pilatus verschrieben hatte. Also ein Bettler wurde er nicht. Viele wären froh, die da ein Luxussächelchen eingantеten, sie besäßen noch so viel wie dieser Sohn des verlumpten Edlingers.

„Wenn ihm die Wiege sehr leid tut, soll er sie kaufen," hieß es.

„Er muß doch zuerst die Agnes bekommen," spaßte ein Grobian. „Erst Weib, dann Wiege."

Jedoch Marx schlitzte nur ein wenig die Augen zusammen, als der Trödler Hört das ihm so heilige Möbel erstand.

Jetzt kam Wäsche daran und Kleidervorrat. Altes, grobes, gutes Linnenzeug, feste, schwarze Röcke, Spazierstöcke, Zylinderhüte, ein Nähtischchen, der dunkelseidige Ratsherrinnenrock der Frau selig, eine Fülle Jacken und Schürzen, gespitzelte Hemden und sogar noch Windeln, von der Hand des Weibels mit einem schlechten Witz hin- und hergeschwenkt. Und da, waren das nicht seine ersten Höschen? Und hier seine alte, liebe Knabenmütze, von einem Fuchs, den Vater an Marxens sechstem Geburtstag geschossen hatte? — Dem Jungen war, da werde Stück um Stück seiner Jugend roh auseinandergerissen und spöttisch herumgeboten. Sogar seine Mutter werde aus dem Grabe gezerrt, die stille, schöne Frau, die schon so lange und so gerne im Friedhof ruht. Ja, nicht einmal seinen Vater, der unlängst und schwierig genug aus dieser Welt geschieden ist und noch frisch im Boden liegt, gönne man den Frieden der Toten.

Aber er hielt festen Stand unter dem Türbogen und ließ all die Habe unter die schreienden und marktenden Leute gehen.

Nun aber fing er an zu zittern. Das Vieh ward aus dem Stall den Händlern vorgeführt, getätschelt und in Huf, Knie,

Aug' und Gebiß scharf gemustert, dann reißend rasch Haupt um Haupt gekauft. Denn es ging in den Sommer, wo man reichlich Alpenfutter hat und viel Milch, Käse und Butter braucht. Das war nun die schlimmste Marter für Marx, und wieder faßte er den Türhaken grimmig an. Aber jeder Kuh und jedem Rind sah er doch gerade ins narbige, gutmütige Gesicht und war sehr froh, daß keines ein Zeichen des Erkennens gab, sondern in seiner unwissenden und stumpfen Blödigkeit, den Schwanz hin- und herschwingend, folgsam hinter dem neuen Herrn davontrottete.

Nur das Roß sah sich einmal rasch um, wahrhaft nach der Türe! Aber da kitzelte ihm der Fuhrmann den Hals und schob ihm einen Zucker zwischen die Lefzen, und der Braune trabte munter davon.

Jetzt blickte alles nach der aufgesperrten Stalltüre. Man hörte drinnen Zureden und Ermunterungen und Schmeicheln wie zu einem lieben Trotzkopf. Dazwischen fiel ein spitzer Gertenhieb und rollte ein dumpfes Brummen auf.

„Sie bringen den Stier nicht heraus," hieß es im Volk. „Der hat sich nur vom Marx hirten lassen und ist ein böses Vieh!"

Zuletzt kam ein breiter Händler heraus und sagte dem Weibel auf dem Ganttisch etwas. Der runzelte die Stirne und sah verlegen und unschlüssig zu Marx hinüber.

Doch Marx rührte sich nicht.

Indessen schienen die Stalleute das Tier meistern zu können. Es traten zwei Bauern unter dem Stalltor hervor. Einer zog am Halsstrick, der andere am Bauchgurt. Von hinten ward gestoßen und gesperrt. Ein Schelten, Stampfen und Stieben drang aus dem Dunkel, dann plötzlich ein kurzes, unheimlich tiefes Aufbrüllen, und einer der Bauern flog hintenüber ins Gras hinaus. Breithornig, düster und böse mit den kleinen, tintenschwarzen Augen ins Licht hinausblinzelnd, stand der Stier jetzt auf der Schwelle und versperrte den Weg. Die drinnen hatten sich verkrochen.

Die Menge schrie und drängte zusammen. Der Weibel aber sprang vom Tisch eilends zu Marx hinüber und bat mit einer Hochachtung, die er die ganze Gant hindurch verleugnet hatte: „Seid so gut, Marx, und führt uns den Muni heraus. Sonst gibt's ein Unglück!"

„Ihr habt vorhin meine Wiege verspottet, — habt meine Windeln ausgelacht —" flüsterte ihm Marx mit zerdrückter Stimme zu. Seine kleinen Zähne klirrten dabei wie Steine.

Der Weibel erbleichte. Aber das Volk rief: „Tut es doch, tut es, Omlis!"

Über das magere, braune Gesicht des hübschen Burschen lief ein verächtliches und rachsüchtiges Lächeln. Er schüttelte den Kopf mit allen wirren Locken.

Diese schlechten Leute! Merken sie denn nicht, wie sie mich langsam zu Tod martern? Mir Glied um Glied vom Eigenen reißen? — Denen soll ich helfen? Helfen, mich ausplündern, mich verstümmeln? — Die Narren!

Er schüttelte noch einmal und diesmal ohne Lachen die ungekämmten, wilden Locken.

Verwirrung entstand. Der Platz um den Ganttisch leerte sich. Die ersteigerten Häufchen Kram lagen zerstreut über den Hof. Man ließ alles im Stich vor dem gehörnten Ungeheuer mit den kleinen, schwarzen, unstet rollenden Augen und den gespreizten, dünnen, an den Knien weißgefleckten Beinen, und vor allem mit dem dunkeln, riesenmäßigen Leib, der sich unheimlich im Stalldunkel verlor. Der Stier war offenbar wild. Das Kreischen und Klatschen um den Stall hatte ihn zuerst unruhig gemacht, dann aufgebracht, und als man ihn nun so ungeschickt hinauszerren wollte, schreiende Gesichter und rohe Hände ringsum, alles Fremdes, Feindliches, da fing es an, in ihm zu gären und zu kochen, und im gezähmten Haustier erwachte die wilde Büffelnatur des Urstandes. Da sind Köpfe, Schwadronöre, Plaggeister, Zwerge, alles! Hinein ins Gekribbel! Zugestoßen!

Marx sah es kommen. Ganz recht! Sind das nicht auch seine Plaggeister? Was hat er ihnen denn zuleid getan? Daß sie so schwätzen und auf ihn zeigen und solche lachenden Gesichter schneiden? Jetzt soll man nicht lachen! Und ihm das Liebste wegtrödeln! Hat denn er die Mutter ins Grab gebracht und den Hof verspielt und diese entsetzliche Versteigerung gerufen? — Ist er nicht unschuldig an allem? —

Ich bin doch nicht gut, noch böse mit irgendwem gewesen, denkt er; lief meine Wege, arbeitete und faulenzte, wie's mir gefiel, niemand zuleid, niemand zulieb! Lache und spiele gern und möchte, daß ein Tag lustig und ein anderer stiller Laune wäre! Geh' andern aus dem Weg. Nun, warum tut man mir jetzt das? Sogar den Stier nehmen sie mir weg. Meinen Stier! Hat mir der Vater nicht das Kälblein geschenkt, droben auf Fellalp? Ich half ihm zum Leben. Weiß den Tag noch wohl genug! Mit diesem Kälblein hab' ich angefangen zu hirten und zu bauern. Nun ist's ein stämmiger Stier geworden, stark wie zwanzig Männer. Ganze Körbe voll Prämienkränze hat er um den Hals bekommen. An einem Haar hing's, daß ich ihn der

Eidgenossenschaft verkaufte. Zweimal bettelte sie mich drum an. Aber Vater sagte: Gib ihn nicht! — Und nun soll er nicht mehr mein sein? — Sie verganten nicht bloß, sie stehlen auch, diese Cheiben*). — Gut, nehmt ihn, nehmt ihn! — Aber nehmt ihn ohne mich! Greift selber zu, wenn er euch gehört!

So wirbelte es blitzschnell durch den wirren, zornigen Kopf des Jungen. Und er lehnte sich jetzt erst recht nachlässig in die Türe, als wollte er bequem zuschauen, was nun geschähe.

Die Leute murrten und warfen ihm übelmögende Blicke zu. Aber man bat nicht mehr. Man kannte den Steinschädel der Omlis zu gut.

Das freute ihn wonnig. Aber da trat ein Mann mit entblößten, dichtbehaarten Armen und mit Achseln, die sich bei jedem Schritt wie zwei Felsstücke bewegten, auf den Stier zu. Gerold Ständel, vor Jahren Schwingerkönig, dann Meisterknecht auf der Maisäß*) Froli, nun der erste Angestellte im Maurergeschäft Dannig, seit der Meister gestorben war. Er warf Granitquadern wie taube Nüsse herum. So, Muni, nun gut' Nacht!

In der offenen linken Hand hielt Gerold dem Stier ein Häufchen Salz entgegen, die Rechte mit einem dicken, dornigen Knüppel barg er hinter dem Rücken.

„Hoi, ssä, ssä, ssä!" lockte er mit listiger Freundlichkeit und trat ganz heran.

Der Stier würdigte das Salz keines Blickes. Argwöhnisch blinzelte er nach der versteckten rechten Hand, senkte langsam und schräg den Riesenkopf —

---

*) Schweizerisches Schimpfwort, etwa: verfluchten Kerle.

**) Voralpen, wo schon im Mai das Vieh weidet.

„Gebt acht! Jesses Gott!" schrie man.

Das kam zu spät.

Mit einem jähen Ruck schoß der Stier aus dem Tor in den Mann hinein. Ein Knurren, ein Stampfen, ein Schrei, und von der gegabelten, hochaufgeschüttelten Stirne des Stiers flog der gewaltige Gerold in einem Bogen durch die Luft und fiel krachend und wie gebrochen ins Gras.

Das dauerte keine Sekunde. Und nun neigt das Tier nochmals gefährlich den Nacken. Jetzt geht's in den Haufen. — —

„Pilat!"

Mit diesem lauten, melodischen Befehl marschiert Marx langsam und großschrittig zum Stier. Der Büffel stutzt, horcht, hält inne. Diese Stimme! Aha, sein Hirt, sein Pfleger, der ihm Streu wirft, Gras zuschüttet, ihm den Trog öffnet und die heiße Haut striegelt und die verfluchten Mücken wegjagt. Aha, Marx, sein Freund, sein Herr!

„Pilat!" gebietet es noch mächtiger und näher. Das Untier fühlt eine starke, warme Hand mit gewohntem Griff am Halsband. Es möchte wohl noch toben, noch stechen, noch niederstampfen — aber diese schöne Gebieterstimme! Diese feste Hand! Dieser Griff so regierend und doch nicht hart! Und gar nun die zwei grauen, dunkeln, feurigen Augen! Nein, Muni, das Spiel ist aus. Schade, — die Flegelei war viel zu kurz. Er hätte jetzt so gloriosen Humor dazu! Aber, er muß gehorchen, da gibt es nichts anderes. — Noch ein mürrisches Gebrumm, dann quatscht der schwarze Koloß an Marxens Hand gehorsam neben dem besinnungslosen Gerold vorbei bis hart ans Tischchen. Da steckt ein Pfahl im Boden. Daran läßt sich der Stier geduldig binden, schließt die Augen und harrt seinem Los entgegen.

Das Volk sammelt sich wieder. Gerold wird mit gequetschtem Bein und eingedrückten Rippen davongetragen. Der Verganter steigt nicht mehr aufs Tischchen. Dazu reicht sein Mut nicht aus. Farblos steht er dahinter und bietet das Tier mit schwacher Stimme aus. Jeden Augenblick bittet er Marxen: „Haltet ihn, um Gottes willen, haltet ihn doch fester, lieber Herr Omlis!"

O wie gern möchte Marx den Stier für sich kaufen! Aber, als ob man den Wert des herrlichen und furchtbaren Viehs nun erst erkannt hätte, wird Angebot auf Angebot verdoppelt. Es geht ins tiefe Tausend. Das ist ein Zugtier für zwei Pferde. Alle Großbauern des Landes umringen den Tisch, hetzen einander den Preis in die Höhe, und die Gefährlichkeit des Tieres scheint ihnen selber einen frechen, abenteuerlichen Geschäftsgeist eingeflößt zu haben.

Marx kann sein Sümmlein nicht an dieses schöne Tier werfen, unmöglich. Und was könnte ihm Pilat auch droben auf Kleinmäusli nützen, in einem so engen, wilden Berggut, wo es nichts zu pflügen gibt!

Wie die Summe für einen Stier schon unsinnig hoch geht und einer nach dem andern stumm wird, schreit ein grelles Weib: „Tausenddreihundertfünfzig!"

Es ist die Maurermeisterin Dannig, bei welcher der gehornte Gerold als erster Knecht dient. Eine Dreißigerin, aber schon mit grauen Strähnen, klein, klug, unschön, mit steifem Kinn und knallharten, brauenlosen Augen, doch Witwe und reich. Sie steht bereits als Eheversprochene Gerolds im Amtsblättlein gedruckt und ist nach uraltem hiesigen Brauch schon das erstemal von der Kanzel als Gespons verkündet worden.

Nach der dritten Verkündigung heiraten die zwei. Roßschinderin heißt sie, weil ihre Fuhren immer hochbefrachtet sind und die Polizei sie schon zweimal, minder wegen der gequälten Pferde, als wegen der einträglichen Summe hart gebüßt hat. Und das Wichtigste für Marx ist, daß es just die Mutter seiner geliebten Agnes ist.

Aber daran denkt er jetzt nicht, sondern nur an seinen armen Pilat. Nun wird er ein Joch bekommen, daß ihm nie mehr gelüstet, daneben noch Kapriolen zu treiben! Armes Vieh!

„Dreizehnhundert und fünfzig zum Ersten!" ruft der Weibel. Stille!

„Dreizehnhundert und fünfzig zum Zweiten!"

„Dreizehnhundert und — und — dreizehnhundert — und — fünfzig zum drittenmal! — Schreiber, notiert — Frau Witwe Agnes Dannig von und zur Lochmühle. — Aber Frau, paßt —"

„Lasset nur, lasset doch nur," schreit das Weib mit ihrer grellen Stimme. „Den fürcht' ich doch nicht!" — Gehässig schaut sie Marxen an.

Er will das Seil nicht gleich loslassen. Soll's denn wirklich sein? Sein einziges treues Geschöpf! Doch nein, die Agnes — —

„Gebt her!" herrscht die Witib ihn an. Und fast mit dem gleichen Ton, womit sie die Gerte über dem Stier schwingt, schreit sie: „Hoihü, hoiohüü!"

Und sieh, in den Boden schauend, mit der Botmäßigkeit eines Sklaven, trampelt das gewaltige, aber nun gar nicht mehr furchtbare Vieh neben der kleinen, flinken Frau durch das Volk den Hof hinaus in eine lange, schmähliche Dienstbarkeit. Marx möchte vergehen vor Bitterkeit.

„Oha, Pilat!" sagt man ringsum. „Dich hat's!" —

„Und oha, Gerold," lacht einer laut. „Dich hat's auch!" —

Aber Marx schaute der Witwe und ihrem Stier nach bis zum Wegrank. Dann sagt er bei sich mit bitterem und glühendem Ernst: „Den zahlst du mir teuer, Frau! Dein Kind für mein Kind!"

Jetzt zügelte noch einiges Ackergerät nach. Schaufeln, Rechen, Äxte, Hacken und Spaten, Beile, Gertelmesser, Sensen und Sicheln, Heunetze, Zainen, Rückenkörbe, Käsreifen und Züber. Mitten im Gefeilsch sprang ein weiß- und braungefleckter, prachtvoller Hund hinter dem Haus hervor. Er schleifte ein abgerissenes Stück Kette am Halsband nach. Seine großen Bernhardineraugen suchten jemand. Jetzt knurrte er glücklich auf. Dort stand Marx. Er überrannte ihn fast.

„Der Skio! Ei seht, den hat man vergessen," riefen die Buben.

„Der gehört zum Haus, das hab' ich mir ausbedungen," sagte klar und ohne Heftigkeit ein schöner würdiger Bauer mit einem wohlgepflegten Patriarchenbart.

„Könnt Ihr's schriftlich geben?" fragte der Weibel.

Der neue Edlinger wollte das gestempelte Papier aus dem Rockfutter ziehen.

„Laßt, laßt! Es ist schon so," sagte Marx mit mühsamen Trotz. „Aber bindet ihn besser!"

„Helft mir," bat der Bauer bescheiden, als die Dogge schon beim ersten Schritt unheimlich brummte.

Diesem demütigen Mann wollte Marx gnädig sein. Er kettete das widerstrebende Gewaltstier hinter dem Roßstall ans Hundehüttlein. Bitter grollend sah Skio Marxen dabei an. Wie kannst du das tun? fragten die feuchten braunen Augen. Bist du jetzt auch an uns falsch geworden, du glatter, schöner Herr du? — Und Skio nahm den Knochen nicht, den Marx ihm zum Abschied zuwarf, sondern blickte starr seinem Liebling nach, bis er ums Eck verschwand. Aber noch lange scholl in den Lärm der Versteigerung sein fast menschliches Heulen und Winseln. Marx konnte das nicht hören. Er steckte sich tief in das widerwärtigste Geklatsch des Gantvolkes hinein. Das ertrug er noch eher.

Endlich war alles Nützliche und Eitle vertrödelt. Es blieb nur noch ein Eispickel.

Ein Bub voll Kletterlust ruft: „Zwei Franken!"

„Zehn Franken!" schleudert Marx hinein.

Alles staunt. — Ein Eispickel, zehn Franken? Was kommt ihn an? Will er denn Bergsteiger werden?

Oder Fremdenführer?

Oder Wilderer?

Weiß er jetzt nichts Gescheiteres zu erhandeln?

Nein, wirklich nichts Gescheiteres! Dieser Eispickel gehört in die einsamen, wilden, menschenverschlossenen Berge. Und Marx gehört auch da hinauf. Nun hat er doch einen Gespan. Nur fort aus diesem Geschmeiß von gehässigen, schädlichen, wehetuenden Menschen! Komm, Pickel, mein Gespan, komm in meine Wildnis hinauf!

6

Am welschen Töchterinstitut „Porta Virginea" zieht Marx ungeduldig die Hausschelle. Ein Schiebloch im Portal geht auf, und ein vorsichtiges Frauengesicht, das fast nur die Nase zeigt, bittet mit leiser Stimme: „Was wünschen Sie?"

„Mit der ehrwürdigen Frau Oberin zu sprechen."

Die Haube verschwindet, das Seitenpförtchen knarrt auf, und eine Nonnenschwester mit unhörbaren Sohlen geht den genagelten und unheilig lärmenden Stiefeln Marxens durch den langen Gang mit den zwölf gipsernen Apostelstatuen ins Wartstüblein voraus.

„Wen darf ich melden?"

„Sagen Sie nur, der Bruder der Agnes Dannig sei da!"

Marx wartete eine gute Weile. Es war ungemütlich. Schon dieses kahle glatte Zimmer mit den lateinischen Sprüchen an der Wand und einem unendlich süßen Bild des Guten Hirten in der Nische gefiel ihm wenig. Ganz anders sind die Hirten, rauh, bärtig und mit einem Blick so scharf wie Gemsen. Und wenn sie ein Tier aufheben, so nehmen sie es herzhaft an die Brust und klopfen ihm tapfer den Pelz, aber strählen es nicht so jungfräulich und zimperlich, als wäre alles Seide daran. Und links und rechts das übrige Vieh trottet frech um seine Beine. Aber hier ist alles so französisch, so weich, so erlogen! Nie stehen die Schafe so sauber in Reih und Glied und machen so dummselige Gesichter wie hier. Nein, der Mann, der das gemacht hat, war nie unter Hirten. Wenn einer unsern lieben Christ als Völkerhirten schnitzen will, so soll er ihn nicht so fraulich und zierlich fast wie in Theaterkleidern aus dem Stein hauen. Und vor allem nicht mit einem solchen zuckerigen Altjungfernblick!

Groß und schwerfüßig soll er sein, und einen mächtigen Bart und gewaltige Hände soll er haben, die nicht bloß Schafböcke, sondern auch Stiere meistern. Und er soll ihm Augen geben, die freilich frohmütig sind, aber auch mutig und großartig über alle Weltweide schauen. Das da in der Nische ist nichts. So ein welsches Geplemper!

Wenn nur die liebe Agnes nicht auch so geraten ist! Als leichtes, lustiges Bergmädchen ist sie da vor fast drei Jahren hineingekommen. Hoffentlich, hoffentlich hat sie nicht dieses Schmiegsame, Weiche, Wollige da von so einem dummen Schaf angenommen! Hoffentlich zaudert sie nicht und kommt gleich mit ihm. Sein Häuschen auf Kleinmäusli hat er hübsch putzen lassen. Weiße Vorhänge und ein Prachtteppich zieren die Stube. Der weißkachelige Ofen mit seinen roten und grünen Zeichnungen ist wie ein Bilderbuch. In der Stubenkammer stehen zwei Betten nagelneu beisammen, und in der Küche gibt es wenig, aber blitzblankes Geschirr. Eine fette Milchkuh und Geißen und Schafe hausen im Stall ob dem Haus, und unter der Küche gackert es von einem Dutzend fleißiger Hühner. Ein Sennbub und die Hütermagd von der Weid drüben helfen ihm aus. An die Türe hat er vor dem Weggehen noch drei würzige Tannenäste genagelt und Tannenreiser auf den Boden gestreut — so, hübsche Jungfer Braut, jetzt komm! Wir halten Hochzeit!

Wenn nur die Frau Mutter bald käme! Dieser süße Hirte und diese frommen Lämmer und die lateinischen Verse, die er nicht mehr recht zu entziffern vermag, und diese feierliche Uhr, die so ein heiliges Tick-Tack macht, so furchtbar gemessen und regelhaft, das alles macht ihm eng. Zum Ersticken dünkt es ihn hier.

Dann und wann klingt eine Glocke im Korridor, huschen Schritte an der Schwelle vorbei, hört man weit, weit weg, sicher hinter zwanzig, dreißig Türen, ein müdes, süßes Harmonium spielen.

Marx steht auf, läuft zur Türe, will in den Gang mit den Aposteln hinaus, will rufen: Agnes! — oder Frau Mutter! — oder Herrgottsappermen, kann denn niemand kommen! —

Doch da geht die Türe geräuschlos auf, und nicht eine stattliche Äbtissin mit hohen Schultern und einem Herrscherinnenhaupt und die starke, goldberingte Hand an einem schweren Brustkreuz, nicht eine solche füllt den Rahmen aus; sondern ein überaus kleines, schmales, niedliches, liebes Persönchen mit glattem Antlitz und zwei hüpfend schnellen, grauen Augen wie zwei ewig lebendigen Brünnlein springt sozusagen ins Zimmer. Kein Mensch kann sagen, wie alt das Nönnlein wäre. Die Haube, der Schleier, das Stirnband decken alles zu. Die Stimme hat einen klugen, gewiß vierzigjährigen Ton, aber der spaßige Mund, die flinken Augen, das Spiel der Hände ist viel jünger, wie bei Achtzehnjährigen. Das hatte Marx nicht erwartet. Er atmete auf, ja, konnte das ehrliche Berglerlachen nicht ganz verbeißen.

„Ich glaubte, meine Schwester komme da," sagte er mit pfiffiger Frechheit. „Sind sie wirklich und wahrhaft die gnädige Frau Oberin?"

Dieses Kompliment traf die Ordensfrau an ihrer einzigen irdischen Schwachheit, an ihrer immer noch so jugendlichen Jungfräulichkeit. Sie blickte wohlwollend und fast belustigt an dem hohen, biegsamen Mann empor, der wie eine Tanne vor ihr stand und ihr bieder die Hand herunterbot. Mit welscher Grazie verneigte sie sich ein wenig und legte drei feine, dünne Fingerchen in seine schöne, feste Tatze.

„Sie sind also Herr Dannig, der Bruder unserer geliebten Tochter Agnes! Sitzen Sie, sitzen Sie!“ redete die Gnädige zwitschernd schnell und sicher und führte ihn zum Stuhl.

„Fast drei Jahre ist die Agnes fort! Zu Haus hat man sie beinah vergessen. Aber ich nicht,“ gestand der Omlis errötend.

Sie haben das gleiche seltsame Singen der Berglersprache und die gleichen braunen Gesichter, dachte die Oberin. — „Bringen Sie ihr Wichtiges von daheim?“ fragte sie laut. „Ich weiß, Leute von Ihrem Schlag kommen lieber selber her, als daß sie einen Brief schreiben.“ Ihr kleiner Mund verzog sich schelmisch. „Oder kommen Sie gar her, uns das Schäflein aus dem Stall zu rauben?“ spaßte sie weiter. „Nein, nein, wie ein Wolf sehen Sie nicht aus.“

„Das hängt nun ganz von Agnes ab. Wir lassen ihr den freien Willen. Meine Mutter heiratet leider wieder, — sehen Sie!“ er entfaltete das Amtsblatt mit der zivilrätlichen Anzeige. „Das war seit Jahren im Tun. Er ist Knecht und nicht unser Freund, das kann ich wohl sagen. Ein Knecht meines Vaters selig, denken Sie!“

Die Vorsteherin suchte ein mißbilligendes Zeichen zu unterdrücken. Aber innerlich war sie empört. Von dieser scharfen, lauten, gescheiten Bäuerin, die ihr vor drei Jahren unter Schelten und Schimpfen gegen den Nächsten Agnesen ins Kloster geworfen hatte, behielt sie keine liebenswürdige Erinnerung. Und nun heiratet so ein Weib ihren und ihres seligen Gatten Knecht, zum Verdruß der erwachsenen Kinder! Nein, das gefiel der

Nonne nicht. Aber Pietät muß sein — und ihr stand der Sohn dieser heiratsüchtigen Frau gegenüber.

„Das sehen große Kinder ja begreiflich nie gern, — — wenn die Mutter sich gleichsam teilt —"

„Nun, ich bin sechsundzwanzig Jahre alt, und Agnes ist auch seit einem Jahr schon mündig. Wir stehen auf eigenen Füßen. Ich besitze das Heimwesen Kleinmäusli..."

„Wie sagen Sie?" wunderte sich die Nonne lustig, „Klei—nmä—uz—mäuz—"

„Kleinmäusli, — ein rauhes, aber schönes Berggut unterm Pilatus. Kommen Sie einmal, schauen Sie selbst, wie schön es dort ist! Das tät Ihnen —"

„Oooh!" bat die Gnädige mit scheinbarer Entrüstung. — „Und die Klausur? Dergleichen, mein Herr, ist für uns abgetan."

„Wohl, wohl!" entschuldigte Marx. — „Aber Sie begreifen, daß ich nicht bei meinem Knecht dienen mag. Und mit faustgroßen Stiefkindern mich herumbalgen! Ein Mann!"

„Oh, wie natürlich, mein lieber Herr Dannig," sagte die Nonne teilnehmend. Der Mann in seiner Kräftigkeit gefiel ihr. Es lag schon eine bittere Erfahrung auf seinem jungen, hübschen Wesen. Dabei hatte er etwas so Unverdorbenes, Freches, Liebes, man konnte diesem Weltkind nur gut sein. Und erst welche Anhänglichkeit zu seiner Schwester glomm aus seinen schönen, geheimnisvollen, dunkelgrauen Augen, die er so fein schlitzte.

„Jetzt sehen Sie, gnädige Frau, — ach, Ihnen kann ich ja wohl alles sagen, Sie sind wohl noch so jung, aber doch flößen Sie mir ein kindliches Vertrauen —"

„St, st! — was sagen Sie!“ klingelte die Oberin nun entschieden ab.

„Nein, das sag' ich fertig, mit Ihnen kann ich, wenn ich Sie auch noch nicht eine Minute lang kenne, schon besser reden, als mit der leibhaften Mutter. Traurig, sehen Sie, ehrwürdige Frau Mutter, aber das ist einmal so! — Meine Mutter möchte gern, Agnes würde hier eine fromme Klosterfrau. Und sie meint, das sei im besten Gang, wenn auch langsam, langsam!“

Die Oberin schüttelte energisch ihre Haube.

„Darum schreibt sie nichts von allem, was zu Hause vorgeht, und heiratet sogar unsern widerborstigen Knecht, ohne der eigenen Tochter ein Sterbenswort zu sagen. — Denn Sie haben etwas übersehen, ehrwürdige Frau!“

Er tupfte auf das Amtsblatt. „Die Hochzeit ist hier auf den zwölften Mai ausgekündigt.“

„Wie?“ rief die Oberin aufrichtig entsetzt und hüpfte vom Sessel auf. „Also vorbei! Wir sind doch jetzt schon im Herz Jesu-Monat.“

„Da sehen Sie!“ triumphierte Marx.

„Das ist, ich getrau' es mir zu sagen, eine ganz seltsame Mutter!“

„Ich habe Agnesen das Herz nicht schwer machen wollen und wartete, bis der Rummel — pardon!“ verbesserte er sich glatt, als er die abwehrende Geste der Nonne sah, „aber dieses Gezeche, Gejubel und Getanz nach einer schnellen Kirchenfeier war nichts anderes — bis das Fest vorüber war. Agnes und ich sind je mit zweitausend Franken abgespeist worden. Das übrige vom Vater selig erben wir erst, wenn die Mutter vom zweiten Mann Kinder bekommt oder sonst bei ihrem Tod. Das ist so ein abgestandenes Gesetz oder ein Schnörkel im Testament, — weiß selber nicht. Das Geld hab' ich bei mir." — Er zog eine gelblederne Brieftasche hervor. — „Ich soll alles in Ordnung bringen. — Wenn Agnes dableiben will, gut, wir freuen uns, eine fromme Klosterfrau in der Familie zu besitzen, die für uns betet, — brauchen können wir alle das schon, — obwohl ich nicht glaube, so wie ich Agnes kenne, daß sie eine so glückliche und ausgezeichnete Ordensfrau — Kapuz — nein — Dominik — — oder?"

„Aber, aber, aber!" drohte die Oberin mit erhobenem Finger. „Salesianerin!"

„Daß sie so ein Muster im Orden wird wie Sie, ehrwürdige Frau Mutter!" beendigte er mit einer schlanken Verbeugung.

Die Oberin schüttelte nun noch viel entschiedener ihre Haube.

„Nirgends ist Agnes besser versorgt, das wissen wir. Es ist sogar der Wunsch meiner Mutter, daß ich in Agneslen dringe, die Gelübde abzulegen und sich einkleiden zu lassen. Ich soll sagen, daß Mutter ihr neues Ehfrauenamt so besser versehen kann, als wenn sie zweierlei Kinder am Tisch hat."

Die Vorsteherin wurde sehr ernsthaft. Welch ein wackerer und dazu äußerst anständiger und gescheiter Mann das war! So ein ritterlicher Sohn der Berge, wie man aus den Legenden der heiligen Ida und Walburgis, der großen Kunigunde und Hildegard weiß. Aber sie ließ sich dieses Gefühl nicht anmerken. Sie hielt sich im Zaum. Eine Taube an Unschuld, aber dann doch im Notfalle wieder eine Schlange an Klugheit. Rede er fertig, der Treffliche, rede er fertig! —

„Daher wollte ich zuerst mit Ihnen ratschlagen, Frau

Mutter. Sie kennen ja jetzt meine Agnes besser als wir alle daheim. Sie müssen uns den Weg weisen. Es fällt mir nicht ein, Agnesen zu überreden oder gar zu zwingen, daß sie eine Kapuz — ach, wie doch? eine —"

„Salesianerin," half die Nonne mit schärferer und feierlicherer Betonung.

„Eine Salesianerin wird, wenn sie keinen Klosterberuf hätte, nicht wahr?"

„Sie hat ihn nicht," erklärte die Oberin nun ruhig, aber fest. Sie merkte nicht, wie Marx sich wütend meistern mußte, um nicht laut aufzujubeln. Das Lachen konnte er nicht ganz verhalten.

„Ich muß lachen, verzeihen Sie, aber wir homines generis Dannig, wie mein Lateinlehrer sagte, taugen zu nichts als zum Bauern. Das wußte ich nämlich schon immer, daß Agnes weder Lehrerin, noch Nonne wird. Sie muß eben auch bauern wie ich. Ich nehme sie gleich mit auf mein Berggut. Da hausen wir einstweilen wie ein Pärchen zusammen. Das heißt, wenn Agnes nicht vorzieht, anderswohin mit ihrem Sümmchen zu gehen oder es noch ein Jährchen hier zu probieren."

„Nein, nein, Herr, es ist gut, daß Sie kommen. Agnes paßt nicht mehr gut zu unsern jüngern Fräulein. Sie ist zu alt, zu groß, zu, zu," sie hustete ein wenig, „zu reif geworden, möcht' ich sagen. Und Nonne wird sie nie. Das müßte mit einem Wunder zugehen. — Aber gehen Sie jetzt zu ihr, reden Sie selbst mit ihr — sie ist im Garten. Ich zeig' Ihnen ein Stück weit den Weg. Dann lasse ich Sie allein mitsammen." — Sie lächelte schelmisch. „Unsere liebe Tochter weiß übrigens, daß ihr Bruder da ist. Schwester Ancilla hat es ihr berichten müssen. Agnes sei ganz wortlos und erschreckt gewesen von einer so unerwarteten Freude. Dann lief sie in ihre lieben Johannisbeerbüsche. Dorthin verkriecht sie sich bei jeder Aufregung. Sie hat etwas Wildes behalten und ist dann doch wieder so willig wie das gehorsamste Schäflein. Aber zu uns paßt sie nicht mehr, — nein, nein!"

„Möchte sie dann bei mir recht glücklich werden!" rief jetzt nach soviel Lügen mit heiliger Wahrhaftigkeit und mit wahrhaft brennenden Lippen und Augen Marx Omlis. „Meine liebe, liebe Agnes!"

„Welch ein Bruder, welch ein seltener Bruder!" lispelte die kleine, zierliche Oberin und sah ihm nach, wie er hastig und behend sich zwischen den blutroten Beerenstauden hindurchwand, als suchte er zwischen Alpenrosen — ein Edelweiß.

7

„Agnes!" vermochte Marx noch zu sagen, als er seine Geliebte endlich tief und furchtsam ins Buschlaub geschmiegt fand. Sie sah ihn still und starr und fassungslos an. „Agnes!" wollte er wiederholen und umschlang sie statt dessen schon und küßte sie mit jener Wildheit, ohne die er nichts Gutes und nichts Böses tun konnte.

Sie hatte die Botschaft, der Bruder sei da, sogleich in ihrer frechen List verstanden. Sie besaß keinen Bruder. Das konnte nur Marx sein. Sie dachte noch immer viel an ihn, liebte ihn mit einer leisen, trostlosen Heimlichkeit, aber hatte sich an den Gedanken gewöhnt, daß sie ihn nie mehr sähe. Jetzt, wo er selbst herkam, wollte sie sich gegen ihn wappnen wie gegen einen großen Feind, dem man nicht zeigen darf, daß er noch ein viel größerer Freund ist. Sie wollte entrüstet tun, drohen, seine kecke, lügnerische Verschmitztheit aufdecken, wollte ihn zurückstoßen, aus dem Kloster jagen. Sie wollte, wollte, wollte — ach, aber da kam es wie ein Gewitter oder eher wie ein wilder, stürmischer Sonnenschein über sie, in dem kein Fetzen Sorgen bestehen kann.

Wie schön war er, wie groß, schlank, biegsam gleich einer Pappel. Und welch ein schönes, braungelocktes Haar schwang er noch immer um seine niedrige, braune Stirne! Und wie kühn brachen die Blicke aus seinen dunkelgrauen, dünngeschlitzten Augen! Der junge Bart umkränzte ihn von Ohr zu Ohr mit kleinen, krausen, lichtern Flocken. Und aus seinen Ärmeln roch es von Wald, Heu und Alpenwasser gar köstlich. Aber das Schönste war seine lange Hand, nicht verledert und vernarbt, wie braune Bauernhände sonst wohl sind, sondern unverbrauchte, stahlglatte und doch so starke Hände. Damit umschloß er ihre Gelenke mit einer köstlichen, herrischen Sicherheit und zog sie immer wieder an sich. Er war nichts als Feuer. Wie konnte sie anders als mitbrennen? Alles Zaudern und Sträuben half nichts mehr. Sie erwiderte seine Zärtlichkeit und wußte dabei doch vor Angst nicht aus und ein.

„Was soll das geben?" sagte sie zum dritten- und viertenmal. „Was soll das geben?"

„Eine Hochzeit, was sonst?" fiel er schnell ein. „Daß du jetzt gleich mit mir als Schwester heimkommst auf Kleinmäusli, — mein Schatz, mein baldiges Frauchen du, — das soll's geben!"

„Aber die Mutter —"

„Ei doch, bist du nicht mündig? Schon seit dem ersten Mai? Meinst, ich hab' das nicht im Kalender dick angestrichen? Und hundertmal angeschaut?"

„O du Tollkopf, du lieber, du guter!"

„Dein Vater ist tot, und deine Mutter hat geheiratet. — Und du solltest jetzt ein Klosterfräulein werden, hä, und ihr das Geld lassen, ihren zweiten Kindern lassen, hä, — gefällt dir das? — Willst du hier bleiben? — Aber komm, wir wollen aus den Stauden, komm, so Arm in Arm darf man Bruder und Schwester auch im Klostergarten sehen."

So gingen sie nun zwischen gestutzten Spalierbäumchen und geschorenen Taxushecken Arm in Arm die schnurgeraden Wege auf und nieder und konnten sich in ihrer innern Wildheit fast nicht an diese zahme, für kleine meditierende Nonnenschrittlein geschaffene Promenade halten, sondern drohten bald da in ein helles Schnittlauchbeet, dort in dunkeln Spinat oder gar in köstlichen Blumenkohl zu treten. Aus einem vergitterten und überlaubten Fensterchen schaute die Oberin verstohlen zu und lächelte und nickte zu Schwester Ancilla, der Gartenmeisterin: „Wie schön und lieblich, wenn unter Brüdern, wenn unter Schwestern die Eintracht wohnt!"

Und Schwester Ancilla erwiderte: „Sie sind unser Vorbild da unten, ehrwürdige Mutter!"

„Aber ein wildes, beste Ancilla," versetzte die Oberin. „So ungebärdig dürfen wir uns den Friedenskuß doch nicht geben — ach, sehen Sie! — Gott verzeih' ihm, er ist ein ungebärdiger Junge aus den Alpen, und es sind Waisen, wissen Sie, Waisen!"

Mit ihrem steifen, knisternden Habit ans Gitter gelehnt, beobachteten die zwei Nonnen heimlich den Vorgang und erinnerten sich wieder einmal ihrer Kindheit, wo sie auch draußen in der Welt Küsse empfangen, aber dann zeitig, ehe es damit ernst und brennend ward, in dieses feste Schloß des Himmels flohen. Aber man denkt nicht ungern ein schwaches, fleischliches Weilchen daran.

„Schwester Ancilla, mir kommt mein Bruder Ferdinand in den Sinn, der jetzt die Kavallerie in Rochy befehligt."

„Frau Mutter, und ich denke an meinen sehr hübschen Vetter Erwin. Er hat uns Kusinen immer auf beide Backen und auf die Stirne und den Mund geküßt und dazu auf vier gezählt."

„Schwester, Schwester, das war ja schon der Vetter!"

„Oh, ich lache jetzt darüber."

„Brava, brava, Ancilla! — Und dann, was wollen wir machen! Ich kann nichts dafür, aber ich brenn' es nicht aus dem Gedächtnis, wie mir einmal beim Pfandspiel ein wildfremder, vorwitziger, aber schmucker Knabe — es war ja Spiel! — und nur ein einziges Mal, — an den Hals sprang und — ach! —“

„Aber ehrwürdige Frau Mutter, sogar ein ganz fremder Bursche!“

„Silentium, Schwester Ancilla, — vorbei, vorbei! Und da drüben sind es Bruder und Schwester, und sie wissen, was sie tun!“

Ja, sie wußten, was sie taten. Sie gingen auf und ab und beredeten, daß sie schon am Nachmittag miteinander heimreisen wollten. Daß sie droben in Kleinmäusli übernachten und am Samstag morgen sogleich zum Pfarrer gehen und die Sponsalien ablegen werden. Erst dann wollen sie zur Mutter Agnes Dannig, ach nein, Agnes Ständel, gehen und bekennen: „So steht nun die Sache! Sei nicht dawider! Es nützt nichts. Wir kommen ja vom Pfarrer und Zivilstandsamt.“

„Und dann nehm' ich dich auf die Achseln und trag' dich den Berg hinauf, mein Frauchen, wie ein Schäflein, das ich gekauft habe und für immer behalten will,“ lachte er und überleuchtete mit seinem wunderbaren scharfen Augenlicht das zierliche Mädchen. Und wahrhaft, er suchte das Dirnlein an den Hüften zu heben. Aber da drehte sich Agnes flink auf dem Absatz gegen das Kloster und sein in den Garten rückspringendes Kirchenchor und warnte: „Denk', wo wir sind!“

Je näher sie ans fromme Gemäuer spazierten, um so zahmer mußte er tun. Aber am Chor rächte er sich und machte genau so einen flinken und schlauen Kehrt, wie das Mägdlein vorhin, in den weiten Garten hinaus. Und mit jedem Schritt ward Agnes freier und der Bursche frecher, bis es doch wieder geraten schien, das Stiefelchen gegen die Kirche zu schwenken.

„Aber wie konntest du es hier aushalten, in einem so verdammt engen Gefängnis?“ fragte er immer wieder.

„Ihr Buben könntet das wohl nicht. Aber ein Mädchen kann alles aushalten,“ sagte Agnes. „Und hier war es doch besser, als bei der Mutter sein oder als Magd sich verdingen. Alle sind gut zu mir in diesem Haus. Und ich hab' auch viel gelernt. Siehst du,“ prahlte sie lustig, „ich kann Spitzen an deine Hemdchen häkeln und kann dir ganze Geschichten in einen Teppich brodieren. Aus ein wenig Papier mach' ich Blumen, daß du schwörst, es seien echte Rosen oder Tulipanen, und die Nase daran hältst. Lach' nicht! Marx, ich kann auch Erdbeertörtchen backen und Lieder auf dem Klavier spielen, einfache, aber auch solche, wo man beide Hände braucht und dreierlei Stimmen zusammenspielen muß. Ich kann dann auch —“

„Dummheit! Aber kannst du auch noch tanzen? Und kannst du ein Habermus kochen und einen Kachelofen heizen und darin Maiskuchen backen? Und kannst du mir einen fetten, wilden Hasen braten, den ich von der Jagd bringe? Und kannst du waschen und wischen und flicken? O ich zerreiße viel Tuch! Du mußt große Löcher vernähen können. Kannst du das alles?“

„Ich lern's, morgen fang' ich an!“ lispelte sie beschämt.

„Gut! Und kannst du folgen, mir immer, immer folgen?“

„Ich glaub', das kann ich am besten.“

„Und kannst du mir ein Kind geben, Agnes, einen schweren Buben, so groß wie ich und so fein wie du?“

„Marx, hör' auf, du, du,“ bat die Jungfer glührot und schlug ihm schnell die Hand auf den losen Mund, worauf er sie so heftig küßte, daß Agnes sie noch schneller, wie aus einem Feuer, wegzog.

„Schau einmal, ich habe auch meine Heimat gehabt," sagte sie und führte ihn zu einem hügeligen Beet. Aus einem großen, zerklüfteten Tuffstein in der Mitte rieselte ein kleiner Quell. Sein Wasser war in niedlichen Wasserfällen von Absatz zu Absatz hinuntergekünstelt und unten am Saum als klingelndes Bächlein in enger Verschalung ums Beet geführt. Darin gab es Grasinselchen und Felsblöcklein mit holzgeschnitzelten Geißen und Kühen. Aus Nußbaumrinde waren auch eine Menge Brücken über das Wasser gelegt, und auf der schönsten stand ein Hirt und blies die Schalmei. Das war überaus artig anzuschauen. Aber was Marx am meisten behagte, kam nun erst. Das Bächlein sammelte sich in einem Becken mit der genauen Birnenform des heimischen großen Sees. Daran war ein ganzes Dorf hingehäuselt mit Kirche, Schulhaus, Gasthof und Ratstube. Sie hatten so ziemlich die heimatliche Stellung. Über dem See aber war aus Kalkstein ein Gebirge geschichtet, das den Pilatus vorstellte. Nur flatterte auf seinem Gipfel kein Wetterfähnlein, sondern steckte ein Kreuz mit dem hart und boshaft angenagelten Heiland im Stein.

„Siehst du mein Daheim! Hab' ich das nicht geschickt gemacht?"

Marx staunte ehrlich über sein kunstfingriges Agneschen. Und noch mehr darüber, daß es in drei langen welschen Klosterjahren noch ein so treues, landsmännisches, bergfestes Wesen bewahrt hatte.

„Den Schwestern hab' ich natürlich gesagt, dies sei die Stadt Jerusalem und der See von Genezareth und das Gebirge sei der Kalvarienberg. Sie schüttelten die Hauben und meinten, ich stelle mir die Bibel zu schweizerisch vor. Aber es gefiel ihnen. Mir auch! Glaub' mir, dieses nichtsnutzige Städtchen da hab' ich viel lieber als das wirkliche Daheim. Denn hier plagt mich niemand, und hier ist auch niemand, den ich nicht lieb haben dürfte."

„Agnes, lieb' Agnes! Jetzt glaub' ich, daß du auch noch Mehlsuppe kochen und tanzen und eine stramme Bäuerin sein kannst. Hoio! Jetzt frisch daran! Ade zur Frau Mutter, und dann heim!"

8

Die Bahn rollte den zweien viel zu sachte aus dem abendlichen Hügelland gen Osten, wo langsam, langsam die Heimatberge in den Himmel aufwuchsen.

Als sie beide gegeneinander am Fenster saßen, frei und selbstmächtig, da jubelte es in Marxens Herz. Er fühlte sich als Sieger. Eine Hausfrau mußte er auf Kleinmäusli haben: da war eine! Und unter allen Mädchen hatte ihm Agnes immer am besten gefallen: da hatte er sie erobert! Und auch die Rache, und das war nicht der kleinste Jubel, hatte er jetzt an der Löchlerin genommen: für seinen einzigen Stier ihre einzige Tochter! O er war glücklich.

Er betrachtete jetzt seine Frau ruhiger. Und da schien ihm, sie sei viel feiner und zierlicher geworden, ihre Stimme klinge leiser, ihre Füße seien kleiner, fast nur für Kinderschritte, und in ihren Augen liege nichts als Ergebenheit. Vor Jahren, in den Gassenspielen, war sie frischer und sicherer gewesen. Aber noch viel frischer und sicherer gebärdete sich ihre Mutter. Und diese Überlegenheit hat Agneschen mehr und mehr geschwächt und zaghaft gemacht. Und zum zweitenmal geschwächt haben sie die drei Jahre Klosterschule mit Singen, Häubchen, Klavier, Häkelnadel und dem vielen, halblauten, süßen Gelispel in den Schul- und Kirchenbänken. Da ward Agnes feiner, aber auch dünner, und verlor von ihrer bäuerlichen Kraft und von ihrer naturwüchsigen, muntern Dirnenhaftigkeit. Fast war sie ein Fräulein geworden.

Aber Marx hatte sie in dieser zierlichen Schwächlichkeit nur lieber. Er fühlte, diese Agnes war nun völlig sein Geschöpf, und dabei lieb und zart zum Auf-den-Händen-Tragen. Freilich besaß dieses schier weißblonde Jüngferchen schon zwei feine Fältchen in den Mundwinkeln. Marx, so gar kein Kenner und Leser der Menschen, meinte, das sei eine scharmante, witzige Zutat zur ganzen lieben Zeichnung seines Bräutchens. Sieh doch recht zu, es sind die zwei bittern Furchen, wie sie junge, tapfere, duldsame Menschen so früh vom Seufzen und noch mehr vom Seufzerverdrücken bekommen. Das sind Menschen, die nicht gut schlagen, aber ausgezeichnet Schläge leiden können.

Jetzt saßen sie Knie gegen Knie und lachten über die überlistete Gnädige, der sie die erste Hochzeitskarte schicken wollen. Durch Wälder, über kleine Flüsse, an Hügeln und breiten, halbstädtischen Dörfern vorbei kam man immer näher zu den Bergen.

Auf einem Acker sahen sie einen jungen Mann und ein junges Weib aus dem gleichen Topf das Vesperbrot essen. Da fiel ihnen ihre erste Freundschaftsstunde ein, und sie erzählten einander die Einzelheiten davon, das eine dies, das andere jenes genauer und wichtiger malend. Marx hatte Agnesen in der Schulpause eine prachtvolle Reinette, die sie gerade anbeißen wollte, aus den Händchen gerissen und ein gewaltiges Stück mit seinen festen, schwarzen Zähnen daraus gebissen. Da fing sie an zu weinen vor Zorn. Gleich biß er noch ein Stück weg. „Willst du noch den halben?" Aber sie schrie noch ärger. Da biß er einen dritten Schnitz weg. „Magst du jetzt das noch?" — Da nickte sie mit nassem Gesichtchen leise ja. Und nun gab er ihr den letzten, verkerbten Schnitz und tröstete sie dazu: „Probier' nur, der Apfel schmeckt jetzt viel besser." Als sie damit fertig war, gab er ihr nun gerade so eine große Reinette aus seinem Hosensack. Nur mußte sie ihm ebenfalls den letzten

Schnitz übrig lassen. „Du, sicher, der schmeckt nun auch viel besser," lobte er.

Da wurden sie dicke Freunde, schlittelten auf dem gleichen Schlitten, tanzten bei den Kindertänzen mitsammen, und sie war immer böse, wenn er einmal auch mit einem andern Kind herumwalzte. Dann liefen sie Schlittschuhe Hand in Hand und suchten bei den sonntäglichen Zusammenkünften der Gespielen immer von der gleichen Partie, ja, Ellbogen an Ellbogen zu sein. Sie freilich immer dreimal beflissener als er. Das ging so weiter, bis die Eltern aufmerkten, Verbote aufstellten, und die beiden Häuser nicht bloß die verliebtesten Jungen, sondern auch die feindseligsten, haßvollsten Alten beherbergten. Es gibt nichts Dreckigeres als der Danniger Geiz, warnte der Omlis. — Kein Sumpf stinkt so gemein wie die Omlis' Faulenzerei, mahnte die Dannig. Aber das ging die Jungen nichts an. Denn weder war die Dirn' geizig, noch der Bub' faul im Lieben. Und dies blieb doch die Hauptsache.

Man legte dem Paar Hindernisse und Fallen auf allen Wegen. Aber die Liebe und die Jugend sind schlau. Und die schnörkelige Heimat selber half mit ihren tausend Schlupfwinkeln den zweien. Man macht Bergtouren und trifft sich zufällig auf der gleichen Alpe; oder man sucht Beeren im Wald oder rudert auf dem See oder geht in den gemischten Chor, und eine hundertäugige Polizei kommt immer zu spät, wenn die zwei sich schon gesprochen, schon stundenlang umarmt, schon geküßt haben. Zuletzt gab es keine andere Hilfe, als mit Agnesen Kopf über Hals in ein fremdes, fernes, vermauertes Institut flüchten.

Jetzt fuhr sie heim. Sie zitterte beim Gedanken an die derbe Mutter, den ernsten Pfarrer, die klatschenden Gassen. Gott, was wagte sie! War sie denn eigentlich zuletzt nicht ziemlich ausgesöhnt gewesen mit dem Kloster? Immer ruhiger und zufriedener geworden, begnügsam mit dem Träumen und Erinnern? Was würde nun kommen? Vielleicht eine ewige Unruhe. Ein unaufhörlicher Kampf. Aber dann blickte sie auf Marx, dem das Grün der Wiesen und das Blau des Himmels so hell von draußen ins Gesicht glänzte. Wie schön, wie unüberwindlich war er doch! Und er wollte sie, er holte sie, er hielt sie fest in seiner glatten, herrischen Hand. Freilich, freilich, er hatte schon als Knabe seine bösen Launen gehabt, ihr dann stundenlang kein Wörtlein geschenkt, ja, war ihr ohne weiteres davongelaufen. So unbegreiflich! Um des Himmels willen, wenn er immer noch so wäre! Sie sah sein flüchtig wallendes Lockenhaar, seine leichten, goldenen Bartflocken, seine eigensinnige, harte Stirn mit den schrägen Brauen und seinen schmalen, eigenwilligen Mund sorglich an und erbebte. Ach, wenn er nicht standhielte!

„Marx!" bat sie schüchtern.

„Was Agnes?" Er pfiff weiter vor sich zum Fenster hinaus.

„Hast du auch schon andere Mädchen geküßt?"

„Viele, zwanzig, dreißig!"

„Was?" machte sie entsetzt.

„Oder vierzig oder fünfzig! Fast jedes, das mit mir getanzt oder gejodelt oder aus meinem Glas getrunken hat. Weißt, wenn ich gerade aufgelegt war —"

Da dunkelte es vor Agnesen, und sie schloß die Augen.

„O jee!" sagte sie mit weher Stimme. „Und ich habe noch gar niemand geküßt als den lieben Heiland — und dich."

Sie öffnete unter dem weißblonden Haar ihre seltsamen Augen, die ganz kleine, graue, weiche Wölklein in der Pupille zeigten, und sie schaute ihn damit so rein und schmerzlich an, daß er sie an beiden Händen ergriff, nahezog und ihr fast in den Mund hinein sagte: „Du liebes Ding, das war doch immer Spaß! Ich hab's mit solcher Narrheit nie ernst gemeint. Es war nur Dummheit, so, so — weil man's eben so macht. Aber glaub' mir, ich bin nicht für solches Zeug. Ich bin fürs Älplern und Jagen und Klettern und Jodeln und für dich, munziges*) Frauchen, ganz allein geschaffen. Das bin ich! Warum hätt' ich sonst dich, gerade dich aus allen Mädchen erlesen?"

Jetzt mußte sie doch wieder lächeln.

Das Fahren ward eintönig, Stunde um Stunde schlich hin, viele Reisenden nickten ein. Auch Marx wußte bald nichts mehr zu sagen. Er gab immer kürzere Antworten, kaum noch ja und nein. Zuletzt sprach er nur noch faul mit einem Nicken oder Schütteln des Lockenwisches. Begreiflich, er war von der doppelten Fahrt müde.

Sie hatte sich beruhigt und nörgelte nicht mehr an ihm herum. Aber es hätte ihr gefallen, wenn er nicht immer zwischen seinen spitzen, braunen Zähnen zum Fenster hinaus gepfiffen hätte. Als er dann endlich im Eckpolster eingeschlafen war, marterte sie das doch wieder. Sie könnte jetzt nicht schlafen, nein, wahrhaft nicht. Sie muß ihn ja immer anschauen, wie er so stattlich schön und zum Umarmen lieb ist. Sie möchte ihn keine Minute aus dem Aug' haben. Aber wenn er schläft, ist er zehnmal minder herrlich zu schauen, als wenn er seine

*) winziges.

langen Augen dunkel aufschlitzt und so klangvoll spricht und so eifrig dabei wird. Sie möchte ihn durchaus wecken. Bei der nächsten Station gewiß! Aber auch bei der zweiten und dritten wagt sie es nicht, so selbstgewiß ruht er da. Schon regiert sie der Gehorsam. Sie merkt etwas Dienerhaftes im Verhältnis zu ihm, eine Unterwürfigkeit, wie von einem — nein, nein, mit einem Hund mag sie sich nicht vergleichen.

Wenn er wenigstens auf meiner Seite läge, daß ich ihm den Arm um den Hals legen und den Schlaf bequemer machen könnte! Wie schade, daß ich's nicht kann. Aber da sind ringsum so eigentümliche, so neugierige Menschen. Wie die mich anglotzen!

Agnes merkt nicht, daß ihr alles wichtiger, böser oder besser vorkommt, als es ist, weil sie drei Jahre nicht mehr in dieser Welt lebte.

Fleißig sieht sie jetzt nach, wie die Fahrt gen Osten rückt. Was ist das? Eine dunkle Gestalt steht in der Ferne auf. Sie ist ganz schwarz, mit einem langen, scharf gezackten Rücken und einem gehörnten Haupt, wie ein Fabeldrache. Das wuchs aus der Ebene wie ein Untier, das aus der Unterwelt kroch und sogleich gen Himmel stolziert. „Was ist das, Marx? Was ist das?" Jetzt stupft sie ihn tapfer.

Der junge Mann schaut ärgerlich auf, aber nur einen Augenblick. Dann wird er sogleich fröhlich. „O, bravo, das ist der Pilatus!"

„Der Pilatus?" wiederholt sie schwach und erschauert leis. „Also da hausen wir!"

„Ja dort, auf der andern, innern Seite, in halber Höhe, da, lieb' Agnesli, sind wir daheim."

Wie das so furchtbar aussah, roh, steil, schwarz! Und menschenlos und leblos! Da sollte sie nun immer sein! Von der Mutter gewiß verflucht und von allen Leuten gemieden! O Gott! Wieder kam es ihr: ob sie recht tue, ob das alles nicht eine schnelle, grelle Leichtfertigkeit sei, dieser kurze, jähe Tag mit solchem Besuch, solcher Flucht, solchem Schwindel vom Hirn bis in ihr innerlichstes Herzlöchlein. War das alles nicht unbedacht, übereilt, ungerad und gab ein schwieriges Ende?

„Hast du nicht Freude? Unser Berg ist das! Götti sagen wir zu ihm!" frohlockte Marx. Er wunderte sich, daß sie nicht mitjubelte. So reg und lustig ward er, daß es aus seinen schmalen Augenschlitzen wie dunkelschimmerndes Silber spritzte und seine braunen Zähne sich blutig in die Lippe nagten. Und seine Inbrunst oder Wildheit ergriff auch sie wieder wie im Garten. Mit ihm ging's ja dorthin! Heioo, mit Marx, ihrem Liebsten, ist alles schön, ist's überall Paradies. Aber ohne ihn wär's überall lichtlos. Heioo, Marx! Gewiß hab' ich Freude! Ich hab' den Berg nur schon so lang nicht mehr gesehen, und es ist schon so finster.

Nun tauchen auch die hinteren Berge bei einer Kehre der Bahn auf. Aber nur einen Augenblick. Viele sind noch voll Schnee und tun mit einem Restchen roter Abendsonne eitel wie Mädchen. Jetzt tritt von den Bahnhöflein auch mehr und mehr bedächtiges Volk in die Wagen, mit Mützen und Tabakpfeifen und Bauernkitteln. Die Sprache wird langsamer und getragener. Bald steigt das Bähnlein. Bis man am Fuß des Pilatus ins Ländchen einbiegt, wird es volle Nacht. Unter einem Gefunkel von prachtvollen, lautern Sternen hoch am kalten

Gebirgshimmel steigen sie im ersten Dorf aus. Von hier geht es am besten ins Berggut empor.

Hier war Kirchweihmontag. Aus allen Wirtshäusern strömte ein Haufen Licht und Tabakrauch und Musik in die Straße. Man hörte das Getrampel der Bauernschuhe auf der Holzdiele, die Jauchzer zwischenhinein und sah die Schatten paarweis an den kleinen Scheiben vorüberhuschen.

„Du, da gehen wir hinein!" sagte Marx aufgeregt. „Komm, mit Tanzen fangen wir an!"

Agnes wollte nicht. Sie habe hier viele Verwandte. Man würde sie gewiß erkennen. Aber er bestand immer wilder darauf. Am Krämerstand beim Haus kauften sie zwei Masken, Marx eine, die mit Flachshaar ganz über sein Gelock ging und vorne mit dem grimmigen Gesicht eines Urwaldmenschen in die heitere Tanzwelt sah. Agnes band sich nur eine schwarzsamtene Halbmaske vor Nase und Augen. Das machte sie schon ganz unkenntlich.

Der Duft der Bratwurstküche, der staubigen Tanzstube, der dampfenden, roten Gesichter und die teufelsmäßige Lustbarkeit, die alle Geselligkeit hier beherrschte, kam der Jungfer verlockend entgegen, und immer lauter wuchs in ihr die Gier, es nach so erzwungenen und verhockten drei Ruhejahren wieder einmal recht toll zu treiben. Wie Fieber kam's. Solange hatte sie nichts Wildes mehr erlebt. Wie oft hatte ihr Mädchenblut danach geschrien! Austoben! Austoben! Da die Geige mit ihren messerscharfen, zündenden Strichen und die Holzpfeife, die so schelmisch dudelt, und der uralte Baß aus dem geschwungenen, gelben Riesenblech, aber vor allem die zupfenden Gitarren und das rauschende Hackbrett: wie lange hatten diese Stimmen ihr ins Institut nachgeklungen, zugleich mit Marxens hartem

Schuhgetrampel und Hoijoo zwischenhinein, durch die fromme Orgel sogar und das müde Harmonium hindurch, aber dann doch von Monat zu Monat leiser! Das Harmonium schläferte diese schier tierische Unbändigkeit ein, spann wie eine Spinne seine weichen, matten, traumhaften Töne um ihre Berglerinnenseele, und wenn doch noch etwas von der frechen, schönen Weltmusik wie eine Hummel hereinschoß, ward es sogleich von hunderttausend Fäden umwoben und erstickt und langsam ausgesogen, dieses übermütige Insekt der Freiheit.

Aber da waren sie nun wieder, Geige, Posaune, Hackbrett — und kein Harmonium dabei. Das Leben fing wieder an. Hinein! Hinein!

„Grüß' Gott, schöne Hochzeiterin, willkommen, feiner Hochzeiter!" rief der greise Tanzordner den späten Ankömmlingen zu. Lachend drückten sich die zwei die Hände. Sieh da, die ganze Welt wollte sie zusammenhaben!

Der Saal war voll. Mit einem Seil wurde das halbe Volk, wenn es sich vier Tänze lang herumgetollt hatte, an die Wand gedrängt, damit sich die andere Hälfte drehen könne. Gerade in diese glückliche Stubenhälfte trafen es Marx und Agnes. Das war ein gutes Zeichen. Drauf los denn!

Aber wie geschah das doch? Agnes konnte nicht mit Marx Schritt halten, nahm die Schleifen zu kurz und zu langsam, stieß immer an andere Paare und fühlte schon nach einer Runde Schwindel. Da, wie ihre Mutter in kühnen Augenblicken, steifte sie ihr längliches, schönbleiches Kinn vor, sperrte die Augen tapfer auf und suchte es besser zu machen. Es ging leidlich. „Genug!" sagte sie verschnaufend nach dem Tanz; „jetzt komm! Wir haben noch weit."

„Nichts da," schalt Marx. „Das war gar so ein zahmer. Wir wollen noch einen Schottisch tanzen, der geht besser."

Doch es ging nicht besser, und unwillig fragte Marx: „Was hast du eigentlich? können wir nicht mehr mitsammen tanzen? das fehlte noch!"

„Ich bin müd', sonst könnt' ich's wohl," erwiderte sie untröstlich, „ich werd' das schon wieder losbekommen. Aber komm jetzt!"

„Los', los' *), das ist ein Galopp, den muß ich noch haben," befahl er.

Aber sie mußten warten. Die andere Partie kam daran. So standen sie denn dicht verknotet im Haufen lediger verlarvter und verheirateter Menschen ohne Masken, und sahen dem Gewirbel zu. Plötzlich tat Agnes einen Schrei. Er wußte warum. Er hatte das auch gesehen und preßte sein Dirnlein fester an sich. „Jetzt weißt du's," klirrte er ihr zwischen seinen festen Zähnen hervor ins Ohr, „so macht sie's! Das Klosterfräulein darf inzwischen psallieren, ja, ja! Aber sei still!"

Ja, da schleift die Mutter Agnesens in hohem Bogen vorbei. Lieber Himmel, wie rüstig noch immer und sicher und leicht! Doch nicht mit ihrem Gemahl. Der saß hinten bei den Musikanten, sah zufrieden zu und trank Schoppen auf Schoppen vom goldgelben Apfelmost. Voll Schadenfreude betrachtete Marx den neuen Lochmühlemeister. Jawohl, der tanzt nie mehr. Das hab' ich ihm gründlich versalzen.

Marx fürchtete, Agnes wolle ihm nun erst recht davonlaufen. Aber da trog er sich. Sie hatte den ersten Schrecken überwunden, und nur Zorn blieb übrig. Mit ganz anderem Feuer

*) horch!

tanzte sie jetzt den Galopp. Und ihre Heftigkeit verdarb den gemeinsamen Schwung in Knie und Hüften noch viel mehr als vorhin ihre Zaghaftigkeit.

Marx blitzte sie aus seiner Barbarenlarve wütend an. „Überlaß dich mir, ganz mir! Hörst du!" gebot er heftig. So lehnte sie sich denn enger und willenlos an seine Schulter und ließ sich ganz und gar nur noch von seinem Schwingen und Schweben mitregieren, ohne eigene Runden und Ränke. Und nun ging es, flog es, schwirrte es durch die Reihen. Sie fühlte keine Arbeit, kein Gewicht, nichts Eigenes mehr. Ganz verwachsen oder aufgelöst schien sie in ihn. Und sie blickte auf keinen Menschen in diesem goldbraunen Stubendunst, auf keinen Stiefvater und keine Mutter, sondern im ganzen Strudel und Wirbel immer nur auf die dunkel aus dem Urwaldmenschen glutenden, schon wieder zufriedenen Augen ihres Marx.

„Siehst du," sagte er hochgemut, „nur ganz mir gehorchen, dann fahren wir gut."

„Das will ich immer, immer, immer," flüsterte sie.

Im Hinausgehen foppte Marx den Gerold Ständel mit verstellter, spöttischer Stimme: „Nicht tanzen?"

Der Löchler sah böse auf. Der neckt ihn offenbar.

„Was geht's dich an?"

„Dein Weib tanzt also für vier Beine, für ihre geraden und für deine ungeraden! Hei, jedem das Seine!"

Gerold sprang auf wie ein Bär. Aber das Gewühl an der Türe war zu groß. Er sah die Maske schon nicht mehr. Das war Marx auf Ehr' und Seligkeit!

Ganz satt vom Vergnügen steigt jetzt Marx mit Agnes drei Stunden weit das Tal zwischen den Bergzügen und seiner

Ausläufer hinauf. Es wird so wild, daß man bald nur noch die schwarzen Bergschatten zu beiden Seiten und in einem höllischen Schlund etwas Weißes, Zorniges, Lärmendes sieht, den Bergfluß. Aber am Himmel sind unzählbare Lichter. Später gegen die Alpe wird der enge Himmel wieder breiter und strömt ein Meer von Funken nieder. Wieder hatte es Agnesen unheimlich werden wollen. Hab' ich dich jetzt? Hab' ich dich jetzt? schien ihr der Berg zu sagen und mit furchtbaren Armen nach ihr hinab zu greifen und sie härter und enger, fast zum Ersticken, zwischen seinen Knien zusammenzupressen. Da klammerte sie sich an Marx, und der zog und lupfte sie halb, bis es weiter und offener oben auf den Sömmerungsweiden ward. Endlich weit oben unter dem finsterblauen Wald erblickten sie einen goldigen Tupf, ihr Stubenlicht. Der Melkbub hat gewacht, und sowie Marx schrill durch die Finger pfeift, schwenkt er die Stallaterne und springt ihnen den Geißweg hinab entgegen, selber auch froh, daß er nun doch nicht allein im Berghäuschen übernachten muß. Es ist ein unschuldiges, fleißiges, armes Bübel, dem Marx mit Leib und Seele ergeben. Er hat Kaffee auf dem Herd warmgestellt, und Kartoffeln schmoren im Bratofen. Ein gewaltiger Laib Käse und Bauernbrot stehen neben breitohrigen, mächtigen Tassen auf dem groben, aber schneeweißen Tischlinnen. Er trägt alles auf und sagt Frau Meisterin zu ihr, wie er zu Marx Meister sagt.

Im niedern, nächtlichen Stüblein, hinter dem Ecktisch, unter der gelben Hängelampe, kommt es Agnesen schön und unglaublich wie im Traum vor. Heut morgen noch im fernen, welschen, kirchhaften Kloster und jetzt oben im vaterländischen Gebirg', in einem kleinen, warmen Berghäusel, in das Wald und Fels gucken. Sie muß immer wieder links und rechts tasten, ob nicht alles Seifenblasentrug sei. Aber das ist altes Bauerngetäfel, und das sind heimische Ohrlappentassen, und das ist Bergkäse, was sie schneidet, und aus den Ofenkacheln duftet dürres Obst, und ein Bergwasser rauscht durchs Fenster herein. Es ist so, wirklich und wahrhaftig, vor allem ihr Marx, ihr Liebster und ihr Unvergleichlicher. Sie essen alle drei zusammen, der Balzli unten am Tisch. Marx läßt sein Jüngferchen nicht aus den Armen.

„Hast du die Kammer in Ordnung, Knechtli, für meine Agnes?" fragt Marx.

„Kommt nur," nickt der Junge und geht mit der Kerze voraus in die Nebenstube. Da stehen zwei Betten so nah zusammengerückt, daß ein einziges Riesenbett daraus wird. Der unschuldige Knab' lacht vor Freude. „Ist's recht so?"

Agnes erbebt, und Marx wird feuerrot und wieder ganz bleich. Ein freches, wildes Geschichtlein spielt sich über sein Gesicht ab. „Agnes, was meinst du?" will er sagen. Aber er bringt es nicht fertig. Blaß und hilflos steht Agnes da, mit der stummen, aber verzweifelten Bitte: „Tu mir nichts! Rühr' mich nicht an!"

Der Bub lacht: „Da, seht ihr denn nicht? auf dem Bett? Ich hab' heut Edelweiß gesucht. Das ist das größte, da legt' ich's hin, freut's euch?"

Marx und Agnes schwiegen erschüttert. Das faßte der Bub falsch auf, und er entschuldigte sich dringend: „Es ist wahr, ich hab' das Edelweiß zu lang in der Sonne auf dem Hut getragen. Nun ist es ein wenig welk. O, ihr hättet es droben am Stock sehen sollen. Da war es zehnmal weißer!"

„Du hättest es sollen am Stock lassen, Balzli!“ sagt Marx merkwürdig weich. „Und da ist auch so ein Edelweiß! Das muß hübsch weiß bleiben! — Gute Nacht, Agnes! — Balzli und ich, wir zwei schlafen im Heu.“

Und er küßte sie nicht einmal, sondern ging von ihrem dankbaren Blick belohnt, hinaus ins Tenn und legte sich todmüd neben das Knechtlein ins raschelige Heu. Und als der Bub noch lang herumsann, warum er denn das mächtige Edelweiß nicht hätte abreißen sollen, schlief der gesunde, köstliche Mensch da schon in einem zufriedenen, gerechten Schlaf.

Aber gegen Morgen erwachten Bub und Meister von einem rauhen, flehentlichen Bellen vor dem Tenntor. „Du meine Güte,“ jammerte Balzli, „jetzt kommt Euer Skio schon wieder, und hab' ich ihn doch gestern weidlich durchgebläut und wieder zum Edlinger gebracht. Er hat mir einen Zweifränkler gegeben, denkt!“

„Wenn du mir den Hund nochmals prügelst!“

Marx machte gefährliche Augen und legte die Faust auf Balzlis magere Achsel, daß der Bub einknickte. „Ich geb' dir einen Fünffränkler, aber führ' ihn lieb hinunter wie einen Menschen!“ —

9

Es war schwer, am folgenden Tag ins Städtchen zu gehen und die Heirat im Bureau des Standesamtes und im Pfarrstüblein ordentlich einzuleiten. Aber der kleine Balz mit dem Skio an der Leine kam mit den zweien und seine reinen, unschuldigen Augen redeten genug.

Und es war schwer, durch die Straßen und ihr abscheuliches Gemunkel und Fingerzeigen zu laufen. Die blauesten Blicke des Knaben reichten da nicht mehr aus. Da seht, die da! — hieß es. Hockten gewiß schon lang beisammen, eine heitere Bande! Passen zusammen wie schwarz auf schwarz. Gnad' ihnen Gott!

Und das heilige Wort Gnade ging über hundert unheilige Lippen. Aber es war zu schön, zu stark, zu heilig, — sie konnten es nicht verderben.

Auch die vielen, vielen Wohlwollenden, die heimlich Gütigen, die Edeln, und im Städtchen hat es von diesem Gewächs reichlich viel, tadelten das Paar als unreif und unklug und verziehen es ihm nicht leicht, daß es so wenig den bösen Schein mied und den häßlichsten Klatsch mästete. Sie dachten das Beste von den zwei Wildlingen. Aber sie blieben mit ihrer guten Meinung in den Stuben, hinter den Vorhängen stehen, während das Übelwollen breit über die Gassen lief und alle Glocken läutete.

Allein am schwersten war doch der Gang zur Lochmühle. Der Balzli mit dem Hund war nicht mehr dabei. Dort wird es blitzen und donnern. Sie schließen sich immer enger in die Arme, je näher sie dem weitschweifigen Hauswesen kommen, zuletzt so eng, daß der dünnste Blitz nicht zwischendurch fährt.

Aber da geschah ein halbes Wunder. Frau Ständel empfing das Paar ernst, aber nicht böse. Sie rückte drei Stühle an den Eßtisch, setzte sich in die Mitte der Gäste und winkte Gerold, einen Krug Most, Käse, Brot und vom selbstgebackenen Fladen zwei große Viertel aufzutischen. Dann sagte sie in ihrer grellen, raschen und kecken Art, daß sie nun nichts mehr gegen die Ehe einzuwenden habe, zweitausend Fränklein vom künftigen Vatererbe Agnesen als Mitgift gebe, dazu den innigen, mütterlichen Wunsch, die Tochter möge nun ein braves Weib werden, nachdem sie keine brave Klosterfrau ...

„Mutter!" schrie Agnes und stieß Glas und Teller von sich.

Und lieber hätte sie es freilich gesehen, fuhr die harte Frau unerschütterlich fort, wenn die zwei sich in allen Ehren und Züchten nach Landesbrauch zuerst verlobt hätten und nicht nach wildem Sündigen gemeinsam ...

Jetzt sprang Marx auf, riß Agnesen über die Türe und spukte weit in die Stube hinein. „Fort, fort," schrie er, „aus dieser Lügnerei und Scheinheiligkeit! Wir sind hundertmal zu gut für ein solches Lästerpack."

Da fiel die Mutter aus ihrer erkünstelten Ruhe. Atemringend stemmte sie ihre Arme auf die Tischplatte und schrie mit scharfer, überhoher Stimme in den Gang hinaus: „So geht, ihr nichtsnutzigen Fotzel, — geht mit des Teufels Segen! Meinen bekommt ihr nicht!"

„Mutter, was sagt Ihr?" rief Agnes und wollte zurückspringen. Aber Marx umschlang sie eisern, spuckte zum zweitenmal in die Stube und schrie: „An der Gant, böses Weib, hab' ich dir nachgerufen: dein Kind für mein Kind! Agnes für Pilat! Nun hab' ich's! Fluch meinetwegen! Es wird nicht anders!

Den Segen und deine schmutzigen Franken behalt' nur! Kannst beides gut an den Hinkebein brauchen."

Hinter ihnen klirrten einige Gläser und stolperte ein breitschlächtiger Mann von der Ofenstiege hervor. Und hinter ihnen klang der schrille Ruf der Frau Ständel an Gerold Ständel: „Bleib!", worauf es sogleich mäuschenstill wurde.

Darauf gab es eine stille Hochzeit, und es war niemand dabei als der Sennbub Balz und die Viehmagd Severina von Kleinmäusli. Hinten in der Kirche saßen ein paar alte Pfründnerinnen, die um diese Zeit gern hier knien und sich der schönen, hellen, einsamen Kirche als ihrer großen Stube freuen. Auch eine Obsthökerin, die noch ein halbes Stündchen auf die Marktstunde warten mußte, sah zu und freute sich, als sie keine andern Krämerinnen sah, daß sie nun am Stand mit ihrem Augenbericht und mächtigen Hinzuschwindeln einen großen Vorteil vor ihren Nachbarinnen besäße.

Endlich gab es in den Ecken noch etliche von den lieben, edeln Menschen, die so wenig Lärm, aber soviel Segen auf den Lippen haben. Als der ältliche Pfarrer Ignaz Rohrer über die jungen Trauleute betete: „Der Friede sei mit euch!", sagten sie es so herzlich und rein mit, daß um dieser herrlichen Bürger willen unser Herrgott das Städtchen schon lieb haben und ihm manches Ungerade und Holperige verzeihen mußte.

Als das Paar Arm in Arm bergauf wanderte und eines über dem schönen seligen andern allen Ärger der Tiefe vergaß, und da Balzli immer bescheiden einen Steinwurf weit hinter den Hochzeitern ging, aber sich mit seinem Fünffränkler der glücklichste von allen dreien glaubte: horch, da bellte und heulte es schon wieder von ferne, und den Knüttelweg tief unten herauf flog ein gelbweißes, zottiges Ungeheuer in wachsenden Sätzen.

„Der Cheibehund!“ fluchte Balz. „Seht, seht, wie er schießt, Meister!“

„Jag' ihn zurück!“ befahl Marx.

„Nützt nichts, da kommt er schon zum viertenmal,“ klagte das Knechtlein und duckte sich vor dem nahen Tier.

„Dann bring' ich ihn selber hinunter,“ beschloß Marx voll Schmerz und Zorn und ließ sich rechts vom Frauchen, links vom treuen Hund gleichmäßig liebkosen.

Am Abend brachte ihn Marx wirklich selbst ins Städtchen. Aber ins alte Vaterhaus ging er nicht. Der Edlinger mußte den Skio im Ochsen abholen. „Wenn er noch einmal kommt, schieß' ich den Hund nieder,“ sagte Marx grimmig, und er fühlte sich vereinsamt auf dem Rückweg ohne Hund. Und an diesem zweiten Abend der Ehe tat er schon ein bißchen trocken und übellaunig. Aber von da an kam Skio nie mehr.

* * *

Agnes hatte sich tapfer, mit vorgeschobenem Kinn und aufgesperrten Augen durch alles Schwere der Hochzeit gerungen. Aber danach kam das Schwerste für die junge Frau Omlis: ihren launenhaften, wilden Mann zu bestehen.

Einst zur Schulzeit hatten ihr die übereifrigen Kathrinchen und Lieschen der Gasse alle ins Ohr getuschelt: Paß auf, der Marx ist ein Leichtfuß! Er spaßt nur, küßt und bläst dich wieder weg wie ein Federblümchen. — Das war sicher Neid gewesen. Aber dann hatte sie auch noch die vielen Strafpredigten des Pfarrers und Lehrers im Ohr, die den Omlis einen leichtfertigen, unsteten, unverträglichen Schlingel schimpften, einen schwierigen, rechthaberischen, eigenliebenden Kauz, der sich und alles, was mit ihm ginge, sicher unglücklich machte. Aber das war zu streng, wie Lehrer und Pfarrer im Ernst ihres Amtes ja leicht so werden. — Und Agneschen hatte den Vater selig und noch viel öfter die Mutter sagen hören: So, jetzt hat der Omlis auch den Kreuzacker verkauft, letztes Jahr den Stöckliwald, bald ist er am Verlumpen. — Oder: Gestern hat man den grauen Süffel aus dem Straßengräblein heimtragen müssen. Und das Jüngelchen scheint dem Alten großartig nachzuschlagen. Am Samstag hat der eine Polizeibuße erhalten wegen nächtlichem Unfug. — Aber nicht so sehr diese unziemlichen Streiche, als vielmehr das faule, feige, dem Ruin unmännlich zuschauende Phlegma der beiden Omlis war es, was dieser emsigen und mutigen Frau das ganze Geschlecht im Edlingerhof todverhaßt machte. — Hier war nun nichts zu erwidern. Auch Agneschen wußte, daß Marx keine festen Freunde behalten, keine gründliche Arbeit tun, die Verlotterung zu Hause nicht hintanhalten konnte. Das machte ihr schwer, aber sie liebte ihn doch, und wenn er wiederkam, kühn die dunkelgrauen Augen schlitzend und die trockenen, roten Lippen kräuselnd und mit der schönen, langen Hand sich durch die braunen Locken fahrend, wenn er kam und sie herumwirbelte und neckte und bestürmte, dann war alle Angst in den Wind geschlagen und nur noch Liebe prangte an ihrem Himmel. Er liebte auch sie, soweit er andere Wesen neben sich lieben konnte. Er kam immer wieder, wenn er wochenlang wie ein Griesgram oder Fremdling zu ihr getan hatte. — Und jetzt waren sie Jahre auseinander gewesen, und er war ein bärtiger Mann geworden und hatte sie nicht vergessen, sondern aus dem Institut geholt, — nein, nein, er war doch ein treuer Mensch. Sie traut ihm. Wie lief ihm nur der Skio nach! Und das ist doch nur ein Hund. —

Sie hausten im kleinen Berghaus wie ein junges Vogelpaar, machten einander Stube und Kammer warm und genossen traute Wochen. Wie es so ein Höhenbauer hat, einmal gab es mit dem Vieh und mit Käsen und Ankeln*) Arbeit durch den Tag und die halbe Nacht. Dann kamen wieder Zeiten, wo Marx feiern, auf dem Bänklein vor dem Haus sitzen, seine Pfeife rauchen und in die Steinwüsten des Gebirgs hinaufträumen konnte. Aber so sitzend litt es ihn nicht lange auf dem gleichen Hock. Er ging dann gern in seinen Wald hinauf, einen großen, aber verwilderten und von Steinrutschen und Gießbächen verheerten Wald, und setzte Bäumchen und grub Rinnen und legte Wuhren an und gab immer acht, daß er die geladene Flinte in der Nähe behielte, wenn etwa ein Hase oder Marder sichtbar würde.

Doch schon am dritten Tag ihres Einzugs sagte er: „Komm Frauchen, wir fahren mal ins Gebirge auf.“

Das ging haldan, rasch, steil, kühn. Sie wollte Schritt halten. Sie wollte waghalsen wie er, stehen, wo er, überspringen, wie er. Aber es ging nicht. Aus den Klostergartenschrittchen gab es keine Bergschritte mehr. Ihr Atem pfiff, sie fühlte sich bald tief erschöpft. Und dazu ging sie ja wegen Marx. Der schien ihr aber im Hüttlein unten so schön als hier oben. An den kahlen, graufelsigen Dachungen fand sie nichts Schönes. Sie begriff nicht, wie er so eine wilde Natur lieben mochte. Wie zer-

*) Butter schlagen.

schlagen kam sie heim. Noch einmal und ein drittes Mal machte sie mit gespanntem Knie und geklemmten Lippen die Kletterei mit. Aber immer gab es Ärger, weil sie zu langsam, zu ungeschickt und viel zu früh müde ward. Da erklärte sie das viertemal mit verwürgten Tränen in ihren weichen, beflockten Augen, daß sie lieber daheim bleibe.

Er bezwang sich und flickte, um bei ihr bleiben zu können, allerhand am Häuschen herum. Es gab da viel an Dach und Wand auszubessern, Regentraufen einzurichten, die Stockmauern zu pflastern und vor allem gegen den Entlenbach ob dem Gütchen eine feste Wehr zu bauen. Denn schon mehr als einmal war dieses junge, freche Gebirgswasser bei Wolkenbrüchen mitten durch Kleinmäusli gerannt, statt den regelrechten Bogen halb herum zu beschreiben, und erst nachdem es das Gut mit Schutt von oben bis unten übersäet hatte, war es am Zipfel unten wieder ins alte Bett und gleich von da in einem prachtvollen Sprung ins Kehrlitobel gestürzt. Diese Flegelei wollte ihm Marx ein für allemal abgewöhnen.

Auf Schritt und Tritt kam das Frauchen mit. Da es ihm mit seinem zarten Fingerspiel eher hemmend als helfend beistand und er ihm darum zuerst die Hacke, dann den Pickel, endlich auch das Sandschäufelchen wegnahm, so daß es nun trostlos leer und müßig dastand: war es denn unendlich froh, wenn dem Marx nur wieder einmal die Pfeife ausging, damit es wenigstens Feuer machen und ihm den Tabak wieder anzünden durfte. Und dann erzählte es ihm Geschichten und erfand allerlei dazu. Aber gerade wenn Marx am unlustigsten war, fiel Agnesen nichts Besonderes ein, und nun herrschte eine lange, bange Zeit Stillschweigen zwischen ihnen. Zuweilen sah der

Omlis dann düster wie ein gefesselter Raubvogel von Axt und Schaufel auf zu den wolkengrauen Zinnen des Berges und dann voll verdrücktem Grimm wieder hinab auf sein Weib, — — seine Fessel.

Kehrte er dann in die Stube hinunter, das braune Gelock naß und den Kittel ganz verspritzt von Kalk und Erde, dann warf er sich aufs breite Sofa, zog Agnes an sich, spielte ein Weilchen wie ein Kind mit ihren Fingern und belustigte sich an ihrem flachsgelben, feinen Haar. Dann mußte sie ihm etwas vorlesen, aus den Büchern der Stadtbibliothek, am liebsten von Krieg oder Meeressturm, von Luftballonfahrten und von kühnen ersten Gipfelbezwingungen. Sie las und las mit feiner, leise musizierende Stimme, und er hörte zu und träumte sich zuletzt selber in die Sache hinein, entschlief und war kaum mehr ins Bett zu schaffen.

Am liebsten ging er mit seinem Werkzeug eben doch immer wieder in seinen Wald hinauf. Balz begleitete ihn und half abholzen und sägen. Aber gegen Mittag schickte er das Knechtlein gern heim mit der Meldung an die Frau, daß man nicht auf ihn mit dem Nachtessen warten solle. Dann nahm er die Flinte und das Pulverhorn und die Patronentasche aus dem Versteck im Holzschuppen hervor und jagte die Bergketten entlang bis zu den Bernergipfeln. Dann blühte er auf wie ein König. Wild gab es in den öden Wüsteneien da oben nach dem kurzen Bergsommer immer reichlich viel. Da waren Füchse mit gewaltigem Schwanzwedel, Wiesel und Marder mit wintergrauem, dichterem Pelz und der ewig freßsüchtigen Schnauze, Hasen, Iltisse und weiter oben auch Gemsen. An allen Enden und Ecken hörte man die Murmeltierchen pfeifen. Stein- und Schneehühner und Fasanen traf man genug; aber auch Birkhähne und der noch köstlichere Auerhahn fehlten nicht. Marx kam dann jeweilen spät in der Nacht heim. Aber Agnes wachte noch und hatte immer ein Töpfchen mit gewärmter Milchsuppe oder einen guten Bissen Braten bereit.

Später blieb Marx die ganze Nacht weg. Oft kam er zwei, drei Tage nicht heim. Dann, wenn Agnes ihm die steifgefrorenen Wadenbinden löste und dickwollene Strümpfe anzog, lobte der Mann die verlebte, wilde, einsame Zeit in allen Tonarten, während das arme Weibchen sich keine schmerzlichere denken konnte. Sie haßte das Wild, das er im schweren Rucksleder brachte, weil es seine langen Abenteuer entschuldigte. Und hatte er einmal wenig oder nichts geschossen, so brachte er dafür Edelweiß oder seltenes Gestein und legte Stück für Stück davon hochmütig pfeifend über die Kommode. Irgendeine Beute und irgendeine Entschuldigung hatte er immer.

Jedesmal schien es dann Agnes, als habe er einen scharfen, wilden Geruch im Haar, einen eigentümlichen, fremden Blick im Aug' und etwas Eigenmächtiges, Selbstherrliches und vor allem ganz Einsames an sich. Ihr war dann, sein ganzes Wesen sage: ich kann für mich allein recht wohl den Tag verbringen, ich kann für mich allein ganz wohl glücklich sein, ich genüge mir vortrefflich, ich brauche kein so dummes, schwaches, liebedürftiges Frauenzimmerchen, wie eines da unten im dumpfen Häuschen die Minuten nach mir abzählt und mich am liebsten den ganzen Tag mit dem Kopf auf seiner blauen Schürze hielte. — Sie wurde dann scheu und fürchtete ihn, wenn er in die Stube trat, obwohl sie eben noch vor Verlangen nach ihm bis in die dünnen Fingerspitzen gezittert hatte. Sie wagte ihn dann nicht zu umarmen, und wenn er nicht selbst sie am Kinn nahm und küßte, so gab es ein spätes und trauriges Einschlafen für Agnes.

„Komm doch mit," sagte er einmal, als sie leise klagte, wie schwer ihr das Warten gewesen sei. „Probier's noch mal, nimm dich fest in die Knie, und es geht schon! Wir wollen morgen in die Edelweiß hinauf!"

„Gut, ich will's versuchen. Aber du mußt langsam gehen wie mit einem Kinde!"

„Ja, wie mit einem ganz kleinen Kinde! Das muß man mit dir!" bestätigte er mit spöttisch gekräuselter, trockener Lippe, aber nicht böse.

10

Er hatte diesmal Geduld. Kleine Schritte konnte er nicht nehmen, aber die großen recht langsam fassen und immer wieder stillehalten und warten.

So ging man durch ein Tobel im Rücken des Pilatus zu den steinigen, wilden Höhen empor. Tapfer spannte Agnes das Knie und sperrte die Augen rund und groß auf, wie immer in heikeln, schweren Augenblicken, die man durchaus überwinden muß, — aber es war ein entsetzliches Bemühen. Wie konnten nur Menschen so gehen wie Marx, so leis, groß und völlig von selbst, wie gewaltige Katzen. Und dazu lachen und plaudern und Tabak rauchen und über alle Borde hinaus kreuz und quer Abstecher machen! Während sie vor Atemnot kaum eine Antwort fertig brachte und sich wohl hütete, auch nur einen überflüssigen Schritt auf die Seite zu machen!

Oben auf dem Plateau war es freilich schön, wild, grausig, frei. Aber ein unbarmherziger Wind fuhr über sie weg. Fröstelnd zog sie die Schulter ein. Man kletterte nun ein bißchen, ganz ungefährlich. Aber wie es so geht, man stand doch auf einmal mitten in Grätchen und kleinen Zerklüftungen. Agnesen schwindelte es. Sie könne nicht mehr, sie müsse zurück. — Das hätte sie früher sagen sollen! Jetzt müsse sie Edelweiß pflücken. Dort über der Felsschneide gebe es große, langstielige. Sie solle probieren, eins zu holen. Er wolle doch sehen, ob sie soviel Herz habe.

Agnes richtete sich auf und versuchte hinüberzugehen. Aber so aufrecht ging es nicht. Da rutschte sie auf den Knien ein Stücklein weit. Sie fühlte wohl, es handelte sich in diesem Augenblick um mehr als nur um ein großes Edelweiß, der

Respekt ihres Gatten stand auf dem Spiel. Das half ihr vorwärts. Aber da kam eine kleine Einsattelung des Grates, wie eine spitze Scharte. Hier mußte man ein Sprüngchen wagen. Agnes blickte wie verloren rechts und links in die grauen Abgründe. Sie schienen ihr zehnmal tiefer, als sie waren. Ihr lief es kalt über den Rücken. Sie wußte jetzt genau, daß sie das nicht vollbringen könnte, auch wenn da drüben zehntausend Engel die Arme entgegenhielten. Sie schwankt, schreit mächtig auf. Da lacht Marx ganz nah hinter ihr und sagt: „Jetzt kannst du nicht einmal ein Edelweiß holen. Eia, ich hab' es ja gewußt, daß du auch das nicht kannst!"

Um Gottes willen, sie kann, — doch, doch, sie kann! Sie schiebt das Dannigerkinn steif vor und rutscht, falle sie oder falle sie nicht, verzweifelt vorwärts. Aber in diesem Moment, vor den großen, weißen Blumen, kommt ihr blitzgleich die ganze Geschichte von Florins Sturz in den Sinn. So ein Edelweiß, — so ein Abgrund, — so ein Locken und Spotten, — das war im ganzen Städtchen ruchbar geworden, — und dann stürzte der Bursche. Nein, sie wollte schon sterben, aber nicht ohne ihn, — zurück, zurück!

Da merkte sie seine Arme um ihre Hüften, und während Berg und Himmelsgewölk sich vor ihren Augen drunter und drüber drehten, fühlte sie sich federleicht aufgeschwungen und dann solid auf einen festen, breiten Boden gestellt.

Hierauf gingen Marx und Balzli kerzengerade über das Grätli, pflückten die Edelweiß, seiltanzten weiter auf Klippen hinaus und spuckten großartig rechts und links dazu in die schaurigen Schlünde, wo es von unterirdischen Wassern toste, und trieben sonst mancherlei Possen, um ihr zu beweisen, wie gar so ungefährlich man auf den Felsen spaziere. So sicher wie auf der Landstraße. Aber ihr war sterbensübel. Da griff ihn doch ein kleines Mitleid an, denn sie sah furchtbar bleich aus und schnäufelte schnell und schwach wie ein Mäuschen unter den Katzenpfoten. Er sprang zu ihr hinüber, streichelte und küßte sie, aber konnte sich doch nicht verhalten zu sagen: „Agnes, ich meinte halt doch, du seiest eine bessere Berglersfrau! Das Kloster hat dich ganz verdorben."

Da gab sie ihm zum erstenmal einen bittern Blick.

„Mußt nicht bös sein. Aber der Berg ist mein Freund, mein Bruder, mein liebster —"

„Aber ich habe doch nicht den Pilatus geheiratet," stieß sie mit blauen Lippen hervor, „dich allein hab' ich geheiratet!"

Er mußte lachen und küßte ihr alle übrige Bitterkeit fröhlich vom Munde. Sie kam nicht mehr zum Wort.

Als sie sich besser fühlte, stieg man langsam höher, bis fern im Norden über allen langen Rücken weg die Gipfel des Pilatus erschienen, stundenweit weg, tot aus dem grauen Getrümmer ragend. Man sah schon die Stollen und steilen Schnitte der Wand entlang für die geplante Eisenbahn. Aber niemand arbeitete mehr. Der Winter stand vor der Tür. Die beiden Gasthöfe auf dem Esel- und Klimsenhorn hatten alle Läden mit Ausnahme von zweien, wo je ein Wärter hauste, hart geschlossen. Welch eine Öde! Man setzte sich und aß vom Proviant, und Marx erzählte mit düsterem Schwung, wie einst im Frühwinter der Hüter des untern Hotels nicht das übliche Zeichen vom obern erhielt, ein rotes, vom Fenster flatterndes Fähnlein, womit die zwei Einsamen über Fels und Lawinen weg einander Guten Tag sagten. Da ward der Wächter besorgt und schaffte sich durch die Kluft und den ungeheuren Schnee hinauf zum Eselhorn. Er findet das Tor des Gasthofs offen, die Matten im Gang zertreten und mit Haar und Blut besudelt. An der Stiege liegt der gemordete Kumpan. Ringsum im Schnee ein paar rote Fußtritte. Durch die Fenster heult der Wind und wirbelt die Flocken herein. Der Moritz Fögli schwingt sich wie besessen auf den Steigeisen um, rennt blindlings durch einen hundertäugigen Tod in Schnee und Fels und Sturmwind zu den Menschen hinunter, kommt heil in die Stadt, jagt zur Polizei, will erzählen, anklagen, ausmalen — bringt kein ganzes Wort heraus! Stottert und stammelt und muß zuletzt seine Sache niederschreiben. Seitdem heißt er der Stieglimoritz, du kennst ihn ja.

Er sah zu ihr. Sie schaute aus wie der Tod und nickte bleich. Nichts als Grausigkeiten gab es da herum, Mord und Todesfall. „Was hast du?" fragte er ärgerlich. „Jetzt sitzen wir doch. Tun dir die Berge so weh? Du bist mir eine schöne Älplersfrau!" —

„Und ich hab' nur dich geheiratet und nichts von dem allem," wußte sie nur zu wiederholen, aber sie schluchzte nun leis dazu.

Da umfing er sie nochmals und küßte und herzte sie und trug sie vorwärts, und in dieser wehwonnigen Stimmung vergaß sie alles und meinte, es gehe bergab in ihr Häuschen. Aber als sie die Augen öffnete, da waren die Gipfel noch niedriger, der Himmel noch weiter und runder, unzählig die Felsen und die Wüstenei unendlich ringsum.

„O Gott, wohin führst du mich?" fragte sie hinuntergleitend und kaum noch atmend.

Er dachte sie am gründlichsten zu heilen, wenn er sie gleich auf einmal an alle finstern Eigenheiten des Gebirges führe und ihr in solcher Nähe zeige, daß das alles auch immer noch brave, liebe Erde sei wie alles übrige.

„Das mußte ich dich doch auch noch sehen lassen, schau, da unten, das graue, gefrorene Seelein zwischen den Steinen. Da soll der Pontius Pilatus hineingeworfen worden sein. Überall sonst hab' ihn der Boden wieder ausgeworfen."

„Der Christum getötet hat," fügte Balz feierlich hinzu. „Und seht nur, Meisterin, da wächst nichts Grünes und Lustiges, und fliegt kein Vogel drüber, — 's ist sicher so."

„Und viele glauben noch heilig, die Gewitter von da oben herab rühren alle vom Toten, und wenn jemand einen Stein in den Tümpel würfe, so geschähe ein Landesunglück. Vorzeiten haben sie drunten in Luzern jeden geköpft, der einmal zum Spaß da hinaufging und Dummheiten trieb. — Aber das ist alles Aberglaube. Ich hab' ja schon gebadet da drin," lachte Marx.

„Du?" Agnes schauderte.

Marx hob einen Stein auf. Eine grimmige Freude funkelte aus seinen grauen Schlitzen und kräuselte ihm den Bart.

„Tu's nicht!" bat sie. Der Bube verhielt sich halb die Augen, aber lachte doch und nickte: tut es nur! —

„Nun sieh mal, ob der alte Pontius Pilatus kommt!" spottete Marx und ließ den Kiesel in prachtvollem Bogen mitten ins dunkle Seelein schwirren. Das Eis klirrte, sprang in Scherben, und der Stein versank tief im aufgluckſenden Wasser. Dann ward es stiller als zuvor.

„Da hast du's, der alte Pilatus schläft gut!"

Agnes antwortete nicht mehr. Sie hatte die Augen halb

offen, aber sternlos und lichtlos. Das Frauchen war ohnmächtig.

„Was hast du nur immer?" fragte Marx, als Agnes rasch wieder zu sich kam. „Bist du denn krank?"

„Sicher nicht, sicher nicht," beteuerte sie. „Aber das alles war zuviel für eine — eine — oder für zwei —" sie wurde tiefrot.

„Für was für eine? Sag'! Es ist einfach nicht wie sonst mit dir!"

Agnes lächelte schwach. „Ich hätte es dir vorher sagen sollen, — Balzli, geh zur Seite! — Ich habe," lispelte sie süß in Marxens Ohr, „ich habe — ein Kind da hinaufgetragen."

Und mit zitternden und schirmenden Händen und keuschem Purpur überm Gesicht zog sie die Schürze über den jungen Mutterschoß.

Da wußte er vor Seligkeit nicht, wie er ihr genug Liebes tun konnte. Zuletzt hob er das kleine, zarte, müde Wesen trotz allem Sträuben wieder in seinen sehnigen Armen hoch auf und trug es die holperige, stundenweite Strecke lachend und spaßend und immer wieder Mütterlein taufend ins Häuschen hinunter.

11

Marx war nun eine Weile der zärtlichste Mensch. Da sie nichts lieber hatte als Sang und Musik, spielte er ihr abends auf der Mundorgel die alten Berglertänze und die Jodel auf. Am schönsten aber war es, wenn er mit seinem hellen, erzenen Tenor selbst etwas sang, etwa: „Luegit vo Berg und Tal" oder „Der Ustig wott cho" oder am allerliebsten „Du, du liegst mir im Herzen". Hätte Agnes doch das Klavier vom Kloster da und könnte seine Weisen begleiten! Wie ein Feiertag wär' das.

Er ging erst wieder Ende Oktober vom Berggut weg, als sich das Wild frecher gebärdete und man in einer kalten Nacht schon Füchse bellen hörte. Und wie er dann wieder Pulver gerochen und die Hetze mit den armen Tieren begonnen hatte, da war alle übrige Welt für ihn vergessen und versunken.

Der erste Hasenpfeffer seiner Agnes hatte Marx nicht gemundet. „'s ist Klosterzucker daran," schimpfte er. Von nun an bereitete Severina, die Milchmagd, das Wildbret. Bald mußte sie auch alle die dicken, lieben Breigerichte des Älplervolkes kochen. Ihrer derbern Kelle geriet diese Kost weit besser als Agnesens Institutrezepten. Sie dörrte Birnen, buk Maisbrote mit Rosinen im Laib und küchelte und schwang den Nidel zu Schaum. Agnes fühlte sich viel unwohl, nicht allein vom zweiten Leben, sondern vielleicht noch mehr von der herben, wilden Höhenluft und dem mächtigen Manne, die alle drei erbarmungslos an ihr zehrten.

An den einsamen, nebligen Novembertagen saßen die zwei Weiber beisammen. Severina strickte dicke, hohe wollene Strümpfe, Agnes aber hatte ihre Näharbeit für Windeln und

Jäcklein beiseite gelegt und häkelte auf Weihnachten etwas ganz Feines für ihren Mann. Ein großes Sofakissen mit der Zeichnung eines aus den Büschen gescheuchten, fliehenden Hirsches! Daneben lauerte der Jäger und schoß mitten ins Tier, daß es funkte und gewaltig rauchte. Dieses Nadelwerk verstand Agnes prächtig. Severina sperrte Mund und Augen weit auf vor einer so zauberischen Kunst. Aber wenn die Schritte des Mannes ertönten, flog der Zauber unter die Schürze und an einem Geiferlätzchen ward weiter gesäumt.

Aber einmal, als Agnes an die späte, warme Sonne hinaussitzen wollte, schob sie die heimliche Arbeit für den Augenblick unter das Bettuch. Kurz darauf kam Marx vom Berg herunter, schwitzendnaß und die Ledertasche mit einem Prachthasen vollgestopft. „Bleib' nur!" rief er und ging in die Kammer, um ein trockenes Hemd anzuziehen. Er saß dazu aufs Bett, und da rutschte unversehens die Decke herunter und guckte die herrliche Stickerei hervor. Klosterfrauen-Spielerei! dachte er verächtlich. Aber da sah er neben der begonnenen Arbeit die Vorlage, mit Jäger, Schuß, Hirsch, gelbem Blitz und ungeheurem Rauch. Das gefiel ihm. „Welch ein Weibchen," brummte er, „welch ein gutes Weibchen!" und barg den Fund wieder, ohne sich etwas anmerken zu lassen, an seinem unschlauen Ort.

Folgenden Tags ging er mit Balz in das Städtlein hinunter und nahm die Rückengabel mit, während der Bub das Wägelchen stieß. Sie wunderte sich darüber, aber fragte nach ihrer zahmen Art nicht, was das bedeute. Am Abend spät trampelten die zwei schwer in die Stube. Sie schaute und schaute und traute ihren Augen nicht. Marx trug auf der Gabel das alte, kleine Tafelklavier vom Edlingerhof. Er hatte es dem Schullehrer abgekauft und beim Organisten noch rasch stimmen lassen. Nun tat er die Lade auf und sagte: „So, jetzt spiel' sogleich:

Schlaf, Kindli, schlaf,
Der Vater hüetet d'Schaf,
D'Muetter büezet d'Windeli,
B'hüet mer Gott mis Kindeli!"

Dabei zeigte er auf das, was Balzli keuchend hereinschleppte: bei Gott, die alte Wiege der Omliskinder mit den vergilbten Goldschleifen und den unmöglichen blauen Rosen. In fünf Häuser war er gedrungen, bis er das Stück aus einer Rumpelkammer erlöst hatte.

An diesem Abend war Kleinmäusli ein Paradies. Es gab ein Kälblein weniger im Stall, aber dafür eine Stube, tief im Advent schon voll von Weihnachtsfreuden, zappeligen Bübleinhoffnungen und Wiegenliedern.

Oft saß Agnes nun an den Tasten und spielte. Es tönte gleich wieder verstimmt, unschön und mit versungener, farbloser Kehle aus dem alten Spinett. Aber es war doch immer etwas von einem Sang darin, und wenn das Ohr recht nachsichtig und das Herz recht besinnlich war, so konnte man leicht an den dürren Saiten ein großes Konzert erleben. Severina ließ dann alle Nadeln am dicken Strumpfe fallen, staunte, horchte und sagte wohl: „Welche Finger habt Ihr doch, — wie eine Hexe — didel didel — dideldei — daß man so was erlernen kann!"

Agnes schoß plötzlich so in Wohlsein auf, daß sie eine Woche nach dieser Überraschung Marx in den Wald hinauf begleitete. Mit dem Balzli würde sie dann wieder bergab gehen, sobald sie nicht weiter möge. Sie wolle sich abhärten.

In einem köstlich feinen, saubern Neuschnee zog man langsam zur Höhe. Weit oben im Wald kauerte man still zusammen und wartete auf den frechen Hasen, der seit etlichen Tagen um diese Zeit immer zu den Kürbissen am Schuppengesims gekommen war und davon unverschämt genascht hatte. Nun waren Hülsen und Kürbiskerne vom Gaden bis tief ins Gehölz hinein gestreut. Der Dieb würde so erst recht sicher kommen. Marx hielt die Büchse gespannt, sein Haar sträubte sich vor Eifer, und seine Augen hatten wieder das wilde, gefährliche Gefunkel in den tiefen Schlitzen, das Agnesen so unheimlich war. Er roch wieder so barbarisch nach Marter und Mord. Agnes reute es sogleich, mitgegangen zu sein. Als nun von fern etwas wie ein Hase daherkam, seltsam vorgaloppierend, dann wieder stutzend, auf die Hinterbeine hockend, zurückblickend und mit der Nase ringsum schnuppernd, aber zuletzt doch alle Kerne aufleckend, und als er gar zahme, freundliche Augen aufsperrte, so oft er wieder die Schnauze schleckte, so recht ein dankbarer, lieber Kerl: da ergriff sie ein mächtiges Mitleid, und sie wandte sich gegen Marx und wollte ihn bestürmen, diesmal nicht zu schießen, sondern das brave Kerlchen leben zu lassen. Aber bei ihrem kleinsten Geräusch schoß er zwei wütende Blitze auf sie zu seinen Knien nieder. Wie damals beim Galopp in der Tanzstunde. Seine roten, harten, dürren Lippen standen weit offen, und wie ein Raubtier bleckte er die Zähne und ließ ein heißes, blaues Räuchlein entfahren. Das Tier trabte indessen näher, immer sicherer und immer froher. Nun schob Marx die Flinte aus dem Busch und zielte, die Lippen verkniffen und die kleinen Nasenlöcher auf- und niederblähend, aber die Augen in einer unendlichen Kühle und Härte. — „Psch!“ machte er. Das Wild erschrak, sah das Rohr, lüpfte die Vorderpfoten possierlich und bot in seiner dummen Unschuld gerade sein weißes Brustlätzchen der Kugel. Ein Knall, es purzelte und überschlägt sich, dreht noch einmal schwach ein Hinterbein hoch und bleibt dann regungslos liegen.

Marx stopft das warme Tier mit den dunklen Blutstropfen am Pelz und den verglasten Augen in seinen Rucksack. Agnes kann kein Wort hervorbringen. Vorhin gelacht und jetzt steif, — Gott, wie häßlich ist das Schießen und Töten! —

„Schade," sagt Marx, „'s ist eine Häsin — eine fette, tragende!"

Ihr kommt der alte, große Schwindel. Sie preßt die Schläfen, reibt die Stirn, wischt sich den Schweiß ab —

„Bist du schon so weit," höhnte Marx unbedacht, „kannst nicht einmal mehr einen Schuß ertragen!"

„Marx, nicht das! Aber das Töten — ein Weibchen — mit Jungen —"

„Du bist ein Närrchen!"

„Und ich hab' ja auch solches Leben bei mir — für dich und für mich und für es selbst, wie die Häsin!"

Darauf wußte er nichts anderes zu sagen als: „Geht also lieber hinunter, ihr zwei!"

12

Diesmal war Agnes kühn. Das erste, was sie zu Hause tat, war ein gewaltiges Rupfen und Zupfen und Ausfädeln an ihrer Stickarbeit. Der Jäger und sein schießender und qualmender Übermut, was alles sich schon im Rahmen ordentlich breit gemacht hatte, mußte schonungslos heraus. An seine Stelle stickte Agnes einen wunderbaren Rosenbusch und daneben ein junges, noch ungehörntes Rehlein.

Das zweite war, einen Brief an die Mutter zu schicken mit drängenden Zeilen, doch nicht unfreundlich zu bleiben, sondern einmal zu ihnen herauf zu kommen. Sie, die das herzlich schreibe, sei fast immer allein und viel leidend.

Die Mutter kam nicht, aber antwortete umgehend mit einigen siegreichen Sätzlein. Es habe sich ja so durchaus erfüllen müssen, — ohne Muttersegen! — Sie könnte nun lachen und sagen: Esset aus, was ihr eingebrockt habt! — Aber so hart sei sie nicht. Sie wolle sogar bald einmal zu ihnen hinauf auf Besuch kommen. Aber zuerst sei es an der Tochter, zur Mutter zu gehen. Sie solle nur ruhig und fröhlich kommen! Wann sie wolle, allein oder mit ihm!

Nicht viel später kam Doktor Hermann herauf, ihr Großonkel. Von der Mutter geschickt! Er tat freilich so, als käme er von sich aus und wollte mit Marx wegen Wildbret unterhandeln. Aber das war Nebensache. Er prüfte sie scharf, zog ihr die blutlosen Augenlider empor, befühlte den Puls und untersuchte das Herz und die Lunge. Dann sagte er kurz: „Ich verschreib' dir nichts als eine andere Luft, verstanden! Und deine Mutter ist meiner Schwester Kind. Ich hab' ihr den Text deinetwegen kräftig gelesen, wie's ein Ohm wohl darf!

Und sie begriff, daß sie auch nicht ganz recht hatte — und ihr da oben nicht ganz. — Und in der Kirche, wo du mehrmals so bleich gekniet und zuletzt mitten unter dem Gottesdienst hinausgeschwankt bist, weil dir übel ward, da fing die Versöhnlichkeit deiner Mutter an. So geht also jetzt zu ihr, redet mit ihr!"

Der Winter brach nun schwer über Kleinmäusli herein. Grauer Himmel, Wolken, Schnee über sich, um sich, unter sich, immer ein Geknister und Scheitergeflacker im Ofen und das Tosen der Flammen und Winde kaminauf und kaminab. Aber auch immer ein warmes dunkles Stübchen, heimelig in allen Ecken. Jetzt lag auch Marx viel daheim, ließ sich vom Nordpolfahrer Nansen vorlesen und Lieder vorspielen und hätscheln und pflegen und lieben ein Stündchen lang wie ein Gott, bis er dann plötzlich aus ihren Armen sprang und schnaubte: „Herrgott, dieses verdammte Geliebel! Ich muß wieder in den Schnee hinaus!"

Und wirklich stampfte er in den wildesten Wirbel hinaus, sich schneuzend und prustend in der eisigfrischen Luft, marschierte dann weitbeinig und bis an die Knie im Schnee ums Häuschen und wischte eine tiefe Straße von der Türe zum Stall hinauf.

Sie zitterte nie für ihn, auch nicht, wenn er durch alle brausenden Stürme in die Höhen stieg, um das Holz herunterzuschlitteln, wenn der Wind orgelte, daß es einem fast den Kopf verwirbelte; auch nicht, wenn Holzfäller verunglückten und Hirten in Lawinen umkamen. Ein Mensch wie Marx war sicher gegen den Tod gefeit. Sie betete darum auch nie für ihn in solchem Sinne, daß es minder tose und krache und schütte vom Gebirge herunter, sondern darum, daß es zwischen ihnen zweien milder würde, minder felsig und gebirgig, hell und froh und leicht wie das Tal und das traute Städtchen und die geselligen Menschen der Tiefe untereinander. Ja, sie betete um ein Häuschen drunten am heimatlichen See und um ein warmes Lüftchen an seinen Fenstern und um friedliche Spaziergänge zwischen dem Haus der Mutter und dem der Kinder. Sie betete, daß doch Gott den wilden, rauhen Jäger Esau in den stillern Ackersmann Jakob verwandeln möge, der mit schönen Pferden und starker Pflugschar einen breiten Acker ums Haus umschaufle. Und sie betete um ein glückliches Auskommen mit dem Volke drunten, das jetzt Marx als einen Unhold und sie als armes Opfertierchen betrachtete. O sie wollte hinunter. Aber niemals allein! Mit Marx hier oben einen rauhen, kurzen Wintertag lang wog mehr als viele sonnige Wochen in Genesung drunten im Tal, wenn er doch nicht mitkäme.

Aber er kommt vielleicht doch. Sie hat ein paar tausend Franken, er ein paar, und mit so einem Sümmchen könnten sie sich für das harte, halbe Jahr in der Tiefe ein Gütchen pachten, wie es deren genug gibt, und nur das andere mildere halbe Jahr dann wieder hier oben sömmern. Das wäre ein Ausweg für beide. Das will sie ihm zu Weihnachten ans Herz legen, wenn sie ihm das flott gestickte Rehlein schenkt.

O wie langsam tickte und tackte die Uhr bis zu diesem 24. Christmonat! Aber zuletzt mußte er eben doch kommen, und es dunkelte gnädigerweise schon um vier Uhr, so daß sie bald das Tannenbäumchen anzünden konnte. Das wilde Holz der Berge war so grün und duftete so schwer und harzig wie gewiß keines in allen tiefen Landen an diesem Christabend. Dann spielte sie sein liebstes Lied im Gesangbuch: „Es ist ein'

Ros' entsprungen." Und als er mit seiner herrlichen Bergamselstimme die letzte Zeile durch die Diele geschmettert hatte und der alte Saitenkasten davon noch leise zitterte, war sie schon zum Tisch gehuscht und legte ihm nun ausgebreitet das wirklich prachtvolle Farbenstück ihrer Nadel aufs Knie. Es könne auf ein Kissen fürs Mittagschläfchen oder auf einen Lehnstuhl oder auf seine Jagdtasche genäht werden, es passe für alles. Sie leuchtete ihm mit der Lampe ins Gesicht, um sein Lachen gleich von der ersten Quelle und dann nach allen Seiten reichlich auszukosten. Aber er hatte kaum das Rehlein und daneben den Rosenbaum statt des Jägers erblickt, als er seine dünnen, braunen Lippen heftig einzog, die Augen gefährlich schmal wie dunkle Stahlschneiden schlitzte und dann voll Unmut herauslärmte: „Ja, Agnes, wo ist denn der Jäger, der Jäger, der schießt?"

Sie ward ganz verblüfft. „Ich hab' — ich hab' —" stotterte sie, „ihn weggelassen, — dies Rosenbäumchen ist doch auch schön, — es steht dafür da!"

„Ach was," polterte er und schleuderte die Arbeit grob von sich, „jetzt ist das Schönste weg, das, was mich allein von allem gefreut hätte! — Oh, ich verstehe dich jetzt," schimpfte er und blickte sie roh an, „meine Berge, meine Tiere, meine Jagd, — Himmelsternenhagelwetter, meine Seele willst du mir nehmen! So steht es mit dir!"

Agnes mußte sich aufs Sofa setzen. Das kam zu unerwartet, zu hart! Bis unters Haar ward sie kreidebleich.

Er merkte es sogleich und lenkte ein. „Was hast denn da im andern Paket? Aha, wollene Unterstrümpfe, warm, sapristi, gar nicht zu zerreißen, — das lob' ich hingegen. — Herrgott, so könnte man ja tagelang im nassen Schnee waten und würde nicht mit einem Tropfen naß! — Das ist lieb, das ist lieb! Hast du das auch alles gemacht?"

Agnes wollte nein sagen. Doch sie vermochte es nicht. Das Geschenk war von Severina. Aber die Magd schwieg. Marx, der in dem groben Gestrick gleich die groben Finger Severinens erkannt hatte, tat als könnte das nur von Agnes kommen, und dankte ihr. Und da sie nun doch widersprechen wollte, schnitt er vorweg allen Einwurf ab. „Ja, ja, das habt ihr beide mitsammen gelismet, das weiß ich, die Maschen da zum Beispiel sind von der Severina, so dick und schwer. Aber die da rundum sind von dir, Agnes, so viel zarter! Ich dank' euch vielmal. Nichts für ungut wegen vorhin! Solche Strümpfe, ein halbes Dutzend, machen alles gut. Jetzt ist mir kein Winter mehr zu grob hier oben. Juhuii! mit solchen Strümpfen!" — Er öffnete das Fenster und ließ die heiße Stubenluft und seine hellsten Jägerpfiffe in die Schneenacht hinausfahren. „Horch mal, — so pfeif' ich winters den Mardern! — das gilt den Füchsen! — mit dem lock' ich die Steinwiesel! — so, nein, wart, so, ja so, ruf' ich den Gemsen! Juhuii!"

Agnes wußte jetzt, daß sie hier leben und sterben würde.

Es schneite und schneite den ganzen Januar und Hornung und weiter in den März hinein auf die Berge, auf ihr Häuschen, auf ihr Herz.

13

In der Fastnacht gingen sie einmal mitsammen in die Stadt hinunter. Es ward dort „Die Nonne von Wyl" gespielt. Ritter und Klosterfrauen, Held und Verräter, ein Gelübde und ein grausames Schwert gingen da bunt durcheinander. Aber es war rührend und schuf den zwei einsamen Bergleutchen eine so warme Stimmung, daß sie noch einen Schoppen dunkeln Italiener in der Gaststube leerten und Agnes unterm Tor fast gemütlich in Marx hineinschwatzte: jetzt könnte man einmal prächtig die Mutter in der Mühle überrumpeln. Sie habe schon oft Grüße und Zettel auf Kleinmäusli hinaufgeschickt und gebeten, man solle doch alles vergessen und auf ein gutes Neues denken! Aber heut' sei sie auf einen Besuch nicht gefaßt und würde kugelrunde Augen machen. Agnes lachte verschmitzt. Das sei immer so lustig, wenn man Mutter erschrecken könne, die Unerschrockene! — Marx hatte nicht viel dagegen einzuwenden und kehrte sich zuletzt mit einem gutmütigen: „Also denn!" gegen die Lochmühle um. „Mein' nur nicht, daß ich der Mutter scharmuziere und hofiere. Aber die Hand will ich ihr mal fest schütteln. Überrumpeln, erschrecken, das ist mir schon recht."

Nun ist alles gut, dachte Agnes hochatmend. Sie gingen zum Städtchen hinaus gegen die Lochmühle hinunter. „Du wirst sehen," klatschte das Weibchen mit ungewohnter Weinseligkeit, „meine Mutter stellt uns sogleich von ihrem feinen Nußwasser in den kirschfarbenen Venedigergläschen auf und goldgelbe Fastnachtröhrli und einen halben Käse und — komm doch, was hast du?"

Aber Marx stand steif wie ein Stecken mitten im Sträßchen

still und starrte in die Wiese hinein, wo ein hochbefrachteter, dampfender Mistwagen hinter der Scheune hervorfuhr. Eine Gabel stak darin und ein schwarzes Ungeheuer zog das kolossale Gewicht lässig durch die schmutzigen Schneefetzen und falben Wiesenstreifen.

„Der Pilat!" entfuhr es Marx. Er spie in der Erregung die brennende Zigarre zu Boden.

Jetzt hatte der Fuhrmann Ständel, der neben dem Wagen einherhinkte, die zwei Straßenleutchen erkannt und sogleich begann er boshaft zu knallen, kreuz und quer, ein Spiel voll Klips und Klaps über dem massigen Stierenhaupt, hüp, hoi, und züngelte und zwickte dann am Rücken hinunter in die Weichen. Der Stier zog lebhafter, schüttelte unwillig den Kopf und brummte ein wenig. Ein neuer Peitschenknall, der Stier bäumt sich vor Grimm, aber rennt jetzt gehorsam vorwärts, fast so flink wie ein Zugpferd.

„Himmelerdencheib!" bröckelte es Marx steinern zwischen den Zähnen hervor. Er sah so fahl und elend aus wie die verblichene Wiese vor ihm.

„Was stehst du so bockstill da und hast Maulaffen feil! Hüp, hoi, Pilat! Wir können nicht so faulenzen!" schrie Gerold und ließ dann ein Lachen fahren so höhnisch, grob und schadenfroh, daß auch Agnes erbleichte.

In diesem Augenblick trat Frau Agnes Ständel unter die Haustüre und winkte dem Besuch mit Kopf und Händen entgegen.

„Ihr falschen Hunde!" schrie Marx und fauchte aus seinem brennenden Mund wie eine Katze, „o ihr falschen Hunde!" — Und vor den Augen der Mutter, die keine Ahnung von diesem schnellen Kommen und noch viel schnelleren Gehen der Jungen hatte, riß er Agnes herum und zerrte sie wie im Wirbel ins Städtchen zurück.

Frau Agnes Ständel sah ihre Tochter freilich hernach noch oft in der Kirche. Von Sonntag zu Sonntag schien ihr das Kind blasser, dürftiger, hinfälliger. Einmal saß die wohlbeleibte Frau Mutter im runden, aufgebauschten Seidenrock auf dem einen, die schmale Tochter am andern Ende der Kirchenbank, und das war anzusehen wie ein Fest der Üppigkeit und ein Fest der Armut gegeneinander gespielt, oder wie die volle Fastnacht und die magere Fastenzeit. Man munkelte und spottete darüber und klob und häckelte besonders an der fetten Frau Mutter herum. Kühnere Mäuler sagten sogar, sie sei gegen ihre schwindsüchtige, arme, traurigstille Tochter die reinste Rabenmutter. Die Bäuerin merkte das wohl. Und dieses fast durchsichtige Weiblein war eben doch und blieb unweigerlich ihr Kind. Es hatte ihr einmal geschrieben und war einmal bis vor ihr Haus gekommen. Das war doch ein schöner Anfang. Nun durfte sie wohl ein Restlein dazutun und einmal auf Kleinmäusli hinaufsteigen. Der Doktor hatte ihr gesagt: „Schaff' Agnes herunter oder es gibt dort oben zwei Tote statt ein Lebendiges!"

Das gab zu denken. Und so ging sie denn an einem warmen, föhnigen Märztag den Berg hinauf. Überall an den Sonnenhalden schmolz der Schnee, und gerade so rann der Schweiß in Bächlein von ihr. Aber jetzt ließ sie nicht mehr ab. Sie trug einen Korb am Arm mit Selbstgebackenem und einigen feinen Kinderhäubchen und sogar mit einem Pack scharfer, langer Brissagostengel, wie sie Marx am liebsten rauchte. Zu all dem strengte sie sich nicht gerade aus Liebe, sondern mehr aus Anstand und Ehrgefühl für ihr Fleisch und Blut an. Sie wollte oben dennoch die gütige, verzeihende Wohltäterin spielen und sich großmächtig bedanken lassen. Aber je höher sie in die Wildheit des Berges emporstieg, je tiefer die verfluchte Schwatzhaftigkeit der Dörfer unten zurückblieb und je stiller es um sie ward, desto stiller wurde auch sie. Die Sonne leuchtete so wunderlich rein von den Felsen, die Schaumbäche spritzten prachtvoll von den Wänden herab, ein großer, weißer, feierlicher Schnee lag immer breiter und herrlicher über aller Berglandschaft, und all das redete jetzt die große, einfache Sprache der Natur so mächtig zu ihrer engen, kecken, knorzigen Talseele, daß sie schüchtern ward wie ein Mensch, der nur immer in niedrigen, armen Kapellen betete, wo man den Kopf unter der Türe hindurchbücken mußte und sich daher groß und hochgemut vorkam, und der nun plötzlich in einen stillen, hohen Dom mit himmelaufschießenden Pfeilern und hochgeschwungenen Bögen und schwindeligen Gewölben tritt und sich in seiner ganzen erdklebigen Niedrigkeit erkennt.

So erging es ihr nun. Nein, es war doch ein Heldenstück, hier oben zu hausen. Das braucht Füße und Stirne und Herz, Herr du mein Gott!

Frau Agnes hatte immer etwas Männliches an sich gehabt und wäre gern die Mutter einer ganzen Reihe dicker, schwerer, starker Buben geworden. Aber da hüpfte ein dünnes, weichgliedriges Agneschen ins Leben. Und zwar das mädchenhafteste aller irdischen Agneschen, ohne den geringsten bübischen Zug, wie er der Löchlerin gefallen hätte. Da fing sie an, ihr Lieben, das sich hatte ausgießen wollen, wieder in sich zurückzuziehen, auf ihr eigenes männliches Wesen und auf ihren sterbenden Gatten und später auf den neuen, urstarken Freier. Es wäre ihr hernach gleichgültig gewesen, mit wem so ein Agneschen sich verehelichte. Nur nicht mit Marx Omlis! Die wehrhafte, rastlose, haspelige Frau haßte die Omlis und sah sie wie die meisten anderen Leute, aber noch viel schärfer, als schlampige, träge Menschen, als Bankhocker, Sofagreise, Schlemmer und Verschwemmer an. Geigte nicht gar noch der Alte? Und sang nicht der Junge hoch wie eine Jungfer? Nichts richten sie aus. Feig und faul lassen sie ihr Schicksal bachab gehen. War es nötig, daß ihr Mägdlein, ohnehin so ein feines, zierliches Ding, nun auch noch in eine solche Liederlichkeit sich hineinheirate?

Jetzt aber in dieser grimmigen Einsamkeit hier oben dachte sie zum erstenmal groß von Marx und Agnes. Menschen, die es hier aushalten durch einen ganzen Winter, sind doch wahrhaft keine Kinder und treiben kein Gvätterlispiel mehr. Das Leben ist hier bitter, brausend, herrisch. Blies ihr doch der Wind fast die schwarze Haube vom Kopf und versank sie im Schnee bis zum Knie und mußte gewaltig nach Atem ringen. Sie schnürte die Bänder noch fester um den Hals, zog den Rock noch härter zusammen und kriegte einen immer größeren Respekt vor dem Paar da oben im kleinfenstrigen Berghäusel. Und da ihr nun auf einmal etwas Kleines, Schmächtiges entgegensprang, sie umarmte und umhalste und mit Mutter! Mutter! umstürmte, da mischte sich in den großen Respekt auch ein Tropfen Liebe. Ja, sie empfand Liebe zu diesem bleichen Geschöpf aus ihrem Fleisch und Bein, das hier oben unter dem Joch von Fels und Schnee und Wildwasser und noch mehr von einem schier unerträglichen Mannsbild so tapfer standhielt.

In der Stube war auch alles so groß und stark, daß man daneben fast verschwand, so der eichene Tisch, das gewaltige, lehnenlose Sofa, die klotzigen Sessel und der ungeheure Ofen. Und nun lag da ein angefangener Strumpf auf dem Tisch, an dem Agnes hurtig wieder weitersäbelte, und das waren so dicke Nadeln und ein so mächtiges Garn und die Arbeit ergab ein so solides Kniestück, aber Agneschen meisterte es auch trotz der kleinen, dünnen Finger so derb, daß die Mutter den Korb mit dem Kram unter ihren Stuhl stellte, statt, wie sie vorhatte, die Geschenke über den Tisch auszuschütten. Mitten in den gewaltigen Sachen hier schämte sie sich der zierlichen Sächelchen, die sie da heraufgetragen hatte.

„Ich dacht' nicht, daß ihr noch so tief im Schnee steckt," sagte sie mit offener Bewunderung, „sonst hätte ich andere Schuhe angezogen. Jetzt bin ich ganz naß!"

„Dem will ich flink abhelfen," versetzte Agnes und kniete schon zu ihren Füßen. Sie zog ihr die Schuhe aus und legte ihr dicke, trockene Strümpfe mit einer so behenden und bequemen Hand an, daß Frau Ständel sogleich merkte, ihre Tochter habe diese Fertigkeit von der reichlichen Übung her. So kniee sie vor Marx, so bediene sie ihn, so streichle sie ihm wohl gar noch die harten Sohlen und wärme sie in ihren heißen Händen. Das Gefühl von etwas Unleidlichem stand in der Mutter auf. So dürfe ihre Tochter nicht sein. Man müsse Agnes ehren, hochhalten, ihr auch etwas im Leben zu regieren geben!

„Da, zieh meine Schuhe an, andere hab ich nicht," lachte die junge Frau. Das ging nun über alles Bisherige. Diese klobigen, breiten, schwergenagelten Schuhe sollte sie anziehen! Aber wenn das kleine Frauchen da sie trug, warum sollte sie es nicht auch können? Frisch hinein! Doch, Himmel, welche Schuhe tragen sie da! Was ist das für ein tapferes Kind! Als es sich vom Boden erhob, umarmte die große Agnes das kleine Agneschen und sprach: „Kind, jetzt aber wollen wir uns wieder recht lieb haben!"

Mit ihren ungefügten Schuhen holperte sie zum Fenster und sah in die weiße Halde hinaus. „Sind das Tanzschuhe!" scherzte sie, um ihre Rührung zu verbergen.

„Du sollst erst die von Marx sehen!"

Ja, wenn Agneschen schon so grobe Strümpfe und so schwere Schuhe trägt, was müssen das erst für Strümpfe und Schuhe bei so einem wilden Eheherrn sein! Nicht Respekt, nein, eigentliche Angst fühlte Frau Ständel jetzt vor ihm.

„Wo ist er?" fragte sie beklommen.

„Er fährt Holz vom Wald zum Bach herunter. Bleib' nur am Fenster, wirst ihn bald sehen."

Sie setzte sich also voll Erwartung auf die Fensterbank, und bald konnte Agnes der Mutter oben am Gehölz etwas Dunkles, Langes zeigen, das schnell wie ein Speer niederschoß, geradeswegs gegen die Hütte. Agneschen kicherte in sich hinein. Die Mutter wird was erleben. Sie wird ordentlich erschrecken. Das tut ihr gut. — Potztausend, was ist das? Jetzt erkennt man es deutlich: ein ungeheurer Buchenstamm, vorn über einen Hornschlitten gelegt, saust mit Marx auf dem Rücken daher und wirft den Schnee um sich zu grauen Wolken auf. Da, da, jetzt rennt er die Wand ein. Frau Ständel weicht unwillkürlich einen Schritt vom Fenster in die Stube zurück. Wie? Ein Stauben und Tosen und Schattenfliehen und jetzt da, im Schnee, eine tiefe, wilde Spur, das ist alles. Mutter Agnes reißt flink die Scheibe auf. Scharf an der Hausecke vorbei schoß dieser Satan, gegen die Stube lachend, und verschwand lautlos in der Tiefe, dem Bachtobel zu. Unten vor der Schlucht wird er zeitig genug den Schlitten bremsen, abspringen und das gewaltige Holz über die Kufen hinaus in die Schlucht fallen lassen. Herr du meine Güte, der Frau Agnes brummt und schwindelt es im Kopf. „Macht er das immer so?"

„Immer!" sagt Agnes stolz.

Der tapfern Löchlerin graute. Sie wollte nicht, daß Agneschen den Mann hereinrufe, als er ohne einen Blick nach dem Fenster mit dem leeren Schlitten wieder bergauf ging. Um keinen Preis. Sie fürchtete ihn jetzt. „Gib ihm diese Zigarren," bat sie zögernd beim Abschied. Den übrigen Kram trug sie wieder heim, indem sie plump mit Agneschens Schuhen durch den Schnee hinunterstapfte. Bei jedem Schritt dachte sie: Ich muß den Menschen, die so schwere Schuhe tragen, das Marschieren leichter machen. Wenn sie es mir nur noch erlauben!

„Tu das Fenster auf!" schrie Marx schon auf der Schwelle, als er von der Arbeit müde zum Kaffee kam. „Da drinnen ist eine Hexe gesessen."

„Scht! Red' nicht so wüst!" bat Agnes und reichte ihm die dunkelbraunen Brissago.

Er schimpfte weiter, aber rauchte doch gleich eine der Prachtzigarren an. Tag für Tag verrauchte ein Stengel, und mit seinen schönen blauen Wölklein zerrann auch mehr und mehr der Groll gegen die Spenderin.

14

Die Bäuerin ließ von nun an nicht ab, die zwei inständig und unter dem Zuspruch der längsten, braunsten, feinsten Brissago wenigstens über den halben, häßlichen März und den ungesunden April herunter ins Tal zu bitten. Sie fänden Arbeit und Platz im großen Löchligut nach Lust. — Aber Marx fuhr schon beim ersten Brief auf: „Ist die Mutter verrückt? — Ich geh' doch nicht ins Joch wie der Pilat. Red' mir nie mehr davon! Hier bleib' ich, — immer, immer, immer!"

Und jedesmal stieß er den genagelten Absatz in die Diele, daß es eine zornige Beule gab. Aber die Brissago rauchte er munter weiter.

Jedoch die Briefe kamen unermüdlich wieder, und einmal stand unter dem Namen mit einer eingeknickten Schrift: „Gruß auch von Gerold! Kommt doch!"

„Die Buchstaben hinken ja gerade wie der Alte," spottete Marx. Und lustig über seinen Witz zündete er die letzte schwiegermütterliche Zigarre an.

Indessen rückte der Lenz gewaltig vor. Hier oben freilich zuerst mit einer widrigen Laune von kalter Bise und heißem Föhn, von Neuschnee und Schmelze und dem ewigen Getöse der Lawinen oder der großen Bäche ringsum. Aber die Bergschwalben schwirrten schon eifrig herum, und man hörte in stillen Mondnächten schon etwa aus den Schratten herunter die spitzen Pfiffe der Murmeltiere.

„Frühling! Frühling!" jubelte Marx, „und Edelweiß und Bergsteigen, grüß' Gott, Pilatus!"

„Winter, Winter bleibt es!" antworteten die blauen Lippen Agnesens. Winter! sagten ihre eingefallenen Wangen, ihre gelden Schläfen, ihre tiefen, flackernden Äuglein. Winter! schrie ihr Herz und fröstelte schwer. Nur wenn das warme, mütterliche Schöpferinnengefühl leise, leise unter dem Busen heraufzitterte wie das verstohlene Glucksen des Quells unter dem Eis, dann sagte sie auch einmal ein tonloses, aber doch leise hoffendes: „Frühling wird's!"

An einem merkwürdig schwülen Nachmittag hatte Agnes einen besonders schweren, bangen Sinn. Sie wußte nicht recht, was es war, der Föhn oder das Stoßen und Treiben der Fruchtbarkeit aus der Aprilerde oder aus dem eigenen Schoß, oder ein Fieber oder was. Sonne und Winde hatten den Schnee allzu rasch aufgekocht, und nun war gestern vor dem übermäßigen Wasser die Schutzmauer von Kleinmäusli oben geborsten und ein ungezogener Strom auf das Häuslein heruntergelaufen. Das Gärtlein ward überschwemmt, der Keller voll Wasser. Aber gottlob war es nur Wasser, und die Nacht wurde blitzend hell und kalt. Die Gefahr war für einmal vorüber. Allein der Schrecken vor dem daherbrausenden See lag Agnesen noch immer in allen Gliedern. Das ganze Haus hatte gezittert, die Lampe geschwankt, die Bilder waren von den Wänden geflogen, so hart stieß die Flut an den Bau. Wenn der Bach nun gar mit Schutt und Stein gekommen wäre!

Furchtbar brüllt der Föhn wieder. Von allen blendend hellen Felsen schäumen weiße, unbekannte Bäche oder schüttet es Staublawinen nieder. Das ganze Gebirge bewegt sich.

Marx arbeitet Tag und Nacht mit dem Knechtlein und der Severina oben am Einbruch des Baches. Mit Stauden, Holzpflöcken, Sand, Lehm und Grasböschen ward ein doppeltes und dreifaches Wehr geschaffen und mit mächtigen Steinblöcken umpanzert. Es schien undenkbar, daß der Bach auch diesen Widerstand brechen könnte. Zufrieden, aber todmüde kehrte Marx in die Stube zurück und warf sich aufs Sofa. Diesen Augenblick hatte Agnes erspäht. Ihr schlugen die Zähne vor Fieber und Kälte zusammen. Aber sie wehrte sich und wusch dem Gatten die naßkalten Füße in einem warmen Bad. O wie wohl tat ihr selber dieses lauwarme Wasser. Sie rieb seine langen, sehnigen, festen Herrenfüße, trocknete sie und vergrub sie mit beiden Händen in ihrem Schoß. Dann sah sie zu ihm auf und sagte ängstlich: „Du, Marx, komm mit mir, — wir gehen hinunter, bis es hier oben schöner ist. Ich bin krank!"

„Hör' auf, Frau! Jetzt gerade ist es hier oben am schönsten!"

„Es geschieht ein Unglück mit mir und mit dem Kind!"

„Bei mir sicher nicht, Agnes, mußt mir nur recht vertrauen. Halt' dich nur ganz fest an mich! Wie beim Galopp, — weißt an der Kilbi, an unserem ersten Tag. Da lief's flott. Aber die Briefe herauf und hinunter, diese Grüße und all das Weiche drum und dran, das ist's, was dich schwach macht. Laß die Dummheiten! Mehr Vertrauen zu mir, Weib!" —

Indessen ließ sich der starke Vertrauensheld von der kranken Frau wie von einer Leibeigenen die Fersen wärmen und die Sohlen reiben. Plötzlich fühlte er einen heißen, stechenden Kuß auf dem nackten Fuß. Er wollte aufspringen. Aber da schlug Agnes schon neben ihm mit dem Kopf am Boden auf.

Sie gewann die Besinnung zwar sogleich wieder und erklärte, es sei nichts als die übergroße Hitze in der Stube daran schuld. Ihr sei ganz wohl, es fehle ihr eigentlich nichts; ein bißchen Schwäche, daran liege es. Und sie gab sich eine sorglose Miene und widersprach, sich ausredend und entschuldigend, all dem Bangen, was sie noch vor einer Minute hatte vorgebracht und weiter vorbringen wollen. Marx glaubte ihr gern. Jedoch am folgenden Tag kam Doktor Großohm wieder und schüttete unverfroren dem Hausherrn ins Gesicht: „Jetzt ist's höchste Zeit mit dem Bäschen hinunterzugehen, oder ihr könnt gleich sechs schwarze Bretter bestellen."

Die ganze Nacht tat Marx kein Auge zu. Die sechs Bretter gefielen ihm schlecht. Beim Frühstück sagte er dann: „Agnes, ich glaub' auch, du mußt hinab — ich hab' nichts mehr dagegen."

„Und du?" fragte sie und fühlte ein Zittern bis in in die Fußspitzen.

„Ich bleibe natürlich bei meinem Berg. Das ist meine Frau, bis du wiederkehrst. Komm bald gesund zurück, dann bist du's wieder!"

Sie ging! Sie ging, das Kinn vorgestemmt und die Augen rundum steif offen, in den groben, großen Heldenschuhen der Berglerinnen. Er kam nicht einmal soweit das Gütchen reichte mit. Die Magd trug das Köfferchen. Je tiefer Agnes stieg, desto lieber wäre sie schon wieder umgekehrt. Sie fühlte scharf, daß ihr auf Erden nichts so unendlich lieb sei wie dieser harte Marx, viel lieber sogar als das, was unter ihrer Brust blühte. Und je tiefer es ging, je höher und größer ihr der Berg erschien, um so viel herrlicher und mächtiger dünkte sie auch ihr Marx. Wie konnte sie einen solchen Menschen auch nur eine Minute loslassen. Jetzt würde er gar keinem Menschen mehr etwas darnach fragen. Jetzt würde er auch sie noch aus dem Herzen wischen. Jetzt würde der Berg seine Seele ganz ausfüllen. Völlig erkalten und versteinern würde er nun in seinen Felsen. Bis jetzt hatte sie doch immer noch ein Plätzchen in seinem Herzen und in seiner Kammer behalten. Oh, das durfte sie nicht aufgeben. Behalten mußte sie ihn, sie, die einzige von allen Menschen, die er bei sich duldete.

Bei der ersten Wegkehre, wo man das Häusdhen für immer aus dem Aug' läßt, wollte sie umkehren. Doch da stand die Magd vor sie her und sagte: „Frau, denkt doch an die Leute!"

Sie gingen also weiter. — Doch warum lief sie eigentlich davon? Tisch und Bett hatte sie doch immer mit ihm teilen dürfen. Konnte sie ihn nicht küssen, wenn er nicht allzu spröd und steif tat? Und konnte ihm Musik machen? Bei keinem Menschen saß er still. Nur bei Bächen und Gipfeln und am Wildstand konnte er stundenlang ausharren. Und — jawohl, und auch bei ihr, wenn sie uralte Lieder spielte, die das Volk ohne Buch und Noten schon seit tausend Jahren singt. Nein, sie hatte ihm doch viel gegolten!

„Da gebt acht, das Brücklein!" rief die Magd.

Sieh da, das war der Bach von da oben, wo Marx mauerte und fischte und faulenzte und vielleicht gerade jetzt mit seinen glatten, harten Herrenfüßen drin badete. O ja, das ist der gleiche Bach, nur hier unten viel breiter und auch viel schmutziger. Nein, oben ist es doch schöner, heller, reiner. Sie will zurück, kurzum, mögen die Leute sagen, was sie wollen!

„Frau Agnes bedenket doch, wie Marx Euch auslachte!" warnt Severina.

Also weiter! — Wahrlich, er würde lachen, hell und hart, sie hört es genau.

Es kommen die ersten Häuser und Obstwiesen. Da ist alles

schon so grün und voll Blumen. Aber auch so dumpf und schwül ist's wie in einem Kessel. Kein Wind von den Gräten, so ein frischer, sauberer Wind, und nichts Weißes. Wie langweilig! Kein einziges, hübsches Tüchlein Schnee in die Flur gebreitet. Agnes sucht und sucht, als hätte sie ihren Marx verloren, wenn sie da keinen Schnee erblickt. Sie muß zurückschauen, bis hinauf zu den Pilatusfelsen — endlich, endlich, dort ist Schnee, o und dort ist ihr Mann, ist ihre Liebe, ist ihr Leben — zurück Severina! — Und Agnes steht steif und fest im Weg.

„Frau, Frau, Ihr macht mich lachen mit —"

„So lacht, ihr alle, du und das ganze Pack da unten, lacht, lacht, aber ich muß hinauf, sonst sterb' ich noch heut! Hast du nicht gehört, er hat gesagt: komm bald! Das hat er gesagt! Sonst weiß ich nichts als das — komm bald! Also gleich jetzt zurück!"

„Aber," warf die Magd unartig ein, „er sagte doch auch: der Berg ist mir genug, er ist mein Gespons, bis du kommst, er —"

„Er sagte nichts anderes als: komm bald!" eiferte und log Agnes voll innerer Wahrhaftigkeit. Ihre sanften wolkenschwimmenden Augen sprühten, ihre Lippen brannten, die weißblonde Zopfkrone blähte sich hoch auf. Sie war kein Täubchen mehr, sie glich einem Adlerweibchen.

Und die Magd führte sie mit Mühe und unter hundertfachem Stillestehen und Hüsteln wieder auf Kleinmäusli hinauf.

Marx tat gar nicht verwundert, sondern nahm sie am Arm und sagte stolz: „Das wußte ich doch, daß du mich nötig hast.

Nun geh' ins Bett, du Willwank*), und schlaf' den Unsinn mit dem Tal gehörig aus!"

Lawinen tosten, der Bach grollte, der Föhn schüttelte das Häuslein mit Riesenfäusten die ganze Nacht, aber sie fühlte sich in Marxens Arm selig und sicher wie nie zuvor.

*) Wankelmütige.

15

Am Morgen regnete es in den weichen Schnee so flutenreich und gewitterhaft wie im obersten Hochsommer. Agnes stand nicht auf. Sie war zu müd. Das sah diesmal Marx ein. Er setzte sich gemütlich neben sie hin, und während es draußen schäumte und goß, schnitzelte er aus Weidenbast einen neuen Pfeifenkopf. Er verstand das vortrefflich. Schon sein Vater hatte sich alle Pfeifen selbst geschnitzt, immer den gleichen Kopf eines Erdmännchens, wie sie kinderbeinig und greisenhäuptig in einsamen Ecken des Landes herumspuken sollen. Der Vater hatte es vom Großvater, der zum Spaß für alle gesetzten Talleute einen Sommer lang von Kuh und Heim über den Brünnig in jenes große, singende Schnitzlerdorf am tiefen, alpengrünen Brienzersee gezogen war und dort mit den wunderbar schönen, langen Omlisfingern sehr bald famose Sächelchen aus dem Holz meißelte. Das übte er dann daheim zum Zeitvertreib in den langen Herbstabenden am Küchenfeuer bei Frau und Gesinde. Die einen spannen Garn, die andern lasen aus alten Kalendern, dritte kernten Saubohnen aus und die unbewachten Buben oben in der Schlafkammer hingen sich im bloßen Hemdlein zum Fenster hinaus, flochten sich am Spalier hinunter, rissen unreife Pfirsiche ab und guckten spitzbübisch von oben durchs Laub in die Küche hinein. Der Alte aber schnitzelte am Herd, den Holzklotz zwischen den Knien, geruhig weiter und schmückte nach und nach das ganze Haus mit seiner krausen Kunst. Überall sprangen seine spitzen Schnitzereien an den Wänden hervor und stachen und dornten, selbst die Kleiderhaken, die er in der Art von Hirschgeweih an jede Türe nagelte, und die statt das Gewand aufzuheben und zu schirmen, es zum Verdruß der Weiber regelmäßig zerrissen.

Das erzählte Marx seinem Frauchen jetzt. Aber der Großvater war eine Ausnahme. Die Omlis besitzen weder die hohe Stirne, noch das geduldige Sitzleder zum Künsteln. Schon beim Vater nahm das Talent wieder ab. Er konnte nur noch Pfeifenköpfe schneiden und auch da nur Erdmannliköpfe. Doch verstand er wenigstens immer noch allerlei Humor in den Kopf zu schnitzen. Da lachte ein Zwerg breitmäulig, dort grinste er boshaft wie ein Affe, jetzt kaute er Harz, das man ihm für Honig in die Zähne geworfen, und brachte das Gebiß nicht mehr auseinander, oder er lispelte mit gespitzten Lippen einer Nixe im Bronn übersüße Komplimente zu. Na, das waren Gesichter! Aber Marx hatte nur eine Grimasse von den vielen abgelernt: das Erdmännlein verdreht die Augen entsetzlich und reißt das Maul bis an die Ohren auseinander und brüllt und schwitzt vor Pein. „Was tut ihm denn so weh?" fragt Agnes leise. „Hm, der Tabak, die Glut und der Rauch. Es verbratet, es erstickt und muß doch immer wieder herhalten, morgen wieder und übermorgen. Weißt, es ist so ein Mensch zum Dienen und Leiden und Spaßen für seinen Herrn gemacht. Einst gab es solche, und in Afrika unten und hinten in Asien gibt es ihrer noch. Bei uns schon lange nicht mehr..."

‚Doch, doch, gibt es noch,' denkt Agnes.

„Darum mußt du doch aber nicht so seufzen, Fraueli," lacht Marx auf ihr bleiches Gesicht nieder. „Das hier ist doch alles Fabelei. He, Schattenmännlein, still gehalten, jetzt zerr' ich ihm das Gefräßli an die Ohrlappen hinaus. Schau mal!"

„Nein gar nicht ist das gefabelt," hält Agnes fest, aber versucht doch zu lächeln.

„So oft ich die Pfeife stopfe und anbrenne, denk' ich: so jetzt heiz ich dir wieder einmal brav ein. Grinse nur, du mußt mir halt doch Freude machen. — Und ich mein' immer, wenn ich stark ziehe, daß es im Kopf aufglutet, dann merk' ich, wie's ihm heillos weh tut und er winselt und bettelt: bitte, bitte, nicht so stark, ich sterb' dran! — Ach was, das ist alles Schund. — Sieh Agnesli, das Grinsen bekomm' ich immer am schwersten heraus. Das Aug' da muß man ihm gehörig in die Backen schlitzen, sonst wird's ein Lachen, kein Mordioschreien."

Und er bohrte mit der Messerspitze scharf im Gesicht herum.

In Gottes Namen, so ist er einmal, beschwichtigte sich Agnes, ein ganz starkes, regierendes, herrliches Mannsbild. Sie wollte jetzt auch nichts anderes tun, als vom Kissen herauf in seine Finger blicken, wie geschickt und wie mächtig sie schnitzten. Hie und da sah sie zwischendurch sein wasserdunkles Auge schimmern. Oder war es das Messer? Sie hatten beide gleiche Farbe und Schärfe. Hie und da rieselte eine goldbraune Flechte seines Bartgelocks durch die Hände ihr entgegen oder sie sah seine braune, trockene Lippe oder die kurze, gefurchte Stirne, alles in der flinken Arbeit angestrengt, und all das war unsagbar schön anzuschauen von solcher Bettruhe aus. Wenn er nur recht lange so schnitzelt! Diese Stunde wiegt manche böse, einsame Woche auf. Halb schlief sie ein, halb träumte sie. Da, war es der Regen draußen oder ihr Blut, was so eigen rauschte? Sie horchte auf.

„Willst du etwas?" fragte er gütig und riß dem Zwerg einen Kerb in die Backen.

„Was tost denn so furchtbar?“ fragte sie.

„Puh, das Wasser von oben, das Wasser von unten, der ganze Berg wird zu Wasser,“ lachte er und blies munter die Spänchen aus dem mißhandelten Männlein. Jetzt begann er ihm zierlich mit Zwick und Stich einen langen Bart aus dem Holz zu schneiden.

„So hat es noch nie gerauscht,“ bangte sie.

„Laß es nur rauschen,“ tröstete Marx mit einer prachtvollen Sicherheit. Selbst eine Sündflut konnte ihm nichts anhaben. Er hatte gemauert wie ein Herrgott so hoch, so breit, so tief, daß das andere höhere Ufer gegen die Stadtgüter hinunter nun weit niedriger lag. Der Strom konnte von oben an seinen Wall schießen so wild er mochte, so ein Wall hielt fest, und das Wasser mußte entweder die gemeine, alltägliche Schleife auch in seiner größten Empörung um Kleinmäusli herum und hinab zur Schlucht ziehen, oder dann etwas Hochfestliches wagen und sich über das linke Bord hinaus in die reichen Sömmerungen der Stadtbürger, in die sogenannten Allmenden wälzen. Aber er war sicher.

Königlich fest saß er da neben ihr und schnitzelte, unter Lawinengedonner und Sturzwassern, welch' ein Herr! Welch' eine Kraft!

Wohl hörte sie es immer wütender rauschen, aber sie hing nun wieder ganz am Mund und an den festen Augen ihres Gatten. Der streichelte die Bartflocken säuberlich fertig.

Nun besah er mit bübischer Genugtuung den Marterkopf und stieß ihn sorgsam in den Stiel, bis alles hübsch paßte. Dann ging er doch wie zufällig zum Fenster und öffnete ein trübes Flügelchen. Nun prallte auch er zurück vor dem Brummen und Tosen, das die Luft füllte und sogleich wie ein Meer in die Stube flutete. Das war ein Gießen und Zischen und Spritzen und Klatschen, als müßten gleich Himmel und Erde ertränkt werden. Die Papiere flogen durch die Stube, die Vorhänge rissen sich los, Guß auf Guß schnellte herein.

Aber durch alles wüste Wassergelärm hörte man das dumpfe Gepolter eines Schuttbaches. Doch donnerte er nicht vom Tobel herauf wie sonst, sondern von der Höhe her, wo Marxens Damm stand. Es krachte da und riß und sprengte. Wie ein Blitz schoß Marx in die Küche hinaus, nahm Axt und Schaufel, schickte Severina zur Frau hinein und lief mit Balzli zum Damm. Schon weit unten sieht er, wie der Bach im Anprall mächtige braune Schmutzwellen über das Gemäuer schleudert. Wie ein Windhund galoppiert Marx. Nun steht er oben. Welch ein Schauen, Sein Werk hat ausgehalten bis zu diesem Augenblick. Dafür hat das tobende Wasser das linke Ufer überbordet und hat mit einem Meer von grauem Schlamm und Wasser die tieferliegenden fetten Bergweiden der Stadtgemeinde verwüstet. Schon hat sich dort ein trüber See gebildet, aus dem nur noch die Gipfel der Heustöcke und die Giebel der Schuppen blicken. Mit einem Gemisch von Triumph und Grauen sieht das Marx. In Gottes Namen! Jeder wehrt sich um seine eigene Haut, um sein Dach, um seine Seele! Ich um mein Teil, und der Stärkere gewinnt!

Ihn schaudert. Wie lange noch der Stärkere? Von den Höhen wallt und schwillt die Flut immer breiter, immer dicker, immer massiger daher. Es ist ein Strom von Wassern, Felsen, Bäumen und ganzen Schneehalden. Das lärmt höllisch. Man steht taub und wehrlos da. Marx läßt die Hacke fallen. Sie ist soviel wie ein Strohhalm wert. Er kann nur noch in dieses majestätische Bravourstück der Wildwasser hineinstaunen. So oft wieder ein Steinkoloß sich durch die Flut unter polternder, ungeheuerer Vierschrötigkeit gegen den Damm wälzt, weicht er zurück, bis der Block vom Zug mitgerissen und in die Wiesen hinuntergeschwemmt wird. Jedesmal wirft ihn der kalte Luftzug fast um. Aber der Schutt gerät jetzt am andern Ufer ins Stocken und häuft sich rasch zu Bergen auf. Und sogleich steigen die Wogen auf Marxens Seite. Noch eine Minute und alle Grausen dieser Stunde werden sich über Kleinmäusli werfen. Marx sieht es, er sollte eilen, hinunterspringen, retten, flüchten. Aber er kann einfach nicht weg, er ist wie gebannt, er muß es abwarten, er muß es wissen, es ist eine satanische Herrlichkeit.

Da, da, Gott der Wetter und Wasser, da rollt etwas daher, hoch und schwarz wie eine Bergwand, wackelnd und donnernd, genau auf ihn zu. Ist's der ganze Pilatusberg? Marx springt zur Seite. Er hört es noch krachen, sieht noch seinen Damm wie einen Fadenschlag zerreißen, und den halben Strom unter Siegesgeheul in sein Gut einbrechen. Jetzt kriegt er Beine, rennt dem Entsetzlichen voraus, hinunter ins Haus. Mitten in der Stube steht angekleidet und fahl und frierend Agnes, zwei große Bündel zu ihren Füßen. Neben ihr Severina. Sie haben alles Köstliche eingepackt. „Fort, fort!" schreit Marx und stößt sie flugs zur Türe hinaus. An der Schwelle schaut er noch einmal hinein. Was kann er noch eilends retten? „Die Papiere, Marx, in deinem Sekretär, die Papiere," mahnt ihn Agnes. „Geht, geht," tobt er furchtbar. Aber was soll er denn noch retten? Die Papiere. Was für Papiere? Irre steht er da. Soll er die alte feine Schlaguhr von der Wand retten? Oder das Tafelklavier? Oder die große, weiße Samtkatze auf dem Sofa? Ach, das sollte er alles auf den Rücken laden. Und was noch, wie rief die Frau? Die Papiere? Wo hat er denn die Schlüssel? — Gott, wie die Wände wanken, da, da, das Wasser schießt zum Fenster herein, ein Höllenwind wirft alles um, das Klavier beginnt zu klingen, die Uhr zu schlagen, die Katze fliegt hinaus, — was muß er noch holen, 's ist hohe Zeit, — da, da, richtig, hängt seine Pfeife, fertig geschnitzelt, und das himmeltraurige Erdmännlein grinst wie in Schadenfreude. Er merkt es nicht. Komm, liebe, — und da der Eispickel in der Ecke, wahrhaft, der soll auch mit! Jetzt hinaus, schnell! Alles schmettert zusammen! Aber ich habe die Pfeife und den Pickel!

Draußen, mit den Bündeln auf dem Rücken und bis an die Knie im Wasser, stehen und schaudern die Frauen. Marx nimmt sie an der Hand und geht flink aber behutsam mit ihnen der Berghalde zu. Ringsum wallt es und lebt es von fressenden Bächen. Manchmal muß ein Graben, der nun ein reißendes, tödliches Wildwasser vorstellt, kühn übersprungen werden. Bis an die Brust geht es einmal durch eine Niederung. Da packt er Agnes samt den zwei Bündeln auf. Hinter ihnen kracht und spaltet es die Mauern ihres Heims. Endlich geht's aus dem Wasser heraus den Ranft empor. Droben unter einer Tanne steht und winkt Balzli. Der hat sich zeitig ins Sichere gebracht. Hier halten sie Rast und schauen nach ihrem Gut hinunter. Welch ein Blick! Durch die Türen und Fenster brausen Bäche, spülen Läden und Betten und Stühle hinaus. Seht, dort im Türrahmen wackelt das alte Klavier und will nicht hinaus!

Hört man es nicht spielen? Wie einen Totenmarsch? Oder klingt es nur so in Agnesens Ohren. Ihr ist sterbensübel.

Aber das Furchtbarste sieht man ob dem Häuschen, beim Stall. Die Flut ist da übers erdebene Dach und durch die Schindeln hineingefahren. Da sind die schöne, braune Milchkuh und die drei Ziegen hinausgerannt, und nun meckern und muhen sie mitten im gewaltig anschwellenden Wasser, suchen rechts und links Auswege, versinken immer tiefer, und schon faßt es die kleinste Geiß und wirbelt sie zum Tobel hinunter. Grausig ist der Sturz. Rasch folgen die beiden anderen. Nur die prachtvolle Kuh steht noch im Gewoge, brüllt verzweifelt und stößt vor Angst blaue Dämpfe aus ihren kalten Nüstern. „Die Kuh, die Kuh!" schreien vier Menschen gleichzeitig unter dem Baum. Und wahrhaft, Marx rennt hinunter und versucht nochmals, sich durchs Wasser zu fechten. An vier Stellen wagt er es, und jedesmal muß er wieder zurück, das Wasser wirft alles um. Nun ruft er aus hohlen Händen dem ratlosen Vieh: „Hoihooo, hoiho! Ssä ssä! Kumm, Schäck, kumm! — Da, probier's, da, hoihoooo!" — Die Kuh wittert mit der Nase in die Luft hinaus, merkt auf, hört den alten, lieben Hirtenton, sieht den Herrn, treibt ihm entgegen geradewegs in den wildesten Zug Wasser hinein, sinkt, schießt hinunter, bald die Beine, bald das gehörnte, herrliche Haupt überschlagend, den Ziegen nach in den tosenden, höllischen Abgrund.

Marx ballt die Faust gegen die Schneegipfel oder gegen den Himmel, woher das Unwetter kommt. Der Grimm erwürgt ihn fast. Es jagt ihm harte Tränen wie Hagelkörner aus den Augen, Tränen der Wut, des Wehs, der Verzweiflung. Dann steigt er wieder langsam zur Tanne hinauf, den Pfeifenkopf in der Tasche, den Pickel in der Faust. Er sieht weder die winkende Magd, noch seine wie tot im nassen Laub hingestreckte Frau, bis Balzli mit Schreien und Weinen auf ihn springt, ihn am Arm reißt und heulend hinaufzeigt.

In drei Sätzen hat er die Tanne erreicht. Das Kleiderbündel ist aufgemacht und etwas Frisches, Neues, Weißes aber Stummes liegt auf dem ausgezerrten Tuch. Gott, ein unendlich kleines, feines, unfertiges, totes Kind! Im Drang und Todeskummer dieser Stunde unzeitig zur Welt geschleudert. Werden und Sterben war ein Augenblick.

Nebenan liegt die Mutter, steif und schwer und gefühllos wie ein Holz.

In diesem Moment zerschmettert es unten das schwimmende Tafelklavier an einem Felsen. Durch alles Wassergießen hört man das herzzerreißende, schrille, hunderttönige Klingen, dann fegt es die Reste in das Tobel, und es gibt nichts mehr hier oben als eine große Totenstille und unten das eintönige, zufriedene Johlen der Wildwasser.

16

Im gleichen Sarg wurden Mutter und Kind beerdigt. Das war ungewöhnlich, aber Marx wollte es so.

„Wo gehst du jetzt hin?" fragte die Schwiegermutter, als man das Grab verließ. Sie waren als die nächsten Leidleute immer nebeneinander gegangen.

Marx blickte über alle Köpfe weit weg zu den Berggipfeln. Er sah den hundertäugigen Haß nicht, der ihn aus dem schwarzgekleideten, scheinbar trauernden Leichengang anblitzte. Er überhörte auch die Mutter Agnes'. Alles, Banknoten, Gülten, Geldbriefe, Haus, Vieh, Weib und Kind, alles ward ihm weggeschwemmt. Er hatte nichts mehr, und er wollte auch an nichts mehr zu denken haben.

Die Frau stupfte ihn jetzt und sprach mit ihrer hohen Stimme, die nun einmal nicht flüstern konnte, aber weicher als sonst klang: „Marx, komm zu uns! Wir können dich gut brauchen."

„Geht zum Teufel alle miteinander!" knirschte er. „Ich brauch' euch nicht." Damit sprang er weg. Die Wut über die ganze Menschheit sprengte ihm fast das Herz in Stücke.

Aber im Städtchen steckte ihm der Dorfweibel ein amtliches Schreiben zu, ohne dabei ein Wort zu verlieren. Darin ward er auf den Freitag nach dem Gottesdienst in die Gemeindestube zitiert.

Es war der Freitag vor Ostern, ein später Karfreitag in diesem Jahr und ein strenger Feiertag hierzuland. In der Kirche wurde am Vormittag das Leiden unseres Herrn Jesu Christi aus dem sonst so sonnigen Johannesevangelium von der Kanzel vorgelesen.

Die vielen schwarzen Tücher, die lichtlosen Altäre, die verhüllten Bilder mit einziger Ausnahme des ausgestellten, furchtbaren Kreuzes Christi, und keine Glocke und keine Orgel, das stimmte Marx noch düsterer, als er schon war.

Seit dem Tod seiner Frau lebte er in einer stumpfen Blödigkeit dahin, wußte nicht, was er aß, wo er ging, wie die Stunden liefen. Jetzt in dieser stillen Kirche, wo niemand hustete oder laut atmete, weil die eintönigen Worte von der Kanzel so Furchtbares vom Abendmahl weg zum Ölberg, zu den Geißeln und Dornen und Nägeln des armen Heilandes berichteten, jetzt in dieser schweren, heiligen Erzählung erwachte Marx ein wenig aus seiner Sinnlosigkeit, ordnete die Gedanken und stellte sich vor: wie übel auch ihm geschehen sei! Beinah' wie dem heiligen Christ! Nichts als Verrat gibt es auf der Welt. Der Schnee, die Bäche, die Wolken, die Menschen, alles haßt ihn und hat sich gegen ihn verschworen. Und jetzt ist es so weit gekommen, daß er wahrhaft auch nicht weiß, wohin er sein Haupt legen soll. O ihm geschieht Unrecht! Seine Frau, — ja, vielleicht lebte sie noch, wenn er mit ihr ins Städtchen hinunter gezogen wäre. Auch das Kind! Aber ließ er sie denn nicht gehen? Was vermag er dabei, wenn sie nun einmal ohne ihn nicht leben mochte? Und überhaupt, wer kann alles zum voraus wissen? Das müßte der Herrgott selber sein! So hat es nun einmal kommen müssen — durchaus! — unabwendbar! Die Flut, die Verwüstung, das Sterben. Alles kommt, wie's muß! Und so ging's über ihn nieder und ging nieder über die reichen, saftigen Allmenden der Stadt. Da kann er nichts dafür und nichts dagegen.

Mögen sie mit ihm machen in der Gemeindestube, was sie

wollen: nur zu! nur zu! — Es heißt, der Schaden gehe in die Hunderttausende, siebzehn Kühe, drei Stiere und eine ganze Herde von Schafen und Ziegen seien umgekommen; sechs Häuschen wurden zerstört und soundso viele Juchart Weide auf drei, vier Jahre wüst und nießlos gemacht. Offen sagen sie, er sei an allem der Sündenbock, er habe das Wasser gegen ihre Allmenden heruntergerichtet. Um sich allein zu retten, habe er zwanzig andere überliefert. Sie reden schon von vergitterten Fenstern und Ketten an den Füßen. Ha, sie sollen's probieren! Er hält den Eispickel fest in der Hand. Das ist sein Stock. Das Ärtlein dran hat er abgeschraubt und wohlverwahrt in seiner Rocktasche. Das ist seine Waffe. Nun sollen sie etwas gegen ihn anfangen! Jeder darf sich um seine Haut wehren, auch wenn andere dabei um ihre Haut kommen. In Gottes Namen! Darum ist er doch nicht schuldig — o nein! Er...

Da zuckt er zusammen. Was war das? Wer sagte das? ‚Pilatus!' hat einer gerufen.

Von der Kanzel ist es gekommen.

„Pilatus aber fürchtete für sich, und da übergab er ihnen Jesum, daß sie ihn kreuzigten. Und er wusch sich die Hände und sprach: ‚Ich bin unschuldig am Blute dieses Menschen!'" — —

Viele, viele Köpfe richten sich jetzt auf ihn. Wenn man Pilatus sagt, muß man an Marx denken. Seit Florins Fall! Und jetzt hat er Weib und Kind sterben lassen! Nein, mehr, das schönste Vieh und das fetteste Wiesland hat er vernichtet. Nicht geradewegs, o nein, er ließ es zu, fädelte es so ein, daß es nicht anders kommen konnte. Ganz wie der alte Pilatus! Man ist freilich in der Kirche, aber sie verzehren ihn fast mit ihren glühenden Blicken. So ein Hehler und feiger Schuft! Aber die Hände soll er nicht in Unschuld waschen. Versuch' er's nur! Im Ratstüblein wird man ihm schon das Gewissen verlesen und seine Makeln bloßlegen. Das wäscht kein irdisch Wasser ab.

Marx horcht wie gelähmt zur Kanzel auf. Purpurröte deckt ihn über und über. Aber dann kamen die Pharisäer, die Juden, die Henker, die Schächer, — nichts mehr von Pilatus! Das Volk tobt durch die Passion. Das Volk verurteilt, das Volk richtet, das Volk quält und steht um das Kreuz und wartet böse, bis der arme König droben am Holz ausgerungen hat. Dieses Volk ist immer das gleiche. Es möchte es ihm nun auch so machen. Zuschauen, wie er in Armut und Witwereinsamkeit langsam verdirbt. Oder wie man ihn bindet und zähmt und entehrt und zu Tode foltert! Zuschauen, um ihn herumstehen und die Finger gegen ihn strecken und ihrem Kleinsten sagen: ‚Schau jetzt, er stirbt! Sieh, wie er Augen macht. So geht es allen Gottlosen! Werd' mir ja ein ordentlicher, braver Mensch!' —

Er kann es schier nicht erwarten, bis der Gottesdienst zu Ende ist. Mit großen, eifrigen Schritten marschiert er in die Ratstube. Die Gemeinderäte sitzen vorne um den grünen Tisch und weisen ihn auf ein enges Stühlchen. Die Bänke um ihn herum füllen sich mit Bürgern, die durch die Überschwemmung am schwersten betroffen sind. Es sieht alles nach einem Schulexamen aus.

Mit einem bunten Fragen und Verhören hebt es an. Marx sagt immer Nein!

Die Bauern ringsum schreien dazwischen immer: „Ja!"

Der Weibel klopft mit dem Lineal gelassen auf den Tisch und ruft: „Seid still, gute Leute!"

„Ihr leugnet immer! Alles streitet Ihr ab!" schilt der Präsident. „Und doch wissen wir, daß Euere Frau ins Dorf wollte und ins Dorf hinunter sollte, — oder wie, Herr Doktor Dannig?"

„Das ist wahr! Aber das geht uns hier rein nichts an!" versetzte der Alte barsch.

„Das geht uns nichts an! Gut! Macht das mit Euerem Gewissen und mit dem Herrgott selber aus —"

„Mir deucht, wir haben schon eine Predigt gehabt!" höhnte Marx halblaut.

„Aber was Ihr mit unseren Allmenden gemacht habt, das geht uns an. Ihr wolltet Euch sichern. Da habt Ihr das Wasser auf uns niedergeleitet. Habt ihm den Weg zur Allmend aufgetan. Sagt nein, wenn Ihr könnt!"

Marx gibt keine Antwort. In den Bänken brummt und droht man.

„Erzählt, wie Ihr's gemacht habt. Das ist kein Spaß, versteht!"

„Ich habe nichts zu erzählen. Fragt doch das Wasser und den Schnee und den Berg! Mich fragt nicht. Ich kann nicht überschwemmen und kann nicht trocken machen."

„Ausrede, faule Ausrede, — sagt, was Ihr gemacht habt, das wollen wir wissen!"

„Wenn ein Stier auf mich lospringt, darf ich mich wehren, sagt! Darf ich einen Prügel nehmen und ihn zurücktreiben? He? Was meint Ihr Herren?"

Stillschweigen.

„Und wenn ich nun den Stier tüchtig umjage, daß er an einen andern Menschen rennt, der keinen Prügel bei sich hat und sich nicht wehren kann, zum Beispiel Euch, Präsident —"

„Hmm! Was soll das?

„Und wenn er Euch nun dafür prachtvoll in die Hörner nimmt, bin ich jetzt der Mörder, weil ich mich nicht zuerst habe aufspießen lassen? Meint Ihr so?"

Stillschweigen.

„Und gar nichts anderes hab' ich getan. Ich hab' dem Bach auf meiner Seite einen Wall gesetzt, für mich und für meine Frau und für mein Haus. Das ist alles. Und das tät' ich wieder. Mehr sag' ich nicht!"

Mehr sagte er wirklich nicht, und mehr war nicht zu beweisen. Er ging aus der Ratstube weder gerichtet, noch gereinigt. Flüche und Fäuste drohten hinter ihm. Aber ein ehrlicher Mannsteil in den Stühlen gestand, daß Marx entschuldigt sei, daß er in der Notwehr oder Verzweiflung gehandelt habe, daß man ihn nicht zum Feind machen, sondern landesväterlich und zutraulich behandeln solle, denn es stecke wohl etwas Wildes, aber auch viel Tüchtiges und Lauteres in diesem schönen, stolzen Heimatsohn. Aber die andern schrien: „Siebzehn Kühe! Denkt, — und drei Stiere! Und achtundachtzig Geißen und hundertacht Juchart kräftiges Grasland! Denkt!"

Als Marx zum geschweiften Tor hinaus auf den Platz trat, da stand ein großes Volk herum. Das brummte und summte wie ein Wespenschwarm und hätte ihn sicher auch totgestochen, wenn es nicht heiliger, bußfertiger Karfreitag gewesen wäre, wo man nicht töten, noch auch nur schlagen oder zürnen soll.

Beinahe schadenfroh ging Marx mitten hindurch, alle überschüttelnd mit seinem herrlichen Lockenhaupt, alle überfunkelnd mit seinen dunkeln, scharf geschlitzten Augen und alle bis in den Schmutz des Pflasters hinunter verachtend mit seinem dürren, bitter gekräuselten Mund.

Am Ausgang des großen Platzes stand er still und schraubte den Eispickel an den gedrungenen Schaft. Das wunderte alle! Dann zog er seine Pfeife aus der Tasche, stopfte sie voll, zündete an und blies die schönsten, blauen Kringel in die Luft. Jetzt erboste das Volk. Man fing an, vor Zorn zu pfeifen und zu schreien. Buben warfen Steine, und Mädchen streckten die Zunge, und selbst manches bis dahin geduldige Weiblein rief dem verhaßten Kerl nach: „Gauner! Dieb! Mörder! — Verdufte schleunigst! — Du stinkst im Land wie ein Aas! Ade, auf immer ade!"

Aber die Männer beschwichtigten mit ihren tiefen Bässen: „Pscht, pscht! — es ist ja Karfreitag!" — Im Stillen freilich gelobten sie sich: „Morgen reden wir anders mit dir, du verfluchter Hund!"

Allein es ward morgen und übermorgen, grüne Ostern und rote Pfingsten und sonnenbrauner Heumonat, ohne daß jemand auch nur der Fußspur von Marx auf irgendeinem noch so gesonderten Pfad begegnet wäre. Erst im August, als mehr und mehr die Fremden durchs Ländchen hinaufzogen, nicht die mit Schmetterlingsfängern und Stöcklischuhen, sondern die andern mit den groben Hosen, dem wilden Stecken und dem schweren Sack auf dem Buckel, diese Menschen, deren Knie sich so behend und doch so wuchtig wie die heißen, schimmernden Achsen einer Dampfmaschine vorwärtsbewegen, aber deren

Augen über alle Mechanik der Welt hinaus in die oberste, freie Erdenhöhe sehen, diese echten, rechten Bergsteiger, diese Stillen, Andächtigen, die nicht protzen, sondern für sich genießen, nicht bewundert werden, sondern selber bewundern wollen, — — als dieses gesunde, tapfere Trüpplein landauf marschierte und mit einer schnellen Verbeugung vor dem Pilatus weiter hinauf zu den erleuchteten, weißen Majestäten des Berner Oberlandes kletterte oder auch von da zurückkam, da ging auf einmal wie ein Lüftchen ohne woher und wohin das nicht ganz ausgesprochene, nicht ganz laute, nicht ganz verläßliche Gerücht durch das Städtchen: Marx sei Bergführer geworden.

„Also darum der Eispickel!" sagten die Dummen und die Gutmütigen.

„So haben sie endlich einander bekommen," giftelten die Unguten. „Mann und Frau! Bei Gott, eine kalte Hochzeit!"

Frau Agnes schöpfte gerade ihren vierzehn Angestellten Suppe in die Teller, als die Kunde in die Löchlimühle kam. Da schob sie stolz das Kinn vor und sagte mit einer vom Suppendampf und noch mehr von einer innern Erregung erhitzten Miene: „Das hat er nun einmal gut gemacht. Das ist sein Weg! Da kann er wieder zu hohen Ehren kommen." Und sie schöpfte, statt mit der üblichen Sparsamkeit von drei Kellen, den übrigen Gesellen nun vier und dem untersten und jüngsten sogar fünf Kellen voll in den Napf. Er war im vierten oder fünften Grad mit den Omlis verwandt.

„So einen Pilatus wascht der reinste Schnee nicht rein," sagte mit verdrückter Gehässigkeit Gerold oben am Tisch.

„Was?" fragte Agnes streng. Die Gesellen stupften sich am Ellbogen.

„So einen!" wiederholte Gerold nur noch.

„Was du gesagt hast, Gerold, will ich wissen," beharrte die Meisterin und marschierte stramm mit Schüssel und Schöpfkelle ums Tischeck zum Manne herauf.

„So einen macht am Ende —"

„Macht was?"

„Der Schnee noch am ehesten sauber!"

„Da!" sagte die Frau und hieb mit dem tropfenden Riesenlöffel einen famosen Treffer auf Gerolds Stiernacken. „Wer sieht ins Herz? Sind wir etwa sauberer unterm Nierenstück? — Da," — ein zweiter großartiger Treffer folgte, „hast du noch eine fürs Lästern."

Dann schöpfte sie ihm, der eine spaßige Grimasse schnitt, lachend sogar sechs Kellen der goldäugigen Brühe in den Teller und fischte ihm erst noch aus dem Grund des Topfes seine Lieblingsbrocken herauf, die gelben Rübenklöße, so daß sein Geschirr fast überlief. Dann stellte sie die Schüssel ab, stemmte die umgekehrten Hände in die Hüften und schaute vergnügt den schmatzenden Leuten und ihrem gemeisterten Meister zu, diese Stier- und Menschenbändigerin.

17

In Fels zu klettern, das war Marx ein Spaß. Aber den Firn und Gletscher mußte er jetzt lernen.

Die Bergführer in Grindelwald und in Meiringen hatten keine Freude an ihm. Der alte Zumbeggen, so eine Art Oberhaupt, musterte zuerst Marxens Füße und wie er sie hob, dann seine Knie und wie er sie bog, dann seine Arme mit den langen, stählernen Händen und wurde finster. Als er aber sah, wie Marx langsam, langsam einen Pfeifenkopf voll Tabakrauch hineinschluckte und erst nach einer halben Ewigkeit und gar nicht pressiert den Qualm in zwei gleichen, feinen Fäden aus der Nase hervorquirlte, da sagte er bitter: „Was kommt Ihr und nehmt uns auch noch das Brot weg? Bekommen wir's etwa nicht hart genug?"

„Ums Brot ist's mir nicht zu tun!" versetzte Marx würdevoll, obwohl er keine fünf Franken mehr im Sack hatte, und stolzierte hochhäuptig der wilden, einsamen, engen Aare entlang zum Grimselhospiz hinauf. Dieser Fluß gefiel ihm. Sie glichen einander. Wenigstens trieb beide ein gleiches heftiges, ja freches Freiheitsblut rücksichtslos vorwärts. Aber die Schwester im Tobel da war doch noch schlimmer. Und an der Handeck, wo die Aare ihr weltberühmtes, schwarzes Geniestück vollführt und blind und toll zur Hölle fährt, da beugte sich doch auch der verwegene Marx nur schaudernd über das rauschende Bord hinaus und flüsterte: „Nein, du, so nicht! Das ist zu toll! Das mach' ich dir nicht nach!"

Nach langem Wandern kam er gegen Abend ans Hospiz, das am dunklen, moosgrünen Bergsee wie in einem tiefen, grauen Steintrichter liegt. Denn rundum wächst der graue

Fels gen Himmel, da wie eine Wand, dort wie eine Treppe oder Leiter, dort wie schwindelige Türme. Aber hoch über dem allen gibt's noch etwas viel Größeres und Triumphvolleres. Süß wie die Erde und ernst wie der Himmel ist es: der ewige Schnee, das Oberste und Schönste auf Gottes Erde.

Als nun Marx ans behäbig altväterliche Gasthaus kam, gewahrte er zuerst nichts als einen weiß- und gelbgefleckten, großmächtigen Bernhardiner, der aufs Haar dem Skio glich, und ihn so freundlich beschnupperte, als erkennte er ihn. Ob das nicht ein Zwilling zum Edlingerhund war? Nun erst sah er auch eilige und erschreckte Menschen mit Seilbund, Säcken, Pickeln und dem leichten Geflecht einer Tragbahre. Ein junger Herr in zerrissenen Kleidern und mit einer dunkeln Schramme am beginnenden Stirnhaar redete hastig in die Leute hinein und spuckte dazwischen immer wieder Blut aus. Zuletzt trug man ihn ins Haus. Die Männer, die sich offenbar zu einer Rettungskolonne ordneten, sprachen Marx sogleich dringend an: „Ihr seid ein Landsmann. Könnt Ihr da mitkommen? Seid Ihr bergkundig?"

Und Marx, mit einem zehnstündigen Marsch in den Sohlen, nickte zufrieden und ging mit. Ihm gefiel dieser Willkomm: so ein lieber Hund und so ein flottes Abenteuer. Drei führerlose deutsche Studenten hatten sich vom Finsteraarhorn her verlaufen und waren nach der deutlichen Aussage des Geretteten beim Aufstieg aus dem Fieschergletscher in die Gemslücke hinauf verunglückt.

Es war noch früh in der Saison und der Oberaargletscher noch hoch von steifem Schnee überbuckelt. Still und düster ging man hintereinander, stundenlang, machte eine kurze Rast an der Oberaarhütte, wo Marx sich seltsam freute, wieder festen Stein unter den Füßen zu haben, und wo man einen heißen Tee trank und sonst nichts hörte als: „Wie spät ist's?" — „Gebt mir noch ein Glas voll!" — „Wohl bekomm's!" — „Danke!" — „Jetzt vorwärts!" — „Gut Glück!" — Aber kein Wort von dem, was bevorstand. Das kommt noch früh genug.

Nun ging's den Studerfirn auf, zuletzt gewaltig steil, das Rothorn links, die schwarzen Zinken des Finsteraarhorngrats rechts, und alles andere totenstill und schneeweiß. Längst war es Nacht geworden. Aber der Mond schien rund mächtig vom Himmel nieder. Die Felsen wurden wie schwarzer Samt, der Gletscher wie bläuliches Silber. Von den Graten sangen die Winde bis da hinunter ihr ewiges Lied. Die Luft war kalt und rein wie Eis. So etwas hatte Marx noch nie gesehen. Welchen jähen, trotzigen Klippensturm gab es da gen Himmel und welche Unendlichkeit von blauem und grünem Firn gegen die Erde hinunter! Was war noch hoch gegen das Hohe, das man hier sah? Schemel die bisherigen Berge, Niedrigkeit alles frühere Weben und Leben. Hier, o hier ging's endlich einmal wahrhaft empor aus dem menschlichen Schneckendasein. Mit jauchzenden Augen und gesträubtem Haar stieg Marx im Schritt der angeseilten Kolonne elastisch aufwärts. Höher, noch höher! schrie seine Seele, hinauf, hinauf! ohne Ende!

Oben in der Gemslücke wird haltgemacht. Man gibt Signale mit dem Licht und bläst aus Leibeskräften in die Sirene und horcht in den kurzen Pausen des Windes an den Felsen hinunter. Keine Antwort! Gleich wieder orgelt und pfeift und musiziert es durch die Luft. So weit man über den Fiescherfirn blickt, ist alles weiß. Nur die Felskletterei hinunter, zweimal kirchturmtief, liegt zum Teil tief im Schatten und ist unheimlich schwarz. Man steht ratlos da und erfriert fast. Soll man nicht, bis es dämmert, in der Oberaarhütte warten? Man zaudert und kehrt schon halb um.

Aber Marx möchte jetzt etwas erleben, er möchte Gefahren, Heldentaten! Ein grimmiger Blitz schießt aus seinen Schlitzaugen hervor, sowie er das Wort ‚zurück' hört. „Geht meinetwegen, ihr Mannen! Dann probier' ich's einstweilen allein," sagt er kurz und windet sich sofort mit pantherhafter Gelenkigkeit in die Felswand hinunter. „Dann wieder ans Seil, Mann!" befiehlt der Führer Jost Jossi ihm nach. — „Ich mach's besser allein," ruft's herauf. „Habt's denn!" knurrt Jossi. Aber nun klettern sie alle auch nach. Doch keiner, so geschickt sie alle sind, besitzt das sichere, katzenweiche Tasten und Kleben und sich dem Fels Verschwistern wie Marx. Während die andern am Seil sich langsam über die belichteten Rippen hinunterhelfen, dem gewohnten Stieg nachspürend, taucht der Omlis trotz aller Warnungen in die Schratten voll Nacht. Ist er einmal drinnen, so sehen seine Luchsaugen auch hier nach und nach hell genug.

Marx verrät sich nicht, aber er hat eine Spur und bebt vor Jubel. Wollenfetzen von einer Schärpe. Er tappt und schnuppert und äugt weiter von Zacken zu Zacken, mit den Sinnen eines Hundes. Schon wieder ein wenig Garn. Jetzt muß er schreien: „Hierher, Mannen!" Sie klimmen ihm nach. Es wird totenstill, je tiefer man klettert, denn der Nordost kommt hier auf der Südwestseite nicht zu. Aber auf alles Rufen und Namenschreien kommt nicht die leiseste Erwiderung. So meinen alle außer Marx. Er aber hört schon lange ein leises Gestöhn, ein müdes, todschwaches, — das läßt er sich nicht nehmen. Schräg von unten, die Rinnen herauf, weht es. „Ich komme! Nur Mut!" redet er mit dem Unsichtbaren. „Aushalten! Man ist ganz nah, Euch zu retten!" — Wie er das so zuversichtlich sagt, müssen die andern Bergleute glauben, daß wirklich da unten einer auf sie wartet. Dieser Marx zwingt sie.

Er seilt sich jetzt auch an, und man überläßt ihm ohne weiteres die Führung. Denn auf diesem Abstecher ist noch keiner von den Bernern gegangen, und auf unbekanntem Boden ist der tüchtigste Kletterer auch der tüchtigste Führer.

Es geht behutsam hinab. Jeder Tritt ist eine Lebensgefahr. Unheimlich gleißt der Gletscher mit seinen hunderttausend grünen Mondaugen zu ihnen empor.

Jetzt ist Marx um die ganze Länge des Seiles voraus und pfeift immer noch nicht, daß sie nachkämen. Sie warten, sie horchen, sie bangen. Da klingt es frohlockend herauf: „Seil sichern! Stricke und Sack herunterlassen! Hier liegt einer! — Aber es ist kein Schuh breit Platz für einen Dritten. Ich weiß selbst nicht, wo stehen." —

Der junge Mensch, der einen schrägen Kamin hinuntergeglitten und auf diesen kleinen Absatz hingeschmettert worden war, hatte das volle Bewußtsein. Aber vom langen Liegen und Blutvergießen war er so schwach geworden, daß er nur noch undeutlich flüstern konnte: „Wasser! — Wasser!"

Wie ein Blitz traf es Marx. War das Florin? Gerade so hatte damals Florin um Wasser gefleht und dann wieder todmüde die verschwollenen Augen geschlossen. Und genau so hatte er ihm die Finger umkrampft — Wasser!

So, wie Marx da am Fels hing, war nicht zu helfen. Er mußte das ganze, wunderbar gelenke Genie seiner Glieder anstrengen, bis er endlich zuhinterst auf dem Absätzchen abstehen und sich zum Wunden niederbücken konnte. Dann zog er ihn vorsichtig über die vom gefrorenen Blut schlüpfrige Platte zu sich in die Kaminecke herein und nahm ihn sorglich in die Knie. Erst jetzt, beinahe nach einer halben Stunde, konnte er dem Verunglückten die Feldflasche an die Lippen setzen. Wie der junge Mann trank! Mit geschlossenen Augen, wie ein Kind an der Saugflasche trinkt. War es nicht genau so mit Florin gewesen? — Jetzt öffnet der Fremde zwei große, fiebermächtige Augen und dankt mit einem so herrlichen Blick, so innig, so feurig, so kinderblau, daß Marx diesen Jüngling sogleich lieb bekommt. „Könnt Ihr die Beine nicht bewegen?" fragte er gelinde. — „Kein Glied!" — „Dann laßt mich nur ganz ruhig machen!"

Marx untersuchte jetzt so gut es ging die Kopfwunde und wusch sie aus und verklebte sie mit einem Heftpflaster. Dann band er dem Herrn die zerfetzten Hände ein, rieb ihm Herz und Rücken fest mit Branntwein und wickelte ihn tief in die Säcke. Den Kopf umhüllte er am dicksten und steifsten wie in eine Helmhaube. Und nun schnürte er das lebendige Paket ringsum in sichere, kreuzweise Maschen und knotete es fest an die zwei heruntergelassenen Rettungsseile. Unter steten Signalen, wie die Leute oben ziehen, nachlassen, pausieren sollten, ward die köstliche Last nun den kleinen aber ungeheuerlichen Weg bald emporgezogen, bald emporgetragen. In einer Stunde waren sie erst oben. Das kann man alles erzählen. Aber schildern, wie Marx oft nur noch wie ein Gedanke an der Wand klebte, oft eher in der Luft hing, wie er besonders eimal, schier oben, um eine Ecke kroch, einzig am linken Ellbogen hangend, schildern, wie er mit allen Muskeln und Nerven ein sozusagen unmögliches Spiel auf Tod und Leben löste, bis er oben in Sicherheit dann völlig machtlos zusammenbrach, wer das könnte, der müßte in andern als menschlichen Zungen reden.

Marx ließ den Geretteten nicht mehr aus der Hand. Während die andern vollends in den Fieschersirn hinunterklommen und die Leiche des dritten Berggängers bald fanden, trug Marx mit zwei andern den jungen Herrn in die Oberaarhütte. Dort ward er gewaschen und besser verbunden. Dann ließ man ihn schlafen, solange er mochte. Es war ein gerader, schlanker Jüngling mit kurzem, hellem Haar, einem langen, feinen Gesicht mit langer, schöner Griechennase. Ein weicher Flaum verdunkelte seine geschürzten Lippen, und über die großen, blauen Augen schwangen sich zwei kühne, blonde Brauen wie frisches Morgengewölke. Der Student mochte zwanzig Jahre zählen und ließ trotz seiner Zerschlagenheit auch etwas Morgendliches durch sein ganzes Wesen leuchten. Er war nirgends gefährlich verletzt, aber hatte beide Beine gebrochen.

„Ich heiße Lucian Brunner. Meine Eltern sind in Grindelwald — Sie müssen ihnen telegraphieren — wie ist Ihr Name?" sagte rasch hintereinander der Patient, als er endlich im schönsten und ruhigsten Zimmer des Hospizes wohlgebettet und mit trefflich eingerichteten und verpflasterten Beinen aus der leichten Narkose erwachte. Heldenhaft verbiß er die immer noch scharfen Schmerzen.

„Pilatus!"

„Nichts anderes?"

„Saget mir einfach Pilatus! Das versteh' ich am besten."

„Also, Pilatus, setzen Sie mir, bitte, die Depesche auf. — Brunner, Grand Hotel Bär — und das andere, wie Sie wollen, — Beinbruch, — am liebsten hier liegen bleiben, — bald einmal Mutter oder Bruder kommen — wie Sie wollen —"

So schrieb Marx und reichte das Papier zum Nachlesen dem Studenten. Der forderte die Feder und kritzelte mühsam hinter den Namen Pilatus: mein Retter. „Jawohl, das ist Ihr Geschlechtsname! Sie sind ein Lebensretter! Wie vielen haben Sie schon vor mir das Leben gerettet? Sagen Sie's offen!"

Marx wurde blutrot und senkte die Augen zu Boden. Es stiegen Florin und Agnes und das unzeitige, wächserne Kindlein vor seinen Augen auf. Er mußte sich setzen.

„Oh, Sie sind müde," sagte Lucian Brunner, „ich glaub' es wohl, Sie Übermensch! Sie Lebensretter! — Gehen Sie, telegraphieren Sie noch schnell und dann schlafen Sie sogleich. Aber sogleich! Da, nebenan! Verstanden, nebenan im Zimmer! Ich muß Sie bei mir haben." — Mit Augen wie Sonnen der Bewunderung und des Dankes blickte der vornehme, feine Bursche dem großen, seltsamen Bergführer zur Kammer hinaus nach.

18

So ward Marx Bergführer und zugleich ein ganz anderer Mensch. Seit dem mutigen Werk an der Gemslücke begegneten ihm alle Leute da oben mit Hochachtung. Respekt — das war ihm neu. Aber wie das hob und adelte! Kein Mensch hatte ihm bisher so etwas gegeben als Agnes. Aber die war ja ein schwaches Weib! Das galt ihm wenig. Sonst hat ihm niemand recht getraut, nie einer sich ihm anvertraut. Nun aber sah er allwöchentlich, wie sich liebe, herrliche Menschen ihm mit Leib und Seele in den Schrecknissen der Eiswelt sozusagen blindlings übergaben. So hoch also schätzte man ihn, so mächtig glaubte man ihm. Er fing jetzt selber an, an sich als an einen Schirmer und Helfer und Beglücker der andern zu glauben. Lucian und seine kleine, nur aus Mutter und Bruder Emil bestehende Familie stärkte ihm diesen schönen Glauben. Jeden Tag dankten sie ihm aufs neue für sein Heldenstück in jener Unglücksnacht. Sie hätten ihm alles gegeben, was er nur fordern mochte. Lucian blieb bis zur vollen Genesung hier oben in den Bergen. Frau Brunner aber, die in Ulm ein großes, vornehmes Haus führte, ließ keine acht Tage vorüber, ohne eine hübsche Karte der alten Reichsstadt mit der Donau oder dem Münsterturm oder einer alten spitzgiebeligen Gasse zu senden. Aber oft kam ein Paketchen mit Geschenken mit und lag ein Gekritzel des zwölfjährigen, heftigen und wunderlichen Emil bei, worin dem „großartigen und schneidigen Bergführer Pilatus" versichert wurde, daß man nächstes Jahr auch mittun werde am Seil, ja, vielleicht noch heuer, wenn man Lux Ende August abhole.

So umströmten nun auf einmal Freundschaft und Hochachtung den starren Menschen und ward ihm männliches Zutrauen von allen Seiten zuteil. Besonders wuchs ihm Lucian ans Herz. In den vielen Stunden, da er am Lager des Jünglings saß und plauderte, lernte er das Edle und Großherzige, dabei so Sichere und Ruhevolle in diesem seltenen Charakter kennen und heiß lieben. Ja, er liebte Lucian so innig, wie nur ein älterer Bruder den viel jüngeren, verwaisten Mitbruder, dem er zugleich Schützer sein darf, etwa lieben würde. Und je größer diese Anhänglichkeit wurde, um so mehr schien die knabenhafte und oft auch bübische Eigenliebe seines bisherigen Lebens zu verschwinden. Das Männliche und Tüchtige, das ein widriges Geschick so lange in ihm unterdrückt, aber das am Karfreitag jener feine Ratsherr so tapfer vorausgesagt hatte, brach sich eine breite, prachtvolle Bahn.

Marx studierte jetzt ernstlich seinen neuen Beruf. Das war die erste wahre Arbeit seines Lebens. Bald kannte er alle Wege und Gipfel dieses wilden, nur vom Himmel begrenzten Landes, ihre Eigenheiten und Launen, und ward mit dem Schnee und dem Eis so vertraut wie mit dem Fels. Er lief den Fremden nicht, wie so viele, gleich einem Krämer oder Bettler nach, sondern benahm sich bei ihnen so groß und eigenherrlich, als seien sie von ihm, nicht er von ihnen für die Tour bezahlt. Häufig unternahm er allein, auch bei Nebel oder Regen, zu seinem alleinigen Seelenvergnügen, große, einsame, weglose Spaziergänge zwischen dreitausend und viertausend Metern. Er übte sich, im Dunkel, im Gewölk, im Schneestrudel zu gehen, und suchte unbekannte Aufstiege in seiner gipfelreichen neuen Heimat. Das Patent, an dem ihm eigentlich nichts lag, hatte er leicht in die Tasche bekommen, und die andern Kollegen waren ihm, der so gar keinen Brotneid kannte und sich bei der Post oder Fremdenkutsche nie vordrängte, aber in Gefahren der vorderste war, vom ersten Tage der Bekanntschaft an von Herzen gewogen.

Marx wurde noch stiller in dieser Stille, redete langsamer in dieser großartigen und gelassenen Natur, ging am liebsten mit Menschen, die auch mehr dachten als sprachen, und nach und nach, ohne es im mindesten zu wissen, schien er in diesem wunderbaren Weiß der Schneelande heller und reiner im Blick, weicher in der Miene zu werden. Vor allem fiel in diesen Höhen allmählich aller Kot der Tiefe aus seinem Denken und Sinnen. Er verlor das vorher so glühende Rachegefühl gegen seine Heimat, zürnte niemand, ließ überhaupt alle Menschen in Ruhe, die sich von hier oben gesehen doch nur wie Zwerge ausnahmen, und ward immer mehr von einer stillen, ernsten Feierlichkeit erfüllt. Und in einem rechtschaffenen, flotten Hochmut zwang er die Fremden aus London und Paris und sogar aus Berlin zur Ehrerbietigkeit nicht nur gegen die Berge, sondern auch gegen den Bergführer. Für die bloßen Fexen und Prahler hatte er nichts als das verdammt unangenehme Kräuseln seiner dürren, schmalen Lippen übrig.

Er konnte bald nicht mehr ohne Schnee leben. Dieses göttliche Weiß weit und breit tat seinen Augen so wohl, wie andern das dunkle Grün eines Tannenwaldes oder das hellere einer Obstwiese wohltut. Dieser Schnee stillte nicht bloß den Durst seines immer trockenen, braunen Mundes, sondern auch den Durst seiner Augen, seiner Hände, seiner Brust, seiner ganzen Seele. Er badete sein Wesen darin. Er wusch sein Herz in diesem Schnee täglich reiner von allem, was noch staubig, fleckig und schmutzig war. Nie hörte man ihn laut lachen, aber auch nie hatte er in so unendlich langen und behaglichen Zügen seine Pfeife geraucht wie jetzt. Er sah das Erdmännlein nicht mehr daran.

Manchmal wunderte er sich wie ein Kind über diese Veränderung in ihm. „Ist das nicht alles ein Traum. So eine Ruhe kann doch nicht wahr sein! Wenn ich nur nicht zu früh erwache. Es gefiele mir jetzt so."

Aus diesem reinen, hellen Schnee tauchten die Gestalten der Vergangenheit, vor allem Florin und Agnes wie in unschuldigen, heiligen Gewändern vor ihm auf. Er erkannte nun deutlich, wie dieser Florin ein so guter Kerl und diese Agnes ein so unendlich ergebenes Geschöpf gewesen war, wie sie Liebe von ihm verdient hätten, wie er ihnen etwas schulde, in ihre andere Welt hinüber vieles und Schweres schulde. Und er sann nach, wie er diese Schulden wohl zahlen könne. Es schien ihm nicht völlig unmöglich. Er war hier in einer Art Überwelt fast wie die lieben Verstorbenen, und er streifte beinahe ihre Ewigkeit.

Brach nun ein Gewitter an gefährlicher Stelle los, daß die Pickel summten und funkten, oder mußte er hüst, hott durch einen Steinschlag rennen, drohten Lawinen, oder gab es sonst einen lautern Augenblick, wo man beinahe die jenseitige Welt sieht, dann sagte er stramm zu sich: „Recht so, das leist' ich dem Florin!" — Gab es ein mühsames Irren durch Getrümmer und weichen Schnee, daß ihm die Knie versagten, oder fror er fast zu Tode in einer bösen Nacht hoch im Nebel oder Hagel, dann gelobte er sich reumütig: „Für Agnes!" Galt es gar, Verunglückten an schauerlichen Orten nachzuklettern und Gestürzte aus Spalten oder Abgründen zu heben, und setzte er dabei zehnmal sein ihm nun hundertmal köstlicheres Leben ein, er dachte nicht an sich: alles für Florin und Agnes! Die zwei wurden seine geistigen Begleiter, seine Schutzengel, seine Heiligen. Morgens beim Aufstehen nahm er sie mit, und abends spät sagte er ihnen Gute Nacht! Ihm war es, als lobten sie ihn nach einem herzhaften Tag, oder als schüttelten sie mißbilligend ihre Glorienhäupter, wenn er einmal gefaulenzt hatte.

Und wieder dachte er: ‚Wenn das alles nur kein Traum ist, so schnell wie's kam, oder ein sanfter Rausch, und ich wieder erwache. Oh, es ist jetzt so schön und völlig anders als — — nein, nein, nicht zurückdenken!'

Einmal auf dem Zinken des Schreckhorns, in einer unermeßlich klaren und weiten Fernsicht, dachte er: ‚Du, meine Agnes, könntest du doch jetzt mit mir sehen, wie groß die Berge sind und wie noch viel größer der Himmel ist, als man da unten im Lande meint! — Oder siehst du etwa noch Schöneres?' — — Und ein andermal, als er mit einem greisen Mann, der aber noch zäh und kniefest marschierte, die Hochstraße vom Wellhorn bis zum Tschingelhorn gemacht hatte und plötzlich an einem weltverlorenen Ranft beim Abstieg ganze Sträuße großer, milchsterniger Edelweiß fand, da bat er leis: ‚Lieber Florin, komm und pflücke mit mir jetzt deine Lieblingsblumen! Alle gönne ich dir, und tausendmal lieber als diesem späten grauen Knorz da neben mir, der ums Taggeld wie ein Jud' oben auf dem herrlichen Horn gefeilscht hat und doch überall das Schönste erschlecken möchte. Komm, Florin! — oder pflückst du etwa schönere Blumen?'

Marx gewöhnte sich daran, Agnes und Florin an seinem Freud und Leid teilnehmen zu lassen, mit ihnen heimlich viel zu reden, sie zu beraten: ob er dies und das wagen soll? Hier hinauf oder mehr rechts? Und sie schienen ihm immer die richtige Antwort zu geben oder vielmehr mit seiner eigenen Meinung ganz und gar übereinzustimmen. Menschen, die dem Florin nur im Haar oder der Agnes nur mit dem Rosinenmäulchen glichen, oder die ein Wort ähnlich aussprachen oder sonst ein winziges Streifchen Ähnlichkeit mit den zweien besaßen, die führte er mit einer so wundersam aufmerkenden Sorglichkeit, daß sie immer wieder heimlich staunten, warum gerade sie seine Gunst so offenbar genössen.

Deutsche Herrschaften, besonders aber zähe Amerikaner und Engländer, die seinen Wert bald erkannt hatten und noch mondenlange, selige Strapazen im Wallis und Bündnerland oder gar weiter im Kaukasus und am himmelstürzenden indischen Weltgebirg' planten, suchten Marx, dessen ganzen Manneswert sie erkannt hatten, mit schwerem Gold für einen dauerhaften Vertrag zu binden. Aber Marx mochte sich nicht in eine eigentliche Dienstbarkeit begeben. Er wollte frei bleiben, Herr, nicht Söldner der Berge. Und vor allem wollte er nicht aus den königlichen Berneralpen heraus.

Zuerst mißfiel es ihm ja freilich heftig, daß man da oben von allen Kämmen und Köpfen in seine Heimat und besonders auf den schwarzschulterigen Pilatus sah. Dann kehrte er sich grußlos ab wie einer, der alte Freunde nicht mehr kennen will. Aber seine Bekannten traten dennoch herzu und sprachen ihn gar nicht unfreundlich an. Sie sagten Bruder oder Vetter zu ihm. Und so gewöhnte er sich nach und nach nicht ungern an diese Ecke gen Sonnenuntergang. Sie blickte auch gar so treuherzig zu ihm herauf. Deutlich fand er mit seinem guten Fernrohr die Plätze heraus, wo er gejagt oder Edelweiß erobert oder sonst eine haarsträubende Frechheit begangen hatte. Er sah den heimatlichen See, so klein von dieser hohen, fernen Stelle aus wie ein Tröpfchen, die Dörfer so winzig wie Ameisennester, seine Stadt wie ein Kinderhäuslispiel. Nur der Pilatus behielt auch hier seine finstere, schroffe Majestät. Aber alles paßte fein zusammen.

Zuletzt mochte Marx diesen Blick in sein Heimatländchen nicht mehr missen. Das kleine Vaterland dort gegen Abend schien ihm jetzt aus schier überweltlichen Höhen schöner als je, und er liebte es von hier aus hundertmal mehr, als da er auf seinem warmem Boden herumstolzierte. Seine harten Lippen grüßten, seine dunkeln Augen segneten die Heimat, so oft sie am frühen Morgen auf einer Hochtour endlich, endlich nach beschwerlichem, nächtlichem Steigen vom eroberten Grat aus erblickt werden konnte. Seine Schritte wurden dann rascher, je näher der Auslug nach Norden kam. Und ehe er zu Ihrer weißen Majestät, der Jungfrau, oder zu den schimmernden Eiskönigen des Wallis hinüberstaunte, neigte er sich vor dem bescheidenen, kleinen Ländchen dort in den Voralpen. Es fehlte ihm etwas und er war den ganzen Tag verdrießlich, wenn ein grauer Sommerdunst jene Stätten seiner Vergangenheit zudeckte. Er wollte jetzt keinen Schleier mehr auf seiner Vergangenheit haben, er wollte an sie denken, er fürchtete sie nicht mehr.

„Das ist der Pilatus!" erklärte er seinen Touristen dann feierlich und langsam, „jener düstere und stolze Berg dort! — Und dort hab' ich jung gehaust!"

„Und habt Ihr davon Euern Namen, Freund Pilatus?" fragte man.

„Ich hab' mich nach dem Berg genannt!" erwiderte Marx so knapp, daß keine Neugier an diesem Kapitel weiter zu zupfen wagte. Diesen losen, frechen Leuten wollte er nur die Berge, aber die Sünden und Heiligtümer seiner Seele nicht entschleiern.

Es geschah selten, aber es kam vor, daß man den Sonnenuntergang bei sicherem Wetter und Weg auf einer mächtigen Bergzinne genoß. Dann war der Pilatus das Schönste von allem Schönen. Bei ihm sank die Sonne. Sie zog noch einen goldenen Schleifen um seine vier Gipfel und senkte dann besiegt ihre rote Fahne zu seinen Füßen. Wie mit Purpur umkleidet stand er da, ein wahrer König, der fordern darf, für den man arbeiten, sich opfern, verbluten soll. Das Abendrot zerrann sachte, aber vor dem Verdunkeln wurden die Berge noch einen Augenblick tiefblau und der Himmel ringsum milchig weiß. Und in dieser kurzen, feierlichen Minute meinte Marx, es tauchen dort auf den Gräten liebe Gestalten auf, die herüber grüßen, winken, rufen und denen er hundertfältige Antwort geben muß. So stand der treue Pilat auf einem Gipfel und brüllte freudig seinem Herrn entgegen. Dort streckte Florin seine festen, schwimmenden Arme ihm durch die Lüfte entgegen, als wollte er sagen: wagen wir's noch einmal wie damals im abendlichen See! — Dann wimmelte es von Ziegen und Schafen, und unter ihnen stand einer vor einem großen Stein und schöpfte Wasser, — sein Vater, sein junger, glücklicher Vater, da er noch Wasser trank und selber hirtete! — Aber zuoberst am Himmel, ganz im Abendlicht stehend, hält ihm seine selige Frau ein schneeweißes, wunderhübsches Kindlein entgegen. Severina kauert zu ihren Füßen. Und da, wer ist das mit dem Rücken voll Schachteln? Ach, der alte Pöstler, grüß Gott, grüß Gott! — Und Nonnen gehen in den Schluchten aus und ein wie in den Zellen eines Stifts. Die ganze Vergangenheit regt sich und krabbelt herum. Sind das alles Tote, daß sie da erscheinen wie Geister? — Nein, jetzt kommt eine, die gewiß noch stramm lebt. Das Kinn vorgeschoben, die brauenlosen Augen rundum offen, steigt sie mit kleinen, eifrigen Schritten auf den Kulm. Nun winkt sie ihm liebreich! Komm, wir können dich brauchen! — Und Marx rumpelt ihr keine Grobheit mehr hinüber, sondern zeigt einfach und bescheiden auf seine großen, genagelten Schuhe und seinen Pickel und auf die lieben Bergfahrer um ihn herum. Sogleich versteht ihn die gescheite Frau drüben und sagt: „Jaso, da hat man dich also noch notwendiger. Bravo, Marx! Jetzt glaub' ich's fest, daß du und Agnes nicht bloß tapfere große Schuhe getragen habt, sondern daß ihr zwei auch tapfer und groß darin gewandelt seid!" —

Das war nur ein kurzer, einbildnerischer Augenblick, und schon bricht die Dämmerung und hinterher die alte Nacht herein, mit der Finsternis in der Tiefe und dem gold- und silberverspritzten Himmel in den Höhen. Schweigsam, fast kirchenstill schritt man nun dem Hospiz oder der Klubhütte zu, einer hinter dem andern am Seil, jeder in Marxens Spur. Und diese Spur schien warm und leuchtend, daß jeder Gänger den Fuß mit einer wohligen, heimatlichen Sicherheit in sie hineinsetzte und in solchen Stapfen lachend durch Eis und Tod gegangen wäre.

Bleibt das nun so, dachte Marx nach solchen Erhebungen, — dieses Wohlsein, diese glückliche, stolze Kurzweil und Zufriedenheit? Oder ist's nur das Neue, was mich einen Augenblick satt macht? Und wenn's alte Gewohnheit wird, kommt dann wieder die frühere elende, unzufriedene Langeweile? Zuerst in der Schulbank, hinterm Pflug, im Stall, beim Jaß und Kegeln mit Kameraden, bei Agnes auf dem Bänklein, überall hat es mir zuerst wohlgefallen. Dann war ich ein Weilchen ein weicher, frommer, kreuzbraver Mensch. Aber nachher ging alles noch einmal so verteufelt. — Wenn das nun wieder so wäre! — Doch nein, jetzt ist's ganz anders. Jetzt bleibt's! —

Er schüttelte die Zweifel eilig von sich, wie man kleine, beißendharte Hagelkörner abwehrt. Aber sie hatten ihn doch auf die Haut gebissen. Ja, es hatte ihn dabei ein wenig gefröstelt. Er erbebte leise, nur einen Augenblick, nicht länger. Oder? — Nein, er hatte nicht gebebt, sicher nicht, das ist alles Trug und Schwindel von früher her. Frisch auf, Marx, du bist ein neuer, heller Kerl!

19

In den Hotels und Klubhütten saß Marx gern unter seinen Touristen. Schön war ihr Händedruck und flammend schön ihr breites Goldstück darin. Aber am schönsten war die reine Dankbarkeit aus ihren Augen, wenn sie sagten: „Das vergeß ich mein Lebtag nie, was wir heut miteinander gesehen haben." — Das war eine neue Sprache. Er glaubte ihr heilig.

Wenn zwei oder drei oder vier Menschen durch die starre Welt da oben wandern, ohne Blume, ohne Vogel, ohne andere Menschen, fast erdrückt von der Größe und Wildheit dieser Natur, dann schließen sich diese wenigen Einsamen unwillkürlich enger zusammen und werden, ohne es sich auch nur ins Ohr zu verraten, befreundeter, inniger, lieber. Sie möchten einander bald du sagen und umarmen. Sie spüren das urweltliche Gefühl der zwei ersten Menschen in der Schöpfung. Jetzt stehen sie hier oben einander näher als Vater und Mutter und Bruder und Gatte und Freund, denn sie sind die einzigen auf der Welt, sind einander alles zusammen.

Sie reden dann nicht wie drunten im gewöhnlichen Leben. Und wie sie den Kragen und die Krawatte abreißen, so schleudern sie auch die verfluchte Etikette und Tradition der Gesellschaft von sich und schütten die Seele wie unverdorbene Kinder aus. Sie sagen einander, was sie freut und was sie schmerzt, was sie hoffen und was sie fürchten. Und die Zuhorchenden fühlen es mit und reden auch ihrerseits aus dem Vollen. Nur die grauen, eisigen Führer schweigen. Solches Tun stände ihnen nicht an. Aber unter ihren schweren Augendeckeln zuckt es heimlich beim Erzählen ihrer Gäste, wenn sie von ihrem Schatz oder von ihrem toten Kindlein sprechen.

Marx hatte sich nie bemüht, im Wesen anderer Menschen auch nur zu buchstabieren. Jetzt, da sie ihm ihr Buch so weit aufblätterten, und da es ringsum keine Zerstreuung und keine Abschweifung der Gedanken gab, jetzt buchstabierte er nicht bloß, er las in diesem Buche, fand mehr und mehr Gefallen daran, studierte sich zuletzt in jede Seite mit Interesse. In sein Leben trat jetzt — jetzt erst der lebendige, liebe Mensch.

Er begann sich für die Touristen in den Gasthöfen und auf den Fahrten zu interessieren und ihre Gesichter aufs innigste auszumustern. Er dachte nach, was jene Runzel zwischen den Augen, jene Falten vom Mund herab, jenes müde oder heiße Auge oder jenes noch immer saftig frische Haar auf einem uralten Greisenschädel bedeuten könne. Er horchte seine Gesellschaft immer eifriger aus, wenn sie erzählten, lebte mit, was sie schilderten, ward ihrem Vorteil Freund, ihrem Schaden Feind. Er hatte nie vermutet, daß so viele bunte Dinge in den Menschen zappeln, wie es sich jetzt sogar noch da oben in der ewigen Schweigsamkeit der Alpen kundtat. Diese Studenten, die von ihren Examen wie von einer Schlacht auf Tod und Leben berichteten; diese angehenden Juristen und Mediziner, die erzählten, wo sie sich niederlassen, eine Bude auftun und den ersten lieben Kunden, wenn er auch nur wegen Stempelpapier käme, umarmen und küssen wollten; dann die warmen Fräulein, voll Sehnsucht nach Jünglingen mit frischen Lippen und kühnem Haarschopf; dann die Politiker, die vom Segen und Fluch ihres Amtes bald hellen, bald finstern Auges redeten; dann die Kaufleute, die da rufen: Gottlob, keine Briefe, kein Staub hier! — die Professoren: keine Tinte hier, keine Druckfehler, alles, alles noch weiß und unbeschrieben, alles noch unverkleckste Jungfräulichkeit. Und dann kommen Menschen da herauf, die eine Verzweiflung ausklettern, Kerls, die einen ersten selbstverdienten Batzen hier großartig vertun wollen. Es ist nicht zu sagen, wie viele menschliche, liebe Wunderlichkeiten da hinaufkrabbeln. — Aber wie sie dann stiller und stiller werden! Selbst die Advokaten! Selbst die Literaturprofessoren! Nur die Verliebten schwärmen unbekehrbar weiter, aber reiner, stiller, selbstloser. Alle Leidenschaften und Wünsche erlöschen zuletzt im Eis. Erst im Hinuntersteigen erwachen sie wieder. Dann freilich geht ein munteres und farbiges Plaudern los. In einem halben Rausch, vom Geschauten wie von Champagner angefeuert, sagen sie jetzt noch dringlicher, diese Knirpse und doch wieder Riesen der Erde, was sie daheim zuerst wieder tun wollen, was sie befehlen, was geschehen soll, geschehen muß! Nachdem sie auf dem Schreckhorn gewesen, hat das Leben keinen Schrecken mehr für sie. Nachdem sie das Wetterhorn besiegt, fürchten sie kein Unwetter der Zukunft mehr. Und da sie auf dem Finsteraarhorn, dem obersten Bernergipfel, festfüßig gestanden, meinen sie, kein Ding unter viertausend Meter sei ihnen mehr unmöglich. Und gelangt man hinab, wo wieder Rasen wächst und Fliegen und farbige Mücken durch die sonnenheiße Luft summen, dann schwirrt es gerade so um Marxens scharfen, kühlen Kopf von ihren Hochzeiten und Prozessen, Büchern und Prozenten, Erfindungen, Bahnen, Erbschaften, Abenteuern, Fäusten und Listen und Witzen, und selbst ein bleicher Bub wie Emil, der mit aufs Aletschhorn durfte und dem oben fast der Atem ausging, sagt unbändig keck: Sie, Führer Pilatus! Mit Ihnen will ich mal auf den Gaurisankar!

Welche Menschen! Welche Menschen! Wie heiß, wie wild, wie blutig, wie stark, wie kurzweilig, wie lieb! Daß er sie solange nicht kannte! Jetzt will er ihnen immer, immer gut sein!

Oder sind sie nur hier so?

Die Saison ging für Marx rasch zu Ende. Er wußte kaum wie. Als es nun einsam wurde und niemand mehr in die Gipfel wollte, da überkam ihn eine eigentümliche Verlassenheit. Er blieb über den Winter in Grindelwald und lief als erster Skifahrer zu Weihnachten auf die Große Scheidegg. Ein kranker Norweger, den er nach Interlaken brachte, hatte ihm von diesen wunderbaren Holzschuhen erzählt und ihm ein feines Paar vom echten nordischen Baum geschickt. Bald war er in der neuen Kunst ein Meister. Sie half ihm über manche öde Stunde weg. Es gab einige Engländer, die es ihm schnell glaubten, daß man mit solchem schlanken Schuhwerk im Winter fast bequemer auf die obersten Gipfel gelange als je im Sommer. Man übte sich also im Skifahren und Schneeschuhlaufen und brachte es diesen ersten Winter auf das Faulhorn und nach Meiringen hinüber. Das kleine Trüpplein mit den Riesensohlen an den Füßen wurde freilich als halb verrückt gescholten wie alle, die einen guten Gedanken münzen. Der große Haufe mit seinen lieben abgeschliffenen Silberlingen wird jenes neue Geld erst in zehn Jahren verstehen und dann als seine Erfindung und Einführung preisen. Aber Marx kehrte sich nicht daran und die drei gähnenden Söhne Albions erst recht nicht.

Dennoch kam ihm dieser Winter lang und langweilig vor. Die übeln Wochen im Hornung und März waren fast nicht zu ertragen. Das Alleinsein dahier war eine ganz unleidliche Sache. Marx jubelte wie ein Bube, als es wieder den Berg hinauf grünte und den Berg herunter schmolz und nach und nach etwas menschenreger im stillen Nest am Wetterhornfuß ward. Ganz selig aber fühlte er sich, sowie man wieder regelmäßig auf Jungfrau, Mönch und Eiger, auf die Lauterhörner und das Finsteraarhorn und die grelle Zinke des Schreckhorns mit frischen, muntern Leuten steigen konnte. Doch langweilte er sich jetzt beinahe, wenn er einen einzigen Touristen zu geleiten hatte. Je größer das ihm anvertraute Trüpplein war, desto lieber zog er in die Höhe. Er konnte es sich nicht mehr abstreiten: die Menschen, denen er entflohen war, waren ihm jetzt geradezu unentbehrlich geworden. Wenn eine Regenwoche die Fremden verscheuchte, dann lief er zu den Knechten in die Stallungen, zu den Rossen an den Krippen oder ganz ins Tal hinunter, nur um etwas Warmes, Lebendiges um sich zu haben.

Nach einem flotten Brachmonat war die erste Hälfte des Juli kalt und regnerisch geworden. Keine noch so vorwitzige Seele wollte in die Höhe. In der warmen Tiefe bleiben und vor dem ewigen Geplätscher des Regens draußen das Ohr auf ein Federkissen legen und schlafen, schlafen, das schien das Beste. Marx verging fast vor Heimweh. Endlich machte er sich an einem nebligen Morgen, da das Barometer Gutes kündete, ganz allein auf und wollte das Wetterhorn gewinnen. Aber schon der Weg bis zur Gleckfteinhütte kam ihm lang wie die graue Ewigkeit vor. Beinahe will er umkehren. Aber jetzt fängt ein herausforderndes Felsgerölle an. Also weiter und über den Krinnefirn, im furchtbaren Schatten der Wetterhornwand! Ihm wird unheimlich zumute! Wieso denn auch? Aha, er ist ja mutterseelenallein. Aber das war er doch letztes Jahr oft genug auch und gern! Ja, ja, letztes Jahr! Aber heuer ist eine andere Zeit! Er pfeift ein Weilchen. Es tönt merkwürdig matt. Nun zündet er die Pfeife an. Aber sie belustigt ihn nicht. Es fehlt ihm etwas. Herrgott, die Menschen! — Er hört das Fräulein, das ihm letztes Jahr so heldenmütig jeden Schritt nachmachte und immer sagte: „Nur weiter, ich fürchte mich noch nicht!" Er sieht Lucian Brunner, der mit geheilten Beinen nochmals mit ihm zum Finsteraarhorn emporsteigt und ihn auf dem Gipfel umarmt und spricht: Vor der ganzen Welt unter uns biet' ich dir hier Schmollis an, du mein Bruder! — Er denkt auch an den jüngeren Brunner, der seine zwei langen Wolfszähne in die Unterlippe beißt und mutig hinter ihm herklettert und so laut schnauft und so zündend hell aufschaut, so oft er ihm sagt: Bravo, du gehst wie ein Mann! — Ach, wenn er jetzt auch nur so ein halbes Kind bei sich hätte, es wäre schon keine Einsamkeit mehr. Ganz besonders diesen eigenartigen, verwöhnten und doch so tapfern Emil! Er weiß noch gut, welchen Streit er mit dem harten Buben das erstemal bekam, da sie mitsammen über einen besonders reinen Firn schritten. Marx sagte: Heuer ging da noch niemand, Respekt, das ist jungfräulicher Firn! — Da spie der lose Knab spöttisch darüber hin. Aber da saß ihm auch schon eine flackernde Ohrfeige an der bleichen, schmalen Wange. Emil tobte. Aber Marx und Lucian redeten kein Wort mehr mit ihm, sondern bewunderten und rühmten die Hochwelt um und um. Und sie wuchs wahrhaft so ins Übermächtige, daß auch Emil still und andächtig ward. Als nun der Führer dem Jungen stumm über ein paar grüne, wunderbar klare Eisbrücken geholfen hatte, sieh da, was macht der Bursche? Kniet demütig vor Marx hin, küßt den blaublanken Eisboden, steht auf und glänzt ihn mit seinen großen Stahlaugen mächtig an und fragt: „Pilat, seid Ihr jetzt wieder zufrieden mit mir?" — „Mehr als zufrieden!" sagte Marx ergriffen; „nun gib mir nur die Ohrfeige ordentlich zurück!" — „Da!" kam es flugs, und das zarte, magere, bleiche Herrlein hieb ihm wirklich eine brillante ums Ohr. Von da an waren sie prachtvolle Freunde.

An ihn und an die vielen andern dachte er jetzt, die Männer, die Damen, die Jungen. Wie schön war das! Alles redete glücklich um ihn herum, rühmte, pries, munterte auf, dankte. Führer Pilat! hieß es hier und hieß es dort. — Sie prächtiger Mann! — Hören Sie, lieber Freund! — Das klingelt und wispert und brummt — ach wo denn? — allein ist er, in dieser eisigen Stille ganz allein. Soll er nicht umkehren? Das wäre Feigheit. Denn nun geht es in die Felsen, zum steilen Wettersattel empor. Im stundenlangen, gefährlichen Gekletter vergißt er nun wirklich, daß er allein ist. Die Felsen geben ihm Gesellschaft genug und reden unbarmherzig mit ihm. Er hat reichlich Arbeit, ihnen kräftig zu antworten mit Stoß und Griff und Tritt. Allein oben sehen ihn das weite Firnfeld und die drei schwarzen Köpfe der Wetterhornfamilie furchtbar leblos und tot an. Nicht die sausende Schneeluft, nein, diese entsetzliche, lautlose Einsamkeit ringsum ist es, warum ihn durch Mark und Bein bis in die innerste Seele hinein friert. Aber so nahe der Spitze weicht er nicht mehr. Trotz dem Wind, der ihn mitsamt dem Pickel fast über die Gräte hinunterfegt, erzwingt er die schmale Zinne. Glashell ist die Luft. Scharf stehen im Biswind die Bergmajestäten ringsum. Klar sieht man die Seen im Land, die Städtlein, man kann die Häuser zählen. Dennoch hat Marx keine rechte Freude. Der Berg ist wohl da, herrlich da, aber der Mensch fehlt! Ohne Menschen kann ich die Berge nicht mehr genießen, sagt er sich heimlich, und es wird ihm seltsam schamvoll zumute. Ohne die Menschen sind wenigstens die Berge hier viel minder schön. — Das meinst du nur so, widerredet er sich; das ist nichts als Führerstolz. — Sei es auch, aber dieses Fragen und Staunen und Gehorchen ringsum, o es ist schön. — Jetzt aber fürcht' ich mich fast.

Bin ich ein anderer? fragt er sich. Früher wußt' ich doch nichts Besseres, als auf so einem Gipfel allein zu sein. Das war meine Seligkeit. Jetzt graut mir da oben. — Er wollte seine geliebten Geister rufen. Aber sie erschienen schon seit langem nie mehr. Wohl seit er mit lebendigen, wirklichen Menschen in eine herzhafte Genossenschaft getreten war, hatten sie sich nie mehr gezeigt. Zürnten sie? Oder war ihre Aufgabe nun beschlossen?

Es war ihm unbegreiflich, wie es kam, aber es kam in diesem einsamen Stündlein furchtbar: das Heimweh nach den Menschen in der Tiefe. Wo er ein Gehöfte aus Bäumen und Wiesen heraus entziffern konnte, da suchte er nun diese lieben Menschen. „Ihr Menschen hinter Türe und Fenstern, kommt doch um Gottes willen heraus!" — Und da fuhr ein Dampfer über den Thunersee. „Hat es Leute darin? Viele? Wohin wollt ihr? Warum nach Bern hinunter? Wendet, wendet das Schaufelrad! Kommt da herauf, kommt zu mir! Ich erstarre ohne warme Menschen um mich herum."

Und so manches Dorf emporguckte, traulich, nestwarm, ineinander geschachtelt mit Gäßlein und Dächern und einem breiten, dicken Kirchturm, so manchmal dachte Marx: Wie viele Menschen trippeln jetzt dort stiegenauf und stiegenab oder plauschen mitsammen gemütlich über den Tisch oder singen gegeneinander und winken sich von Fenster zu Fenster eine herzliche Verabredung zu! — Und ich bin hier oben, mit ein paar Eiszapfen und ein paar wilden Schneevögeln allein! Die ganze weite Niederung, so ruhig von hier oben anzusehen, o er wußte gut, wie es da zur Stunde summte und fieberte und gloste von Leben, wie sich da Knie bogen und Arme reckten und Lippen schürzten und wie da Augen blitzten und Hände klatschten, wie Buben sich herumbalgten und Mädchen sich arg neckten und die stolzen Erwachsenen um Brot und Stube und Freiheit und um noch Größeres sorgten und fochten und litten. — Welch ein Tropf war er doch gewesen, daß er das nicht eher erkannt hatte. Jetzt schuppte ein Häutchen Blindheit nach dem andern ab, so daß er immer heller sah, wie für sich allein er sei und darum wie arm, wie nichtig, wie unnütz, gegen die da unten, ja wie tief er mit seinem müßiggängerischen Gipfelsport unter diesen Menschen zu unterst in der Erdmulde stehe! Menschen, Menschen, schrie es in ihm, kommt! Dann horchte er angehaltenen Atems auf eine Antwort. Er erwartete eine. — Komm du lieber zu uns herab! Das meinte er, müßte man ihm entgegnen. Aber es blieb sterbensstill.

Wehmütig stieg Marx hinunter, um vor Nacht noch die Glecksteinhütte zu erreichen. Denn der Wind schlug um und warf von Westen ganze Schwaden Sturmwolken über den Jura ins Land. Spät kam er an. Während das Wasser für den

Tee im Kessel klingelte und der Wind draußen furchtbar um die Felsen schnob, spann er den bittern Einsamkeitsfaden seiner Seele weiter.

Auf einmal fuhr er sich an die Stirne. Herrgott, du Strafer und Vergelter! Hat nicht auch meine Agnes von der Alpe hinunter zu ihren Menschen wollen? Aber ich ließ sie droben in der Einsamkeit leben und verderben. — Nun wohl, sie hat es leiden müssen. So leid' ich es auch! — Und der Einfall, es nun nicht besser zu haben als einst sein Frauchen, gewährte ihm einen grausam süßen Trost. — Wahrhaft, bekannte er leis, mir geschieht klares Recht. Ich verdiene die Menschen nicht mehr!

Er trank den kalt gewordenen Tee und aß dazu vom Proviant und wußte nicht vor Sinnen, was er schluckte. Dann legte er sich auf die Matratze und schlief rasch ein. Als er am Morgen erwachte, entsann er sich nicht mehr, was ihm geträumt habe. Es mußte etwas Gramvolles gewesen sein, daß ihm noch immer das Herz so stark klopfte und daß sein Bart so feucht war.

20

Ein gewaltiger, graulicher, leisflüsternder Schnee flockte nieder, als Marx die Felsen hinunterkletterte. Man sah nicht zwei Armlängen weit. Von der Stirne rief's: Wart', geh nicht, du rennst in den Tod! — Aber das Herz konnte nicht warten. Es drängte furchtbar. Hinunter, zu den Menschen! Unten fand er sich nicht mehr aus dem Gerölle heraus, so finster und ziellos ward es um ihn. Er irrte stundenlang umher, stieß bald ans Gefels, bald mitten in die überschneiten, tückischen Blöcke des obern Grindelwaldgletschers. Einen Ausweg fand er nicht. Durch und durch naß und verfroren kroch er unter einen schrägen Schieferklotz und dachte müd und schläfrig: das wäre nun doch himmeltraurig, wenn ich an diesem Fleck sterben müßte, wo mich in Ewigkeit niemand fände. Und ich wollte doch eben zu den Menschen fliehen. Und bliebe hier für immer stecken! Meine Seele hätte keine Ruhe. Ich würde herumgeistern in allen Alphütten und Klubhäuschen, ich würde vor den Hoteltüren scharren, wie die Hirten erzählen, daß die Verstorbenen in ihrer Unrast so tun. An den Wänden wollte ich klopfen, die Riegel aufzerren, das Vieh erschrecken und lärmen, wie nur die bösen Geister um Mitternacht lärmen können! Aber was hab' ich denn für Spuk im Kopf? — Da träume ich ja schon. — Mich schläfert es heillos. Fort, sonst nick' ich ein und erwache nicht mehr! Ich will leben, o leben!

Er rieb sich die Stirne und, als die Schlaffheit dennoch mehr und mehr seine Glieder wie mit süßem, schweren Saft füllte, da schüttelte er sich eine Handvoll Schnee den Rücken hinunter. Dann schlich er aus dem Loch hervor und suchte mit frischer, zäher Bedächtigkeit und mit hundert Berechnungen durch das unentwirrbare, graue Geriesel vorwärts zu kommen. Aber alle Listen halfen nichts, und es war gerade so unerklärlich, wie er nun plötzlich in die Moränen hinaus und von da auf verschneite Halden gelangte, wie es unerklärlich gewesen war, daß er sich auf dem wohlbekannten, sichern Steig hatte verirren können.

Im Dorf war alles vor dem nassen Schnee in die Häuser geflohen, und die Ofenkamine rauchten wie im tiefsten Dezember.

Marx lief zur Post, wo Kutscher und Roßknechte und andere Müßiggänger am ehesten herumstehen und tubäckeln und plaudern mochten. Aber es schneite nun so grimmig und fror ihn so stark, daß er wie die andern ins Wartezimmer trat, wo man geheizt hatte. Dort saß er auf ein Bänklein und fühlte sich schon um vieles behaglicher. Er beschaute die hübsch illustrierten Fahrtenpläne an der Wand und las zur Kurzweil durch ein Gitter hindurch die Bekanntmachungen an das Publikum, die in einen Kasten geheftet waren. Da mußte er auflachen. Was, sein Name, Marx Omlis? Er schlitzte die wasserdunkeln Augen zu einem dünnen flimmernden Spalt zusammen und trat hart an den Kasten. Wirklich da stand es: Herrn Marx Omlis, Bergführer in Grindelwald. Mit richtiger schwarzer Tinte und in derben Buchstaben war das geschrieben, und der Stempel seiner Vaterstadt glänzte deutlich auf der gelben Helvetiamarke. Auch das Datum der Absendung konnte man noch haarscharf lesen. Der Brief steckte schon viele Wochen da. Er war eingeschrieben, wie ein besonders köstliches Poststück.

Marx wies seine Papiere zur Beglaubigung vor, daß er und

niemand anders dieser mit so dicken deutschen Buchstaben angerufene Marx Omlis sei. Ohne Anstand ward ihm der Brief verabfolgt. Eilig nahm er ihn ins Restaurant zur Rose, befahl einen heißen Kaffee und erbrach das Schreiben.

Aber sieh, sieh, blaue und grüne Scheine rascheln heraus, ein ganzes Büchlein. Der Brief ist von Frau Agnes über alle vier Seiten dick beschrieben. „Lieber Marx!" liest er da und stürzt von einem Wunder ins andere. „Wir haben vernommen, daß Du Bergführer geworden bist. Das hat uns gefreut. Zu diesem Beruf hat Dich unser Herrgott erschaffen. Das redet mir niemand aus. Aber hab' Sorg' auf Dich!

„Heut jährt sich Agneslis Tod. Das Jahr war lang. Ich hab' Zeit gehabt zu überdenken, was recht und was unrecht an mir gewesen ist.

„Ich lege 650 Franken bei. Das gehört Dir, ich schenk' es nicht. Agnesli und Dir bin ich es schuldig. Hätt' ich's nur an der Hochzeit gezahlt. Doch das nützt jetzt nicht mehr! — Ich hab' der Toten einen schönen marmernen Grabstein setzen lassen. Aber das hat mich nicht ruhig gemacht. Drauf ließ ich Kleinmäusli für Dich aufräumen und wohnlich einrichten. Es ist dort oben wieder schön zu hausen und zu hirten. Ich hab' alles dem Hans Hirzi verpachtet. Das ist ein guter, vermöglicher Vetter von uns beiden. Weißt, der mit der Napolitanerkappe! Jeden Silvester muß er Dir 845 Franken zinsen. Du siehst, er hat's billig. Zwölf Klafter Buchenes darf er jeden Herbst abholzen. Ist's so recht? Aber, Marx, ich bin drum doch immer noch nicht ruhig geworden. — Aber jetzt hör':

„Meiner Tochter selig gehören nach dem Landesgesetz zwei

Drittel vom väterlichen Vermögen und, sobald ich sterbe, auch noch mein restlich Teil vom ersten Mann. Davon hab' ich Euch zur Hochzeit aus Zorn nur zweitausend Franken gegeben. Das habt Ihr im großen Wasser verloren, weil Ihr nichts auf die Sparkasse tatet. — Nun ist das so: von der Tochter geht das Erb' auf das Tochterkind und, so das stirbt, zurück auf den Tochtermann. Bei Euch, sagt mir der Kanzlist, sei der Fall verzwickt. Das Agnes ist tot, das Kind ist tot, ich untersuch' das Früher und Später nicht, ich mag nichts behalten, hab's schon zu lang getan und sag': Dir, der Agnesen Mann, gehört's. So hab' ich das Vermögen aus meiner Sach' gelöst und auf Deinen Namen an der Bank — deponiert, wie man sagt, der Schein liegt da beinebens. Damit hast Du 12650 Franken. Die Hunderter davon lege ich hier bei, weil Du vielleicht Not hast bei solchem Wetter. — Hier geht das Nervenfieber um. In Furrers Haus neben uns sind drei Leichen herausgetragen worden. Auch der Ochsenwirt ist tot. Man weiß nicht, wann's einen packt. Da will ich die Sache mit Dir und Agnes selig im reinen haben.

„Hab' viel Glück! Gott führ' Dich auf Deinen hohen Bergen, damit Du auch andere sicher führst! Besuch' uns einmal, wenn's Dir paßt. Man redet schon anders hier von Dir. Fremde haben Dich weiß Gott wie großartig im Ochsen gerühmt. Bin stolz drauf. Aber wenn Du dann müd bist von allem, so weißt Du jetzt, wo Du immer ein artiges Heim hast. — Deine Dich vielmal grüßende

Mutter Agnes Ständel.

„Nachsatz: So viel hab' ich Tag des Lebens nie auf ein Papier geschrieben. Der Notar hat mir geholfen und die Sach' wegen der Übergab' vom Geld auch unterschrieben. Und der Doktor. Da folgen die:

Johannes von Ah, Gemeindeschreiber.
Nikolaus Dannig, Doktor." —

Der Kaffee ging warm durch die verkälteten Glieder. Aber das war nichts gegen die warme Zärtlichkeit, die Marx jetzt gegen die einst so gehaßte Frau Schwiegermutter empfand. Sie hatte gefehlt, daß sie ihm so wenig Mitgift und nicht einmal die Zinsen gab. Hätten sie zwei verliebte Leutchen das Gesetz studiert und mit der Mutter die Sache ordentlich besprochen, so wär's auch anders gekommen. Aber nun war es reichlich gut gemacht. Er genoß das alles ja jetzt noch früh genug. Zwar hatte er das Geld nie zu schätzen gewußt. Aber diese blauen und grünen Papiere gefielen ihm nun doch. Wie viele solche mußten erst auf der Bank liegen! Er konnte sich keine Vorstellung davon machen. Er glaubte nur, daß er nun ein reicher Kerl geworden sei. — Aber Agnes? Was hatte die davon? Agnes, die in Kummer und Dürftigkeit gestorben war? Agnes, Agnes, Agnes. —

Das gab dem Ereignis sogleich ein anderes Gesicht. Marx schämte sich. „Das war bübisch oder kindisch vorhin, Marx! Nein, nein, ich will's einfach nicht besser haben als mein armes seliges Frauchen!" stieß es ihm wieder grimmig auf. Wütend schob er die Papiere in seine dicke, lederne Brieftasche. „Keinen Rappen will ich davon verbrauchen. Hat Agnes kein Geschmäcklein und kein Gerüchlein davon bekommen, so will ich auch nichts davon."

Fast zornig war er nun über das unschuldige Geld. Sein Respekt vor Gold und Silber und Banknoten sank ungeheuer.

Auf dem Weg in seine Bude sann er angestrengt nach, was er mit soviel Geld anfangen wolle. Wenn doch jetzt ein Verlumpter oder sonst ein Hungerleider des Weges käme! Gleich würfe er ihm einen solchen grünen Fetzen ins Gesicht. — Aber natürlich, wenn man's hat und geben will, ist kein Finger da — sonst aber, wenn's schmal zugeht, strecken sich dir hundert Bettelhände entgegen. —

21

Nach soviel Schnee fegte um Mitternacht ein scharfer, rüstiger Ostwind in wenigen Minuten den ganzen Himmel wieder blitzsauber. Marx sah den Mond in einem wolkenfreien Bogen vom Männlichen herauf glorreich in Himmelsmitten rudern. Am folgenden Tag setzten sämtliche Wettersager und Wasserschmecker ihren unschätzbaren Kopf ein, daß es nun vier Wochen hintereinander nichts als goldblaue Sommertage geben werde.

Da flutete der grelle Mischmasch von Fremden alle Berge hinauf, kaltes und heißes, heiliges und unheiliges Volk, und füllte Grindelwald bis unter die letzten Ziegel. Unter ihnen waren auch die zwei feinen Burschen Lucian und Emil. Der eine mager und abgezehrt vom Doktorexamen, aber dennoch lustig, voll heller Mienen und rotbackig wie eine Goldreinette, nun ein fertiger Brückenbauer, bereit, sogleich alle Tobel der viellöcherigen Erde mit majestätischen Bogen zu überspannen. Der andere schlank, bleich, blutlos, aber immer von einem innerlichen Eifer erregt und das ganze olivengelbe Gesicht überschimmert von seinen großen, verzweifelt feurigen, blaugrauen Stahlaugen.

Nach brüderlicher Begrüßung ging es schleunig in die Matratzen und schon um zwei Uhr nachts gegen die Kleine Scheidegg hinauf. Man wollte aufs zierliche, aber gleißend falsche Silberhorn. Die nächste Visite ward der hohen Jungfrau abgestattet. Dann kam das große, mehr trotzige als boshafte Fiescherhorn und endlich die starke, dunkle Majestät des Finsteraarhorns an die Reihe. Nun schenkte man sich auf diese hohen Abenteuer hinab drei gute Tage Rast in den wohlbekannten Zimmern des Grimselhauses. Marx hatte jetzt seine besten Zeiten. Aller Trübsinn war verflattert. Er pfiff, lachte und jodelte und verübte dem jungen, herzlich geliebten Emil zu Gefallen eine Unzahl Gaunereien. Und seltsam; jetzt wollte er keine andern Menschen sehen und wurde fuchsteufelwild, wenn irgendein noch so artiger Tourist sich ihrem Trüpplein anschließen wollte.

Die nächste Partie widmeten sie ganz und gar der stattlich ins Breite und Hohe gewachsenen, reichgestaltigen Blüemlisalp mit ihren weißen Brüsten und ihrer steilen, drohenden Stirne. Man hauste im Nothüttlein unter dem Blüemlisalpstock und eroberte von da aus den Hauptgipfel, die Weiße Frau, die sich übrigens unhöflich, ja eigentlich grob gegen ihre Freier benahm und ihnen auf alle galanten Verbeugungen ungerührt Hagel und Schnee ins Gesicht schmiß. Freundlicher bezeigte sich das Morgenhorn. Der dritte Gang sollte eine Anstandsvisite zur Wilden Frau sein. Obwohl es ringsum nebelte und ein falscher Wind vom heißen Wallis herauf blies, sowie sie auf dreitausend Meter Höhe standen, versteiften sich Emil und Marx doch darauf, den widerspenstigen Berg zu besiegen. Lucian focht nicht dagegen, und so ging's denn zäh die Gletscher auf. Das viele Glück hatte die Wanderer frech gemacht. Der Gipfel kapitulierte rasch. Auch das Gewölk ging launisch wieder auf und ließ in regengrauer Luft das Doldenhorn nah wie vor der Nase sehen. Der unvergleichliche Altels, ja sogar einige zuckerige Spitzen des Wildstrubels tauchten fern auf. Und hier, wo man stand: war das die Wilde Frau, die sich so widerstandslos ergeben hatte? Die mußte wahrlich anders heißen, und Emil taufte sie mit dem Rest einer Champagnerflasche denn auch unverzüglich auf den schmählichen Namen Zahmes Mägdlein. Das gab soviel zu lachen und zu spotten, daß man den rechten Augenblick zur Rückkehr verpaßte. Als nun auf einmal über das Lötschental herüber ein ganz neues, braunes Gewölke herflog und es von den unsichtbaren Walliserbergen her immer stärker donnerte, da wurden die Burschen nüchtern und konnten gerade noch mit Not und verwegener Eile über das südliche Grätlein auf den Gletscher hinuntergelangen. Dann brach ein Sturm los, der die Welt aus den Fugen zu reißen, alle Berge zu entwurzeln und den Himmel mit Keulenschlägen zu zerspalten drohte. Es war ein solcher Lärm der Natur, wie ihn auch Marx nicht für möglich gehalten hätte. Die drei liefen mit erloschenem Spaß hintereinander am Seil, dicht überschneit, dann wieder bissig von Eiskörnern verhagelt, verfroren, wortlos, bis der Wind mit Blitz und Donner so harsch über das Eis tobte, daß sie sich platt auf den Boden legen, alles Metallische von sich tun und einander eng umschlingen mußten, um nicht in eine Spalte hinuntergewischt zu werden. Mit dem Hut auf dem Gesicht lagen sie da, dem zornigen Himmel über und der wankenden Erde unter ihnen wehrlos preisgegeben. Emil hatte sich zwischen Marx und Lucian wie eine Katze verschlüpft, atmete heftig und fror heillos, aber war viel zu stolz, auch nur einen der hundert Seufzer, die ihm bis zur Zungenspitze glitten, laut werden zu lassen. Er knirschte nur zuweilen mit den wölfisch langen Zähnen vor Wut über Wind und Hagel. So war ihm, dem herrischen, reichen, feinbedienten Kerlchen, noch keiner begegnet, so grob, so garstig, so befehlshaberisch.

Nachdem das ärgste Gewitter verrauscht war, stapfte man mit steifen Gliedern der Schutzhütte zu. Es war Nacht geworden. Kerzen und Laternchen waren kaputt. Marx mit seinen eng geschlitzten Pantheraugen schritt voraus, jeden Tritt mißtrauisch sichtend und seine Nachlässigkeit auf dem Gipfel zehnmal verwünschend. Der lange, stolze Emil ging in der Mitte und sprach kein anderes Wort als ja und nein. So bitter und ergrimmt war er wie der Tod da ringsum. Gleich gegen gleich, er fürchtete ihn jetzt nicht mehr, er haßte ihn nur. Der Brückenbauer Lucian beschloß den Zug. Ruhig und gleichmütig, als ginge er auf einem breiten Trottoir in Ulm, folgte er und pfiff sämtliche Melodien aus Figaros Hochzeit. Zuweilen rief er nach vorne: Das geht ja großartig vorwärts! Und du, Kleiner, stolzierst auf dem Eis da so sicher wie der junge Cäsar auf der Appischen Straße! — Solches muß man auch erleben, nicht wahr, du prächtiger, glorreicher Führer Marx, nicht? Und auch solches, fügte er lustig bei, wenn wieder einer mit dem Fuß in eine Spalte griff und sogleich das Seil straff angezogen und zwei Pickel zischend in den Boden gespitzt wurden. Dieser helle Mensch war von unverwüstlicher Frohmütigkeit. Durch das Dunkel rauschten überall die unterirdischen, eisgrünen Brunnen des geöffneten Gletschers. Diese ewigen, grundlosen Wasser sangen eine verwünscht unheimliche Melodie. Aber Lucian sagte: „Wie das sprudelt da unten und lustig schwatzt, gerade wie eine Klasse Schulbuben und Mädchen in der Pause!" — Da niemand etwas erwiderte, fuhr er fort: „Seid mir keine Kopfhänger! Das will eben auch leben da unten, und der Wind und der famose Hagel und der Gletscher mit seinen grünen Runzeln und Grimassen, das alles will leben. Und auch wir wollen leben und heut nacht noch ein gutes Stündlein haben in der Hütte. Es ist ja noch Champagner unten!" —

Emil hörte zu und biß seine zwei gelben Zähne noch grimmiger in die violette Lippe. Er dachte an nichts anderes als sich wie eine Katze gegen das Sterben zu wehren, selbst in der tiefsten Spalte noch zu schreien und zu stampfen und alle Turnkünste am Eis zu ertrotzen, bis Rettung käme. Und Rettung müßte kommen. Ihn, den klugen, mächtigen Herrn Emil, würde man doch nicht wagen im Stich zu lassen; für ihn würden sich ein Dutzend Freunde und ein Hundert Knechte in die Schanzen schlagen. Natürlich! Selbstverständlich! Aber so weit ist es nicht, er hat selber noch Macht. So denkt er, und wenn er redet, dieser gottlose, kleine Unband, so ist es ein Fluchen auf Himmel und Erde und ihre Unbotmäßigkeit.

So rang man sich endlos lang zwischen zehnmal zehn Grimassen des Todes im Finstern vorwärts, bis endlich der erste feste Stein aufatmend beschritten ward. Als man die Hütte erreicht hatte, verrammelte Marx die Türe so fest, als könnte sonst der Tod, dem man knapp entronnen war, noch durch die dünnste Ritze hereinlangen. Man kochte, wechselte die Unterkleider und wickelte sich zuletzt auf der Matratze, innig zusammengeschmiegt, in eine mächtige, kamelhaarene Decke. Und man lachte vor Freude, daß man nun doch sein Leben, sein schönes, sein einziges Leben behalten hatte. Marx sah, wie Emil noch im Schlaf seine langen Schneidezähne in die Unterlippe biß und dazu wie ein junger Hund knurrte. Sicher gähnte ihm da wieder eine Spalte entgegen.

Am Morgen stak man im tiefsten Nebel und Regen. Es war draußen so häßlich kalt, daß beschlossen ward, hier oben eine bessere Laune des Himmels abzuwarten.

Man machte sich den langen, dunklen Tag mit allerhand Spiel und Neckerei und Geschichtlein von Alpengeistern und berühmten Bergsteigern kurz. Marx fragte die Begleiter, was sie eigentlich gestern nacht auf dem Gletscher gedacht hätten. Da begann Emil: „Ich habe gezittert vor Angst, aber noch mehr vor Zorn. Wenn ich den in die Faust bekäme, der den Wind macht, dachte ich. Und wenn es gar ein Mensch wie wir von Fleisch und Bein wäre! Ich würde ihn unter eine Glasglocke stellen, wie unser Physikprofessor einmal eine Maus, und würde ihm langsam, langsam alle Luft wegpumpen. Aber langsam, und ihn auslachen dazu vor dem Glas und rufen: Windmacher, wieviel Wind hast du noch? Reicht es noch für eine halbe Stunde zu leben?"

„Schau, was für ein grausamer Kerl Emil ist!" schimpfte Lucian.

Doch Marx, selbst einst genau so hart und rachsüchtig, bat den erhitzten, jungen Wildling, weiter zu erzählen. Es war etwas daran, was ihm im Innersten wohltat.

„Und den Hagelmacher hätt' ich an eine Elektrisiermaschine gekettet und dann den Strom geöffnet und langsam gesteigert, bis mein Patient geröstet wäre wie eine Kaffeebohne. Und dem Nebel- und Dunkelmann hätt' ich mit Kalklicht die Augen geblendet — und so noch viel anderes, bis alle Feinde an meiner lieben Physik oder Chemie verdorben wären."

„Nicht das, du Narr, was du vom Sterben gedacht hast! Sag' einmal das!" forderte man.

„Oh, ich sterbe nicht, ich kann nicht sterben, dachte ich. Ich bin doch noch zu jung und zu stark dazu. — Wißt Ihr, einen jungen, grünen Baum kann man einfach nicht verbrennen ... ich probierte es einmal an einem Holunder, es ging nicht ... es ist zuviel Saft darin! Und auch mich kann niemand töten. Das weiß ich. Ich habe zuviel wildes Blut. Groß muß ich werden, ein berühmter Naturforscher, eia, das ist sicher! Ich darf also nicht sterben, nein, wahrhaft, ich habe keine Zeit dazu. Und da war mir gestern wie einer Katze. Wenn man sie hoch vom Dach wirft, sie lacht und spreizt sich und denkt: na, ich komme doch auf alle viere. — Und so hab' ich auch zum Wind und zur Eisspalte und zu Hagel und Blitz gesagt: na, ich bleib' doch auf meinen zwei festen Füßen! Ihr bodigt mich nicht! Sicher nicht! Und dann stampfte ich jedesmal aufs Eis und wurde viel, viel stärker und mutiger."

Er stampfte wieder auf die Hüttenloden, daß es stob, der seltsame, magere, olivengrüne, flackernde Mensch da in den Pumphosen seiner zwölf Jahre. Und seine Augen und Lippen sprachen noch von einem langen, großen, vielleicht segensvollen, vielleicht menschengefährlichen Leben.

Aber Marx wurde düster. So auf später hinaus hatte er nicht gedacht. Nur an den Augenblick hatte er gesonnen. Nicht an die Zukunft. Die gab ihm ja nichts. Die alten Einsamkeitsängste kamen wieder.

„Ich habe immer ein wenig leis lachen müssen," übernahm jetzt Lucian das Geplauder, „weil wir die Wilde Frau so gehänselt hatten. Nun hänselt sie uns, dachte ich. Aber wir machten doch nur Spaß; sie wird das hoffentlich verstehen und auch nur spaßen."

„Schöne Späße!" schnaubte Emil, „das wollte ich ihr schon austreiben!"

„Schon, schon, es war kein gewöhnliches Spaßen, es ging ins Großartige. Eine Komödie, aber eine göttliche Komödie! Mir gefiel's. Habt ihr nicht gehört, wie das so prachtvoll gekracht und jedesmal einen endlosen Widerhall über alles Eis gegeben hat! Was sind doch alle Kruppkanonen dagegen! Und erst der Blitz! Na, Emil, kannst mir mit deiner Elektrizität noch ein paar Jahrtausende hübsch warten, bis du solche Lichter machst! Einmal rosenrot, einmal grün wie Klee und gelb wie Schwefel! Und orange und violett, ach, das war wunderbar. Rechnet dazu die lieben Wässerlein in der Tiefe. Wisset ihr, was sie mir riefen? Gib uns Brücken! Gib uns Brücken! Aber ich sagte: Lauft ihr nur weiter, ihr habt es so gemütlicher. Später, im Tal, erlebt ihr mich noch immer früh genug! Dann mögt ihr tosen im Tobel, wie ihr wollt, und euch so seenbreit ausströmen im Land, wie ihr nur könnt, ich spann' euch doch unters Joch! Hier seid ihr frei! Genießet es! In der Ebene müsset ihr dienen. — Und dann fing ich an zu zählen, wie viele Millionen Menschen einst wohl über meine Brücken gehen. Und keinen Schritt ohne mich! — Marx, als du einmal so heillos ernst zurückriefst: Lux, pfeif' doch nicht immer, Sterben ist kein Spaß, und da geht's drum und dran!... na, da sah ich mir mal diesen Monsieur Tod an. Herr Vetter, wie spät ist's? — Abend! log er. — Falsch, ich habe noch nicht einmal Mittag. Ich werde doch am Vormittag nicht schon schlafen gehen! Scher' dich zum Teufel! — Und da gerade riefst du mir wieder, Marx: Pfeif' nicht, ich verbiet' es dir! — Und der Tod profitierte das sogleich und sagte: Hörst du, Kerl, es ist doch Abend, es nachtet euch allen, jetzt! — So hör' doch einmal und werde gescheit! foppte ich ihn weiter ... sieh ...!"

„Was? was?" fragte gierig und vor Spaß ganz selig der schon wieder sehr kindlich auf der Matratze hockende kleine Cäsar von der Appischen Straße.

„Sieh, mein lieber, magerer Vetter, ich muß ja Brücken bauen. Du weißt, es gibt so viele Menschen, die zueinander wollen und nicht können. Denen muß ich doch Brücken machen. Du sollst wissen, machte ich schlau, als der Tod immer noch stumpfsinnig Nein schüttelte, du sollst wissen, das Brückenbauen ist gefährlich. Da möchte wohl dein Weizen blühen. Es kann ein Balken abgleiten, es kann einer unvorsichtig stürzen oder unter eine Walze geraten oder es kann ein ganzes Gerüste zusammenbrechen, denk' an Cöln! — Keine Brücke ohne einen Teich voll Menschenblut. Vetter Tod, laß mich machen und steh nur immer hübsch unter meine Brücken und fange auf, was ich dir hinunterwerfe! — Natürlich meinte ich Sand und Steine und eine Pfanne voll heißen Pechs. Na, wohl bekomm's! Aber der Esel von einem Tod glaubte mir und nickte gewaltig mit dem Schädel. Und er tupfte nicht mehr nach mir mit dem Totenbeinfinger. Und wenn ich auch weiter nicht pfiff, weil ihr zwei so mordsmäßig feierlich tatet, so hab' ich doch nur immer in mich hinein gelacht. Schaut, Freunde, den Tod kann man zum Narren halten, gerade wie das Leben, oder noch dreimal leichter." —

„Du feiner Mensch!" sagte Emil großartig und bewunderte den Bruder vom lichten Kopf bis zu den langen Füßen hinunter. „Er ist ein Genie, Pilat. Das sagten ihm alle Professoren, und ein halber Dichter noch dazu."

„Aber im Ernst, waren wir nicht die ganze Zeit weg- und brückenlose Leute? Da kam es mir besonders heiß und liebreich in den Sinn, daß ich den schönsten Beruf ergriffen habe. Brücken bauen, Menschen zusammenbringen! O Marx, meine erste Brücke sollst du schauen. Da mußt du dabei sein, wenn die Pfeiler umkränzt sind und das Volk mir ein Hoch bringt und der erste Mensch darüber geht, ein Kaiser oder Kaiserssohn oder ein —"

„Ich, Lucian! Ich muß der sein!" forderte der Kleine gewaltig.

„Oder du oder Marx," scherzte Lucian, das Schnäuzchen streichend, „und jedesmal, wenn ich diese Brücke wieder sehe, grüßt sie mich und dankt mir. Und dann kommen andere Brücken! Gott, ganze Völker gehen darüber, Eisenbahnen, Güterwagen, Hochzeiten, Freunde, berühmte Menschen. Unser flottes Militär hat da einen Weg zum Sieg. Unser Handel mit den silbernen Füßen ... nein, den goldenen ... geht stündlich da hin und her. O wie schön! Und wißt ihr, wenn ich einmal alt und müd bin, daß ich nicht mehr aus der Stube kann, dann bau' ich mich hart an meine schönste Brücke und sitz' ans Fenster und zähle, wie viele Lokomotiven im Tag über meine Brücken rollen, wie viele Wagen, wie viele Fußgänger, wie viele Menschen das ausmacht, und ich studiere, was die alle da wohl über die Brücke treibt, was die wohl litten, wenn die Brücke nicht wäre, und was sie mir Gutes ins Fenster hineinriefen, wenn sie wüßten, daß ich der Mensch sei, der sie da hinüberträgt, ja, jedesmal buchstäblich wieder hinüberträgt! O das alles würd' ich ausrechnen ..."

„Und wieviel Wasser unter deinen Brücken hindurch muß, so ein gekrümmter, elender Sklave," fügte Emil bei.

„Dummes Zeug, ich denke nur ans Brückenjoch.“

„Aber ich will mich auch an den Unterjochten ergötzen.“

„Die Brücke, sag' ich!“

„Und die Überbrückten, sag' ich!“

„Du bist ein Narr! So kommst du nicht weiter als zum Leuteschinden. Aber ich will die Leute beglücken. Oh!“ rief Lucian zum zwanzigstenmal und spannte seine langen Arme und umschloß Marx mit dem einen, Emil mit dem andern vor Daseinsfreude, „oh, ich muß leben und arbeiten! Meine schönsten Jahre kommen erst jetzt! 's ist Mittag, Freunde, und da darf ich so wenig sterben als du, Emil!“

Marx wurde immer düsterer. Er horchte eifrig, aber mit abgewandtem Gesicht zu und zündete die ausgebrannte Pfeife nicht wieder an. Kein Wort sprach er.

Die Brüder lachten und spannen das bunte Garn ihrer Phantasie in langen, prachtvollen Mustern aus, worein sie ihre Zukunft wie eine Königin kleideten. Bei Lucian zogen sich schwungvolle Bogen und zierliches Pfeilerwerk durchs Tuch. Aber Emil durchwirkte das seine mit den glühweißen Funken der Elektrizität, daß es wie ein geflammter Herrschermantel aussah. Indem sie so harmlos mit diesen Reichtümern der Zukunft prunkten, merkten sie nicht, wie arm sich Marx daneben vorkam. Sie trieben es immer toller und machten einander die wunderbarsten Komplimente: „Herr Architekt im k. k. Bauamt! — Herr Doctor rerum naturalium omnium!... Meinen Glückwunsch, Herr Überbrücker des Großen Belt... Zu dienen, Herr Erfinder des elektrischen Fliegers!... Haben Sie diesen Orden da im Knopfloch vom Kaiser, Herr Wirklicher Geheimrat Lucian Brunner?... Gewiß, Herr Ritter Emil von

Brunner, aber ich lese eben in der Nowoje Wremja, daß der Zar Ihnen seine Nichte, die Prinzessin von Ingermanland, zur Gattin anbietet ... Nun ja, es ist so, aber ich ziehe ein kerndeutsches, braves, folgsames Ulmer Frauchen vor, wissen Sie! Ich lese mir selber was aus, verstanden! ... Das denk' ich mir, und Ihre Majestäten, die ...!"

„Verrückt!" schrie Emil, den sein eigenes Gefasel hier plötzlich anlächerte, „Herr Architekt, ich muß Ihnen sagen, daß ich ledig bleibe. Meine Frau heißt Elektrizität, wissen Sie, und ... aber, ... nein, sieh da, ... Lux!"

Ganz verstört sehen die Brüder nun erst, wie Marx das Gesicht in seine Hände verbirgt und wie von einem Krampf erbebt. Zwischen den gepreßten Fingern kugeln große, glänzende Tropfen hervor. Wahrhaft, er weint.

Und kaum ist Emil, wild wie er alles tut, über Marx hergesprungen und hat ihn zu herzen und zu fragen begonnen: Was tut dir weh? so bricht es aus wie ein nicht mehr zu verhaltendes, wildes, entsetzliches Schluchzen und Schlucken und Würgen, und zuletzt ein Sturzregen von Tränen, das erste Weinen endlich wieder seit Florins Sturz. Aber nicht wie ein jäher Bub, sondern wie ein starker, ernster Mann weint Marx jetzt.

Emil drückte den krausen, bärtigen Kopf mit weichen Knabenhänden an sein kleines, unverständiges Herz und bat immer lauter: „Pilat, was fehlt dir? Hat dir jemand etwas zuleid getan? Wer macht dich weinen? Sag' mir's! Sag' doch, daß ich ihn abprügeln kann!"

„Laß ihn!" wehrte Lucian in seiner lichten, treuen Verständigkeit, „laß ihn nur ausweinen! Das tut ihm gut. Das muß ihn schon lang mächtig gedrückt haben!"

22

Marx hielt das nicht aus. Schon die Berührung mit diesen Glücklichen tötete ihn fast. Er reißt sich los und rennt in den Nebel hinaus. Wild und bös stolpert er über das Geblöcke, ohne auf die Füße zu achten. Ein Vogel schreit heiser aus der trüben Höhe: hähähä... tio.. tio.. hähätio!... Oder ist es kein Vogel? Fliegt ihm das selige Geplauder der Brüder immer noch nach und pfeift ihn spöttisch aus? ... Hähä... tio... hähähä... tio!... du hast keine Zukunft... hähähä... auf was wartest du?... tio... tio... ob du hundertjährig wirst oder heute stirbst, ist ganz gleich... hähähätio... je früher, je besser... jetzt! sogleich! Ei, bei den Menschen unten leidet es dich nicht... hier oben nicht... du hättest ein Vogel werden sollen wie ich... hiä... hiäää... oder ein Fels oder ein Gletscher... aber zu einem Menschen passest du nimmer... hähähähäää!

Halt! Marx stand am bröckeligen Rand einer Trümmermauer. Ein Loch wie die Hölle klaffte zwischen ihm und dem Gletscher in der jenseitigen Tiefe. So schwarz und tot wie diese Schrunde ist meine Zukunft, dachte er und zog den Blick aus der Spalte, die sich zwischen dem Eis und der Felswand in eine unheimliche Nacht verlor, zog ihn schnell und fröstelnd zurück auf sein Plätzchen.

Ja, das ist mein morgen und übermorgen und immer, dachte er, und wird nie besser. Soll ich das so löffelweis' nehmen? Pfui! Es widerte ihn an, daß er sich vor Ekel schütteln mußte. Lieber auf einen Zug austrinken!

Er setzte sich mit einem wollüstigen, selbstmörderischen Gefühl aufs faule Gesims und ließ die Beine ins Leere hinausbaumeln. Es rutschte ein wenig unter ihm. Er spürte gut, daß er unsicher auf diesem verwitterten Ranft saß. Aber das war ihm nun gerade recht. Wenn es da von selbst auf einmal auseinanderbröckelte und ihn mitsamt dem wackeligen Gestühl auf Nimmerwiedersehen im Schlund begrub... gut! Dann ist er nicht schuldig. Dann ist geschehen, was geschehen mußte. Er horcht jetzt auf jedes Steinchen unter ihm.

Hiäähähä... hähähä... tio! kreischt es wieder aus irgendeinem Fetzen Nebel heraus.

„Deinetwegen tu' ich's nicht!" schrie Marx überlaut ins nahe Gewölk. „Ich tu's, weil ich will, gerade weil ich will! Nicht weil du Schreier und die ganze übrige schreihalsige Welt an mir genug hat... Nein, ich, ich, Marx Omlis von Kleinmäusli, ich habe von der Welt genug und übergenug. Pfui, ist das eine Bande! Wie lügt sie einen immer, immer an!"

Ganz grau vor Widerwärtigkeit spuckte er weit über den Abgrund hinaus.

Er rechnete jetzt mit boshaftem Verstande aus, wie oft ihn die Menschen angelogen haben: die Lehrer, die ihm sagten, das Studieren sei schön, Agnes, die ihm sagte, Frauenliebe mache selig, Kleinmäusli, das sagte, es wolle sein Paradies sein, der Pickel sogar, der sagte, er solle zum ewigen Schnee wandern, da fände er Ruhe. Alle logen.

Und er selbst log auch noch zu allem seine eigene arme Seele an! Er log sich Heimweh zu den Menschen vor und zu einem warmen, geselligen Stüblein. Als ob er da etwas zu tun hätte wie die beiden Brunner. Nichts als faulenzen könnte er dort und Mücken abfangen und in die blaue Luft tubacken. In zwei Tagen müßte er vor Langeweile kaputt gehen. Himmel,

Hölle! Nirgends paßt er hin als gerade da in das Loch hinunter... Wird es nicht größer? Tut das Maul immer weiter auf? Will ihn gleich fressen? Er lehnt sich unwillkürlich zurück und sucht ein bißchen sicherer zu sitzen. Es hüpfen Steinchen auf Steinchen den Rand hinunter.

Aber Lucian? Emil?

Das ist wahr, die liebt er. Mit denen möchte er immer sein. Aber das kann er nicht.

Das sind keine Touristen, das sind Menschen. Die ersten Menschen, die ihm nicht verleiden. Den Lucian mit seinem offenen, weltfrohen, sichern Wesen muß er lieben als sein sonniges Gegenteil. Und am seltsamen, schier unheimlichen Emil bewundert er das, was er am Finsteraarhorn und an den Schreckhörnern bewundert: diese Pracht und Macht, sich selber genug zu sein, so etwas ewig Herrenhaftes und Hartes zu behaupten, vor dem man beinah ins Knie fällt. O das ist auch immer seine Art gewesen. Aber er hat ihr nie so selbstverständlich frönen können wie der bleiche Junge. Und er hat damit bis heute nicht erbsengroß etwas erreicht. Dieser Emil hat mehr Gnade. Er setzt immer seinen Kopf durch. Ich, ich, ich, sagt er in jedem Satz zuhinterst und zuvorderst und nimmt auch die ganze Mitte für sich. Er hat das Talent so zu leben und ist wohl dabei. Ich habe kein Glück und kein Talent dazu, nur Unruhe ist in mir...

Keine andern Menschen gleichen diesen zwei Brunnern. Ich will es gar nicht erst mit andern probieren. Ich weiß es. Wenn ich Heimweh habe nach Menschen, so ist das ein Heimweh nach Menschen, wie sie nicht sind. Ich bin ja auch nicht wie sie.

Hiää ... hiäähähä ... titi ... häääää!

Wär' ich doch als so ein Raubvogel geboren. Das wär' meine Sache: durch den Wind und den Schnee zu fliegen, in einer Klippe oben zu horsten, mit andern Raubvögeln zu abenteuern und dann wieder einander die Federn zu rupfen. Ein Steinadler hätte ich werden sollen oder ein Luchs oder ein Wind, der herumbraust, wo er gerade will, und niemand etwas danach fragt. Haben die es schön! O du mein Herrgott, wer zwingt mich, daß ich nicht auch so sein kann? —

Die haben es morgen und übers Jahr so schön wie heute, im Winter wie im Sommer! Aber ich! ... In drei, vier Tagen gehen meine Freunde wieder heim. O ich merke wohl, dieses Streifen hier oben ist ihnen doch nur ein wilder, kurzer Spaß, damit sie nachher wieder in der Stadt um so solider abhocken und um so lieber das ganze Jahr wieder im großen Haufen hantieren. Sie schreiben und studieren und bauen und erfinden wunder was und haben fast keine Zeit mehr zu lachen oder einmal schnell zum Fenster hinaus zu gucken, und wenn ein frisches Lüftchen von den Alpen herkommt, riegeln sie flink zu und sagen: Was ist das? Das gehört nicht in meine hübsche Ordnung hinein. Das bliese mir ja die Gedanken und Papiere auseinander ... Dann hocken sie in ihren Moder zurück und hetzen weiter darin und verdienen schweres Geld und kommen ins Rathaus und haben zu schalten über Tausende. Und sind sie einen einzigen Vormittag krank, so gibt es schon ein großes Laufen vor die Türe: Wie geht's, wie geht's? Kann er morgen wieder ins Bureau kommen? Er muß. Wir brauchen ihn ... Aber mich braucht niemand ... und niemand spürt mich ... und ich bin einsam hier und wie einer, der keinen Namen hat. Ich brauchte auch wahrhaftig keinen.

Hiääää ... hiää, Pilat, hiää, Pilat!

Wo steckt der graue Vogel? Zeig' dich nur! Ich kann dir nicht bös sein. Lach' mich nur aus! Du hast recht. Ich kann nicht mit den Menschen unten leben, und ich kann nicht mit mir allein hier oben sein. Wo ich steh', steh' ich falsch. Ich hab' wohl den Leib vom Menschen, aber sicher die Seele von einem einsamen Tier bekommen. Ja, so wird es sein.

Hei, das muß einmal fertig werden. Soll ich rutschen? Ein wenig vorneigen? Es leidet nicht viel. Grüß' Gott, du altes Loch da unten ... du hast Hunger. Einmal würd' ich ja doch umkommen, das ist gewiß. Da nimm mich! ...

Er rutscht und schiebt ein wenig. Da fängt es an ringsum zu rieseln. Wieder lehnt er sich unwillkürlich zurück vor Grauen.

Pilat, hiäää, Pilat, Pilat!

Hopla, das sind Menschen. Da ruft ja schon lange jemand nach mir.

Pilat! hiääää ... hio ... hääää!

Hoi, das ist kein Vogel oder nicht der Vogel allein. Da sucht mich einer. Emil oder Lucian ... Pilat ... Pilat ... wie das wohltut, solche Stimmen. Da sind doch noch zwei, die mich lieb haben.

„Pilat, lieber, du heilloser, du Schlingel, sogleich komm! ... Pilat, gib ein Zeichen, Pilaaaat!"

Denen darf ich jetzt nicht weglaufen. Ich hab' sie heraufgeführt, ich muß sie auch wieder hinunterbringen zu den Menschen. Nachher dann ... ja ...

Er hält die hohle Hand an den Mund und ruft gewaltig:

„Hoiooo, hoiooo... ich ko..." Blitzschnell bricht er ab. Da hat er die Bescherung, sieh, sieh! Der ganze Sitz fängt an sich zu bewegen. Nur von diesem einen Schrei.

Marx sperrt sich mit beiden flachen Händen ins Bord zurück, soweit er hineinzulangen vermag. Aber auch da ist kein Halt. Das kleine Getrümmer verrieselt ihm zwischen den Fingern. Kein Stein sitzt fest. Der ganze First rutscht allmählich. Die Sache wird auf einmal blutig ernst.

„Pilat... lieber Bruder Pilat!..." schreit es näher und näher. Jetzt weiß er, das ist das Herrenstimmlein Emils, aber gar nicht rauh wie sonst, kinderweich, wie ein kleines Brüderchen dem großen Bruder schmeichelt, daß er es auf den Buckel nimmt und mit ihm herumgaloppiert.

Alle Teufel... dem Marx tropft das Haar von großem Schweiß. Kann er denn nicht, kann er denn wirklich gar nicht mehr zurück, jetzt, wo er will? Dieser liebe Junge! Hätte Marx je denken können, daß das Bürschlein eine solche Angst um ihn kriegte? Er weint ja beinahe... „Pilat, tu mir Bescheid!... Pilat, nur ein Wort!... Versuch's, Pilat! Ich komme, ich habe den Pickel bei mir... Pilat, um Gottes willen, Pilat!..."

Ganz vorne liegt Marx schon. Die Spalte grinst furchtbar herauf. Ihm sträubt sich das Haar. Regt er nur ein Glied, so bröckelt es wieder vom Rand und zieht ihn das Übergewicht in die lautere Luft hinaus. Er sucht sich an den Boden zu klammern, aber kann nirgends fassen noch zugreifen, um einen Halt zu bekommen. Er kann nur zusehen, wie der Tod ihn leise, leise hinunterzupft. Ihm ist, er fühle schon eine eisige Leichenluft von unten in die Hosen fahren. Soll sie ihn denn wirklich verschlucken, diese Spalte tief wie die Mitternacht? Und ist er doch noch so stark und warm und jung! Nein, nicht sterben. O Gott, schön ist sein Bett in der Grindelwaldnerstube, und sicher ruht man zwischen seinen hohen Eichenlehnen und streckt sich wohlig bis an die Fußwand. Werd' ich das je wieder können? Leben, leben!

Wie konnte er vorhin mit dem Tod spielen! So ein Leichtsinn! O er nimmt alles zurück, was er eben frevelte. Er wußte ja nicht, was er sagte. Er prahlte nur. Im Ernst sieht das anders aus. Gott in den sieben Himmeln, leben, leben, jetzt wo man ihm wie noch nie im Leben so freundlich ruft: „Pilat, wenn du mich lieb hast, so gib ein kleines Zeichen, hör', ein Zeichen!"

Zu allem, was ist das hier für ein gemeiner Tod! Er hing an turmschlanken Felsen, er sprang über Eisbrücken, die silbern über grausigen Höllen schwebten, er verbrachte eine blitzende und donnernde Nacht unter dem Tschingelhorn. Da hätte es sich eher gelohnt zu sterben. Da wäre es großartig gewesen. Aber jetzt, an diesem so gewöhnlichen, harmlosen Plätzchen, wo der dümmste Michel sich nicht gefährden würde, ganz nahe der Hütte, kraftlos und willenlos langsam in Scherben gehen, so wie eine Ruine langsam in Schutt verfällt... o das ist eine Gemeinheit!

Aber so oder so, er will durchaus leben, um jeden Preis! Armer Florin, arme Agnes, die da haben sterben müssen! Ach, jede Stunde soll man anbeten, die man noch länger als andere leben darf. Hilfe, Hilfe! möchte er schreien. Aber das kleinste Geräusch kann ihn töten. So lispelt er denn nur gleichsam mit der Seele immerfort: Komm rasch, komm rasch hierher!

Was ihn vorhin noch ekelte, das kommt ihm nun zauberisch vor. Wahrhaft, wenn er noch einmal in seinem Leben auf festen Boden stehen kann, wenn er etwa heute noch drüben im Hüttlein in der warmen Decke neben Lucian und Emil kauern, ein Gläslein trinken und eine Pfeife dazu rauchen kann, wenn ... ihm ist, das alles sei ihm schon eine halbe Ewigkeit fern gerückt ... dann will er einen Jauchzer schwingen, daß den drei Frauen der Blüemlisalp ihre schweren Eismäntel himmelauf wirbeln.

„Pilat, liebster, bester! ..."

Das klingt nun ganz nahe aus dem Nebel. Er hat meine Fährte! jubelt es in Marx. O er ist gescheit! Wenn er mich rettet, will ich ihn verehren wie einen Herrgott.

Noch zwei, drei Sekunden, und wirklich taucht der lange, forschende Schatten des jüngeren Brunner aus dem hin- und herrauchenden Nebel hervor. Er sieht Marx, steht still, lauscht, will schon in Zorn ausbrechen und aus dem bleichen Maul schimpfen: Warum lässest du mich ohne Antwort und machst mir solche Angst? Was treibst du da? Steh sogleich auf und komm mit mir! Strafe!

Aber da sieht er, wie Marx leis den Kopf schüttelt und mit den Schultern zittert, halben Leibes schon über der Kluft, hört das Geriesel des Schutts, sieht auch das von einem wahrhaften, grauen Todesschweiß bedeckte, entsetzte Gesicht und begreift mit einem Schlag die furchtbare Sache. Und flink und klug und kühn wie er immer ist, wirft er sich hurtig platt auf den Boden, kriecht schlangenbehend gegen Marx hinunter, bis er mit dem Pickel ihm unter den Arm greifen kann. Er redet kein Wort mehr, sonst könnte der Tod erraten, was er gegen ihn im Schilde führt. Zum zweitenmal läßt sich der wohl nicht foppen. Der Knab beißt die zwei gelben Zähne in die Unterlippe, damit ihm kein Schrei entschlüpft, aber sein kleines Herz rumort gewaltig, und mit zündendroten Augen tut er alles mit, was der Pickel macht. Und auch Marx versteht den Helfer sogleich. Er klemmt das Äxtlein am Stiel fest unter die Achsel, krallt die Hände so tief er kann ins Gebröckel, hebt das rechte Bein und bebt schwungbereit mit allen Muskeln seines stählernen Körpers. Emil kommandiert schnell und zitternd: Eins, zwei, drei ... und zieht den Pickel mit einem unglaublichen Ruck empor. Alle Knochen krachen ihm. Marx hilft mit einem elastischen Schwung seines Leibes rückwärts mit. Eins, zwei, drei ... hinter ihm kollert und knattert und stiebt es von fallendem Getrümmer ... eins, zwei, drei ... zum drittenmal ... gerettet! Marx liegt zwei Armlängen vom Rand im soliden Gefels. Vor ihm in der Tiefe hört er den Schutt noch lange, hier in den grünen Spaltenwassern aufgluckſen, dort gläsern über den Gletscher schleifen. Aber von hinten fassen ihn jetzt zwei kalte Hände, beugt sich ein dunkelbleiches Gesicht über ihn, blenden ihn zwei unnennbar stolze Augen und knirscht es zwischen zwei verbissenen Lippen hervor: „Wie dankst du mir jetzt, sprich, wie?"

Doch Marx war nicht imstande, das kleinste Wort zu sagen. Zitternd vom Glanz und Grauen dieses Augenblicks riß er Emil zu sich nieder und umarmte ihn, wie er nie sein Agneschen umarmt hatte.

23

Im Hüttlein kniete Lux gemütlich neben dem Teekessel, der immer tsim tsim tsim spielte wie ein Lied von hundert feinen Geisterchen und probierte eine der hellen, süßen Mozartmelodien, die er stets auf der Zunge trug, mit diesem Geklingel zusammen zu reimen. Da traten die zwei herein, Arm in Arm, Emil wie die Allmacht, Marx wie die vollendete Ergebenheit.

„Und der köchelt, wenn andere sterben!" entfuhr es Emil bitter.

Ruhig spazierte Lux mit seinen heiterblauen Augen über die beiden Gesichter und sagte dann lächelnd: „Na, ihr seid doch beide noch ordentlich am Leben. Ich wußte genau, daß du nicht ohne Pilat zurückkommst. Da war gar keine Not."

„So, keine Not?" Hochmütig verbiß Emil jede weitere Silbe zwischen den Zähnen. So soll Lux denn in seinem Zwergglauben bleiben. Nichts soll er wissen, was sein Bruder leisten kann. Die Strafe gehört ihm. Auch Marx war es vom Erlebten noch viel zu feierlich zumute, als daß er hätte reden mögen. Er setzte sich stumm neben Emil auf die Matratze.

Da merkte Lucian, daß etwas Großes geschehen sein mußte zwischen den beiden, und er ehrte ihr Geheimnis mit einem höflichen Stillschweigen.

Aber Marx konnte nicht genug seinen jungen Retter anschauen, der ein bißchen über ihm auf dem Kissen saß. Er blickte so andächtig zu ihm auf, wie man zu einem Stern oder einem goldenen Heldenbild auf der Säule emporsieht. Wie selbstbewußt saß Emil da und betrachtete seine schmalen, weißen Hände, die auf den Knien lagen, genau wie bei Königen, die auf dem Thron sitzen und sich feiern lassen.

„Emil," sagte er und nahm die kühle Hand des Knaben zwischen seine zwei heißen, „draußen habe ich dir nicht danken können. Weiß Gott, ich war wie betäubt. Aber jetzt dank' ich dir, wie man einem Engel danken müßte. Wisse nur: von allen Menschen bist du mir der liebste. Nie denk' ich anders. Für dich tät ich alles. Aber was kann ich tun? Ich bin ein armer Älpler, und du bist..."

„Sst, st!" machte der kleine Cäsar gnädig und entzog ihm die Hand wieder. Aber seine Stahlaugen blitzten unter einem plötzlichen, herrischen Einfall.

„Gibt es denn gar nichts, womit ich dir jetzt gleich eine kleine Freude machen könnte?" fragte Marx unverdrossen. „Soll ich dir meine Pfeife schenken, weil dir das Mannli daran so gut gefällt? Oder willst du meinen Pickel? Er ist mir um kein Geld feil, aber dir geb' ich ihn. Sag'!"

Der Junge sann einen Augenblick großartig nach, als ob er nicht genau wüßte, was er befehlen wollte. Dann bemerkte er kurz: „Ich will schauen, was ich davon wählen mag. Zuerst aber sag' mir eines: Warum hast du geweint und bist hinausgerannt und wärest zu Tode gefahren, wenn ich dich nicht noch erwischt hätte? Das sag'!" Dabei schleuderte er seinem Bruder, der still das Spirituspfännlein bediente, einen triumphierenden Blick zu. Da hatte er ihm seine Heldentat nun doch grandios an die Nase geschmissen.

Jedoch Marx verlor alle Farbe.

„Ja, dein Leben mußt du mir jetzt erzählen, damit ich erraten kann, warum du solche Streiche machst wie vorhin. Das will ich zum Dank!"

„Emil," stotterte Marx, „das ist nicht kurzweilig ... das ..."

„Beginn!" heischte das Herrchen schonungslos.

Marx blickte ratlos im Hüttlein umher. Da sah er, wie Lux die Flamme ruhig ausblies und den Deckel hob, daß der Dampf entweichen konnte. Das Gesumme hörte sogleich auf. Lux zeigte mit einer freundlichen Handbewegung auf das alles hin und nickte und kreuzte die Arme zum Zuhören. Ja, Freund, sollte das heißen, beginne nur! Es wird doch nicht ruhig bei dir, bis auch du den Deckel aufgehoben und, was dich quält, diesen dicken Dampf, aus dem Herzen geschüttet hast.

So will ich denn beichten, dachte Marx und sann nach, womit er anfangen müsse, verwirrte sich dabei sogleich, hustete...

„Das erste, was ich von dir weiß," half ihm nun der tyrannische Knabe nach, „das ist, wie du meinen Bruder gerettet hast. Das ist doch nicht zum Weinen. Sicher hast du auch noch viele andere gerettet. Etwa aus einer Lawine oder vor einem großen Bach daheim. Fang mit dem an! Wie ist das?"

Nach all der Not und Zerknirschung, die ihn gepackt hatten, ward Marx von diesen letzten Worten geradezu überwältigt. Wie einer, der auf der Folter liegt und den ersten und zweiten Grad der Marter stumm ausgehalten hat, aber jetzt, wo man ihn zum dritten mit Feuer berührt, auf einmal laut aufschreit: Ich bekenne, alles, alles!, so rief nun auch der zermarterte Marx gewaltig heraus: „Das Leben gerettet?... ja, den Florin habe ich getötet!"

Es trat eine solche Stille ein, daß man in der Ferne vom Gletscher her die vielen Spaltenwasser murmeln hörte.

„Aha, jetzt fragst du nicht mehr," schrie Marx mit rotem Kopf zu Emil hinauf. „Aber du sollst noch weiter wissen, wem ich das Leben gerettet habe. Das beste Frauelein auf der

Welt habe ich getötet, mein Agnesli. Hast du jetzt genug?... und unser erstes unschuldiges Kindlein habe ich getötet, bevor es nur einen Namen hatte. Jetzt stoß mich weg mit deinem Fuß! Jetzt kennst du mich. Nein, du kennst mich noch nicht fertig, höre..."

Emil war wie ein Pfeil aus der Decke herausgeschnellt und einen Sprung vor Marx zurückgewichen. Aber da hörte man auch schon eine Stimme ruhig wie eine wohlgestimmte Orgelpfeife sagen: „Marx, jetzt hörst du auf zu lügen!"

Es war Lucian, der sich neben den grimmigen Selbstankläger gesetzt hatte und ihm die Hand leicht auf den Mund schlug. „Und du Emil, wie kannst du ihm alles das glauben? So bleich bist du geworden! Er übertreibt... immer übertreibt er, wenn er schimpft."

Marx schüttelte nur heftig den Kopf.

Ich bin der einzige Politiker hier unter uns dreien, dachte Lucian. Die zwei sind nur Laune. Da muß man mit Politik ins Zeug, mit Brückenpolitik! „Du hast uns einmal," sagte er laut, „vom Rechnungslehrer erzählt, wie du ihm die Schnupfdose ausleertest und dafür einen dicken, brummenden Hummel einsperrtest, und wie der arme Professor bei der nächsten Prise beinahe vor Schreck den Geist aufgab. Sieh, nun lächelst du schon..."

„O das war meisterlich," rühmte Emil aufrichtig, „erzähle denn weiter solche Streiche! Lach' wieder!"

Wirklich, so elend es Marx zumute war, beim Gedanken an jenes verstörte Lehrergesicht, sein geducktes Haupt und die schwarzen, schnurrenden Hummelkreisel herum konnte er einen schwachen Schimmer von Heiterkeit nicht unterdrücken. Ach wohl, er war ja immer ein Lausbub, aber eigentlich nie ein schlechter Mensch gewesen. Fast immer hatte er nur spaßen wollen. Und da war es einigemal ernst geworden wie vorhin.

Aber wie er nun mutiger ward und das tolle Geschichtlein seines Lebens mit gefaßter Stimme zu erzählen begann, ging ihm der Humor mit dem Hummel doch im Nu aus. Mit schämig niedergeschlagenen Augen berichtete er, wie sein Vater das große Vermögen vertan, die Mutter vor Kummer leise hinstarb und er in all dem Unglück als trotziger Flegel keinen Finger zum Nützlichen rührte. Nun kam Fluß und Wut in seine Rede. Als wollte er sich selbst prügeln, so gewalttätig erzählte er sein Faulenzen und Hirten auf der Alp und wie er Florin halb und halb in den Tod lockte. Dann wie man ihm sein Gespons nahm, das Agnesli, wie der Vater am Gehirnschlag umfiel, wie sie ihm Haus und Habe über dem Kopf versteigerten und wie man ihm sogar den herrlichen Pilat nahm und wie ihm der treue Zottelhund Skio noch wie ein Mensch nachschrie...

Hier knirschte Emil gewaltig mit den Zähnen und rief: „Wie heißt denn dieses elende Stadtnest?"

Da sei er voll Haß gegen alle Menschen ins wilde Berggut hinaufgezogen und habe auch sein Agnesli hinaufgeholt. Sie sei ihm ein williges, fast mägdliches Frauchen gewesen. Aber er habe ihr nicht viel zulieb getan. Das süße Wesen sei neben dem Berg und dem Wild und Gekletter, was er alles mehr gepflegt habe, gar sehr zu kurz gekommen.

„Ach was," entschied Emil, „die Mädchen sollen uns einfach in Ruhe lassen."

Nein, nein, die zwei Frauen müsse er gewaltig loben, die

kleine grad so gut wie die große Agnes. Emil hätte sehen sollen, wie sein Frauchen nie ein Widerwort sagte, aber mit den Augen bettelte, wenn er fort ging: oh, er möge doch bald wieder heimkommen; ja, wie sie schon bleich wurde, wenn er sich nur vom Sofa aufschüttelte und Hut und Stock nahm. Oder wie sie mit den schneeweißen Fingerchen über die Tasten spielte, damit er ein bißchen mitjodle und das Weggehen noch um eine Minute aufschiebe. Oh, er merke erst jetzt bei solchem Beichten, was er für ein Barbar gewesen sei. Eine Häsin, eine tragende, habe er vor ihren Augen, die doch kein Blut ertrugen, über den Haufen geknallt.

Emil, zu allem Herrchentum doch immer ein Knabe, nahm allmählich Partei für so ein zartes Ding und konnte jetzt nicht zurückhalten: „Du Grobian, du ... wart' nur!"

„Prügle mich nur!" erwiderte Marx fest.

Aber überlegen wandte Lucian ein: „Seht, da seid ihr allesamt nicht schwer in Schuld. Ihr habt euch nicht verstanden. Es fehlte der Architekt sozusagen, der einen Steg ..."

„O verflixt, da kommt der Brückenheld wieder!"

„Soll ich dich zum Hüttlein hinauswerfen, Brüderchen? Natürlich fehlte die Brücke von einem Herz ins andere ..."

„Du sollst mich nicht schonen," brauste Marx auf, „ich habe ja selbst jede Brücke zerschlagen." Und nun erzählte er von der Überschwemmung und von der Geburt und dem Sterben unter der gleichen brausenden Tanne und von jenem Karfreitag in der Kirche und hernach im Rathaus und wie er dann gruß- und ehrlos aus der Heimat wich.

„Mit dem Stier und dem Gerold und mit der Löchlerin hast du recht gehabt," urteilte Emil. „Und mit diesen elenden Dörflern auch! Aber wegen der Häsin und dem feinen Florin und dem lieben Agnesli sollte ich dich jetzt ordentlich strafen."

„Ich sagte ja, prügle mich ab!"

„Ich weiß, was mehr wehe tut. Schenke mir die Pfeife! Du darfst mir jetzt lange Zeit nicht mehr tubacken."

Flink reichte Marx dem Jungen seinen prachtvollen Pfeifenkopf. „Da, hab' ihn, ich will nie mehr rauchen."

Lucian wollte widersprechen, aber Emil hatte die Pfeife schon in den Schlitz seines weißen Wamses gesteckt und gerufen: „Bravo, bravissimo!"

„Nun wißt ihr meine Vergangenheit. Du, Lucian, bist der erste Mensch gewesen, der mir Freund und Bruder gesagt hat. Du hast mir das Herz warm und nach und nach sogar Heimweh nach den Menschen gemacht. Aber dann war es mir doch nie wohl in der Grindelwaldner Straße. Ich glaub', wie einer Gemse unter lauter Geißen. Ihr freilich seid auch Gemsen. Aber nur ein paar Tage. Dann werdet auch ihr wieder zahme Stadtgeißen, und dann pass' ich nicht mehr zu euch und zu niemand ... alle Wetter ... was hab' ich nun eigentlich auf der Welt zu tun, was nütz' ich? Ihr habt vorhin eure Zukunft ausgemalt, und du, Emil, hast dazu gelacht wie ein Schellenkönig. Da hat es mich am Wirbel gepackt. Da mußt' ich aufbrüllen wie ein Stier und wegspringen und ..."

„Halt, jetzt hast du die Sache am rechten Zipfel genommen. Was nütz' ich? sagtest du. Ist dir das ernst? Dann hör' mich nur eine Minute lang!"

„Oh, jetzt bekommen wir eine Predigt," seufzte Emil, „erstens es gibt, zweitens es gibt nicht, drittens ... viertens ..."

„Ja, eine ganz kleine Predigt halt' ich dir, Marx, das ist nun nicht zu vermeiden, aber keine zum Gähnen," begann Lucian mit wunderheller Stimme, aber doch satzlich und im Zweivierteltakt eines jungen Schulmeisters. „Nützen, nützen, das sticht dich jetzt auch. Das ist eben Natur. Wie konntest du je meinen, für nichts und wieder nichts auf so einer tapfern Erdkugel zu sein? Da wärest du ja aus aller Ordnung gefallen."

„Ich hab' auch oft geglaubt, ich wär's."

„Aber solche Ausnahmen gibt es nicht. Selbst die Fliege, die da weiß Gott wie ins Hüttlein gekommen ist, da, schau da..."

Blitzschnell griff Emil mit seinem langen Arm aus, um das Insekt mit einem Schwung in die hohle Hand zu fangen.

„Du kriegst sie doch nicht, Kleiner ... aber selbst so ein Tier hat sein Ämtlein."

Ja, dachte Marx, jetzt hat er die Fliege. Dazu ist sie da, an so einem Unhold zu verbluten. Das ist ein schönes Ämtlein.

Schwapp! Emil löste vorsichtig Finger auf Finger. Da war nichts drin. „Wart' nur," drohte er und lauerte noch gefährlicher dem Tier auf, das um die Köpfe schwirrte, „ich pack' dich doch. Du bist," spaßte er gütig gegen Marx hinunter, um ihn aufzureizen, „die kleine Helvetia, und ich bin der Julius Cäsar und soll dich einsacken."

Marx atmete auf, wieder verfehlte Emil das Insekt. Hatte die Fliege am Ende doch so ein wichtiges Geschäft?

„Aber ihr Ämtlein," betonte Lucian zufrieden, „ist nicht, für ihre hübschen Flügel oder ihr zierliches Rüsselchen zu sorgen. Alle Ämter schauen weiter, zu vielen Menschen hinaus. Jedes Ding auf Erden muß vermitteln oder verbinden. Ja, das ist's! Zwischen zwei andern Dingen, die sonst nicht zusammenkämen.

Alles hat eben doch ... schneid' Grimassen so schön du nur kannst, Büblein ... ein wenig mein Fach, muß ein bißchen Brücke sein, muß kitten und formen helfen den herrlichen Körper, den wir Erde oder Menschheit oder Gottes Schöpfung nennen. Da kommt kein Tropfen Wasser, kein Stäublein, keine Flocke noch Mücke darüber hinweg. Noch viel weniger aber unsereiner. Mit einer Hand winken wir nach rechts: komm! ... mit der andern nach links: komm auch! Und dann heißt es lustig: so jetzt gehört ihr zusammen! So versteh' ich unser Brückenwerk. Und so eine und vielleicht eine ganz große Brücke bist auch du."

An Marxens Ohr orgelte die schöne Rede wie eine Musik vorbei, die einem süß und wohl macht, aber die man doch nicht in ihrem feinsten Sinn versteht. Er schwieg darum. Aber er fing an zu glauben, zu hoffen, zu lieben. Die Mücke schwirrte ja auch noch immer dem Cäsar munter um die schöne, lange Nase.

„Warum sagst du nicht ja, Pilat?" fragte Lucian. „Warum hörst du mir mit so faulen Augen zu und weißt doch, daß ich recht habe?"

„Man muß anders mit ihm reden," sagte Emil ergrimmt, weil er die kleine Helvetia in einem dritten Handstreich wieder nicht erwischen konnte. „Sag' ihm, daß er ein kleines Mädchen, ein Feigling sei!"

Das traf. „Wie ... wie ... sagst du?" stotterte Marx, und über sein ganzes Gesicht nachtete es vor Scham.

„Emil hat recht," gab Lucian zu. Das war die erste Unbarmherzigkeit aus diesem so feinen, reinen Mund. „Ein Bauer, dem eine Stunde im Sommer das ganze Jahr verhagelt, säet im nächsten Jahr wieder. Ein Krämer noch so winkeliger Art, dem der Konkurs das Haus einschlägt, liest die Scherben auf und baut wieder hoch. Und Schiffer, die alles bis auf die Haut verloren haben, stoßen am nächsten Tag mit einem tapfern Fluch wieder in die gleiche See hinaus. Das ist der Held in uns. Der geht nie unter. Der fängt immer wieder von vorne an. Nur der Feigling verdirbt unterwegs oder am ersten faulen Ende."

Marx hört steif zu. Was sagen sie ihm? Ihm, der keinen Giebel und keinen Graben des Gebirges fürchtet, der immer aufs Kühne ausging, der die andern Hasen schalt, ... aber ja, vorhin hat er sich doch vor dem Sterben gefürchtet, und oft schon zuvor hat er sich vor dem Leben gefürchtet, vor dem Ameisenhaufen der Menschenebene und vor der leeren Einsamkeit hier oben. Beides machte ihm bang, das ist wahr. Vor allem fürchtet er sich eigentlich. Er ist doch der größte Hase von allen!

Er senkte den Kopf immer tiefer und mied das Gesicht der Kameraden. Da merkte Lucian, daß seine Meisterrede statt in einen freundlichen Hafen mit Willkomm und Händedruck zu rudern, vielmehr im besten Zuge war, ein ödes, unfruchtbares Riff anzufahren. Liebe durfte man auch nur mit Liebe lehren. So zog er denn mit der ganzen, hellen Gegenwärtigkeit seines Geistes, worin er allen so überlegen war, gleichsam die vielen Schubladen seiner Phantasie und seines ebenso reichen Gedächtnisses auf, um etwas zu finden, was da paßte und seinem hübschen Predigtlein doch noch ein gelungenes Amen geben möchte. Und im Nu stand es auch schon vor ihm: eine Sage aus dem Kandertal, die er in einem Käsblättlein dieser Gegend gelesen hatte, aber jetzt viel feiner und für diese Stunde gleichsam in einen besondern, köstlichen Rahmen gefaßt, so halb aus dem Stegreif erzählen wollte.

„Ach, Freunde," unterbrach er die grämliche Stille, „da fällt mir ein prächtiges Märlein ein. Statt daß wir uns anpredigen, laßt mich vom Semi aus Frutigen erzählen. So verraucht die trübe Zeit und der Verdruß aus dem Hüttlein. Rückt herzu, warm wollen wir uns machen, lieb wollen wir einander sein... näher, Marx, noch ein wenig! Daß ich dich fühle. Es ist ja so dunkel da innen. Nun hört, wie der Semi von Frutigen das Gähnen verlor."

Himmel, was ist so ein Geschichtlein wert! Es kommt wie ein Engel in den Spuk der Mitternacht geflogen. Man vergißt Finsternis und Alpdrücken. Wie der Semi das Gähnen vergaß! Ich bin am Verlumpen, sagt man, am Sterben, erzähl' mir das noch schnell, ehe es heißt: Husch, husch!

Wie der Semi Laster aus Frutigen das Gähnen verlor

Es war vor vielen hundert Jahren ein stolzer und starker Bauer. Der wohnte um Frutigen herum in seinem Hof wie ein Kaiser in der Pfalz und liebte auf der ganzen Welt nur sich selber. Er besaß das schwerste Vieh, die saftigsten Weiden und machte die fettesten Käse. In seiner Stube standen längs der Wand geschnitzelte Möbel mit weichen Polsterkissen, und in der Küche glänzte das Geschirr wie große und kleine Gestirne von der Diele. Viele Mägde und Knechte, Rosse und Hunde dienten ihm. Im Keller spreizten ein Dutzend Fässer ihre breiten

Bäuche, und aus ihrem Spundloch spritzte ein gelber Saft und schwängerte die feuchte Luft da unten mit einem unbeschreiblichen Odem. Man achtete den Mann, wählte ihn in Stuhl und Amt und riet ihm da und dort eine großartige Jungfer zur Braut an. Aber Semi Laster lehnte Staats- und Ehebürde ab und riegelte Tür und Fenster zu.

So lebte er dahin und fühlte von Jahr zu Jahr mehr sich von einer grauen Langeweile wie von einer greulichen Spinne übersponnen. Dieses Übel tat ihm nicht weh, aber auch nicht wohl. Und das Sonderbare war: er mußt' immer gähnen und sich dabei fast die Kiefer ausrenken.

Der Doktor kam und sagte, das verginge alles, wenn er fleißig arbeitete und sich auch etwas am frischen Leben erlustigte. Da rührte Semi die Schotten und knetete die Molken und spannte ungeheure Käse in die Reifen und maß sie sorglich nach so und soviel Handbreiten. Auch mundorgelte er und schnäpselte dazu von seinem kostbaren Nußwasser oder schüttelte die Batzen im Beutel und lauschte ihrem goldenen Gelächter.

Aber nach und nach sagte ihm das auch nichts mehr. Was nützt es, was nützt es? fragte er sich. Er wurde immer mürrischer, zog einen Graben um sein Gut mit einem Brücklein, das immer aufgezogen war, so daß niemand ein- oder ausgehen konnte. So glaubte er zufriedener zu werden, wenn er ganz allein für sich auf seiner Herrschaft säße, wo kein böses Auge und keine üble Zunge ihn erreichte.

Aber er wurde es nicht. Da fing er an Holz in Scheiter zu spalten und zu wetten, wer die größern Klötze auseinanderschmetterte, er oder Jaggi, sein tollster Knecht. Er! Das freute ihn ein Weilchen. Er ließ seine Kräfte ausspielen wie ein Rabe seine Flügel im Wind. Stiere bog er an den Hörnern zu Boden, trug die schwere Stalltüre dreimal ums Herrengehöfte, ohne nur einmal abzustellen, und zog die schwere Grabenbrücke mit einer Hand und einem Schwung auf und nieder. Aber dann mußte er jedesmal still stehen und mächtig gähnen. Was nützt es? Was nützt es? dachte er schläfrig und wob sich in ein noch größeres Verleiden hinein.

Die drallen Mägde lachten ihn aus und sagten: Er hat süße Buttermilch einen Trog voll und Honig um vier Tausen zu füllen und ist doch lauter Galle, der Esel! Und die Knechte sagten: Muskeln hat er wie ein Bär, und rennen kann er wie ein Reh und vergraut und verschimmelt doch in einer Ecke, der Tropf! Und Semi Laster bekam Runzeln und um die Schläfen schon weiße Haare mitten in seinen dreißig Jahren und dreißigtausend Gulden.

Das nagte an seinem Leben. Ich tue mir doch alles zu Gefallen, was ich nur kann, sagte er sich. Nichts lass' ich mir abgehen. Ich vergöttere mich. Wenn ich könnte, würde ich mich selber küssen, so gern hab' ich mich. Und was ich spinne und sinne, dreht sich alles nur um mich. Und dennoch diese Langeweile, diese Sauertöpfigkeit, dieses ... oh hoaaa ... er gähnte entsetzlich in die Ödigkeit und Blödigkeit seines Daseins hinaus.

Da träumte ihm in einer mondgelben, vor Kälte knirschenden Winternacht, morgen werde ihm ein großes Glück begegnen. Er solle am Steglein darauf warten ohne Hut und Stecken. Er erwachte und hörte die Wölfe über die gefrorenen Wiesen bellen ...

... Marx hatte zuerst die Hände von sich geworfen, als

wollte er keine Geschichten hören, als sei ihm das alles dummes Zeug. Nun aber paßte er immer munterer auf. Emil wandte schon gar kein Auge von den bleichen, ein wenig boshaft lächelnden Lippen des Erzählers.

Als Semi Laster nun am nächsten Tag bei einer Hundekälte am aufgezogenen Brücklein stand und sich hochmütig immer wieder vorlog, er stehe nur sonst da, niemals wegen des Traumes, vielleicht um dem scharfen Nordwind zu trotzen, der vom See herauf ans Haus stürmte, vielleicht, ach, was geht es jemand an, er kann doch stehen und passen, wo er will ... da hörte er plötzlich einen feinen Schrei und sah im gleichen Atem eine Gestalt wild aus dem Achsetenwald springen, beide Arme vorstreckend, gegen sein geschirmtes Haus und wie eine Verlorene schreiend. Das war sie auch. Denn hinter ihr flog mit einem gewaltigen Satz ein straffer, grauer, alter Wolf aus dem Holz, und man hörte sein Gieren und Geifern durch die winterliche Luft bis zum Graben.

Das war nun etwas so Rührendes um dieses fliehende zarte Weibsbild und etwas so Unerträgliches um das einhergaloppierende Ungeheuer, daß Semi seine ganze eigendienerische Lebensgewohnheit vergaß, mit einem Sprung über den Graben schnellte und mit drei andern großmächtigen zwischen das Fräulein und den Wolf. Dann griff er mit den bloßen Armen zu. Mit der Linken packte er dem Untier die Zunge bis in die Wurzel hinab, aber mit der Rechten würgte er ihm mit drei Griffen die wilde Seele aus der Gurgel. Dann hob er das ohnmächtige Fräulein auf die Arme und konnte noch eben über das von den Knechten niedergelassene Brücklein auf seinen sichern Boden abstehen, als auch schon ein ganzes Rudel Wölfe, das dem alten Gevatter nachschnüffelte, vor dem Graben schnob. Aber den Steg hatten die Knechte schon wieder emporgezogen. Da dachte Semi: Was ist doch dieses Brücklein für ein wohlgefügtes Ding. Kein Brett krachte, als ich das holde Jüngferchen hinübertrug. Und wie knarrte es dann lustig in die Höhe, als die Bestien kamen! Und den Graben habe ich fein und tief gegraben. Das ist ein köstliches Werk. Da stehen der Schrecken und sogar der Tod still davor und können nicht einen Zoll weiter. Na, jetzt erst freut mich mein Handwerk ...

... Das Histörchen füllte jetzt beide Ohren Marxens völlig. Dem Emil aber stand der Mund heiß und trocken offen vor Gier, jedes Wörtlein aufzufangen.

„Dünkt es euch langweilig oder unnütz? Soll ich es nicht weitererzählen?" fragte Lucian mit unschuldiger Miene.

„Weiter!" riefen beide.

Semi legte das Fräulein aufs Sofa in der Stube und öffnete das Ofentürlein, daß mehr Wärme hereinkäme und dazu der schmackhafte Duft von gedörrtem Obst, das auf dem Rost lag. Dann wandte er sich gegen die Ecke, um wieder einmal nach solcher Aufregung gründlich zu gähnen. Als er sich umkehrte, sah er, wie die Jungfer nun in einen gesunden Schlaf gefallen war und sich in einem schönen regelmäßigen Atem auf dem Polster ab- und aufwiegte. Na, dachte er, das ist gut, daß ich so einen tüchtigen Ofen und soviel Roßhaar in meinem Sofa habe. Jetzt freut mich das alles erst recht. Übrigens was für ein angenehmes junges Fräulein habe ich da aufgegabelt. Zuerst war es weiß und steif wie ein Eiszapfen. Nun hat es sich schon geschmeidig in den Kissen eingerichtet und auf den Bäcklein sind schon zwei blutrote Rosen aufgegangen.

Er ging in die Küche und fachte selber zum drittenmal, nachdem es beim ersten und zweiten Feuersteinfunken schnell wieder vor seinem Gähnen erloschen war, ein starkes Herdfeuer an. Dann kochte er ein Süpplein darüber mit Erbsen, Grütze und Speckmöcklein. Nun füllte er einen Krug mit dem gelbsten Apfelmost und schnitt das feuchte, duftige Roggenbrot, sein Eigengewächs, in lange, appetitliche Schnitten und stellte das alles auf einem Kredenztischlein dem jungen, schlafenden Leben vor. Er gähnte zwar noch jede Minute, aber schon etwas leiser, und einmal hatte er sogar den Reiz gleich hinten am Halszäpflein fassen und ersticken können.

Da nun die Maid erwachte, bediente er sie bescheiden mit allem, und wiewohl er weder mitaß noch mittrank, dünkte ihn doch, nie habe er einen so schäumenden Most und nie ein so köstliches Töpflein Braten und Gemüse gehabt.

So wie sein Schützling sich kräftiger fühlte, führte er ihn im Hof herum, und was er ihm zeigte, schien ihm plötzlich beim Zeigen und beim gnädigen Kopfnicken des Fräuleins dreimal werter. Er verschluckte das Gähnen oder schaute auf die andere Seite, wenn es unüberwindlich über ihn kam. Und er litt es einfach nicht, daß die Jungfer noch diesen Abend heimkehrte. Sie müsse hier übernachten, bat er inständig und sann insgeheim nach, wie er sie morgen und übermorgen noch hinhalten könnte, bis er den Mut fände, ihr zu sagen: ob sie nicht für immer hier bleiben und alles Gut und Blut mit ihm teilen wolle. Denn er hatte noch nie ein so nettes und rüstiges Frauenzimmer, mit einer so kristallenen Stimme und einem so warmen Auge erlebt.

„Gute Nacht!" sagte er vor dem Zubettegehen mit der Kerze

in der Hand. Und wie immer bei dem gefährlichen Worte Nacht mußte er gähnen. Aber diesmal geschah es leise wie von einem Kind.

„Gute Nacht!" antwortete auch sie. „Und laß mir die Küche offen, wenn ich hungere, und den Keller, wenn ich dürsten sollte!"

„Alle Türen lass' ich sperrangelweit offen für dich... Aber sag', woher bist du denn eigentlich?"

„Ich hause auf dem Weltacher.*) Kennst du ihn?"

„Nein! Liegt der gegen Thun hinunter?"

„Er schaut mit dem Kopf gegen Osten, mit den Füßen gegen Abend und hat die mittägliche Sonne an der Herzseite."

„Du spaßest! Das muß ein seltsamer Hof sein. Darf ich dich einmal besuchen?"

„Wann es dir nur gefällt. Aber nun sag' mir eines: was fehlt dir, daß du immer gähnst? Wer Hunger hat gähnt. Hast du Hunger in deinem Überfluß?"

Fast hätte Semi Laster, als er das überliebliche Fräulein so schmackhaft wie ein frisches Butterbrot vor sich sah, laut rufen mögen: Ja, Jungfer, ich habe großen Hunger nach dir!... Aber er faßte sich noch zeitig und entschuldigte: „Das ist so eine alte Gewohnheit von mir, dieses lästiges Gähnen."

„Ich will dir morgen ein Mittel dagegen geben," versprach die Maid.

„Prachtvoll!" unterbrach hier Emil die Legende. „Ich merke was."

„Nichts merkst du, Kleiner," neckte Lucian.

„Schweig!" befahl auch Marx, der einen Zusammenhang

*) Acher bedeutet Acker, Wiese, Feld.

der Sage mit seinem Schicksal ahnte, aber noch immer keinen festen Faden dafür fing.

Gekränkt schob Emil die harte Unterlippe vor und verhielt die Ohren, als ob er nun auch keine Silbe von der dummen Geschichte mehr hören wolle. Aber insgeheim, durch eine Spalte seiner feinen Finger, horchte er doppelt spitzig zu.

Nach diesem seltsamen Abenteuer des Tages, berichtete Lucian in gleichmäßig melodischem Vortrag, kam noch ein ebenso merkwürdiges der Nacht hinzu. Dem Semi träumte, er begleite seine Jungfer über die Brücke aufs Feld hinaus, und ein Heiratsantrag klebe ihm auf der Zunge. Aber jedesmal wenn er anfangen wollte mit: Liebes Fräulein, ich möchte ... ich hätte ... mein Herz ... mit Vergunst ... und ähnlichen hilfreichen Winken der Rede, mußte er so kräftig gähnen, daß ihm die Augen übertropften. So kommen sie zur Stelle, wo der Wolf liegt. Da fängt die Bestie an die Augen aufzutun und zu sprechen. Und bei Gott, das sind Semis eigene, kleine, in tiefen Höhlen versunkene Augen, und das ist seine Stimme. Kennst du mich? fragte der Wolf ungeheuer menschlich. Ich denke wohl, erwidert Semi, und merkt nun, daß seine Stimme doch einen ganz andern Klang bekommen hat, wie ein Neuguß... Nun also, wie kannst du dann so gegen dein eigenes Fleisch und Blut wüten? forscht der Wolf weiter. Das hast du doch dir selbst angetan... Und wieder ist es Semis Stimme und Auge, womit das gesagt wird. Semi zittert. Er schämt sich so einer zu sein. Er wagt nicht einmal mehr zur Jungfer an seiner Hand hinüberzuschielen. Er neigt sich tiefer zum Wolf und forscht ihm gründlich ins Auge und sieht nun die eigenen Augen in denen des Tieres blitzen. Und das war genau so, wie wenn mitten in einem trägen Sumpfwasser ein frischer Grundquell hervorschießt. Da freute sich Semi unbändig, denn nun wußte er, daß er dem Wolfe nicht mehr gleich sah, und er wollte jetzt ohne weiteres seinen Antrag herausstottern. Aber da fühlte er die Hand der Jungfrau warm und riesengroß um seine Hand geklammert. Was war das? Eine Riesin. „Jungfer," sagte er zerknirscht und blickte immer nur auf den Wolf, „fast glaub' ich, ich bin es selber gewesen, der... dir da... doch wie... das kann ja nicht sein... nein..."

„Überleg' es dir gut!" antwortete das Fräulein. Doch wie antwortete sie? Das scholl von oben, von unten, von allen Seiten, wie von einem großen Volke, Männerstimmen, Kinderstimmen und amselsüße, weibliche Klänge darunter. Und die Hand des Fräuleins! War das noch eine Hand? Das hielt ihn rechts und hielt ihn links, hob ihm den Kopf, umhalste ihn, trug, zog, schwang ihn, das war eine Hand wie von unserem Herrgott. Semi fiel ins Knie und schrie: „Wer bist du?" Da donnerte es und blitzte und musizierte aus allen Himmeln: „Ich bin die Menschenliebe!"

Von diesem gewaltigen Wort erwachte er und rieb sich den schweren Traum aus den Augen und wollte g—ä—ä—h—n—en ... hm ... und konnte es nicht mehr. In seine Kammer aber rannten jetzt wirklich Knechte und Mägde und lärmten: „Semi, Meister ... die ... die ... Hexe ist fort. Komm und schau selber! Sie hat dir fast das ganze Haus mitgenommen." Man rannte mit ihm in die Küche: da war jede Lade ausgegessen und aller Speck aus dem Rauchfang vertilgt bis auf die traurigen Haken und Wurstschnürlein. Auch der ganze Milchtrog war bis auf den Boden ausge... nun ja, ausgesoffen.

„Du meine Güte, hat die Hunger gehabt," sagte Semi bloß und lächelte ein wenig. „Die ganze Nacht..." es stieß auf und ging vorbei ohne Gähnen... „die ganze Nacht geschmaust!"

Im Keller klopften sie auf jedes Faß. Sie waren alle tropfenleer. „Hat die gedürstet," meinte Semi und lachte schon lauter.

Nun gingen sie in die Gastkammer. Da war die Bettstatt nach allen vier Seiten zersprengt. „Glaub' schon, daß sie in meinem Bett nicht Platz gehabt hat, so eine Weltperson!" sagte Semi und lachte nicht mehr.

Nun lief man in den Hof, und da sah man nichts als ein paar Stapfen. Aber welche Sohlen und welche Spanne! In drei Schritten war sie am Graben gewesen. Aber das Steglein hatte sie doch hinuntergelassen. Für wen? Sie brauchte es doch nicht. Noch ein paar Tritte im Schnee des Feldes, dann verlor sich jede Spur. Weltacher!

Da wandten sie sich gegen das Haus zurück, und nun sahen sie erst voll Verblüffung, daß nirgends eine Tür und ein Fensterladen mehr in den Angeln hing. Das hatte dieses Geisterwesen alles mit sich genommen.

„Es ist viel," versuchte Jaggi zu spaßen, „daß es nicht uns auch noch mit sich fortgeschleppt hat!"

„Das hat es. Mich hat es bei sich!" versetzte Semi ernst zum Gesinde. „Wißt ihr, wer das eigentlich gewesen ist?"

Sie rieten auf ein Gespenst, einen Bergriesen, einen Drachenmenschen.

„Dummheiten!" sagte er. „Jetzt versteh' ich alles. Das schöne Fräulein Menschenliebe ist dagewesen."

Und während die Leute beinahe lachten, ging Semi auf das

jüngste und hübscheste Hofmägdlein zu, das ziemlich gleiches Haar in den stramm gezopften Flechten und ziemlich ein gleiches Mäulchen im Gesicht trug, und zog den Hut ab und sagte höflich: „Liebe Lina Huggler, ich freie um Euch, wollt Ihr..."

Was ist zu sagen? Bald gab es Hochzeit und einen glücklichen Semi, der gar nicht mehr gähnen konnte. Das Steglein lag über dem Graben und krachte den ganzen Tag von solchen, die hereinkamen mit einer Bitte und hinausgingen mit einer reichen Gewährung. Und die Türen standen immer offen in Küche und Keller für den Hunger oder den Durst der Brüder. Und nicht mehr an eichenen Klötzen versuchte Semi seine Kraft; sondern da, wo eine Not härter als Eiche und Eisen einem Menschen oder einer ganzen Menschentruppe den guten Weg versperrte, da hieb er mit seiner Axt drein, daß die Splitter flogen. Und segensreich über die Maßen muß er gewirkt haben. Denn sein Name steht auf einem Dutzend alter Alpenbrunnen, Semiwald, Semialp, Semihalde klingt es dir überall entgegen, und der Bub in der Schule, der sagt: Lehrer, halt da! Ich bin doch ein Semi! Ein Semi von Frutigen!... der schlägt jeden andern, und wären es die Junker von Erlach und Bubenberg oder gar zu Bern des Bundespräsidenten Knab, weit aus dem Feld. Nur hat die spätere, zierlichere Zeit aus Semi Semeli und Simeli gemacht. Aber es kommt alles von einem, vom Semi Laster.

Er lebte fürwahr ein neues Leben. Sein Gesicht schimmerte wie sein fetter, gelber Käse. Aus den tiefen Augenhöhlen, wo sie sich früher so grau verklausnert hatten, lachten jetzt seine Äuglein wieder wie der Honig aus seinen vielen irdenen Töpfen. Wenn er zu allem ein blutrotes Schnäpslein trank, etwa ein Nußwasser, dann funkelte es gewiß nicht heller als seine rosigen Backen. Nur sein Mund ist etwas groß und breit geblieben vom vielen ehemaligen Gähnen. So lebt er nun stattlich in der Legende und auf ein paar alten Bildern fort, die ich in Spiez und Thun gesehen habe.

* *

*

„Bumm!" machte Emil und schüttelte sich kräftig den zauberischen Moder der Sage ab … „Das ist alles Legende, aber … aber … das … wupp! … das ist wahre Geschichte, und dem Kerlchen wird sie jetzt das Leben kosten!"

Emil hatte mit einem glücklichen Griff die Fliege in die Faust bekommen und blies nun die kleine Leiche mit hochmütig geschwellten Lippen von der flachen Hand und zertrat sie.

Marx war vom Märchen zu stark ergriffen, als daß er sich noch dieses Mückleins hätte annehmen mögen. Er sah nur auf Lucian, schüttelte seinen Arm und begehrte dringend: „Was willst du nun mit dem allem sagen, Lux?"

„Ich will sagen, daß jeder Mensch eine Brücke …"

„Pfui, o pfui," hänselte Emil und wischte das Blut des armen Tieres von der zarten Hand, so daß niemand wußte, wem der Abscheu galt.

„Eine Brücke haben muß zu den andern Menschen. Und die heißt nun eben auch Menschenliebe. Du hast es, lieber Marx, gemacht wie dieser Semi. Du hast nur immer dich geliebt. Auch hier oben als Bergführer noch. Dir wolltest du vor allem wohltun, und die andern waren nur Handlanger deiner Eigenliebe. Aber sich so allein lieben, heißt eben einen Graben um sich legen und die Brücke aufziehen und in Einsamkeit versauern und vertrauern. An sich selber hat kein Mensch genug. Keiner wird satt am eigenen Herzen. Wir müssen mehr haben. Die Herzen unserer Mitmenschen. Fräulein Menschenliebe müssen wir freien."

„Bumm!"

„Jetzt schweig einmal!" herrschte Marx den jungen Spötter Emil so unspaßig und gefährlich an, daß der Bub verwundert zusammenschrak.

„Nun höre, lieber Marx, wie ich es mit dir meine: Millionen Menschen wohnen in der Gemeinheit des ebenen verschwatzten und versudelten Landes, fünfzig lange Wochen, und ersticken fast. Und da steigt einmal einer in die Mansarde hinauf, wo er seinen Koffer hat, und öffnet das staubige Fenster und erblickt weit hinter den letzten Dächern am untersten und fernsten Himmel deine weißen Alpen. Und da fühlt er sich wie von einer Faust erfaßt: ich muß fort, ich muß nach soviel Tiefe wieder etwas Höhe holen. Und da nimmt er den nächsten Schnellzug und fährt hierher. Aber was will es machen, das arme Stadtkind mit Augen wie ein König, aber mit Füßen wie ein Bettler, so allein? Da mußt du helfen. Und so vielen du nun den Weg in diese unverbrauchte Natur zeigst, so vielen hast du Feiertag ins Werkelleben gebracht. Die Faulenzer lernen den Segen des Schweißes, die Memmen machen sich tapfer, die Launischen gewöhnen sich an Ausdauer, die Näscher werden genügsam bei Wasser und Brot und sehen, so Tag und Nacht im Freien, den Firlefanz des Sofa- und des Schubladendaseins zu Hause recht beschämt ein. Und in den vielen Gefahren hier oben baut der Mensch wieder auf sich selbst, auf seine Hand und seinen Fuß und auf sein kühles und heißes Herz ist alles abgestellt. Und all das gibst du, der Führer, uns mit ins kleine Leben heim. Eine Brücke von den Gipfeln in die Tiefe baust du uns, die nützlicher als jedes menschliche Brückentum ist. Und sind Unwürdige unter uns, meinst du, wenn sie einmal mit dir auf der Jungfrau gestanden sind, diese Natur sei nicht gewaltig genug, selbst die schmutzigsten Seelen mit einem Schimmer ihrer großen Unschuld zu verfolgen, so daß sie sich nun oft vor ihrem Kot schämen werden. Und das ist schon viel wert. Eine Brücke aus der Gemeinheit in die Reinheit hast du auch ihnen gebaut. Um so schlimmer für sie, wenn sie ihnen nichts nützt."

Marx nickte stärker und stärker. Solche Gedanken waren ihm auch etwa gekommen, aber flüchtig wie Wölklein. Jetzt stand es von Lucian ausgebreitet wie ein großer, blauer Himmel da.

„Und du sagst, dann käme der Herbst, und dann würde es öde. Nie wird es für einen nützlichen Menschen öde auf der Welt. Geh dann heim und wärme dein Gütlein wieder ein bißchen an. Und ruh' dich auch ein wenig aus. Aber im Winter komm wieder! Denn für dieses Gebirge bist du gewachsen wie das Edelweiß. Für den Wintersport mit den langen sonderbaren Holzschuhen wüßte ich keinen bessern Meister. Was sie in Davos sogar mit Kranken treiben, können hier doch wohl die Gesunden noch viel feiner machen. Und es gilt doch als ausgemacht, daß dieser Wintersport die Menschen noch zehnmal stärker macht als alles sommerliche Klettern. Lehre uns das! Lehr' uns auf diesen heillosen Reifen die Berge im Winter besuchen, damit wir das großartige Alpenbuch nicht nur auf der einen grünen Seite des Sommers, sondern auch auf der andern, der silbernen Seite des Winters kennen. Mit ein paar Engländern hast du doch schon begonnen. Da folgt ein Preuß' und Schwab' schnell nach. Uns zwei kannst du für die Weihnachtsferien sicher zu deinen Kunden rechnen. Ist der kleine Cäsar dort auf dem Strohsack in vierzehn Tagen schon ein halber Held geworden, was wird erst der Winter dahier aus ihm machen! Nicht nur eine Mücke, er wird Bären und Wölfe mit bloßer Hand erschlagen."

„Lux, Lux!" sagte Marx überwältigt von aller Rede, „du hast recht. Man muß dir glauben. Wenn du sagst, hol' den Mond vom Himmel, ich probierte es."

„Dem Semi hat sein Brücklein und Bett und Mostkrug erst recht gefallen, als er sah, wie gut das seinem Gast diente. Und du wirst vom Berg und Bergleben auch erst das ganze göttliche Geschmäcklein haben, wenn du andern davon liebevoll austeilst, und wenn du aus ihren Augen den dankbaren Widerschein der Alpen und des wiedergewonnenen Lebens erblickst. Genau so, haargenau so!" endigte Lucian mit schulmeisterlicher Bestimmtheit.

„Sicher, sicher, ich hab' nie recht ein Herz für die andern gehabt, das muß jetzt besser werden."

„Dann, wenn du zwei, drei Wochen heimgehst, wag's und grüß' die Leute im Städtlein und schau, wie sie dich anders ansehen und den Hut vor dir ziehen. Und erst die Löchlerin!"

„Ah," schrie Marx mit einem gewaltigen Schnauf und lief zum verschlossenen, einzigen Schuppenladen, als müßte er noch mehr Luft haben. Er war jetzt in einer Stimmung, die nichts mehr für schwer, alles für schön ansah. „Ah, das sieht gut aus. Das probier' ich, das kostet ja nichts!"

„Es ist leichter, als den Mond herunterholen Marx," bemerkte mit scheinheiliger Einfalt Emil.

„Und kostet es dich auch etwas," ermunterte Lucian, „etwa ein schweres Knie oder einen roten Kopf, laß es nur! So viel ist das wohl wert! Du gewinnst dafür Liebe, gehörst wieder deinem Vaterland an, hast kein Menschenheimweh mehr, und wenn du hier mutterseelenallein von einem Gipfel zu deinem alten Pilatusstädtlein blickst, wird es dir nicht mehr bange, du weißt, dort gibt es zu jeder Zeit offene Arme für dich."

„Ja, ich habe doch eine Zukunft!" jubelte Marx und riß den Laden auf. Und als sagte die ganze Welt dazu Ja und Amen, so riß nun auch der Nebel draußen entzwei, weiße Gipfel und tiefviolette Felsen wurden sichtbar, und auf ihren Scheiteln lag schon jenes zufriedene, süße, goldtiefe Lachen, das die Sonne nur um die Vesperzeit lacht.

„Ja, Marx, du hast eine Zukunft, aber hier oben, nicht dort unten. Sie werden dich behalten wollen daheim. Und wenn du ihnen gar, wie du jüngst sagtest, den Genuß deines Vermögens stiftest..."

„Alles sollen sie haben!" schwor Marx.

„Dann sagen sie dir Stadtgötti und wollen dich einzäunen. Aber du mußt dich losreißen. Diese Berge sind dein Haus, und der Pickel ist dein Hausschlüssel. Da quartiere uns ein und zeig' uns die schönen Säle und laß' uns aus den hohen Fenstern frei über die ganze Welt hinausgucken... da, da, bist du unser herrlicher Gastwirt!"

„Lux, Lux! Du hast den rechten Namen, soviel Latein weiß ich noch. Wie du mir Fenster und Türen aufmachst! Hundert für eine! — Daß ich so reich bin, hätt' ich nie gedacht. Aber es ist wahr! Jetzt erst seh' ich hell. Du hast mich gerettet. Ich fühl's. Ich war am Stürzen, — vor ein paar Minuten! Du hast mich gepackt und wieder in die Höhe gerissen. Wir sind quitt, Lux!" —

„Und ich, und ich?" schmollte Emil. „Ich bin natürlich eine Nebensache wie immer."

„Nein, du wirst jetzt sogleich eine Hauptsache! Du hast eine große, prachtvolle Schrift, das hab' ich schon oft an deinen E und B im Schnee bewundert. Jetzt nimm einmal den Stift und schreib' auf diesen Brief, da auf die Rückseite, aber mach' keinen Fehler!... Es ist das Wichtigste, was du dein Lebtag geschrieben hast... schreib, was ich dir diktiere!"

Neugierig machte sich Emil auf einem kleinen, wackeligen Holz für die prachtvollsten Schnörkel des ABC fertig.

„Der Eigentümer dieses Briefes und inliegenden Scheines macht hiermit seine Heimatgemeinde zur Zinsnießerin..."

„Halt, du bist zu heftig! Man weiß nie, was kommt! Sag': ‚Macht hiermit für ein Jahr, und wenn er nicht anders verfügt, wieder für ein Jahr, und so immer fort' — — sag' das so!" warnte Lucian.

„Meinetwegen," versetzte Marx. Hast du's: zur Nutznießerin... gut!... seines Vermögens. Die Zinsen sollen..."

„Sollen..." buchstabierte Emil seine ungeheure Schrift.

„Wem, Lucian?" fragte Marx.

„Dem Armenhaus!"

„Also, schreib: dem Armenhaus!"

„Und den Spitalleuten," rief Lucian weiter.

„Den Spitalleuten!"

„Und den Waisenkindern für Ferien in die Berge!“ befahl nun Emil.

„Gut, sehr gut, schreib das!... zu gleichen Teilen verabfolgt werden. Kleinmäusli behalte ich mir vor... Aber da ein richtiger Bergführer ja doch einmal eines schnellen und saubern Todes irgendwo im Gebirge stirbt, vielleicht morgen schon, vielleicht übermorgen, so vermache ich...“

„Ich habe keinen Platz mehr,“ unterbrach der Junge keck die feierliche Stimmung dieser Zeilen. Er hatte mit einem einzigen Machtwort vielen hundert armen Kindern die Berge geschenkt, wie ein Cäsar, aber wie ein guter Cäsar. In diesem Hochgefühl hatte er die Buchstaben noch breiter geschwungen und nur noch zwei Wörter auf eine Zeile gebracht.

„So schreib' auf den Schein weiter!“ gab Marx an. „Man glaubt um so eher — also bitte, lieber Kanzler, wo steckten wir?“

„So vermache ich...“

„Aha,“ fuhr Marx sehr langsam und wichtig fort, „so ver-vermache ich das ganze Vermögen mitsamt Kleinmäusli nach meinem Tode der Gemeinde zum Erbe. Dafür soll sie das Grab meiner Agnes in guter Ordnung halten. Ich aber ruhe gern da droben im blanken, ewigen Eis ... wo mir Gott gnädig sei! Amen!“

„So fromm?“ Amen?“ fragte Emil mit dem leichten Spott eines ungläubigen Stadtknaben.

„Schreib: wo mir Gott gnädig sei, — Amen, Amen!“ donnerte Marx mit gewaltig aufgeschlitzten Augen. „Jetzt muß ich unterschreiben, und ihr als meine Zeugen auch!“

Dann brachen sie der letzten Champagnerflasche den Hals,

und diesmal ward auch dem kleinen Kanzler erlaubt, einen Schluck auf das Wohl der zwei Brückenbauer gerad aus der Flasche zu trinken. Aber der Schlingel soff gleich sieben oder acht Schlücke hintereinander, weil ja nicht bloß von einer, sondern von gar so vielen Brücken die Rede gegangen sei.

„Die eine Brücke," entschuldigte er sich lachend und mit verspritztem Mund und fuchtelte schon in einem leichten Räuschchen in der Luft herum, „die eine — eine, der eine Bogen von Marx aus der Ebene, nicht? in die Gipfel hinauf ... und wieder ein Bogen über den Großen Belt, von dir, Lux, ... und dann noch ein Gebieg und Gebog und Begog ... ach ..."

„Und den allergrößten Bogen," sagte Marx mit einem lustigen Klaps auf den überschäumenden Bubenmund, „den hat mir Lucian von den Bergen da oben wieder ins Leben und zu den Menschen gebaut. Er lebe dreimal hoch!"

23

Nie haben die drei Genossen später gewußt, wie lange die Unterhaltung in der Blümlisalphütte gedauert hat. Emil weiß nur seufzend zu sagen, daß es eine Ewigkeit war. Aber als sie nun hinaustraten, da schnitt ihnen wohl noch ein scharfer Wind ins Gesicht. Jedoch der Nebel war zerstoben, der Vesperhimmel glänzte ob ihnen in süßer Bläue, die Sonne regierte wieder mit ihrem goldensten Zepter, und ein paar weiße, sehr hohe Wolken waren in ihrem mächtigen Dahinwehen nichts anders als über die Welt geschwenkte Siegesfahnen.

Und wie mit Siegesfahnen, wobei nur Emil noch ein Weilchen sein besonderes Fähnlein schwang, eilten die drei gegen Kandersteg hinunter.

An jenem Zipfel des Öschinensees, wo das Sträßchen beinah den Spiegel streift, beugte sich Marx über das strahlend helle Wasser, um zu schauen, wie er denn eigentlich jetzt aussehe. Und da schien ihm sogleich, er habe noch nie ein so stolz gekraustes Haar, eine so furchenlose Stirne, so zufriedene Augen und einen so langen, stattlichen Männerbart getragen.

Vor allen Dingen ward im Dorf der Brief rechtsgültig gemacht, wozu noch die Unterschrift des Notars und, trotz allem Knirschen Cäsars, für Emil ein anderer, mündiger Zeuge, sodann zwei schwere Amtssiegel und ein gewaltiges Porto mit der seltenen, braunen Dreifränklerhelvetia erforderlich war. Dann aber schlief Marx rasch und tief wie nie mehr seit den Tagen der himmelblauen Wiege ein. Kein zerknittertes Kissen, kein Traum, kein mitternächtiges Aufschrecken — süßer, starker Schlaf!

Am Morgen konnte ihn Emil kaum wach bekommen. Er

schrie ihm in die Ohren: „Amen! — Amen!" — durchstrubelte ihm die Locken, und erst als er anfing, ein paar lange, solide Fäden seines Bartes zu rupfen, erwachte der Siebenschläfer.

„Wie du schläfst! Ein Murmeltierchen ist nichts dagegen!"

„Ach, du lieber, böser, kleiner Tyrann, das kannst du leicht sagen. Ein Murmeltierchen hat nur den kurzen Winter auszuschlafen. Aber ich habe mein ganzes bisheriges Leben ausschlafen müssen. Das war eine lange Nacht!"

„Dafür wird es nun auch ein langer Tag," rief Lucian unter der Türe, „guten Morgen, Brüder!"

Er riß das Fenster auf, und eine Sonne so morgendlich frisch und unternehmungslustig wallte herein, als wäre der gewaltigen Ampel ein neuer Docht angesteckt, ein frisches Öl eingegossen und dann ein noch unverbrauchtes, lauteres Feuer entzündet worden.

Da sprang Marx mit einem entzückend großen, schwungvollen Satz aus dem alten, faulen Bett in den neuen Tag. Als er zum Fenster hinaussah, blickte ihm das große Gesicht der Alpen so rein wie noch nie entgegen. Unten am Hoteleingang stieg gerade eine rasierte englische Dame in gestärkter Joppe und hohem, steifem Kragen auf einen Maulesel, setzte den Zwicker auf und öffnete den Baedeker: „Suärscht im önderes Glättschäär!" gebot sie dem Führer, der sich tief verneigte, aber dann zum Portier an der Türe eine Grimasse zum Totlachen zeigte. Rasch wandte sich Marx in die Kammer hinein. Um keinen Preis wollte er sich die Unschuld dieses Tages durch den kleinsten Schatten versudeln lassen.

24

Die alten Berge und die alten Gänge auf ihre Köpfe schienen Marx wie neu und viel wahrhafter als früher. Noch nie war ihm dieses hohe, gewaltige Spazieren von Gipfel zu Gipfel so schön und ach so kurz vorgekommen wie nach jenem prächtigen Morgen. Jene Nacht in der Hütte und die Unterredung und Begeisterung davon erfüllten ihn, solange die zwei herrlichen Jünglinge um ihn waren. Nur manchmal, wenn Emil so bübisch hart und nackt und wirklich redete und dem guten Lucian sein langsam schönes Dozieren mit einem rauhen Knabengelächter wie eine Seifenblase zerstörte, dann dünkte es doch auch Marx, es sei in dem gütigen und hellen Redefluß dieses gebornen Lehrers wohl recht viel gute Meinung, aber keine gewisse und dauerhafte Erfahrung vorhanden, worauf sich all dieses Predigen und alle guten Vorsätze gründen könnten. Lux war doch nur ein Jüngling, hatte noch kein richtiges Leben gelebt und, wenn er allenfalls mit seiner brückenreichen Zukunft im reinen war, ließ sich denn das alles auch auf einen beliebigen andern, gar auf Marxens wildes und jeder Ordnung bares Leben übertragen? War das nicht am Ende doch, wie Emil spottete, eine gläubig zusammengeredete Advokatenwahrheit und nur so lange wahr, als die hübsche Rede dauerte? — Doch wenn Marx dann sah, wie fest Lucian den Pickel handhabte, wie unvergleichlich brav er im heikelsten Geschiefer auftrat, wie er pfiff, wenn man kaum einem Steinschlag entwischt war, und was für eine blaue, sichere Gelassenheit aus seinen großen Augen und von den so merkwürdig reinen Lippen lächelte, nein, dann konnte er nicht zweifeln, daß Wort für Wort von daher nicht bloß für den Sprecher, sondern für alle, auf die er seinen

Spruch so mächtig bezöge, wahr sein müsse wie seine unveränderliche, köstliche Ruhe Wahrheit sei.

Erst als die letzte schwenkende Hand Lucians und der letzte grüne Schimmer von Emils Käppi mit dem lärmenden Dampfer „Oberland" hinter den Uferbüschen der Aare verschwunden waren und Marx ganz allein und langsam in sein Grindelwaldner Stübchen hinaufzog, maß und wog er alle diese Bedenken wieder gegeneinander ab. Nüchtern schauten die Berge nieder, und nüchtern ward auch ihm zumute. Oh, Freund Lux hatte ihm zuviel zugemutet! Der freilich, mitten unter seinesgleichen und in einer so ruhigen und frommen Bürgerhaut, hatte gut reden. Er weiß nichts von den wilden, unsteten, unmenschlichen Bedrängnissen in Marxens Seele. Nur den Führer Marx, nicht den Menschen Marx hat er verstehen können. Ach, ihn kann überhaupt niemand verstehen, gar niemand! Vielleicht ein treuer Hund wie Skio oder ein Stier wie Pilat oder ein Hase, der vor meiner Flinte stehenbleibt und geduldig zu mir sagt: schieß nur, Jäger, ich weiß ja, du mußt mich erschießen! — Ja, vielleicht so ein unmenschlich Wesen, aber kein Mensch kann mich verstehen.

Die Freunde hatten ihm auf strenges Bitten hin die erste Woche im September zugesagt. Emil bekam dann eine kurze Herbstferie, gerade groß genug, um einen tüchtigen Bergschnaufer zu tun. Mit diesem Besuch tröstete sich Marx jetzt schon, wie ein Verhungernder sich mit dem letzten, noch nicht angeschnittenen Brot in der Lade tröstet. Aber nachher, nachher, der Winter!

Am nächsten Tag mußte der Omlis ein dickes, junges, lautes Fräulein mit einem Zeißapparat und seinen noch jüngern, käsegelben, magern Bruder Carlino und ihren steifen, langen Papa, der Zeichnungskünstler war und in jeder Rast eine Felsfluh oder eine Wolke oder sonst etwas Formschönes aufs Papier brachte, von Grindelwald ins Wallis hinübergeleiten. Es schienen dankbare, folgsame und zugleich vornehme Leute. Die erhabene Landschaft mitten in so vielen Gletschern war mit Sonne und einer wundervoll süßen Frische erfüllt. Marx pfiff und riß Witze über allerlei erlebte Menschen, die etwa den Schwindel kriegen, sich in den Köpfen und Gipfeln überzählen und dem Führer zuletzt leis wie ein Haufen Watte in die Arme fallen. Er konnte seine gestrige Traurigkeit gar nicht begreifen. Der magere Jüngling mit seinem verzogenen und verzärtelten Gesicht bot ihm eine Havanna an. Marx zündete sie mit herzlichem Appetit an und blies den ersten Rauchkreisel wie einen Triller heraus. Aber sobald er das blaue Geringel sah, fiel ihm auch der Schwur ein, den er Emil geleistet, und als hätte er sich schrecklich gebrannt, schleuderte er den kostbaren Stengel unter einem Sternenhageldonnerwetter in die nächste eisgrüne Lache, daß es zischte und dampfte. Er entschuldigte sich verlegen und ungeschickt gegen den jungen Herrn. Er brachte keinen Spaß mehr hervor. Carlino ward bleich vor Zorn und kerbte beständig die obern und untern Zähne aneinander, als möchte er gern jemand beißen. Der Alte ward zugeknöpft und der herrliche Weg auf einmal häßlich. Wegen einer Zigarre, dachte Marx. Sind das Menschen!

Aber das junge, dicke Fräulein benahm sich jetzt mit einer so seltsamen, frechen Unart, als gehörte ihm Marx nun ganz allein. Es wollte ganz unnötig gehalten, gehoben, geschoben sein, bis Marx endlich ehrlich herausfluchte: „So ein Baby sollte man nicht da hinauf lassen!" — Jetzt wurde auch das große, dicke Baby still, der verzogene Jüngling Carlino noch bleicher und der Alte noch einsilbiger und der Weg noch wüster.

Am nächsten Rastplatz gebot der junge Herr Marxen, ihm aus dem Rucksack etwas zum Essen herauszuholen. Dann hieß es: „Schneiden Sie mir das Bündnerfleisch — aber machen Sie keine Fetzen!" — Marx zitterte vor Wut und schoß die giftigsten und dünnsten Strahlen aus seinen Schlitzen. Aber der hochmütige Jüngling mit dem käsgelben Gesicht hatte eine Gebärde des Befehlens, die fast zwingend war. Marx schnitt denn auch eine blutrote Scheibe um die andere, und das Herrchen nahm sie Stück für Stück und verkerbte sie wie ein Wolf. Dazwischen trank er aus einem silbernen Becherlein Rum. „Dünner schneiden! — Was gaffen Sie denn immer die Berge an? — Sehen Sie lieber zur Sache!" scholl es wieder.

„Da!" schrie Marx mit pfeifendhoher Stimme und schnellte vom Sitz auf. Der dunkelrote Brocken Fleisch und das Messer tanzten zu Füßen des herrischen Faulenzers. Marx aber reckte sich in seiner vollen, schlanken Höhe. Sein braunes Bartgelock krauste sich wild, seine Blicke züngelten, die braunen trockenen Lippen waren aufgerissen, und ein blaues Räuchlein stieg hervor wie von einer fauchenden Wildkatze. Er war ein entzückend schöner Unband in diesem Augenblick.

So verharrte er ein grimmiges Weilchen, während das Fräulein ihn mit vernarrten Augen anschwelgte und der käsegrüne Mensch ängstlich in sich zusammensank. Erst nach und nach sog Carlino wieder ein demütiges Schlücklein von seinem Becher und versuchte zuletzt mit Mühe selber am harten Fleischklotz herumzusäbeln. Bei der ersten wohlgeratenen Scheibe sprang er auf und reichte sie Marx mit scheuer, stummer Bitte. Das verblüffte und entwaffnete den Wildling. Er nahm die Schnitte, bedankte sich und fügte bei: „Nichts für ungut! — Ich bin ein Grobian — ich weiß schon — wollen wir weiter?"

Nun sah er erst, wie fünf Schritte weg der alte Herr mit Stift und Skizzenbuch gegen ihn stand, indem er fleißig auf dem Papier herumschnörkelte und herumschwang. „Bitte, noch einen Augenblick, Sie feiner, zürnender Tell!" bat er gutartig. Aber da kehrten Trotz und Ekel in Marx zurück, und er ging ohne Acht vorwärts, mochten die andern folgen oder nicht. „Vater," flüsterte da das dicke Jüngferchen hinter ihm, „komm nur! Ich hab' ihn ja schon viermal da drinnen!" — Und sie drückte den Apparat an ihre runde Brust, als wäre es der schöne Mensch da vorne selbst.

Die drei Touristen benahmen sich nun so, daß man meinen konnte, Marx sei der Fürst und sie das Gefolge. Das widerte ihn noch mehr an. Er bekam ein stürmisches Heimweh nach den zwei jungen Brunnern. Und als man endlich nach langem Firngang die ganze Garde der Walliserecken mit den Steinhelmen und Silberpanzern sah, die letzten aber auch größten Germanen, als müßten sie uns nordisch ernsten Menschen den süßen, weichen Himmel und die große Verführung des Welschlands noch an der Schwelle auf Leben und Tod verwehren und versperren, da hatte Marx seine kleine Karawane schon ganz vergessen und dachte nur noch, wie der jüngere Brunner mit der ihm eigenen flehend-trotzigen Miene so oft um eine Hochstrapaze in der Walliserkette gebeten hatte. — Gut also, er soll das Beste haben! — Marx suchte mit seinen langen, schmalen, wassergrauen Augen aus allen verwegenen Spitzen der tief im Mittag entfalteten göttlichen Kette jenen Zacken heraus, der mit unbesteiglicher Schlankheit in den blauen Himmel aufjauchzt und spottet: als wagte es nicht nur kein Mensch, sondern auch keine Wolke und kein Vogel und sogar kein noch so frech gefiederter Engel, auf seinem Gipfel abzusitzen. Den Moming! Den nehmen wir, beschloß Marx. Dem gefährlichen Burschen einen gefährlichen Tag! Und er wird es mir ewig danken!

Er rechnete schon den Marsch aus, das Schlafquartier, das Aufstehen um zwei Uhr beim tiefsten goldigsten Schweigen der Sterne. Er hört schon das andächtige Hintereinanderschreiten der drei Paar herzhaften, alles wollenden, alles könnenden Heldenschuhe durch Gefels hinauf. Ja, er vernimmt das leise und glücklich klingende Pfeifen Lucians hinter sich und das immer ein wenig heisere, aber feine Stimmlein Cäsars: „Weiter! Höher! Rascher! Ich hab' noch lang nicht genug!" Der wunderbare Kauz! Gegen sieben oder acht Uhr — ja —

„Wie heißt das schwere, breite Dreieck dort drüben?" fragt der käsgrüne Jüngling untertänig.

Ach, das war ja diese ekelhafte, gemeine, niederträchtige Gesellschaft wieder! Nachlässig und kaum vernehmlich sagte Marx: „Das ist das Breithorn!"

„Das Breithorn! Danke schön!" versetzte Carlino. Das Breithorn, notierte der Alte. Das Breithorn, seufzte die Dicke.

„Und dort der spitze Gipfel wie ein Messer?" bat der junge Herr und wies in die Gruppe der Mischabelhörner.

„Das ist die Messerspitze," log Marx, in dem ein kleiner, rachsüchtiger Spotteufel erwachte.

„Papa, siehst du, ich hab's erraten! — Messerspitze!" jubelte das Herrlein.

„Und dort der Klotz, fast wie ein Zapfen,“ wagte sich nun auch das runde, kleine Fräulein heraus.

„Was fragen Sie denn, wenn Sie's schon wissen, Fräulein! — Natürlich, das ist der Zapfenstreich, — ein recht schöner und ziemlich alter Berg!“

Das dicke Mädchen glühte vor Freude. „Nein, zu nett, dieser Name, — Zapfenstreich! Und wie leicht, wie selbstverständlich ist doch die — die — ja, die Orographie der Schweiz zu erraten!“

Der alte Herr blieb still und brummelte vergnügt etwas in sein Skizzenbuch. Aber unten in Ferden, an der kräftig rauschenden Lonza, wo Marx vor dem Abschied noch gezwungen wurde, mit den Dreien ein kleines Abendessen zu nehmen, entkorkte der Alte eine staubige Johannisbergerflasche und meinte zum Einschenken gegen Marx: „Na, Breithorn, — Messerspitze — und so weiter — das war sehr gut! Aber am besten ist doch dieser Zapfenstreich — nicht?“ — Marx lachte hellauf und war versöhnt. Aber der Käsgrüne und die Runde verstanden rein nichts.

Am nächsten Tag begab sich der Omlis ganz allein auf die andere Walliserseite hinüber, bis hinauf ins Dorf Zinal mit seiner heimeligen Kirche und seinen alten, feinen Käslein. Hier band er mit einem vierschrötigen, dummpfiffigen Führer an, der ins Mountet Hotel hinaufbestellt war, wo fünf Eisströme vor den Fenstern in einen gewaltigen Gletscherzirkus zusammenlaufen. Marx salbte den Bergler so lange mit Wein und Tabak und Silber ein, bis er die Kletterei aufs gewaltig nahe und furchtbare Rothorn in allen Einzelheiten wußte. Er strichelte sich die Route auf seiner Siegfriedkarte genau fest, zog einen

Haken, wo man aus dem Eis heraus in den Fels klettern mußte, einen Bogen, wo es galt, dem zerklüfteten Gletscherstrom auszuweichen, und Pfeile, wo man rechts oder links vom Grat einen minder jähen Anstieg fände. Vom Hotel aus machte er dann versuchsweise einen dreistündigen Weg an der entsetzlichen Westflanke empor, und alles Abenteuer in den Bernerzacken herum schien ihm ein Kinderspiel gegen die Arbeit an diesem Koloß. Das freute ihn unsäglich. Da hätte der kleine Cäsar wieder einmal ein Wagnis, wo er fluchen, und Lux eine Frechheit vor sich, wo er vielleicht doch mit Pfeifen aufhören mußte. Im übrigen stimmte alles haarklein mit den Notizen. Marx lief sehr müd und sehr zufrieden nach Zinal zurück. Blutig schön malte er sich die Tour aus. Ja, er bestellte im Hotel du Besso schon eine noble Schlafstube mit drei Betten für die ganze erste Septemberwoche und bestimmte den Tisch in der Balkonecke, wo man tafeln, und probierte den roten Walliser und den alten, mürben Käse, wovon man sich dann wollte aufstellen lassen. Das sollte ein Geschenk an die Freunde sein, wie sie noch nie zu Weihnachten oder auf den Geburtstag eines empfangen hatten. Er sann und sorgte und häkelte daran, Nadelstich für Nadelstich so heiß und so beflissen, bis der ganze Plan fest und sicher im Fadenschlag vorlag. Ganz wie einst sein Agneschen die Stickerei. Das fiel ihm jetzt sonderbarerweise ein und beunruhigte ihn ein wenig.

25

Wie eine müde Großmutter hinkte die Zeit für Marx und seine große Sehnsucht ihres Weges weiter. Es wunderte den Omlis, daß nie ein Brief von den Ulmern kam. Eine Ansichtskarte hat Lux einmal gesandt, mit einer Brücke und einem schwarzen, unbekannten Wasser darunter und mit dem rasch und flott geschwungenen L. B. mitten in der Flut. Das war alles und deuchte Marx viel zu wenig.

Fremde, besonders Norddeutsche und Amerikaner, gab es viele in Grindelwald. Er hätte ununterbrochen eine Bergführung haben können. Aber jene drei Leutchen hatten ihm auf einmal einen tiefen Ekel gegen alle Touristen eingeflößt. Nur mit Unlust zwang er sich noch drei- oder viermal zu einer Fremdentour. Traf er es jedesmal so unglücklich oder lag es an ihm selber, kurz und gut, von jeder Partie kehrte er mit einem noch größern Abscheu in seine Grindelwaldnerbude heim. Merkwürdig, er war auf einmal so hundeäugig scharf gegen die Menschen und ihre Gebrechen geworden. Er roch an jedem etwas Verdächtiges heraus und fühlte alsbald den Ekel wieder. Dann lief er fort und wollte allein sein, und dann kam das tödliche Gefühl der Verlassenheit und das Heimweh nach Menschen, denen er doch soeben entflohen war. Nach Menschen, wie es doch keine gab! Nach Menschen mit Treue, mit Ehrlichkeit, mit Liebe, nach seinesgleichen, nach Brüdern!

So wählte er eine Marter, um der andern zu entgehen. Aber eine Marter war es immer. Entweder man ist allein oder man ist mit Menschen. Dazwischen gibt es nichts als den Tod.

Marx wünschte ihn nicht herbei, er liebte das Leben. Aber er fluchte hundertmal im Tag auf so ein Hundeleben. Er fing immer heftiger an, sich selbst auszuschimpfen, weil er von Kleinmäusli weg in diese Berneralpen und in diesen Beruf gegangen war. Es wäre wohl besser gewesen, die Trümmer seines Berghauses zu einem notdürftigen Heimatwinkel zusammenzuflicken und dort mit einem Hund und einem Hirtenbub und einigen muntern Stallgeschöpfen trotzig weiterzuhausen. Ach, die schwerhörige, aber geduldige Severine würde ihm sicher wieder gern haushalten. Was hatte ihn eigentlich für ein dummer Teufel gestochen, von da fort zu gehen. Dort war er doch nur daheim. Er hatte sich in der Hitze überschätzt, er hatte gemeint, er könne die Scholle leichthin wechseln. Ach, zuerst hätte er eine neue Haut anziehen sollen, ein anderer Mensch werden müssen, um auch auf einem andern Boden leben zu können. Das war wahrlich nicht gut gewesen, in der Wildheit und in der Angst vor den groben Landleuten davonzulaufen.

Früher hatte er die schönen Aufregungen seiner Touristen allein den ewigen Bergen zugeschrieben. Wenn ihn die Männer lobpriesen und die Weiber ihm die Hand drückten und die Kinder ihn küssen wollten, — alles gab er den göttlichen Alpen. Aber jetzt traute er nicht mehr recht. Da redete sicher viel Eitelkeit und Eigendünkel mit, weil man es mit seinen kleinen Menschenbeinen so hoch hinauf gebracht hatte. Da klatschte sich ein Modemensch aus, da ohte und ahte ein mondsüchtiges, dummes Gefühl, da schwärmte ein unwahres, gekünsteltes Närrchen und da vor allem war es meist eine unartige, widrige Zärtlichkeit gegen den hübschen Mann und nicht Respekt vor dem Führer, was mit honigsüßen Lippen und zerschmelzenden Blicken ihn anschmachtete und sich vor ihm duckte und ihm folgsam bis auf die letzte Silbe war.

Marx wußte wohl, daß er je länger, je prächtiger geworden war, ein wunderbar vollkommener Mann, mit dem seidenfeinen, dichtfließenden Haar und Bart, aus dessen Dunkelbraun ein tiefes, leises Gold schimmerte. In dieser feinen Umkränzung lag sein sonnenbraunes, längliches, kleines Gesicht. Straff, aber geschmeidig und glatt wie helles Hirschleder glänzte seine Haut und war an der schmalen und niedrigen Stirne noch mit keinen Fältlein durchrissen. Dann kam die schmale, etwas lange Nase, die bei jeder Erregung sich leise blähte und in ihrem Schwung zweimal leiseleise gebrochen war. Und links und rechts öffneten sich die langen, schmalen Schlitze der Augen, meist nur halb, aber zeigten frisch genug die nassen, glitzerigen, dunkelgrauen, fast eisigen Augen. Schlank und schlangenweich war der Körper gebaut, von einer tausendfältigen Beweglichkeit. Jedes Glied spielte ins andere, wie Schlangenring in Schlangenring geht, und ergab eine wahrhafte Melodie. Besonders der behende, knieweiche Schritt und die schönen, langen Hände, die den Pickel so eigentümlich wie einen Menschenarm faßten, das gefiel den Touristen so ausnehmend.

O ja, er war ein Stück allerschönster Männlichkeit, und das Düstere, das nun immer mehr wieder über ihn flog, und das Wilde, Eigenmächtige, Hochmütige, das ihn immer tiefer beschattete, das zog die kleinen, leichten Alltagsgeschöpfe erst recht an. Marx merkte das nach und nach und haßte es unendlich. Er wollte von solchen Tröpfen nicht geliebt werden. Durchaus nicht! Es tat ihm nachgerade weh am Leibe, wenn man sein Bild abknipste. Die vielen süßen Weiberblicke, die ihn umstreichelten, erregten in ihm das schmutzige Gefühl, als striche man ihm Sirup an. Pfui Teufel, welch ein Pack! Alle sind sie so, sagte er sich. Und doch gab es auch stille Menschen darunter, die ihn so ehrlich hätten Bruder und Du nennen mögen, und es gab schlichte, treuherzige Jüngferchen, die ihn mit Ehrfurcht anschauten und mit der Keuschheit eines frisch geöffneten Blumenkelches sein großartiges Wesen anstaunten. Aber er konnte nicht mehr unterscheiden und warf alles untereinander, Schmutz und Reinheit. Nur das „Grüeß Gott!" und „lieber Herr Führer du!" klang ihm noch immer lieb wie Schellchen am Ziegenhals, wenn es von Kinderlippen kam, von einem Dirnlein oder Bübchen, denen der Berg und sein Führer eins und alles war. Aber wie selten gab es solche! Nur ein englischer Papa war noch so tapfer, ein solches junges Kletterding mitzunehmen, — oder das mutige und starke Ulm mit seinen zwei Brunner Jünglingen.

Marx beobachtete nun mit eigentlicher Selbstquälerei das Menschengewühl unten in den Hotels und fahndete nach seinen Gebrechen. Besonders an trägen, grauen Regentagen ließ sich das bequem machen. Ah, wie bald hatte er herausbekommen, daß sich zwischen dem keuschen Eis der Berge allerhand heiße, schmutzige Skandälchen abspielten. Fast stündlich meinte er es zu beobachten, wie man so nah dem Himmel Betrügerein versuchte und ins lieblichste Heiligtum einer Familie Kot warf. Ah, er sah, wie viele Affen und Protzen des Sportes für echte Naturfreunde gelten wollten und die schlichte, einfältige Bergseele ganz erstickten. Leute sah er, die auf einem Gipfel wunderschöne Gedichte deklamiert hatten, am nächsten Tag in einem trüben Weinrausch ihren Verstand besudeln. Sie konnten jetzt nicht einmal mehr Lauteraarhorn sagen. Den eigenen kleinsten Berggipfel, ihren Kopf auf den Achseln, vermochten diese Helden des Schreckhorns nicht mehr zu regieren.

Das alles hatte er im ersten kurzen Jahr nicht gesehen, weil er noch ein Neuling war und erst die Berge recht kennenlernen mußte. So voll war er damals von ihnen, daß er ihren königlichen Schein auch über allen Zwerglein in ihrem Bereich liegen sah. Aber zuletzt wußte er doch die Berge und die Menschen voneinander zu trennen. Er erkannte scharf, was den Bergen allein gehörte. Wie wenig blieb da für die Touristen noch übrig! Neben dem Adel der Berge, welche Gemeinheit der Menschen!

Darum verleidete es ihm immer mehr, den Menschen die schönen Berge zu zeigen. War es nicht Sünde, ihre dummen Fratzen ins ewigweiße Gesicht dieser Götter zu stellen? Ach, er kannte das gesamte Geschwätz dieser Trüpplein auswendig. Ihre Bewunderung war doch nur Schaum. Immer das gleiche ah! und oh! Unten im Hotel der Führerlohn, das Hin- und Herfeilschen noch häufig dazu und das Nachsehen im Tarif, ob man nicht überfordert sei. Also nach einer Stunde ist dieser Schaum der Begeisterung wegen einem lumpigen Fränklein schon verspritzt. Wo doch der Tarif schon ein Unsinn und eine Beleidigung jedes geraden Führers ist. Oder kann man seine flotten Witze zahlen? Seine Abstecher mit den frechern Touristen? Seine feinen Alpenerzählungen, diese Sagen und diese Histörchen, die er wie ein altes, goldenes Prunkgewand um die ganze hohe Gegend webt? Kann man seine sichere Hand zahlen? Wie er einen Tölpel fein über die Spalte schwingt, einem Furchtsamen den Schwindel vertreibt, einem Aufmerkenden die innerste Natur dieses märchenhaften Bodens erklärt, wie er einen Jodel bei guter Laune an die Felsen wirft, und hundert andere Dinge, die er nicht leisten müßte, die nur er so versteht, all solches Genie da, kann das ein Mensch überhaupt zahlen? Diese unverschämten Bettelleute! Nichts, gar nichts als ein bißchen Schweiß und Müdigkeit können sie bezahlen, das andere alles bleibt unbezahlt.

Viele Reisende hatten voriges Jahr ihm in die Hand gelobt, im nächsten Sommer wieder zu kommen. Das hatte er ihnen wie einen Schwur geglaubt. Aber kein einziges bekanntes Gesicht fand sich heuer ein. So werden auch die Diesjährigen gelogen haben: Nächstes Jahr wieder, feiner Bergmeister! — Und nächstes Jahr hocken sie im Sand irgendeines Badeortes, und das schönste Morgenrot an der Jungfrau ist vergessen. Ach, so sind sie! Immer die gleichen Leute, alle einen Augenblick in Feiertagslaune! Aber nachher sind sie wieder himmeltrauriger Werktag. Doch auch dieser immer gleiche, erkünstelte Feiertag, oh, er wird nachgerade todlangweilig!

Woher kommt mich doch dieser Ekel an? fragte sich Marx wohl hundertmal. Ist's Parteilichkeit, weil neben den zwei Freunden mir alle andern gering vorkommen? Oder ist's, weil mir nie etwas lange gefällt? Weil ich's hasse, sobald es nicht mehr neu ist? Ist es das? Oder am Ende gar, weil es mich sehnt, aus so einerlei Menschen einmal zu allen Menschen zu gehen. Oder will ich in die Heimat zurück? — Hier stockte er und fuhr sich wie einer, der in Spinngewebe geraten ist, über die straffe, runzellose, niedrige Stirne. Nein, er wußte nicht, was es war. Aber eines wußte er nun, daß die schönen Brücken Lucians nichts als Rhetorik gewesen, eine Rhetorik der Begeisterung, der gar keine Wirklichkeit entspricht. Lucian,

Lucian, wo sind die Brücken, die ich den Menschen zeigen soll? spöttelte er. Ich sehe nicht, daß die Menschen hier oben besser werden. Schlechter eher! Ich bin auch nie so bösen Sinnes gewesen wie jetzt. Allerlei Grobes, Wehes, Grausames möchte ich verüben! Alles Blut sticht mich zu was Frechem. — Wenn doch meine Burschen bald kämen! Aber passe ich noch zu ihnen? Zu gar keinen Menschen pass' ich mehr!

Und Marx schlug einstweilen alle Partien aus.

26

Zerfallen mit sich und allem ringsum stieg Marx eines Tages nach Lauterbrunnen hinüber und gegen Mürren hinauf. Dort lief er die stolze Alpenterrasse hin und wollte aus den Hotels heraus gegen Gümmelen gelangen. Immer weht da ein scharfer Wind, der die Fahnen auf dem Kurhaus des Alpes, die Fremdenwäsche hinter der Dependance und die törichten Kleider der Damen hoch aufwirbeln macht. Die hiesigen Leute freilich schreiten steif und unbehelligt fort. Ihr Tuch ist dick und ohne dumme Flausen.

Ein solches loses, eitles, rotes Hotelröcklein, das bald wie ein Ballon sich rundete, bald wie ein nasser Sack am Leibe lag, sah Marx im hintersten Hotelrasen bis an eine Hecke laufen. Über dem tiefen Kessel von Lauterbrunnen hatte die Jungfrau von ihrer Überwelt herab die wohlgeformte, silbergewandete Gestalt mit fürstlicher Gewalt ausgelegt. Man ward verzaubert von der großen, symphonischen Musik ihrer Heldenfigur. Marx fühlte das auch und konnte sich doch nicht recht daran laben. Immer wieder neckte das rote Röcklein sein Auge, dieses flatterhafte, unruhige, kleinliche Gegenspiel zu der Ewigkeit da drüben. Es plagte ihn wie eine Mücke im Auge. So lange der rote Klecks dort herumzwirbelte, konnte er den Berg nicht ruhig überschauen. Das wußte er. Seit vielen Tagen war er so gereizt und empfindlich. Gehe es wie es wolle, er lief dem Gitter entlang, in der Absicht, auf eine gute oder schlimme Art den berockten Knirps aus dem hehren Bild zu scheuchen.

Es war gewiß ein kaum siebenjähriges, aber sehr großes und sehr vornehmes Mädchen, wie eine junge, schlanke Platane in einer Zierallee. Und jetzt sah Marx auch, daß ein anderes, nicht viel älteres, aber kleineres Jüngferchen in all der barfüßigen, abgenutzten, festen Tracht des hiesigen Bauerntums hinter dem Hag in der freien Wiese stand und ein Zicklein an sich preßte. Es gehörte wohl zum nahen Bauerngehöfte und war von einer groben, aber gesunden, rotbäckigen Kinderschönheit. Scheu hatte es sich von dem nobeln Kind im Garten anrufen lassen und starrte nun seine geflügelte und fein gespitzelte Rosaseide an. Zuletzt griff es zwischen die Zaunstäbe und suchte das wunderbare Tuch anzugreifen. Ah, wenn es sein Lebtag mal so ein Gewand bekäme!

Aber das Prinzeßchen wich erschreckt vor den braunen, schmierigen Bauernfingerchen zurück. Neidisch überschaute das einheimische das fremde Geschöpflein. Übelwollen stieg in ihm auf. Es preßte das seidige Geißlein noch enger an sich.

„Gehört es dir?“ fragte die Ausländerin höflich und lächelnd.

Die Bäuerin nickte stumm und zeigte keine Freude.

„Wie herzig! Und darfst du überall mit ihm herumspringen?“

Wieder ein wortloses Nicken, aber diesmal mit einem kleinen Strahl von Schadenfreude. Aha, das andere hätte auch gern ein Geißlein und möchte mit ihm bis zum Wald hinauf springen, aha! Nun, dafür hat es ja viel mehr, — so einen herrlichen Rosarock. Aus Seide!

„Kann ich es einmal streicheln? — Laß es herzu, bitte! Die schöne, junge Ziege! — Ich kann da nicht heraus zu dir kommen!“

Die kleine Hirtin schüttelte ungut den breiten Kindskopf.

„Hab' dich auch nicht angreifen dürfen," — und es wich nun auch einen Schritt vom Hag zurück.

„So komm also! — Putz' nur die Hände ein wenig ab! — Gleich da am Gras! Aber gib das niedliche Tierchen, gib, gib!"

Das Ausländerchen trat wieder hart an den Zaun und reckte mit den bloßen, milchweißen Armen so weit es konnte zwischen den Stecken nach dem Zicklein. Jedoch das Bauernkind sah noch einmal die leuchtende Seide an, dann sein noch seidigeres Tier und ließ ein breites, zufriedenes Lachen über die Backen spazieren. „I wollt' niid — i wollt' niid!" wiederholte es eilig in der singenden, scharfen Mundart der Oberländer und sprang mit dem Geißlein mitten in die Wiese hinaus. Nein, nein, das war ja ein armes Mädchen hinter dem Hag, ein gefangenes, mit schöner, o so schöner Seide! Aber ohne Geiß und ohne Wiese und ohne Herumrennen. Nein, nein, es will so ein Kleid nicht einmal anrühren — hüst hott, Geißli, hojioo hüüü! Die Dirne schwang ihr Haselgertlein und war wieder ganz Bauernkind.

Marx hatte das geringe Gespräch Wort für Wort gehört. Er sah auch, wie das feine Platanenkind an der Hecke noch lange dem Zicklein und seiner Meisterin nachschwärmte. Er kehrte um. Die Landschaft mit der regierenden Jungfrau und allem andern war vergessen vor diesem bäuerlichen Lachen und dem mutigen: I wollt' niid, i wollt' niid! — Hast recht, dachte er, hast tausendmal recht! Ich will auch nicht mehr.

Beim Abstieg begegnete ihm ein Treiber vom Dorf mit zwei magern Kühen und einem mutwilligen jungen Rind. Marx konnte keines der Tiere an sich vorbeigehen lassen, ohne jedem ein bißchen über das zitterndwarme Fell zu krauen. Aber dem

Rind grübelte er am Wirbel, wo zwischen krausen Haarwülsten die Hörner erst wie zwei zierliche Zäpfchen hervorstießen. — Wie lang hab' ich das nicht mehr gespürt! dachte er in einem Anfall von Heimweh, und es rann ihm die Tierwärme wohlig von den Fingerspitzen herein bis ins Herz. — Das sind halt doch meine Menschen!

„Es warten zwei Herren auf Euch im Weißen Kreuz," sagte die Kellnerin beim Nachtessen in seiner Grindelwaldner Pension. „Sie sind jede halbe Stunde gekommen und haben gefragt: ‚Ischt der Bergführer noch nicht da?'"

Marx schoß auf vor Freude. Seine Freunde sind gekommen, viel früher als ausgemacht war. Aber nicht zu früh, wahrhaft nicht zu früh! Er hätte es nicht mehr lang so allein ausgehalten. Emil hatte ihn oft gehänselt, weil Marx so dick und saftig in seinem Bauernstil zu sagen pflegte: „Das ischt das Silberhörnchen, — das ischt das Wellhorn!" — während sein scharfes Knabenmaul wie mit einer Eisenspitze sagte: „Das i—s—t so, punktum!"

Er lief vom halbvollen Teller weg zum Weißen Kreuz hinunter. Jetzt gefiel ihm alles plötzlich wieder: die Straße voll fremder, sechssprachig parlierender Leute und die köstlichen Düfte, die aus ihrer Seide und ihrem Haar wehten; die wie aus altem Eichholz gekerbten, stämmigen Bergführer, rauchend und faulenzend und dennoch im Halbschlummer nach einem Goldstück wie eine träge Tigerkatze lauernd. Dann ein Hoplaho! und ein Peitschenhieb und ein unverwunderter Maulesel, der sich mitten durch die zierlichste, lebende Damengarderobe stößt. Dann die hagern Stangen aus England, das kleine Pfeifchen in der rasierten Mundecke, beide Hände in den Rocktaschen, ohne Hut, ohne Stock, ohne Brille, aber an den Füßen einen Zentner Wolle, Leder und Nägel. Dann überall Kellner in ihren zwei grellen Farben schwarz weiß, und überall Portiers in blau und grün, und überall Feilträger von Obst, Edelweiß und Brienzer Holzschnitzlereien und der Duft von Laub und Butterbirnen und Firnis durcheinander. — Dazwischen die Dorfbuben mit ihren zwei unvergleichlichen Seelen: der flegelhaften und rauhen, wenn sie vom Herzen reden, und der schlangensüßen und geschmeidig dienernden, wenn es nur von der Lippe kommt. O es war so kurzweilig schön!

Aus den Wäldern und Schluchten spann die Dämmerung herfür. Doch da gingen auf einmal die großen Straßenlampen auf, und in ihrem warmen Licht schien das Treiben noch lustiger und bunter, während aus den dichtlaubigen Hotelgärten das zärtliche Summen des Orchesters nun noch viel zärtlicher lockte. Aber von den obersten Himmeln herab schauen die kalten, weißen Riesen stumm wie die Ewigkeit in dieses Zwerggekribbel, und vom Eiger zum Wetterhorn und Mettenberg hinüber geht ein langsames, altes, spöttisches Lächeln: „Hm, die da unten, hohe Vettern!" — Aber sie rühren sich nicht und sinken gleich wieder in ihre uralten Weltallsräume zurück. Gottlob, daß sie auch nicht die kleine Zehe regen, sonst wäre das ganze Ameisennest zu ihren Füßen in der Sekunde spurlos vernichtet.

Aber dieses Ameisennest gerade meint von allen Riesen der größte zu sein. Und auch Marx Omlis dachte: Dieses Grindelwald ist doch eine große, starke, freudige Welt. Ich habe von Zeit zu Zeit Spinnen im Kopf, daß ich so Schönes nicht merke und grämlich wie ein Waldbruder tue. Also das Zinalrothorn! Hoioo, das wird eine Woche!

Er fiel wie aus der Sonne, als im Gaststüblein des Weißen Kreuz zwei gleich dünne, kurze Gestalten die Stühle rückten und sich in einem ungeschickten, schwarzen, bäuerlichen Staatsfrack und mit steifer Knochigkeit endlich erhoben und mit den langen, dürren Händen winkten. Ihm wurde so schattig zumute, daß er auch noch, als er schon, weiß der Teufel wie's ging, zwischen den zwei Greisen saß, und ihrem tonlosen Reden zuhörte, sie immer noch nicht recht erkannte. Dennoch, so sprach nur sein alter Pfarrer Ignaz Rohrer, so kantig, langsam und so vätergewaltig. Und so treuherzig konnte nur Ratsherr Niklaus nicken: so ist's, gestiefelt und gespornt! Wer kannte ihn nicht weitum an diesem berühmten Sprüchlein? Es ist der gleiche Mann, dem an jenem unheiligen Karfreitag im Verhör das schöne Lob auf Marx entfahren war.

Aber was wollten sie, was sollte er, was ist los?

Ei, danken, danken, erwidert man langsam, aber unaufhaltsam, im Namen der Gemeinde sich allerhöflichst bedanken! — Das gelbe Kuvert mit den drei Siegeln, lieber Himmel! Das war eine Überraschung! Von fernen Landeskindern kommen sonst andere Briefe ans Armenhaus, Waisenhaus und Spital! Das ist alles Bettel! Da soll man nur immer zahlen, zahlen, zahlen! Auch dem vertrackten Leichtfuß, der die Muttererde nur so von den Schuhspitzen geschmissen. Aber Marxens Brief, — alle Hochachtung! — der hat tausend trübe und saure Episteln wett gemacht. Der Gemeinderat wollte zuerst urkundlich danken. Alsdann schien es würdiger, eine Abordnung zum edeln Geber zu schicken und ihm mündlich ins Gesicht hinein zu sagen, wie vornehm er an der Heimat gehandelt habe. — Allen kann man es ja nie recht machen, sagte der

Pfarrer und wechselte einen flinken Blick mit dem Gespanen. Das Geld kommt nicht ans Vieh und nicht ans Weidgras oder Korn. Also ist's vergeudet, meinen die Laffen. — Der Geistliche senkte seinen schneeweißen, aber auf dem Wirbel mit einer kleinen, talergroßen Glatze gezierten Kopf, vor Scham, und weil er es doch so unendlich liebte, dieses Volk, und gerade so liebte, wie es einmal war!

Da fuhr der Ratsherr weiter: Aber der Gemeinderat stellt sich aus dem gemeinen, niedrigen Gesicht heraus auf eine höhere Warte. Für ihn gibt es mehr als Hafersack und trächtige Kuh. Er denkt auch an den Geist der Gemeinde. Er weiß, wie klein und verwinkelt das Krankenhaus ist, mit zu wenig Betten und einem zu magern Kapital. Und wie dünn die Martinizinsen für die Armen aus dem Gemeindegut tröpfeln! Und erst für die kleinen, schwächlichen Kinder, hat man je etwas für sie getan? Nicht einen Nickel! Hier ist Marx der Bahnbrecher, — eine Art Winkelried, der zuerst den lieben Ferienbüblein und Ferienmägdlein eine Gasse gefunden, freien Lebens schuf. Vivant sedentes!

Marx saß da kalt wie ein Stein, bald rechts, bald links von einer Flut Lobes überspritzt. Oft in grämlichen Zeiten hatte ihn die Schenkung leis gereut, oft auch hatte er bei frommer Laune gedacht: ich hab' doch daheim ein Elend über viel Vieh und Menschheit gebracht. Das ist nun so ein kleines Schmerzensgeld, das ich der allgemeinen Heimat dafür entrichte. Noch öfter meinte er in seinem fahrlässigen und unpraktischen Sinn: gottlob, daß mir dieser Affenhaufe von Gülten und Hypotheken, von denen ich nichts verstehe, vom Hals geladen ist! Und es war ihm dabei so wohl wie einem, der eine schwere, prächtige und umständliche und geradezu unmögliche Frau einem andern in die Arme jagt. Aber eigentliche Geberfreude hatte er selten verspürt. Doch jetzt zuckte ein Blitz von boshafter Zufriedenheit in ihm auf, weil er es mit der Schenkung so unglaublich fein getroffen hatte, also, daß ein harmloses und schier verachtetes Häuflein Menschen alles, aber die Knorze und Pharisäer keinen roten Rappen von der Stiftung genossen und darüber hellauf schrien. Das war verflucht fein!

„Vivant sequentes!" nahm indessen verbessernd Pfarrer Ignazius das Wort wieder ab. „Dieses gute Beispiel möge wie eine Fackel Hunderten den Weg in die gleichen drei Anstalten weisen! Und dann gäbe es ja wohl auch noch ein viertes hohes und bedeutendes Haus, eigentlich das vornehmste von allen, wo so gar vieles zu tun wäre. Die Orgel ist alt und heiser, der ziegelsteinerne Boden hat Abgründe fast wie der Gletscher da oben. Die Vergoldung ist verblichen und, seit der Blitz Anno 1836 eingeschlagen hat, ist der Turm und sein krähendes Schlagwerk noch immer nicht restauriert worden. Und Christentum und ein anständiges Herrgottshaus ist doch eigentlich das Wichtigste in der Gemeinde!"

Mit einer sorgenvollen, wohlmeinenden Neugier maß Ignazius sein ehemaliges Christenlehrkind von Aug' zu Aug' und von der Stirne über den Mund und Bart hinunter bis zu den Knien. Ist noch Einfalt in diesen Augen und ein Vaterunser auf diesen Lippen, bringt er noch einen Kniefall vor dem Allmächtigen fertig — dieser stattliche Mensch!

Aber das Reden des Pfarrers mißfiel dem Ratsherrn, und er spann in einem andern Muster fort: „Ich möchte am liebsten gleich sagen: kommt mit uns heim! Seid wieder der

Unsrige, im Städtlein und auf Eurer Sommerweid! Aber wir wagen's nicht einmal zu denken. Wie möchtet Ihr hier fort? Als ich das Jungfräuli und den Eiger zuerst ersah, da hab' ich mich am Ärmel vom Hochwürdigen halten müssen, so gezittert hab' ich. Hätt' nie geglaubt, daß wir so großmächtige Schneewunder im Vaterland haben, — oder daß wir so ganz nahe an sie heran können, ohne Gefahr und Todfall. Was ist das nur für eine schauerliche Pracht und Bangigkeit in den zwei Gletschern da ob dem Dorf! Man kann sich nur immer verwundern! — Heut' mittag sind wir oben gewesen, wir alte Krachler, unterweil Ihr kämet!"

„Ja, ja, da bringt man Euch wohl mit zehn Gäulen nicht mehr vom Fleck," lachte der Pfarrer. „Und ich begreif's. Ich ginge auch nicht. Hat man wo unsern Herrn und Gott näher? — Und, lieber Omlis, eine Messe und eine Predigt am Sonntag gibt es hier doch auch —"

Gewaltig hustete Ratsherr Niklaus. Kann der Pfarrer denn gar nicht aus seinem Meßkleid heraus? Ein tüchtiger Theologe ist er und ein prächtiger Kopf auf der Kanzel, aber jeder Besenbinder hat mehr Diplomatie. Mach' ich's denn gut!

„Bei uns," beginnt er, „wird viel erzählt, was Ihr für ein Meister im Klettern seid. Es sind unlängst zwei noble, junge Herren im Ochsen abgestiegen und nach dem Z'mittag kreuz und quer durchs Städtlein spaziert und haben das Gymnasi und die alte Kirche und draußen den Edlingerhof und den Pilatus vom See und vom Markt aus abphotographiert. Und wo ihnen ein Mann in Eurem Alter begegnet ist, hat der schlankere, jüngere Herr gefragt: ‚Haben Sie den Pilat auch gekannt, ich meine den Herrn Bergführer Marx Omlis?' —

Fast unmanierlich hat er jeden angerempelt, schier wie ein junger Platzkommandant. Dann sind die Herrlein zum Pfarrer gegangen. Der hat Euch das Beste geredet. Und dort bekannten die zwei, daß sie nur wegen Euch bei uns abgestiegen seien. Eure Heimat wollten sie kennenlernen. Wir andern galten ihnen rein, sauber und glatt nichts."

Der Pfarrer nickte frohmütig.

„Und dann erfuhr man, daß Ihr dem einen von beiden Herren das Leben am Finsteraarhorn gerettet habt und daß Ihr im ganzen Berner Oberland berühmt geworden seid wegen Eurem sichern Tritt und Eurem scharfen Aug' und Eurem famosen Schnauf'. Die Herrlein wollten dann auch noch zur Frau Ständel hinaus. Aber die war auf Eurem Berggut wegen allerlei Einrichtung im Neubau. Der schlankere, jüngere Herr wollte sogar noch dort hinauf. Aber der ältere wehrte ab: sie müßten heftig nach Hause pressieren, es sei höchste Zeit. — Ihr wisset, ich hab' noch immer die Post unter mir. Da hab' ich den Herren den Schlag geöffnet und dem Jüngeren, weil es regnete und er fröstelig die blaue Luft aus dem Maul blies, gehörig die magern Knie eingewickelt und eine Kapuze übergeworfen. Dann sagt ich: Ihr Herrschaften, — nicht wahr — ein munteres Ländli ist's allweg auch hier bei uns? — Da schmiß mir der Junge verflucht protzig ins Gesicht: Langweilig, langweilig, lieber Mann! Euer Mitbürger im Berner Oberland hat es tausendmal schöner. — Ich hätt' ihm beinah ein grobes Widerwort in die grüne Fratze geworfen. Er rümpfte gar ein bleiches, feines, hochmütiges Näschen. Aber dann dachte ich schnell: Der ist dem Omlis ja gewiß ein lieber Freund! Und er muß es doch wohl vergleichen können, was hier bei uns und was drüben für eine Welt ist. — So sagt' ich denn einfach: Junger Herr, ich gönn' es dem Marx Omlis auch tausendmal, das schönere Gehaben!" —

Das alte Ratsherrengesicht schimmerte von Zufriedenheit, während er das erzählte. Seine hellen, schönen Katzenaugen lachten fröhlich auf. Aber nicht das tausendmal schönere Oberland, sondern die bescheidene, kleine Heimat verklärte seine lederne Stirne. Das merkte Marx leicht. Er kannte diese süße, heimliche Helligkeit. Und auch der Pfarrer trug nicht den Widerschein des Jungfraufirns, sondern das viel geringere, aber freudigere Licht der Heimat auf seinen gesunden, roten Greisenbäcklein. Solche Gesichter wachsen nur daheim.

Je länger Pfarrer Ignaz und Ratsherr Niklaus auf Marx einredeten, um so mehr glaubte sich der Führer mitten in seiner Jugendheimat drin. Diese Stimmen und ihre alte, gleich einer Tonleiter steigende und fallende Mundart trafen ihn, wie Vaterlandsmusik einen Verbannten trifft.

Ach, so redet man nur daheim, so breit und mit so trauten und pfiffigen Umschweifen auf und ab. Jawohl, sie allein ist wahrhaft eine Sprache. Alles andere, was man redet, hier und in Lucians Gegend und im Welschen, ist dagegen nur Gefasel. Aber im Wort des alten, rauhkehligen Ratsherrn Niklaus hört man den See in die heimatlichen Kieselsteine plätschern, die Nußbäume rauschen, die Kegel des Ochsenwirts rollen und den Kegelbuben fluchen, wenn eine dumme Kugel über das Ries hinausfliegt. Man hört den Jodel der Sennen und das schrille Gelächter der Jungfern in den feierabendlichen Gassen, und vor allem hört man in diesem schweren o und u der Mannen das liebe Vieh der Heimat, die wackern Kühe und Stiere der Voralpen, und im spitzen e und i das flinke Gemecker der Geißen. Ach, diese zwei Alten wollen ihm die Heimat aus dem Sinne jagen, das merkt er leicht! Und tragen sie ihm doch mit jedem einzigen Wort neu und wieder neu vor die Seele. O Heimat — Kleinmäusli — Pilatus!

Es fängt ihn an zu reißen und zu brennen in allen Nerven vor Sehnsucht nach diesen alten, standhaften Sachen seines Lebens. Mit jedem Gesätzlein der Greise schwillt sie wilder in ihm an. Er lauert auf jedes Wort. Dummheit ist, was sie da von den Gipfeln rühmen. Von der Heimat sollen sie singen. Er paßt auf jede Wendung ihres Spruches wie ein Sperber auf. Kommt es jetzt? — Kommt es endlich? — Wird der Pfarrer nun bald sagen: „Und so reiset uns bald einmal nach, ins Ländli heim!" — Oder der Ratsherr: „Wollet Ihr nicht jetzt gleich mit uns heimkehren?" — Ach, so ein einziges Wort der Einladung, warum sagen sie es nicht?

Aber der Ratsherr fährt fort, dieses Grindelwald zu lobpreisen, und der Geistliche hilft großartig mit. Sie tun, als wäre Marx im Paradies und als steckten sie selbst in einem kleinen irdischen Fegefeuer. Er pfeift auf dieses Paradies. Nein, diese Betrügerei ist nicht länger zu ertragen. Geradeswegs schaut Marx den alten Landsleuten in die Augen und fragt langsam und wird dabei vor Ernst totenbleich: „Sagt doch lieber, — kann ich — wieder — heimkommen?" —

Im Nu sind auch die zwei Gespanen erbleicht. Ist das möglich? — So eine Frage? — Auf alles sind sie gefaßt gewesen, daß Marx höllenmäßig fluche und tobe oder sie von der Türe jage oder das Vermächtnis zurücknehme. Und auf jedes haben sie eine langsame, kluge Vorkehrung getroffen. Nur auf das sind sie nicht vorbereitet. Mit grenzenlosem Staunen schauen sie Marx an, ob es denn wirklich ernst gemeint sei. Dann aber lassen sie beide den Kopf tief auf die Brust hängen. Denn mit so weitgesperrten Augen und mit so krampfhaft gespannten, blutlosen, weitoffenen Lippen wartet er auf ihre Antwort, wie einer, dem man das Urteil auf Leben und Sterben bringt. O, dem ist tödlich ernst!

„Mir ist hier nicht mehr wohl," setzt Marx mit mutloser, kindlicher Weichheit hinzu. „Ich bin da nicht im Rechten. — Ich habe — ach — ich habe halt Heimweh —"

Wie er das gestanden hat, deckt er mit beiden, langen, schönen Händen das Gesicht, als müßte er sich schämen und nasse Augen verbergen.

Der Pfarrer schaut den Ratsherrn und der Ratsherr den Pfarrer erschüttert an. Und sie schütteln einander fassungslos die weißen Köpfe zu. — Heimgehen? Er, den seine Mitbürger aus dem Rhodel*) streichen wollten? Den sie seit dem Testament noch dreimal heißer hassen? Haben sie nicht sein Vermächtnis vors Gericht gezogen und die Summe darin für ihre verschütteten Allmenden beansprucht? Wohl haben sie den Prozeß verlieren müssen. Aber seitdem ist der Name Marx Omlis für ihre schwerfällige, stierenhafte Feindschaft zum roten Hetztuch geworden. So oft sie sagen: Marx Omlis, machen sie eine ihrer harten, berühmten Hirtenfäuste. Und immer, wenn sie mit den Knechten in ihren mannshoch versaarten Bergweiden Schutt abräumen und in wochenlanger, saurer Arbeit doch nur wie Schnecken vorwärtskommen, flu-

*) Bürgerverzeichnis.

chen sie diesem Omlis vom Morgen bis zum Abend. Und das Mildeste, was sie ihm wünschen, ist: daß er verschollen bleibe in alle Ewigkeit wie sein Bruder Klaus! — und das Zweitmildeste: daß er noch lieber bald einmal irgendwo von einem Fels stürze wie Florin vor Jahren, aber dann allsogleich mausetot auf dem Platze bleibe, der Lümmel, der Leut- und Landverderber!

Und Pfarrer Ignaz Rohrer und Ratsherr Niklaus wissen, wie aufgeregt die Sitzung war, aus der beide sie dann spornstreichs nach Grindelwald gereist sind. Danken sollten sie dem Stifter. Aber dann sollten sie auch einen Schenkbrief hervorziehen, worauf mit bäuerlicher Klugheit und in unanfechtbarem Advokatenstil geschrieben stand: Marx in der reuigen Erkenntnis, daß durch sein Verhalten die Allmenden ruiniert worden seien, gebe hiermit auch sein Berggut Kleinmäusli im vollen Umfang der geschädigten Allmendkorporation als Schmerzensgeld und kleine Entschädigung. Diese und die frühere — man könne ja immer noch sagen — Schenkung, mit allen Zinsen, mache er vom Augenblick der Unterschrift an unwiderruflich. Endlich verpflichte er sich mit einem soliden Eid aufs Evangelium, den Boden der Heimat nie, auch nicht zum Sterben oder, man denke! zur Beerdigung zu betreten. —

Der schöne heimatliche Stempel, ein Gemsbock im gestreckten Schwung über eine Kluft setzend, war schon ins Papier gedrückt und das Landessiegel aufgebrannt, und es blieb nichts übrig, als den großen Platz rechts unten in der Ecke mit einem großen, geduldigen ‚Marx Omlis' auszufüllen.

Aber diesen Brief haben die beiden Gesandten in kleine Fetzen gerissen und dort, wo die schwarze Lütschine am reißendsten hinschießt, ins Gestrudel gestreut. Das wollen sie schon verantworten. Aber den Marx heimbringen, nein, das geht weit über alle ihre Macht und Klugheit hinaus.

„Mein lieber Marx," brachte Ignazius endlich schwierig hervor, „der Ratsherr und ich wollen Euch wohl, das wisset Ihr. Aber unser Volk daheim ist grimmig gegen Euch!"

„Und schier der ganze Gemeinderat," bestätigte Niklaus, so mild er mit seiner rauhen Stimme solche Rauheit sagen konnte.

Marx bog das Haupt tief über die Gläser hinab.

„Dagegen hier," fuhr der Priester fort, „ist es doch viel großartiger zu leben für einen Mann von Eurem großen Schnitt und unbändigen Wesen."

„Hier hemmt Euch nichts! Aber daheim gäbe es Unfriede vom ersten Tag an!"

„Ihr hättet kein gutes Weilchen bei uns!"

„Am zweiten Morgen würdet Ihr wieder den Staub der Heimat von den Füßen schütteln."

„Glaubt mir, so ein Drang nach Haus kommt jeden in der Fremde an. Aber es kommt wie ein Schuß und verraucht auch wieder so. Man kennt das Heimweh. Niemand stirbt daran!"

Marx hob langsam das Haupt. Seine Hände deckten noch immer das Gesicht, aber sie bebten nicht mehr. Er schien scharf zu horchen.

„Und es ist noch nicht aller Tage Abend, Marx. Heut freilich ist's zu früh. Die Narben sind noch weich und schmerzen noch. — Was sind zwei Jährlein? Aber später, Marx, später — —"

„O ja, später! — Ihr seid noch so jung! Übereilt Euch nicht! In zehn Jahren kann man wieder davon reden —"

„Und was heut gottgewiß ein Unglück wäre, ist dann ein Fest fürs ganze Land. Man wird Euch holen, Gemeinderäte und wackere Bürger. Es sind solche Geschichten schon zwei oder drei im Stadtbuch aufgeschrieben. Die Eurige wird die schönste sein. Man wird Euch kränzen und einen Tusch blasen — und — —"

„Wenn ich krepiert bin, ja!" platzte Marx plötzlich grell heraus und riß die Hände vom tränenbeschmutzten Gesicht. Rot waren seine Augen geworden und zückten trockene, böse Blitze. Die Lippen zerrte er wie ein Atembeklemmter bis in die blutigen Winkel auf. Er fauchte und schnaubte gleich einem wilden Tier und schrie weiter:

„Und wenn ich kommen will, komm' ich doch. Meint Ihr, ich fürchte Euch? Was mein ist, nimmt mir kein Herrgott weg. Muß ich etwa fragen, ob ich in mein Haus hinein darf? Strahlenhagelwetter!" — er polterte mit dem Glas auf dem Tisch herum. — „Aber nein, habt keinen Kummer, ich komme doch nicht! Müßt' doch schon ein elender und gottverlassener Krüppel sein, nur noch gerade für den Teufel gut genug, wenn ich zu Euch betteln käme. Pfui doch, ich speie über all das Pack!" —

„Mäßiget Euch," bat der Pfarrer und legte die zittrige Greisenhand auf Marxens Arm. „Seid Ihr doch immer noch ein Brausewind!"

Barsch zerrte Marx den Arm weg. „Mein Geld, das nehmen sie, — ja, das ist gut! Aber mich, Fleisch und Bein von ihrem Fleisch und Bein, das wollen sie nicht. Das ist zu schlecht! O die Bande! Das Heuchlergeschmeiß!"

„Marx, Marx!" beschwor der Pfarrer mit der einstigen,

milden Katechetenstimme. Es tat ihm unsäglich weh, das Unrechte wie das Rechte, was er da hören mußte.

„Aber paßt auf, ich kann das Geld wieder nehmen. Es gibt da eine Klausel, so dumm ist der Marx Omlis denn noch nicht! Ah bah, was brauch' ich die Klausel? Mit zwei Fingern kann ich das Testament zerreißen, daß Ihr nur noch Papierfetzen habt und nichts weiter! Hätt' ich's da in Händen, gleich solltet Ihr sehen — —"

„Lieber Marx, sei klug und höre! — Sind denn wir Zwei schuld daran?" murmelte der alte Pfarrer demütig und umfaßte innig die geballte Faust des Führers.

Marx sah dem Greis ins feingerümpfte, zierliche Gesicht. Und da sah er, wie der alte Herr die Augen schloß, um die bittere Nässe zurückzuzwingen, und wie er gleich einem Kind dazu schluckte und den Mund verzog und tief litt. Und als der Seelsorger dann doch eine Ritze der Augen öffnete, da fühlte der Omlis sehr wohl, mit was für lichthellen, warmen und zärtlichen Blicken der Greis ihn umstreichelte und liebkoste, gerade wie Greise es mit lieben, hübschen Kindern tun. Und da fiel ihm ein, daß dieser Pfarrer ihn oft ausgescholten, aber dabei immer die schmalen, feinen Omlishände in seiner Hand behalten und gewärmt und bei eindringlichen Worten geschüttelt hatte, so daß es immer hieß: „Du böser, böser, und mir doch so lieber, ja du böser, lieber, wie konntest du auch — —" Nein, so einem greisen Priester konnte er nicht weh tun. Er ließ es geschehen, daß die alten, schweren Hände seine harte Faust Finger um Finger auflösten.

Diese alten, runzligen, aber fast schneeweißen Hände hatten seine Mutter und den Vater begraben. Aber früher noch hatten sie ihn getauft. Seinetwegen, für einen so kleinen, halbtoten Wurm, war der Pfarrer extra auf Fellalp gestiegen. Und dann hatte Marx bei ihm, und nur immer bei ihm, gebeichtet und von ihm aus einem wunderschönen, goldenen Kelch das heiligste Sakrament empfangen. Dann hatte der gleiche Mann ihn mit der Agnes getraut und später Frau und Kindlein in den Friedhof gebettet und ihnen eine kleine, feine Grabrede gehalten. Gar nicht so, wie die Leute sie hofften, und gar nicht, wie er sie fürchtete, aber sicher so, wie unser Herrgott sie haben wollte. Ja, ja, ein kostbarer Mann! Überall war er dabei gewesen. Er hat wohl auch von Pontius Pilatus vorgelesen an jenem übeln Karfreitag. Aber das mußte er, das tut er alle Jahre, das war nicht auf Marx gemünzt!

Und jetzt war er dahergekommen, ein hoher Siebziger, und man sah es ihm leicht an, er hatte keine Freude an den Gletscherbergen. Er bekam schon von den Gletschermenschen genug. Viel lieber brevierte er jetzt in seinem Studierstüblein oder ginge daheim den Kranken nach, als daß er über zwei strenge Pässe reiste, bei scharfem Wind, und in diesen stürmischen Kurort hinaufführe. Dennoch war er hergekommen, seinetwegen, das ist sicher! Nein, der Pfarrer war gut, der trug da keine Schuld.

„Ihnen werf' ich ja auch nichts vor, Herr Pfarrer," erklärte Marx weicher und stand auf. „Sie sind nur immer zu gut mit mir gewesen. Dafür dank' ich und für den Besuch ebenfalls, — auch Euch, Ratsherr. Aber nun weiß ich nicht, was wir einander noch sagen könnten. Ich habe genug von dem — wisset von dem aus der Heimat — und Ihr wollet auch von mir nichts weiter. Gut! Sowieso muß ich jetzt gehen. — Lebt wohl! — Und wenn Ihr die Frau Dannig seht, so —"

„Saperlott, — das hab' ich ja ganz vergessen, — sie läßt Euch hundertmal grüßen," rief der Ratsherr schnell.

„Dann grüßt sie auch von mir wieder hundertmal! Und nichts für ungut! Ade!"

Er zog den Hut und lief hinaus. Aber im Hotelgarten trippelte ihm etwas im Dunkel eilfüßig und mit vielen kleinen Schritten durchs Dunkel nach, erreichte ihn, faßte seinen Ärmel und sagte:

„Mein lieber, lieber Marx — und wie ist's denn mit deinem Christentum bestellt?"

Es war der Pfarrer. Marx wußte, wie er seinen Schäflein nachging, sogar jedes Jahr einmal mit vollen Taschen und einem Koffer voll Obst und Hanfgarn und einem Bergkäslein und bunten Pilatussteinen und Alpenblumen ins große, übermächtige Zürich hinaus. Mit dem Tram kommt er nicht mehr zurecht. Er geht die langen Häuserzeilen zu Fuß. So viele seiner frischesten Landeskinder leben da im düstersten Viertel, wo so wenige graue Fenster sind und so viele graue Kinder herausschauen, hausen da und rackern sich ab im Staub und Schatten und wären froh wie Könige um einen grünen Baum oder ein Berglüftlein von daheim. Und da bringt ihnen Ignazius davon soviel er bringen kann. Und von Zürich steigt er noch weiter landab bis Basel und sogar ins Welschland hinaus, jedes Jahr einmal, und immer noch etwas gebückter als er wegging, kehrt er heim. Denn er hat erstaunlich viel Übel gesehen, kaum ein Stündlein geschlafen und seine Taschen und der Koffer sind leer.

Der kleine Mann hing sich in den Arm Marxens. „Nur noch drei Schritte mit dir, lieber Marx! Bist ja doch mein Kommunionkind gewesen! Warst immer heillos Holdrio! Aber schlecht oder gemein bist nie, nie geworden. Nun sag' doch deinem alten Pfarrer etwas, daß er ruhig heimkehren kann. Hab' sonst ja nicht mehr viel Freud' in meinen alten Tagen. Aber so was Gutes von einem lieben Pfarrkind, das ich nach der Mutter zu allererst in der Hand gehabt hab', — ja, ja — auf Fellalp, Marx, so ist's, — in der Nacht an der Glocke gerissen, so um halb eins, mitten im schönsten Schlaf, und ich spring' auf und hol' das Öl und den Chrisam und das Wasser aus dem Taufstein, und bei rumpligem Himmel und einem Flatschregen herauf zu Euch — alles für mein neues Dorfbübel und alles tausigsgern — —"

Dem Omlis ward es heiß und unwohl. Ein Weh umfing ihn wieder wie Heimweh, aber noch viel größer und tiefer. „Still, laßt mich," wehrt er und schwitzt schier Blut vor Not.

„So sag' schnell — der Ratsherr spioniert schon hinter uns. Bist du noch mein Schäflein? — Gehst in die Messe? — Was glaubst du noch? Das, ja, das sag'!"

Keuchend machte sich Marx los, schüttelte das alte, zierlich-zähe Pfarrherrchen an beiden Achseln, er wußte nicht aus Zorn oder aus Liebe, und schrie: „An unsern Herrgott glaub' ich noch und an die Berg' und an Euch, Pfarrer, und sonst an sauber nichts mehr!" Damit entsprang er laut schnaufend und schluchzend wie ein Kind.

27

Haß und Heimweh fochten fortdann gewaltig in Marx für und gegen die Heimat. Sie wollten ihn nicht. Um so mehr wollte er sie.

Endlich flog die ersehnte Depesche von Lucian in seine martervolle Langeweile. — „Um drei Uhr in Interlaken, um fünf Uhr im Grindelwald!"

Marx wartete auf dem langen, häßlich grauen, von zehn Sprachen umschwatzten Bahnhof von Interlaken bis der Zug, den Boden weitum und alle Menschen darauf erschütternd, zischend und schnaubend fast bis an den Perron herandonnerte. „Interlaken — zwei Minuten Aufenthalt!" schrie es an der langen Zeile der Wagen immer ferner und ferner. Aus einem Erstklaß-Kupee sprang Lucian in hellen Kleidern und so leichtfüßig herunter, daß dem Marx gleich ganz himmlisch zumute wurde. Aber Emil! — Ei, ja, der zog das Fensterchen herunter, reichte die Hand heraus und rief lustig: „Muß weiter, muß weiter!"

„Wie, du kommst nicht?" fragte Marx verdutzt. Schon zogen ein paar Wolken durch seine himmlische Laune. „Was ist denn los?"

„He, nur nicht so im Regimentston!" sagte der junge Cäsar und versuchte die Stirne zu runzeln. Aber er war zu selig, er konnte es nicht. „Ich mache einen Ferienkurs in der Chemie, im Haus Pictet, — weißt du, das ist der größte Genfer! O das wird herrlich!" — Aus seinen Stahlaugen flockte es wie goldene Blüten. Sein bleiches, olivenfarbenes Gesicht errötete vor Freude. Er war nichts als Frühling und Hoffnung und Sieg.

„Und die Berge? Das Zinalrothorn? Das?“ klagte Marx mit farbloser Stimme.

„Nächstes Jahr, gewiß nächstes Jahr! Sei nicht böse! Lucian ist ja bei dir! – Aber ich werde indessen Experimente machen, weißt du, in einem eigenen Laboratorium mit meinem Vetter Auguste. Der ist immer um Pictet herum. Auch ich will Chemiker werden. Schau' mich an, wie ich mich freue! Mach' mir keinen bösen Kopf! Freu' dich doch mit mir!“ heischte der junge Herr.

„Geh mir mit deinem Plunder,“ entgegnete Marx traurig. „Ach, du bist mir ein schöner Bergsteiger! Und ich hab' so was Feines gerade für dich ausgelesen. Das Zinalrothorn. – Wenn du wüßtest, was das für – –“

„Das nächste Jahr, ich schwöre dir, Pilat, das Zinalrothorn und alle andern Hörner, die du noch willst. – Es pfeift schon. Lucian! He, Lux! – Kauf' mir da drüben schnell ein Genfer Journal. Ich muß mich jetzt ein bißchen in das welsche Zeug hineinlesen. Spute dich, husch, husch! Herrgott, so eil' doch! – Hui, da rollen wir schon! Adieu denn, adieu, Pilat!“

Man sah den langen, großäugigen und kerzenblassen Jüngling mit einer eleganten Handbewegung sich von den zwei Menschen auf dem Perron und mit einer noch leichtern und noch elegantern Geste von der weißen Jungfrau verabschieden, die aus der Tiefe des Bergtals wundersam hervorleuchtete. Und Lucian wußte sehr gut, daß sein Bruder sich nun wieder ins rote Samtpolster werfe und ihn und Pilat und alle Schneeberge vergesse und im geistvollen Gmelin über anorganische Chemie weiter grüble. Chemie über alles!

Lucian schlug freundschaftlich den Arm um Marx und

sagte: „Laß doch das Kind dort, bah! Bin ich dir nicht mehr genug?"

„Ach, ich habe ja Tag und Nacht nur immer für uns alle Drei gerechnet und noch nie etwas Schöneres ersonnen, als was nun kommt. Du wirst die Augen aufreißen: das Zinalrothorn drüben im Wallis! Das wird unser Meisterstück."

„Wieviel Zeit brauchen wir dazu?" bat Lucian ruhig.

„Die ganze Woche, Lux, — wir wollen es gemählich nehmen. Über unsere berühmte Bluemlisalp —"

„Höre, Lieber, ich kann mich nur drei Tage hier mit dir vergnügen."

„Was? Nun auch du? — Was habt Ihr denn?"

„Pilat, es muß sein," erwiderte Lucian mit milder Festigkeit. „Am Montag habe ich für die Unternehmung Ferri & Co. bei der Moselbrücke zu — ach, du kennst ja die Gegend doch nicht! — kurz, ich habe den Plan entworfen, wie man aus der alten Brücke eine neue schafft, ohne daß viel dabei herumgeflickt wird. Mein Entwurf erhielt den ersten Preis. Bis jetzt hab' ich immer im Bureau sitzen und zeichnen müssen. Nun darf ich den Bau leiten. Das ist meine erste eigene Leistung, etwas so Wichtiges wie deine erste Hochtour. Begreifst du mich nun? Ich sollte eigentlich keine Minute von der Mosel weg. Aber dir zulieb hab' ich nun doch drei Tage recht aus der Arbeit herausgestohlen. Die Arbeiter spedieren heut und morgen die Maschinen ans Ufer und stellen unsere Baracken auf. Das ist nun eben mein Beruf, Arbeit! Es gibt in Zukunft nur einmal im Jahr Ferien. Aber nächstes Jahr, lieber, finsterköpfiger Pilat du, wollen wir alles nachholen, was jetzt liegen bleibt — das Zinalrothorn — und alle deine andern frechen Berge! Und du— —"

Marx ließ ihn nicht ausreden. „Drei Tage sind nichts, Lux," sagte er dumpf und war nun schon ganz verdunkelter, lichtloser Himmel. „Dann wärest du lieber zu Hause geblieben. Das macht mich nur unruhig und geradezu unglücklich, wenn in drei Tagen schon alle Herrlichkeit aus sein soll."

„Aber Pilat, Pilat! Besser doch drei Tage als gar nichts!" belehrte Lucian. Er konnte in seiner jungen, klugen Weisheit nicht begreifen, daß Marx nicht wenigstens soviel nahm, als zu nehmen war.

„Nein, besser gar nichts," beharrte Marx rauh.

„Wie bist du? Ei, ei, ich kenne dich kaum mehr. Und gemagert hast du auch. Bist du krank?"

Marx schüttelte den Kopf. Lästig ward ihm jedes Wort. Wie war doch alles Trug in seinem Leben, alles außer den Bergen und den Tieren! Weit unter ihnen stehen die Menschen. Auch die besten! Auch die Freunde! Ach was, es gibt ja gar keine Freunde!

Dennoch, das warme, helle Wesen des edeln Lucian übte noch einmal seinen Zauber über Marx aus. Er ward immer heller und erwärmter. Im treuherzigen Geplauder und in den ritterlichen Wagnissen der drei Tage gingen ihm noch einmal die Schwingen auf. Aber wie vogelschnell verflog diese Zeit! Wie bald kam es zum Händedruck! Und ach, wie freudig gab ihn Lucian! Die Stahlseile und Eisenbogen seiner Brücke schimmerten schon in seinen Augen. Er ging von einer Freude in die andere. Aber dem Marx blieb nichts als Öde. Er hatte Lux umarmt wie etwas, das man fürder nie mehr in die Arme bekommt. Nächstes Jahr — das Zinalrothorn! rief der Unverwüstliche aus dem rollenden Wagen als letztes Wort zurück.

Nächstes Jahr, nächstes Jahr, wie er das nur so leichthin sagen kann! dachte Marx bitter. Und auch Emil hat es nur so vom Schnabel gespielt, als wäre es bloß ein Spatzenpfiff. Nächstes Jahr, oh, die können lachen und geuden! Was ist ihnen ein Jahr! Ein Spaß! Aber mir, Herrgott, mir! Zwischen mir und ‚nächstes Jahr' liegt soviel Schnee und soviel Nebel und so manche graue, schwere Woche, daß ich's gar nicht überschauen darf. Und soviel Alleinsein! Und Ekel an allem! Ach, wenn ich doch schlafen könnte bis nächstes Jahr im Sommer wie das Murmeltier, das ich gestern schon an seinem Winterbett scharren sah! Ich hab's weggescheucht. Wenn ich eine Flinte bei mir gehabt hätte! — Was brauchst du ein so langes, schönes Schlafnest, wenn ich's auch nicht hab'!

Öfter hatte er Lucian gestehen wollen, daß es mit dem Brückenschlagen hier oben nichts sei, daß ihm vor dem Bergführen graue, daß er am liebsten heim wolle. Aber wenn er dann in dieses Gesicht voll eitel Wohlgefallen sah, dann wagte er seine verstörte Seele nicht vor diesen blauen, seligen Augen auszubreiten. Lieber diese drei schönen Tage noch genießen, noch einmal Bruder sein, Freund sein, lieb sein und lieb haben! Helfen könnte Lucian ja doch nicht, nicht einmal verstehen kann er das, so wenig als das Wasser das Feuer versteht.

Und dann widerstrebt seinem stolzen Herzen auch die demütigende Beichte: ich kann nicht mit Menschen umgehen, ich kann nicht mit Menschen arbeiten, ich kann nicht den Menschen nützen. Ich kann nicht, kann nicht, ich kann nicht!

Lucian würde sagen: man muß können, und man kann, kann immer!

Er fürchtete die schönen, überklugen Predigten seines Freundes. Er fürchtete, daß er wieder nicken würde, wo er lieber verneinte, und ja sagte, wo er nein dächte. Nein, er wollte sich nicht mehr täuschen, nie, nie mehr lügen. Fort wollte er, schnell und weit fort. Aber wohin? Vielleicht nach Amerika.

Amerika, beim Teufel, das wäre noch was. Ein urfrisches Land, unmäßig wilde, weite Gegenden, Mensch und Erde noch schier eins, das wäre was!

Darüber brütete er nun manchen Tag hin und her. Wenn beim Erwachen die Sonne in sein hohes Dachzimmer gaukelte, dann reckte er kräftig die langen Arme, warf Kissen und Decken von sich und schrie munter: „Es sei, nach Amerika!" — Aber untertags schwand die Lust mehr und mehr, auch so ins Fremde zu irren wie sein verschollener Bruder Klaus. Die Berge sind dort gewiß auch lange nicht so schön, der Schnee kann unmöglich so sauber, so wahrhaft jungfräulich leuchten! Man spricht dort anders. O er würde wohl noch mehr Heimweh nach Kleinmäusli am Pilatus bekommen, als er schon hier hat. Er würde gewiß am Heimweh sterben. Und so ein Sterben, heißt es, tue am bittersten weh.

Wenn dann am folgenden Morgen der Gebirgshimmel mit tiefen, grauen Wolkendecken fast in die Fenster hereinhing, so daß, was man von der Welt sah, unsäglich alt und vermodert schien, dann dachte er: Gott, wenn ich jetzt über dem großen Wasser wäre, bei so einem toten, aschgrauen Himmel und bei solcher Unlust an allem, und nicht einmal einen einzigen lieben Berg in der Nähe und kein rumpeliges Schweizermaul drunten in der Gasse und keinen Singsang von irgendeinem Schweizerwasser hinterm Rücken, — o Himmel, was wäre das für ein Aufstehen! — Dann hielt sich Marx fest an den Bettpfosten, als müßte er sich vor sich selber schirmen und so mit allen zehn Fingern an die Heimat klammern, damit ja keine noch so verzweifelte Stimmung ihn doch noch in die Ferne zu treiben vermöchte.

Marx spazierte nun viel allein, am liebsten den Hang zur Großen Scheidegg empor, aber nicht auf dem begangenen Sträßchen gegen das Faulhorn oder zum Joch empor, sondern im launischen Zickzack zwischendurch. Da gibt es nun noch ziemlich hoch in den Berg hinauf gar hübsche, braungeschnitzelte Bauernhäuser mit nur drei Fensterchen, aber einer ringsum laufenden, heimeligen Laube und einem prachtvollen Erdgeruch aus dem dunkeln Hausgang hervor. Es saß etwa ein alter Mann auf dem Bänklein davor und dengelte die Sense, oder eine starke Jungfer saß am offenen Fenster und klöppelte weiße, luftige Spitzen. Man sah die niedere Diele der Stube herunterhängen und den unebenen Boden und die paar alten Stiche an der Wand, etwa den unfertigen Münsterturm von Bern oder die Heimkehr des Rekruten von Vautier oder ein altes Kupfer, wo der Tell von seiner Felsplatte aus das vögtische Schiff mit gesperrtem Fuß in den Strudel zurückschmiß. Marx hörte eine Uhr laut ticken und dachte: Wie die da drinnen es gut haben! Warum soll ich es mir nicht auch so einrichten? Hab' ich doch alles dazu, Berg und Häusel! — Einmal konnte er nicht widerstehen und tat einen Schritt in so einen holperigen Hausgang, um den wundervollen, feuchten, bäuerlichen Erdduft tiefer einzuatmen. Er benebelte ihn völlig, und Marx sah in diesem Moment wie in einem Zauberspiegel sein Kleinmäusli an der Waldlehne, mit dem traulich überschweiften Dach. So roch es auch dort, genau so nach Erde und Vieh und Milch — und so tickte die Uhr und so hing die Diele herunter und so zufrieden müßte er dort sein können wie diese ruhigen Berner Oberländer hier.

Er ging wie unter einem Zauber weiter hinein bis übers Stubensöller und wäre sicher zwischen Tisch und Fensterbrett in den Lehnstuhl gesessen, wenn nicht die Diele gekracht und eine Weibsstimme von oben gerufen hätte: „Bist du's, Ruedi?" Da erst merkte er, wie ungeheuerlich er sich benahm. Nein, ich bin nicht der Ruedi, der da hineindarf und da hineingehört, dachte er und floh leis und rasch wie ein Dieb aus der heimwehsüßen Häuslichkeit. Aber als er sich auf hundert Schritte gesichert hatte, wandte er sich trotzig zum spiegelsaubern Häuschen zurück, in dessen Fensterchen gerade das Abendgewölke verblutete, und sagte sich: und doch bin ich der Ruedi und darf, zu welchem Uhrenschlag ich will, auch in so eine Stube sitzen und sagen: da bin ich und hast' ich. Und kein Wasser und kein Mensch und selbst kein Herrgott dürfte mich dort vor die Türe stellen. Dort wär' ich wieder ganz mein eigen. — Soll ich? Soll ich nicht?

Diese Frage machte den Omlis hitzig, und er kehrte nicht wie sonst an den Ränften der Bachalp um, sondern stieg höher und höher gegen die steilen Hänge des Simelihorns auf, um seine Unruhe so recht von Herzen auszutoben. Es war mittlerweile ziemlich dämmerig geworden. Plötzlich knallte es stumpf und hart über die Felsen hinauf. Marx ward steif, als hätte die Kugel ihn getroffen. Ein Jäger spähte aus den Blöcken hervor und verschwand wieder dahinter. Dann kam er mit einem langen tiefgrauen, schlapp von der Achsel hängenden Hasen auf Marx zu und fragte: „Seid Ihr so heillos erschrocken?

Was habt Ihr?" Es war ein Mann in Omli's Alter, gesund, straff und sorglos dreinblickend.

Jetzt fing es tausendfältig an aus Marx zu spielen. Alles bewegte sich an ihm und zitterte und blitzte. Er betastete das Pulverhorn und den Patronensack, roch am immer noch leise schwelenden Flintenlauf und sah dann das erschossene Tier sich recht sattsam an. Seine Schlitze wurden größer, das Haar sträubte sich, die Lippen blühten in dunkler Hitze auf und ließen alle festen, hungrigen Zähne sehen. Er streckte sich in die Höhe und schien plötzlich um einen Kopf größer geworden zu sein. Als er die Schußwunde an der linken Schläfe untersuchte, bebten ihm die Fingerspitzen vor blutiger Sinnlichkeit. Er lobte den Schützen. Nein, erschrocken sei er nicht. Darin habe sich der Jäger betrogen. Selber sei er ja ein leidenschaftlicher Jägersmann. Nur gewundert hab' er sich. Die Jagd sei ja doch noch nicht offen. Na, er frag' auch nicht viel nach Papiergebot und Papierverbot. Ob sie mitsammen den gleichen Weg hinunter nach Grindelwald hätten? Gut, dann wolle er ihm gern die Büchse oder den Hasen hinuntertragen. Es nachte schon. Man brauche nichts zu bergen. Lieber trag' er den Hasen! — Doch, doch! — und schon hatte er das Wildpret auf die eigene Achsel genommen. Er grübelte nun immer am Hals des Tieres herum, krauend, strählend, würgend, und so oft er den rauhen Pelz fühlte, fuhr ihm eine heiße, wilde, grausame Welle Blutes übers Herz. Er sprach wenig mehr, gab nur noch kurze Antworten, aber seine Miene ward immer härter und grimmiger und sicherer. Dem Gespan ward bald nicht mehr geheuer neben diesem düstern und stillen Begleiter. Der war wilder als ein Wilderer. Vor einer der ersten Behausungen mit schwarzen Türen und Fenstern nahm ihm der Jäger den Hasen ab, dankte und verschwand. Fast wie ein Geist so hurtig. Marx horchte ihm umsonst nach. Da faßte ihn ein abergläubisches Gefühl: Das gilt mir! Das ruft mich.

Und noch diese Nacht zahlte Marx der Wirtin die Miete und packte seinen Kram zusammen. Den Rucksack zu Füßen und den Eispickel zu Häupten schlief er zum erstenmal seit langen Wochen rasch und beinahe gemütlich ein. Er atmete wie ein Kind.

28

Als Marx Omlis den Sattel des Brünnig erstiegen hatte, wandte er sich kein einziges Mal nach dem Hochgebirge zurück, das jetzt, wie er wohl wußte, mit seinen eisblauen Palästen im Abendrot wie eine brennende Stadt in den lauen Himmel emporflammte, sondern er schritt mit dem steifsten Rücken seines ganzen Lebens den gewundenen Paß auf der andern Seite nieder ins abenddunkle und schon eingeschlafene, mäuschenstille Heimatländchen.

Es lag zwischen den gütigen Voralpen aber auch wirklich wie eine Wiege da und hauchte vom See mit seiner süßen, zahmen Seele und von den wiesenumdufteten, obstumrauschten Dörfern ihm einen frommen Kinderatem entgegen. Zu tiefst gen Norden glänzten nur noch undeutlich ein paar dünne Nadelstiche von Lichtern aus der dunkelseidigen Dämmerung. Dort lag sein Städtchen. Und dahinter beschloß mit seinem großen, schwarzen Schatten der Pilatus das Bild. Es kam hernach nichts mehr als ein schwimmendweicher Himmel von unsagbaren blauen Untiefen und einem undeutlichen Geflirr und Geschreibsel von Sternen, woraus das Siebengestirn genau über dem Pilatus durch seine starke, ruhige Goldschrift wie ein mit besonders schwerem Gottesfinger geschriebenes Wort hervorstach.

So stille war es, daß Marx glaubte, das Husch und Geknister all dieser überirdischen Lichter zu vernehmen. Sonst hörte er nichts als seinen immer größern, frohern Schritt mitten in der weißen, harten Straße, zuerst den Wald, dann die Hügelmatten hinunter bis an Seeufer, und hier dann und wann das leise Glucksen eines Bächleins, wenn es vom schwarzen See mit einem einzigen Schluck verschlungen ward. Manchmal löste sich schläfrig ein Stundenschlag von einem der drei oder vier unsichtbaren Kirchtürme am See ab und machte ein paar Schwingungen und fiel wie ein müder Vogel ins Gras. Kein Mensch begegnete Marxen auf der toten Straße, und die Bauernhäuser, die hundert Schritte tiefer in der Wiese lagen, hatten alle dunkle Fenster. Man schlief nach hartem, bäuerlichem Tag lahm und traumlos, mit erloschenen Augen auf den langen, harten Strohmatratzen. Niemand wachte. Nicht einmal ein Hund schlug irgendwo an.

Nur einmal mußte Marx ein Dorf durchschreiten. Hier brannte ein einziges Licht im zweitletzten Haus. Aber es war mit grünem Papier verhängt. Da lag also etwas Krankes. Marx spuckte aus. Weg! Gesund muß man sein, stark, frech!

Dem See entlang dünkte es Marx am schönsten zu gehen. Zwar die hiesigen Leute machten so einen Mitternachtsgang, etwa zum Doktor ins Städtchen am See-Ende, nicht gern und nur in der grellsten, schnellsten Not. Denn rechts über dem Wasser geht die Straße unter hohen Nußbäumen hin, die aus der tiefen, allgemeinen Nacht für sich noch eine eigene, viel tiefere Nacht schaffen. Und der See zur Linken kriecht fast dem Wanderer an die Sohlen. Nur auf Armweite säumt ihn Schilf, dann fällt er sogleich klaftertief in die Gründe. Das sieht man nur am Tag, jetzt wallt er schwarz und glatt und lautlos ins gleichmäßige Dunkel hinaus, bis hinüber zu den jenseitigen Voralpen. Ein einziges Haus grüßt einmal aus den Bäumen. Aber was für eines! Das alte Scharfrichterhaus. Nebenan in der Wiese hat man ehedem geköpft und gehängt, und es gibt Mondnächte, wo man arme geköpfte Sünder im Gras herumtasten und ihr liebes Haupt mit klappernden beinernen Händen aus dem Boden scharren sieht. Aber das ist für Marx ein Legendchen zum Fürchtenmachen, genau wie der Pontius Pilatus droben auf dem öden Berg. Er lacht auf so was. Gerade hier ist es wunderbar zu marschieren. Die Nußbäume duften so stark und bewegen doch kein Laub, die Binsen im Wasser stehen steif, alles ist still. Nur einmal piepst es leis aus dem Dickicht. Ein ganz junger Buchfink ist erwacht, weil Marx den Pickel so klingend auf die Straße abgesetzt hat. Aber die Finkenmutter sagt sogleich: Kind sei still! Was geht das uns an? Das ist ein Mensch, der nicht schlafen kann. Ihn drückt was. Nun meint er, wir andern müßten seinetwegen auch wachbleiben. Dummheit! Wir haben ein gutes Gewissen, wir können schlafen, wir Finken, — st! — und sie sträubt das Gefieder und deckt damit herrlich warm ihr beruhigtes Kind wieder zu.

Einen kleinen Zeigerschritt nach Mitternacht gelangte Marx ans untere Ende des Sees zu den ersten Gehöften seiner Gemeinde. Jetzt klemmte er den Pickel heiß in die Faust. Das machte ihn herzhafter. Und er wußte, Mut war jetzt notwendig. Mit dem gleichen Pickel unterm Arm war er vor zwei Jahren da hinausmarschiert. Es hatte auch Tapferkeit gebraucht, und schon damals war es ihm gewesen, als ob das Eisen ihn ermutige. Vorne war es so scharf gespitzt, um in der Not selbst in eine Ritze zu schlüpfen, und hinten so breit geschaufelt, um auch weiten Platz und Respekt zu schaffen, — o das war ein feines Werkzeug! Er schmiegte es so innig an sich, daß es heiß und wie eins mit seinem Fleisch und Blut wurde. Ja, ja, wir haben zusammen nur eine Seele, lachte er leis für sich hin.

Die Löchlimühle nahe der Straße wollte ihn zuerst bedrücken.

Das war doch die Heimat seiner Agnes gewesen, und da lebte ja auch noch der einzige tapfere Mensch, vor dem er den Hut zog, die steife Frau Ständel. Soll er am Laden klopfen? Ach wozu? Was hilft das? Vorwärts, vorwärts, der Pilatus winkt, der Pilatus zieht ihn an. Nur nicht weich werden! Pickel hilf! Das ist nichts für uns zwei. Marx schwingt ihn wohl fünf Meter weit Bogen um Bogen vor sich. Immer drei Schritte braucht er für die Spanne, dann gibt es einen neuen Bogenschwung und klirrt und funkt im Kies, und die vom langen Tag so müdgetrampelte Straße zittert vor Unwillen über diesen groben, wundenschlagenden Nachtbubenhochmut.

Er gerät ins Städtchen. Da brennen noch ziemlich viele Lichter, aber alle im obern Stock, wo die Schlafzimmer sind. Im alten Pfarrhofgang zittert ein Laternchen, weil man da keine Stunde vor einem Hilfruf zu irgendeinem Sterbenden sicher ist. Keine Klingel weitum ist so abgegriffen. Um solche Zeit hat man auch seinetwegen einmal daran gerissen. Marx sieht zum Studierstüblein des Pfarrers hinauf. Fast turmhoch blickt es über die Dächer. Seine beiden Scheiben stehen weit offen. Man meint, von den Gesimsen da oben müßte man schon die untersten Sterne an einem goldenen Zacken erwischen können. Der liebe köstliche Mann dort innen! Marx stellt sich vor, wie er mit seinem seidigzarten, dürren Köpfein auf dem Kissen schläft, das Silberhaar über den geblumten Überzug verstreut und im Schein der nahen Sterne gewaltig glitzernd, ein Lächeln auf dem langen, dünnen, so ruhige und versöhnliche Worte spendenden Munde. Ah, er möchte ihm jetzt hinaufrufen: Herr Pfarrer, seht, da bin ich, wieder daheim! Kommt einmal zu mir hinauf! Denn an Euch glaub' ich noch und an die Berge und an unsern lieben Herrgott! Aber dann nichts mehr, sagt was Ihr wollt, sonst nichts mehr!

Jetzt geht er über den großen Kirchplatz. Man hört fern in einer Gasse Schritte verhallen. Am Ochsen vorbei muß Marx zu Florins Fenster hinaufschauen. Er muß! Vielleicht steht er dort und hängt Kragen und Krawatte an das Schild und sagt zu ihm und den Kameraden herunter: He, ihr Lumpazi da unten, ich muß noch das sechste und siebente Kapitel Livius studieren. Laßt euch aber meinethalb nicht stören! —

Florin, was hast du jetzt von deinem Livius?

Weiter, weiter über den alten Brückenbogen zum Städtlein hinaus! Da kommen wieder die Wiesen mit ihrem scharfen Grasgeruch und mit dem Duft der überreifen Mostbirnen. Es ziehen die Weglein aus der Straße in die großen Bauerngüter hinaus, und da ist auch schon der dünne Faden, der zum Edlingerhof nur zehn Schritte von der Straße führt. Marxens Bubenheimat. Jetzt ward ihm schwer.

Dort hinter dem schiefen Fenster, wo ein schwaches Lämplein brennt, ist seine Residenz gewesen. Wer schlief jetzt dort? Wer durfte auf seinem Platz liegen? Ihm war, er sei es selber, der dort oben noch als Knabe ruhe, und sogleich müsse die Mutter, so eine dünnatmige, stille Frau, ans Fenster treten und sich verschnaufen und verluften, weil der Schlingel wieder einmal mit ihr gerungen und sie wild umklettert hat, bevor er vom plötzlichen Schlaf übermannt aus ihren Armen in die Kissen gefallen ist. Oder wenn er dem Vater begegnete, der aus dem Ochsen unsicher heimstapft? Vater, würde er sagen und ihn unter dem Arm fassen, wie ehedem in solchen späten Nachtstunden, Vater, du kannst ja nicht mehr gerad laufen!

Laß dich stützen! — Aber der alte Omlis antwortet lallend und doch immer bei Witz: So ein grüner, schiefer Junge! Stütz' dich doch erst selber!

Ich stütz' mich schon. Siehst du, wie ich mit dem Pickel da mir die Heimat wieder erobere. Das ganze Land ist gegen mich. Aber ich halte stand. Und kann dich dabei doch noch recht wohl ins Haus führen. Komm nur! — Langsam, als wäre es wahrhaftig so, Fuß auf Fuß zögernd, geht Marx aus der Straße vor die Hausfront. Er kann nicht anders, es drängt ihn etwas Dunkles dazu. Er sieht die zwei Vordertüren an, er zählt die Fenster und saugt den dicken Öhmdgeruch ein, der aus den obern offenen Tennflügeln in die Nacht hinausströmt. Da ist der Pfahl, wo der Stier bei der Versteigerung nach aller Teufelei wieder so zahm auf die Witwe Dannig wartete. Da stand das Tischlein, da der Weibel. Seit jenem Montag ist Marx nie mehr über den Hof gegangen. Auch den Skio, wenn er ausriß, hat er nur bis zum Ochsen geführt. Dort konnte ihn der neue Hofbauer holen. Ah, der mächtige, treue, liebe Skio! Lebt er noch? Kennt er ihn noch? — Da, Vater, da ist die Stiege, — geh jetzt hinein und leg' dich nieder! — Ich will noch in den Stall hineinsehen! —

Träumt er? Fiebert er? Er kann nicht von da weg. Er tastet an den Brettern des Gadens hin, steckt den Kopf in die Luke des Kuhstalles, geht den Remisen entlang gegen die Hinterseite, wo der große Gemüsegarten in eine fast unübersehbare Obstwiese übergeht. Aha, da ist auch das vergitterte Küchenfenster, Kürbisse auf dem Sims und schöne, gelbe Maiszapfen an einer Schnur ausgehängt. Das Brünnlein schwatzt drinnen. Man hat die Röhre offengelassen. Nun, das kostet ja nichts. Wir haben eigenes Wasser. Marx steht auf die Zehen und erreicht jetzt das Gitter. Schön, alles noch am gleichen Platz, auch der große, unbemalte Tisch dort! — Wie oft saß ich nach Mitternacht noch dahinter, schwerfällig von einem Trunk im Städtlein her, und polterte die müde Magd aus der Kammer und zwang sie, einen Krug Most aus dem Keller zu holen und mit mir daraus zu trinken. Ich war ein Unflat!

Horch! — da streicht etwas her, leis, leis brummend. Marx stellt sich solid auf die Knie zurück. Was da nur kommt, wächst, tiefer und tiefer murrt und hat einen gewaltigen Bernhardinerkopf! Es tut kein anderes Zeichen, als daß es gleichmäßig und unheimlich näherrückt.

Sackerlot, das ist ja mein lieber, alter Skio! Welch ein schönes Treffen. Das erste Lebendige, was mir Willkomm sagt, der Hund! Hieher, hieher, kennst mich noch, he, Skio, tsä, tsä, tsä!

Als hätte das Tier nur auf diese Worte gewartet, stürzt es mit einem stummen Satz dem Marx an die Gurgel.

Aber Marx ist schneller als Hund. Er hat augenblicklich verstanden, wie der Sprung gemeint ist. Das war nicht Freude, das war Wehr und Wut, was so unheimlich still auf ihn schoß. Wie ein Blitz fuhr seine Rechte dem bissigen Tier an den Hals, würgte ihn eisern zusammen, schüttelte den prachtvollen Zottelkopf mit den geifernden Lefzen ganz nahe vor seinen Schlitzaugen auf und nieder, stieß ihm das Knie drei-, viermal wuchtig in den Bauch und sagte mit seiner hellen, harten Herrenstimme: „Aha, du kennst mich nicht mehr. Meinst wohl, ich sei ein Dieb. So schau' mich einmal recht an! Da, sieh mir ins Aug', dummes Tier. Nimm das und das für dein schlechtes

Gedächtnis! — Da, noch eins! — Bist du jetzt zufrieden? Hast genug? Kennst mich wieder?"

Er blickte dem stumm leidenden und vor Wut und Marter bebenden Hund ins Gesicht. Es waren die glänzendbraunen, treuen Hundeaugen, die ihm an der Versteigerung auf diesem Platz so innig nachgeschaut hatten. Jetzt zeigten sie einen seltsamen, verstörten, traurigen Zug. Der Hund sann sicher nach. Wer ist denn das? Ich kenne doch die schöne Stimme! Die Herrenaugen! Wer ist's, wer ist' doch nur? Aber ein Freund kommt nicht in solcher Nacht und Heimlichkeit und klettert nicht ans Fenster und würgte mich niemals so gräßlich, nein, nein, nein? Und Skio reißt halberstickt den Rumpf zweimal wild rechts und links, entschlüpft und fällt den Mann zum zweitenmal gewaltig an. Schon hat Marx einen Biß im Arm, — wieder einen, — jetzt reißt er ihm den halben Ärmel weg und schlitzt die Weste auf, — Herrgott, das wird ernst. Den Pickel, den Pickel!

Marx zielt genau, wie der Hund wieder zum Hals hinaufschnappt: eins — zwei — und — stößt ihm blitzschnell den Stiel in den Rachen, so tief er kann. Jetzt haut er dem Untier, das wie ein Mensch steht und ficht, die Faust schwer in den Wirbel, umklammert es mit seinen hochgestiefelten Beinen am Unterleib und läßt sich mit der zappelnden Bestie vornüberfallen, so daß er auf den Bauch Skios zu liegen kommt. Nun hockt er sich fest und würgt ihm die Kehle zum zweitenmal zusammen. Bei Gott, er tut es ungern. Aber warum will ihn der Hund nicht kennen! Skio, lieber, lieber, feiner Skio, besinn' dich doch! Wer bin ich? Kennst mich denn wirklich nicht mehr? Tsä, tsä, tsä! — Und er würgt ihn noch grausamer.

Dem armen Tier überrinnen die großen, schwermütigen und

unbelehrbaren Augen. Roter Geifer hängt ihm aus der Schnauze. Aber wenn Marx die Finger nur ein bißchen lockert, schnappt und tobt der Hund wieder mörderisch. Er schließt die Augen. Nur ab und zu, wenn wieder ein so schönes, helles Skio ertönt, öffnet er wie verwundert eine Spalte, blinzelt, kneift sie wieder zusammen und röchelt leiser, immer leiser.

Er verreckt mir unter der Faust, besorgt Marx. Er leidet dreimal mehr als Hund. Aber die Dogge schonte ihn nicht. Sie verstünde keinen Waffenstillstand. Da gibt's keinen Frieden. Einer von beiden geht nicht mehr vom Platz.

Soll er dem Bauer rufen? Aber wenn schon so ein gutes Tier ihn für einen Dieb hielt, was würden erst die unguten Menschen von ihm halten?

Wie anders ist es, ein rauhes Wild im Feld abwürgen! Aber ein treues Haustier, Himmel, welche Gemeinheit! Wie Menschenmord! Wenn er den Skio doch nur mit einem Faustschlag betäuben könnte! Aber er hat keine Hand frei.

Plötzlich fühlt Marx, wie die Hinterbeine sachte, sachte aufhören, seinen Rücken zu zerraufen, wie auch die Vorderpfoten auf einmal schlampen, und eine Erschütterung durch den Riesenleib unter ihm geht. Das Tier sperrt die Augen auf, licht- und blicklos wie Glas. Marx schnellt empor. Da rollt der ungeheure Hund tot auf die Seite.

Skio! schreit Marx und verwürgt das Schluchzen im Hals, — Skio, liebes, schönes, armes Tier, warum bist du auch so dumm gewesen! Bin ich etwa schuld? Hab' ich dich nicht zuerst von allen Menschen im Ländchen und dich allein grüßen und streicheln wollen, — und da kommst du mir so! Nein, du bist allein schuld!

Er stand einen Augenblick still neben der Hundeleiche. Dann riß er eine Banknote aus der Brieftasche, eine Fünfziger oder Hunderter, er sah das nicht, und es war ihm auch gleichgültig. Die knüllte er ums Halsband des Bernhardiners. Dann ging er langsam weiter dem Pilatus zu. Ich bin unschuldig, sagte er hundertmal. Aber es zog ihm doch das Herz vor Bitterkeit zusammen, weil jetzt sogar die Tiere ihn haßten. Die Menschen, ja, das wird nicht mehr anders. Sei's denn! Aber mein liebstes, treuestes Hundetier sperrt mir den Weg nun auch noch, und ich muß mir mit einem Mord das Heim erzwingen. Das hätt' ich lieber anders gehabt!

29

Bald ward es ruchbar, Marx sei wieder auf Kleinmäusli. Mit Mord gegangen, mit Mord gekommen! Tier und Mensch ist vor dem Unhold nicht sicher. Wenn er sich jetzt nicht ganz still verhält, schworen die Allmendbauern, so gehen wir hinauf und spalten ihm das neugezimmerte Haus über dem Schädel zusammen, diesem Satan!

„Mein, mein, mein!" jauchzte Marx auf Kleinmäusli und schritt durch Stall und Schuppen und Stube und Kammer und warf sich zuletzt todmüde und selig aufs harte, lehnenlose Sofa. Endlich wieder auf seinem Ding. Wo er tun kann, was er will! Nicht eingemietet, nicht entlehnt, nicht geschenkt! Nein, sein eigen Gut, aufs Haar wieder so hergerichtet, wie das alte war. Er kann in dieses, in jenes Zimmer sitzen, darf poltern und an die Wand trommeln, wie er will; er kann es wieder zerbrechen oder verbrennen, es ist sein Ding. Wie süß duftet doch das Eigentum! Wie anders fühlt man sich in seinem Schoß! Ist man nicht ein neuer Mensch? Wie hatte er es nur zwei Jahre ohne sein Eigentum aushalten können!

Hans Hirzi ist fast auf den Kopf gestanden, als der Marx an einem Montag noch vor der frühesten Bergsonne ins Häuslein fiel. Aber der Vertrag gibt dem Herrn von heute auf morgen das Recht, alles wieder allein in die Hand zu nehmen. Die schlaue und erfahrene Frau Agnes hat mit den Launen ihres Schwiegersohnes gut gerechnet.

Der Pächter bliebe gern als Knecht hier oben. Er ist eine fleißige Haut. Herzlich bittet er drum. Nein, Marx will den Balzli wieder haben. Wo ist er?

Unten in der Mettlerweid beim Hansfranz. Gut! Der Pächter wird am Dienstag abgelöhnt und schon am Mittwoch der Balzli mitten aus dem Sennbubenamt gerissen. Der Bursche weiß nicht recht, was ihn erwartet; er zögert. Aber er muß. Marx regiert. Der schmeißt dem Hansfranz den ganzen Dinglohn hin, den er dem Balz schon bezahlt hat, und spuckt verächtlich über die Fünfliber hinweg. Aber der Bauer bedankt sich dennoch glückselig. — Herrgott, um Geld ist doch alles feil, sogar ihre Seelen schenkten sie mir, diese Affen!

Und der Balzli steigt zuerst mit Angst an Marxens Seite nach Kleinmäusli hinauf. Er hat ein schlimmes Gewissen. Nahm er nicht beim großen Wasser den Finkenstrich. Er ist ein Hase. Aber was kann er dafür? Man muß nur keinen Helden von ihm haben wollen. Dann ist er ergeben und fügsam wie ein braver Hund. So einen Menschen muß ich haben, sagt sich Marx. Es darf niemand nein sagen, wenn ich ja sage. Es darf niemand rechts wollen, wenn ich links will. Ich und immer ich!

Auch die seit der Überschwemmung fast ganz taube Severina wird wieder eingestellt. Alles ist wie früher. Sogar eine gleiche, altertümliche Kuckucksuhr tickt an der Wand, und auf der Kommode liegen wieder so seltene Kalkversteinerungen und goldbraune Rauchkristalle, wie er sie seinem Agneschen heimkramte, wenn er es gar so lange hatte warten lassen, und unter dem Spiegelglas baumelt eine großartige Pfeife. Frau Agnes ist eine flotte Frau. Die versteht mich! Ich sag' ihr Mutter, sobald sie heraufkommt. Hinunter geh' ich nie mehr.

Das war ein Schlaf die erste Nacht, lang hingestreckt, warm, weich, im holzduftigen Zimmer, vom offenen Fenster den nahen Bach und den Wind im Ohr. Und keine Hotelglocken und kein welsches Wort und kein Treppenlärm! Und zu Füßen, am

Boden zwar, aber auf einem prachtvollen Laubsack und in warmen Decken, liegt der Balz, sein Knechtlein mit keimendem Flaum, und ringelt sich zusammen und atmet laut und behaglich wie ein Hund. Wenn er gegen den Winter zu dennoch frieren sollte, so will er ihn ins Bett nehmen. Er darf zu seinen warmen Füßen liegen. Das täte er auch einem Hund zuliebe. Platz ist für drei.

Man steht in den letzten, golddünstigen Septembertagen. Es funkelt schon Neuschnee von den Höhen. Das Vieh ist in die untersten Güter gewandert. Selten dringt eine Schelle herauf. Bald beginnt die Jagd.

Auf dem Hausbänklein sitzen die zwei ledigen Mannsvölker, auf drei Seiten in hohe Berge geschlossen, aber auf der vierten Seite, vor ihren Augen, windet sich das Hochtal schmal und abschüssig zu den Dörfern ins Haupttal hinunter. Marx putzt die Flinte. Balzli, der doch noch nicht einmal Rekrut ist, stopft ein Pfeifchen und raucht wie ein altes Tabakluder. Das gefällt dem Meister.

„Warum raucht Ihr nicht auch, Meister?" fragt der Junge. „Eure Pfeife hängt unterm Spiegel in der Stube. Ich hol' sie."

Marx überläuft es rot durchs ganze Gesicht. — „Nein," sagt er so rauh, daß der Stallbub zusammenfährt, „ich rauch' nicht!"

Sonderbar, jener Emil hat immer noch Gewalt über ihn. Sogar noch hier auf seinem eigenen Boden! Respekt und Liebe gehen wunderlich in Marxens Kopf durcheinander, sobald er sich an den olivengrünen, schlanken, kindlichen Despoten erinnert. Sein Schwur hat einen guten und tapfern Kern, das spürt

Marx. Dennoch, wenn er dem Lucian das gleiche Gelübde abgelegt hätte, sogleich würde er jetzt rauchen. Aber dem Emil, nein, dem mag er das Wort nicht brechen. Es lebt etwas Verwandtes in diesem halb kindischen, halb ältlichen, aber immer großartigen und verflucht mächtigen Buben, was ihm heut noch imponiert. Ihm ist, wenn er nicht Marx Omlis wäre, möchte er Emil Brunner sein.

Aber freilich, der hat den Professor damals, in Interlaken, über die Berge und den Bergführer gestellt. Er ist ihm vor den Augen abtrünnig worden. Er liebt Marxen auch nicht wahrhaft. Er liebt nur sich, dieser kleine Tyrann. Ja, alle Menschen da unten in den Ländern lieben nur sich und sonst niemand. Pfui Teufel, vergiß die ganze feile, falsche Kompanie! Hier bist du allein. Hier müssen sie dich in Ruhe und Recht lassen.

So sinnt Marx, und die schöne, alte Eintönigkeit ringsum schläfert ihn langsam ein. Der milde, graue, hohe Himmel, von Bergschwalben dann und wann durchkreuzt, steht über den zwei Bergleuten still, als gäbe es keine Zeit mehr.

Plötzlich fährt Marx auf. Ein Pfiff hat ihn geweckt. Sieh da, Balzli, ein Weih!

Schwindelnd hoch schwimmt der Habicht seine schwungvollen Runden. Kein Fittich bewegt sich. Er ist unvergleichlich. Flach und spitzbogig sind die zwei Schwingen gespannt und schimmern leise an den rostbraunen Säumen durch. Welche Hoheit und welche Ruhe! Es ist, als ob ein König sein Reich visitiere. Und dieser Vogel weiß, daß er wahrhaft König ist.

Marx lodert auf wie eine rote Flamme. Er verschaut sich völlig in dieses Spiel der Majestät. „Den würde ich nicht schießen," eifert er, „nein, das täte mir weh. Er lebt ja wie wir, Balzli, er gleicht uns ganz und gar."

„Mir gar nicht," dachte der zahme Knecht. „Ich bin vielmehr ein Spatz, wenn es lustig zugeht, oder ein Hagschlüpferchen *), wenn es unsicher wird."

„Marx Omlis!"

„So sollte man fliegen können!" — Die Flinte rutschte Marx in die Knie. „So regieren! Nein, wir sind viel geringer als der Vogel. Gott im Himmel ist kaum noch höher!"

„Marx Omlis!"

„Und mir ist, ich sei ein Stubenvogel gewesen, im Käfig, langelang! Aber jetzt bin ich wieder frei und ich will's werden, wie der da oben —"

„Marx Omlis!"

Der Bub stupft seinen himmelverlorenen Meister.

„Marx Omlis!" wiederholt eine leise, eindringliche Stimme, und ein leiser Mensch steht vor ihm mit rasiertem, ruhigem, altem Gesicht, aber zähen Blicken. Der Weibel vom Städtchen! Er war ungesehen den Büschen am Bachranft entlang heraufgestiegen.

Aus allen Höhen plumpste Marx in die allergraueste Niedrigkeit. Das war der gleiche trockene Mensch, der ihm an der Beerdigung Agneschens den Gerichtsbefehl gegeben hatte, ohne eine Silbe zu verlieren. Nun hat er schon wieder ein gelbes Kuvert in der Hand. Aber er redet jetzt noch.

„Das Waisenamt schickt mich hinauf. Wegen dem Balz Jöhrig da!"

„Wegen mir?" Das Knechtlein schrickt zusammen.

*) Zaunkönig.

„Es hat ihn von hier weg an den Hansfranz zu Mettlen verdingt, — und es will ihn dort behalten. Zum Handel habt Ihr und hat der Hansfranz kein Recht gehabt. Das ist Waisenamts Sache. Da habt Ihr das Geld zurück. Der Bub kommt mit mir."

Marx schoß es wie Feuer und Eis selbander durchs Gehirn. Mühsam und die Augen messerscharf geschlitzt, kerbte er zwischen den Zähnen hervor:

„Wie alt bist du, Balzli?"

„Achtzehn, das heißt, — ich werd's erst zu Dreikönigen!" stotterte der Jüngling.

„Dann lauft da noch viel Wasser in den See, bis du mündig bist," sprach der Weibel gelassen. „Und hernach redet noch die Armenkasse ein Wort mit. — Also folg' — und Ihr, — es nützt Euch alles nichts, Omlis, — nehmt Euch lieber ein bißchen zusammen, — Ihr seid hiermit auf den zweiten Weinmonat vorgeladen. Es wird gegen Euch geklagt. Ihr habt Euch wegen dem Bernhardiner auf dem Edlingerhof zu verantworten. Den habt doch Ihr erwürgt!"

„Und wenn?" trotzte Marx bleich und nagte an der dürren Lippe.

„Und wenn? Das Gericht wird Euch darauf den rechten Bescheid geben. Eure Banknote liegt da im Kuvert beim andern Geld. — Also am zweiten!"

„Gut, am zweiten," wiederholte Marx. „Aber der Balz bleibt bei mir."

„Weg muß er. Das Waisenamt traut Euch schlecht. Es hat Angst für den Buben. Hat er da nicht schon Tabak geraucht?"

„Was geht Euch das an?"

„Ihr seid kein Erzieher unserer Jungen im Land. Erzieht Euch selber zuerst! Vorwärts, Balz! Mit dem Pfeifenrauchen hört es jetzt wieder auf. — Und Ihr," wandte er sich, schon im Niedersteigen, nochmals an Marx, „Ihr hättet klüger getan, in der Fremde zu bleiben wie der Klaus. — Balz, allo*)!"

„Und ich sag', du bleibst, Balz! Mir hat er zu folgen. Mein Knecht ist er jetzt. Ich hab' ihn gern und ich zahl' ..."

„Ich zahl', ich zahl', ich zahl'," äffte der andere bitter nach. „Man kann nicht alles zahlen, Omlis, schaut nur da hinunter!" Er wies mit seinem langen, magern Arm auf die versaarten, tiefgelegenen Allmenden, über die jetzt aus dem Schutt mannshohes, wildes Gebüsch wucherte.

„Das geht mich nichts an," tobte Marx und sprang vom Bänklein auf.

Aber der andere fuhr kühl fort: „Dann geht halt noch ein wenig tiefer, auf unsern Friedhof hinunter. Könnt Ihr das dort zahlen? Das in zwei Gräbern?"

Marx schoß auf und langte wie zu einem Schlag aus, erbleichte gräßlich und sank ohne Antwort aufs Bänklein nieder. — Aber er packte Balzli in beide Arme, drückte den völlig Verwirrten an sich und ließ ihn nicht von der Brust, bis der Weibel, ohne auch nur einmal zurückzuschauen, allein in den Stauden bergab verschwunden war.

„Balzli, lieber Balzli, bleib," stöhnte Marx.

Der Junge fühlte, wie die Hand des Meisters in der seinigen zitterte. Die wilde Zärtlichkeit Marxens machte ihn beklommen. Er fürchtete sich.

---

*) mundartlich für allons!

„Hier oben bei mir mußt bleiben. Ich hab' ja sonst niemand. Dich hab' ich noch allein gern!"

„Ich bleib' schon," versprach der Bub tonlos und wand sich los. „Aber, sapristi," fügte er schon munterer und mit einem schlauen Kinderzug um den runden Mund bei, „ich muß ja melken. Es ist schon über die Sechse."

Marx blieb auf der Bank und sah die Banknote an. Wütend wischte er das gelbe Kuvert vom Brett. Also diese Rappenspalter und Hungerleider wollen nicht einmal mehr sein Geld. — Da sah er die Tabakspfeife Balzlis. Sie mottete noch leis. Rasch blies er sie wieder an und rauchte unter einem mächtigen Wolkengewirbel den ganzen Pfeifenkopf aus. Wie ein Triumphator sah er dem großartigen Rauch nach. Die letzte Erinnerung an die schwache Zeit seines Lebens ward ins Blaue verpufft.

Beim Zunachten saßen Meister und Milchbub, bis es ganz sternendunkel ward, vor der Hütte. Balzli redete fein und leis wie noch nie: Ja, Meister! — und: Ihr habt recht, Meister! — und hielt immer die Linke seines Herrn zwischen seinen zwei feuchten, haarigen, großen Händen. Aber er zitterte als fröstle ihn. Diese Hundetreue freute Marx. Das Bürschchen friert, dachte er, aber es bleibt doch, weil ich noch draußen sitzen will. Es bliebe gewiß bis Mitternacht. — Er wäre heute wohl gern so lange noch da hocken geblieben, aber nun ging er dem Balzli zulieb doch in die Stube hinein. Soviel Rücksicht hatte er noch nie genommen. Im Bette stemmte er sich mit Schädel und Sohlen an die Lade und sagte hart: „Du, morgen gehen wir jagen und vergessen dieses ganze Lumpenpack." — Und er warf ihm seine eigene Wolldecke hinunter, als das Knechtlein sich am Boden in seinen Sack verknäuelte. „Da nimm das, du frierst ja, mein Hundli!“

„Dank, dank!“ sagte Balzli gebrochen und weinte beinahe.

Doch als Marx am Morgen spät erwachte, da lag das Hundli nicht mehr zu seinen Füßen. Die Matratze war leer, die Decke hübsch zusammengelegt, Hut und Schuhe und das Ränzlein waren weg. Auch der Stecken fehlte. „Herrgott, der Schlingel ist mir entlaufen,“ schrie Marx und wollte sich zur Türe hinausstürzen. Da sah er mit Kreide groß darauf geschrieben: Ade, lieber Meister, ich hab' halt müssen! —

30

Nun fing die wilde Einsamkeit wieder an. Es war eine andere Einsamkeit als drüben in Grindelwald, schwerer und leichter. Leichter, weil es keine fremde, sondern sozusagen seine heimatliche Einsamkeit war, eine Einsamkeit auf seinem Boden und in seinem wohlvertrauten Ländlein. Aber schwerer, weil noch viel stiller, ohne Red' und Antwort, viel menschenloser, viel toter.

Zuerst probierte er, den Stall selbst zu besorgen. Es wohnten da eine Kuh, drei Ziegen, zwei Schafe und ein großer Trupp Hühner. Aber dieses zahme, dumme, sinnlose Vieh unterhielt ihn nicht. Das war kein glorioser Stier, kein gescheiter Hund, vor allem kein ungebändigt freies Wild. Im Nu war ihm das Hirten verleidet. Severina, die gehörlose Magd, mußte schon am dritten Tag wieder allein melken und füttern.

Er zog nun mit der Flinte aus, zuerst auf seinem eigenen, kleinen Besitz, dann — wer sah es? — im ganzen Gebirge. Er wußte nicht auf den genauen Tag, ob die Hochjagd schon eröffnet sei. Auch ein Patent besaß er nicht. Aber jetzt wäre er um nichts in der Welt ins Städtchen hinunter aufs Gemeindebureau gegangen, wo er verklagt war und wo man ihm ja binnen kurzem so scharf als möglich an den Kragen gehen wollte. Der Jägerei hätte er, sobald das entladene Rohr ihm zum erstenmal wieder so barbarisch köstlich in die Nase geraucht hatte, auch um den Preis seiner Seele nicht mehr widerstehen können. Sie riß ihn besinnungslos mit. Die Severina klagte bald genug: „Muß ich denn immer Wildbret braten? — Da haben wir nun überzählig viele Eier; Milch und Butter werden schlecht; das Obst fault, Meister, so..."

Aber Marx winkte einfach: „Still!"

Am Ersten des Monats kam ein Brieflein von der Mutter Agnes und ein Jagdpatent stak drin, gestempelt und gültig vom 3. Oktober an. Sie komme übermorgen, das sei am Tag nach seinem Verhör, zu ihm herauf. Er solle indessen doch ja recht gut aufpassen.

Aha, morgen war der zweite Weinmonat, wo er vorgeladen war. Marx hatte das fast vergessen. Aufpassen? Was hieß das? Hatte man ihn etwa jagen sehen? Er nahm sich vor, morgen nicht ins Verhör zu gehen. Es war ihm nun alles gleich, mochten die Herren beschließen, was sie wollten. Er würde ihnen ja doch keine einzige Frage beantworten. Zahlen würde er, was sie verlangten, die Luder, aber nicht eine Silbe gönnte er ihnen. Er stellte sich den bekannten kleinen Saal mit dem grünen Tischlein, dem Kruzifix und dem eisernen Tintenhafen darauf, den langen Bänken, den paar steifen Schultheißenbildern an der Wand und den noch steifern lebendigen darunter vor. Er hörte wieder die frechen Fragen, als sei er ein Schulbüblein und stände vor der Rute eines Schulmeisters; er fühlte wieder diese stechenden, engen Fragen bis in sein Geheimstes bohren, ärger als im Beichtstuhl. Nein, nein, nein, er geht nicht hinunter, komm's wie's wolle!

Aber am Prozeßtag ist ihm doch nicht recht geheuer. Jetzt klingelt das Ratsglöcklein, jetzt beten sie ein Vaterunser, jetzt liest der Weibel die Anklagen, jetzt schauen ihn alle an, jetzt müßte er reden! So denkt er und rechnet es hundertmal an der Uhr auf Kleinmäusli aus, was ihm in der gleichen Minute im Städtlein widerführe. Ganz scheu und heiß wird ihm. Er tritt keinen Schritt vors Berghäusel hinaus.

Wenn er nun auch noch wegen des Wilderns angeklagt ist! Da steht scharfes Zuchthaus darauf. O Himmel und Hölle! Sitzen hinter einem Gitter, vielleicht mit Ketten von Knöchel zu Knöchel, vielleicht in der Reihe mit andern streifhosigen, armen Sträflingen vor der Pistole des Aufsehers durchs Städtlein zum See marschieren und dort Kies graben, wie er dem als Bub so oft herzlos zugeschaut hat! Und rechts und links hundert Augen, deren Hohn und Schadenfreude ihn schier töten! O —

Er riß alle Knöpfe der Weste auf, so bang und käfigartig ward ihm. Aber der zweite Oktober ging vorüber wie alle andern Tage, mit ein bißchen mehr Herzklopfen freilich, aber weiter geschah nichts, und die Sonne kam und ging wieder wie an jedem andern gleich gütigen Tage. Marx schlief ausgezeichnet, zehn Stunden hintereinander, und erwachte auf der gleichen Seite und mit den gleichen überschlagenen Armen, wie er unter leisem Pfeifen eingeschlafen war.

Aber seltsamerweise wurde er an diesem dritten Oktobermorgen immer unruhiger, je mehr der Zeiger gegen den Mittag rückte. Immer wieder trat er vors Haus und sah wegab, ob die Schwiegermutter noch nirgends in Sicht käme. Er fürchtete sich vor ihrem klaren Antlitz. Würde er wohl ihr gerades, tapferes Auge aushalten? War er noch ein so edler, aufrechter, feiner Mensch, wie sie ihn im Brief dereinst gerühmt hatte?

Ja, er war's, bei Gott, ja! Aber sie würde es ihm nicht glauben. Und sie konnte es ihm nicht glauben, sie verstand ihn ja gewiß jetzt auch nicht mehr. Sie begriff nicht, daß er den Skio erdrosseln und wildern mußte und daß er unmöglich sich dem Gericht stellen konnte. Nein, sie mußte von ihm genau wie das übrige Pack denken. Nachts um die Häuser lungern und fremde, schöne Hunde abwürgen und dem Waisenamt einen Knecht abtrünnig machen und wildern und sich der Obrigkeit nicht stellen vor lauter bösem Gewissen, und überhaupt kein göttlich und kein menschlich Gebot mehr anerkennen, o das ist ein sauberer Schwiegersohn! Nein, so einer strammen, ordnungsvollen und gesatzlichen Frau mußte er ein Greuel ohnegleichen sein. Aber sie mochte ihn nun einmal gern. So kam sie denn, um ihn zu bekehren. Gewiß, sie wollte ihn mit dem Geist der Zerknirschung und Kniebeugung gegen das verfluchte Gesetz vollpredigen. Aber das verbittet er sich. O er ist besser als alles Gesetz und scheinheilige Gesetzesvolk! Er ist viel wahrer, viel freier, viel einfacher, viel natürlicher! Ja, er allein ist noch unverdorben. Alle andern da unten hat das Gesetz verdorben. Auch schon den unreifen Balzli, daß er ihm davonlief!

In solchen gereizten und hochmütigen Gedanken schultert er das Gewehr und entweicht aus dem Haus, um nur ja nicht mit der Mutter Agnes zusammenzutreffen. Es tut ihm weh, sie fliehen zu müssen, aber er kann nicht anders. Doch kaum ist er drei Schritte bergan, so steht er bolzgerade still, schaut in den Boden und kehrt hastig um. Er hängt die Flinte wieder an die Wand und geht nur mit dem Pickel das Geröll hinauf. Wer in die Stube kommt, soll sehen, daß er heut nicht wildert, daß er sich nur ein bißchen am Vagabundieren und Klettern im Fels erlustigen will.

Er klimmt schon hoch in den Ritzlibändern oben und beugt sich gerade über eine Fluhwand hinaus, um ein Hallojooho an die jenseitigen Felsen zu jauchzen, weil es hier immer ein prachtvolles, fünffaches Echo gibt, hallender als im größten Dom, da sieht er fast senkrecht unter sich drei blaue Röcke aus der Bachschlucht tauchen und langsam und vorsichtig gegen sein Haus heraufsteigen. Im ersten Augenblick fährt ihm alles Blut wie ein großes Wasser durch den Kopf. Polizei, — die Landjäger, — so weit ist es schon mit ihm! — Abfangen will man ihn und in Gewahrsam führen! — Ein unsagbares Grauen steigt in ihm auf und macht ihn schaudern. Herrgott, nehmen die das so wichtig? — Ein Hund, ein paar Hasen — was ist das? — Nein, nicht wegen dem ist's. Mich, mich wollen sie packen und unschädlich machen. Ich bin ihnen ein wildes Tier. Das muß hinter die Stäbe. Dann kann es nicht mehr beißen. Dann kann man es anschauen ohne Gefahr und, wenn man will, ihm auch noch die Zunge strecken. Pfui Teufel! Nie, nie bekommt ihr mich!

O Himmel, Gipfel, Vögel! Wie frei ist da oben alles! Und mich wollen sie herabzerren in einen Keller und binden, binden, binden! Eher stürz' ich mich ins Tobel hinunter!

Marx bückt sich hinter die Blöcke und äugt scharf hinunter. Die Kerle sind ins Haus gedrungen. Severina läuft ratlos ums Hüttlein. Einer sitzt ans Fenster. Jetzt, sieh da, riegeln sie die Flügel zu und ziehen die Vorhänge. Unschuldig und harmlos wird das Häusel. Kein Mensch soll merken, was da drinnen auf ihn lauert. Er kehrte abends ohne Arg' und müde heim, stellte den Pickel hinter die Türe, stolperte im Dunkel zur Stube. Da, im tiefsten Gangwinkel, packt's ihn am Hals, faßt ihn um die Knie, wirft ihn hintenüber, knebelt ihn, — und dann ins Wägelchen und zum Städtlein hinunter! Seht da, liebe Leute, das Ungeheuer! Ist nun unschädlich worden! Nur herzu! Es kratzt nicht mehr.

Er malt sich jetzt alles bis ins Übermaß aus. Der ganze Haß seines Lebens gegen die gemeine, satzliche Ordnung und Säuberlichkeit drängt sich in diese eine Minute. Sie hat ihn in die Schulbank gesteckt, viele Marterjahre lang, sie hat ihn mit Polizeibußen überladen für jeden frischen Jauchzer und jede ehrliche Prügelei nach Mitternacht, alle seine Schritte hat sie schon damals belauert und ihn geärgert, wo sie nur konnte. Und auch seinen Vater hat sie elend gemacht und hat so unmanierlich alle Habe vor seinen Augen verschandelt, den Stier genommen und sein schönes Mädchen weit weg ins Kloster versteckt und ihnen noch den Hochzeitstag mit Gift und Galle verschmieren wollen. Was ein Wolkenbruch und ein Wildbach verschuldet hat, das haben sie ihm angekreidet. Steine haben sie ihm nachgeworfen, als er endlich aus dem Vaterland floh, und da er in einem Anfall von Heimweh oder weiß Gott was ihren Armen und Kranken und elenden Göflein*) sein Vermögen verschrieb, da sind sie erst recht lästerlich zornig geworden. Die Kälber sind ihnen lieber als die Menschen. Nein, es bleibt euch zum Trotz so bestehen: alles Geld dem Spital und dem Armenhaus und den Ferienkindlein. Und keinen Rappen an euere tugendhafte Hablichkeit! — Und weiter, weiter, sie wollten ihn nicht mehr in die Heimat lassen und haben ihm das Knechtlein genommen, als ob es räudig würde bei ihm. Und nun soll er vor ihr Gericht. Auf ihre glatten Lügen soll er glatte Auswege suchen! Nie! Ich anerkenne euch nicht als Richter, ich sitze nie mehr auf euer Sündenbänk-

*) Kinder.

lein. Der Berg ist mein Stuhl, da verantwort' ich mich, und Wind und Sonne sind meine Zeugen, und der Herrgott ist mein Richter, und mehr brauch' ich nicht.

Es singt und summt durch seine Schläfen, sein Haar trieft, seine Augen brennen, er hat Durst und Hunger. Denn gestern und heut hat er nie recht mit Appetit essen können.

Ist es Schwäche, daß ihm die Tiefe immer nebliger vorkommt? Steigen da nicht eine Frau und ein Mann gegen Kleinmäusli herauf? Etwa Frau Agnes und Gerold? An der Zeit wär's wohl. Aber da hüpfen ihm Flocken von Licht und Schatten wirr übers Gesicht. Es ist alles Trug. In die Höhe, in die Höhe, bevor man mich sieht!

Stundenlang irrt Marx ziellos oben im Gebirge herum. Irgendwo schellt es wunderfein. Hoi ssä ssä ssä! lockt er, und da springt mit ein paar Sätzen ein verlaufenes Geißlein zu ihm. Es schleckt ihm den Schweiß von den Händen. Er schellt am Glöcklein und das freut die muntere, trauliche Geiß. Sie folgt ihm jetzt erst recht gern. Ein Weilchen läßt er sie mitgehen, dann droht er ihr, erschreckt sie, wirft ihr Steine an, umsonst, immer wieder folgt das Tier mit seinen klugen, leuchtenden Ziegenaugen. Es ist ein feines, vor Zierlichkeit über den ganzen, seidenhaarigen Leib zitterndes Weibchen. Du verirrst dich, schimpft Marx, und ich werde dich doch nicht heimbringen können! Husch, fort, husch! Endlich fängt er an vor ihr zu fliehen. Er rennt wie eine Gemse über faulen Stein und dürre Alpenrosenbüsche auf und ab. Oft glaubt er entronnen zu sein, da klingelt es plötzlich wieder spöttisch nahe, und die lustige Geiß steht irgendwo unter ihm und klettert hinauf, oder sie blickt von einer kleinen Zinne herab und rutscht mit viel Getrümmer und Staub zu ihm nieder. Das ist für sie und für Marx gefährlich. Aber sie liebt ihn. Er ist allein, sie ist allein, da passen sie zusammen, was weiß sie mehr?

Endlich packt er das Geißlein und schmeißt es kräftig in einen tiefen, dicken Busch von krüppeligem Nadelholz. Schwer ins Gezweig hinein verspinnt er das liebe Herlein. Da wird es Arbeit haben loszukommen. Dann fliegt er weiter. Der Wind bläst auf einmal wie mit Posaunen. Aha, Marx ist um die Nordkante gebogen und findet sich unversehens auf einem scherbigen Band, halb Stein, halb Rasen. Tief unten ein grünes Zipfelchen vom See, hoch oben ein schwarzes Haupt aus dem webenden, seidendünnen Nebeldunst. Wo bin ich? Eine sonderbare, undeutliche Erinnerung zuckt durch seinen Sinn: Florin — Edelweiß — ein nebliggrauer Nachmittag wie heute! — War's gestern? War's vor hundert Jahren? Oder ist es der graue Fetzen einer Sage?

Marx wirft sich nieder. Himmel und Erde tanzen um ihn. Da schimmert etwas Bläuliches aus dem grauen Boden. O sieh, Brombeeren, Brombeeren! Mit dem weichen, mattblauen Duft der Überreife hängen sie ihre schweren Köpfe fast zu Boden. Marx rührt keinen Finger. Er liegt auf dem Bauch und reckt den Hals und saugt die Süßigkeiten mit seinen trockenbraunen Lippen vom Stengel. Eine Beere nach der andern! Wie das kühlt! Und süß ist! Hat es noch mehr? Da und da! Wie ein Kind, nein, wie ein vierbeiniges, lustiges Wesen rutscht er herum und saugt und schleckt. Alles hat er für diesen Augenblick vergessen.

Bald ist das Plätzchen ausgeplündert. Marx steht auf. Was? Schellt es da nicht schon wieder? Zum Teufel, diese verrückte Geiß! Wenn sie sein Elend wüßte, sie würde es wohl machen wie die Menschen und zu seinen Feinden überlaufen. Aber nein, die Tiere sind besser. Zeitlebens konnte er mit ihnen machen, was er nur wollte. Sie fügten sich geduldig. Diese Ziege scheint ein besonders artiges und liebes Tier zu sein. Alle sind von ihm gegangen, auch der Skio, auch der Balzli, aber diese Geiß will durchaus bei ihm ausharren, läuft ihm überall nach, ist gar nicht wegzutreiben. — Da schellt es schon näher. Aber es ist nicht recht, das liebe Tier soll nicht in sein Unglück geraten. Er rafft sich auf, rennt vorwärts, das Schuttband wird wilder und zerklüfteter und so schmal, daß er kaum mehr Stand findet. Der See unten ist noch grüner, das Haupt oben noch schwärzer. Der Nebel wallt immer dichter auf und ab. Auf einmal tut Marx einen hellen Schrei. Unter ihm, am Rand einer faulen Schieferdachung, zu alleräußerst, leuchten zwei riesengroße, schneeweiße Edelweiß mit wunderbaren Silbersternen über den nebligen Abgrund ins Leere hinaus. Verzaubert ist, wer sie sieht. Hei, wenn der arme Florin und — weiß Gott, wo's ihn herumtreibt — der umständliche Walter das Blumenmärchen da unten sähen, wie damals, an solchem Fleck und Überhang, sie täten wieder wie Narren, griffen plump aus und stürzten natürlich wieder. Das ist nichts für sie. Solche Blumen voll Leben und Tod sind allein für ihn gewachsen. Auf ihn haben sie gewartet.

Die muß er beide haben. Jetzt gibt es nichts mehr auf Erden als diese Edelweiß. Er rutscht auf dem Bauch hinaus, langsam, schlangenweich, mag es über ihm bimmeln und meckern, soviel es will. Er hört nichts, er ist wie gebannt. Er fühlt die Gefahr, aber es ist eine schöne, eine göttliche Gefahr, tausendmal wonniger als alle Sicherheit.

In diesem Augenblick kracht es zu Häupten, eine Wolke von Sand und Steinen fegt herunter, dazwischen mit zappelnden Füßen das schimmernde Geißlein. Es hat seinen Freund gesehen, hat probiert, zu ihm herunter zu kommen und ist mit dem Geschiebsel und Geriesel niedergeglitten. Marx biegt zur Seite, will das Tier im Niedersausen fassen, fehlt und das arme Geschöpf schießt weiter, zwei Klafter tiefer auf jenes faule Absätzchen mit den zwei Wunderblumen. Nur mit drei Beinen hat es Platz, so schmal ist das Gesimse. Das vierte zierliche Füßchen schlottert über der Tiefe. Ach, wie das arme Geschöpf schnaubt und zappelt vor Todesangst und in der Verzweiflung immer mehr Boden abbröckelt! Man kann nicht auf zehn zählen, es wird vorher in den Nebel hinunterstürzen. Es meckert nicht mehr, es schreit wie ein Weiblein. Bei Gott, es schreit genau, wie Agnes auf dem Grätchen in ihrem Schwindel schrie. Hilf, Marx, hilf! Und genau so kläglich schickt es seine grauen, mit kleinen Wölklein betupften Augen zu ihm empor. Und so eine Farbe hat sein seidig Haar und so dünn und so zierlich ist's, man könnte glauben, Agneschen lebte und schrie in ihm.

Das Geißlein retten, das Geißlein retten, sagt er sich. Denkt er an Florin, an sein totes Frauelein oder nur an dieses hübsche, flehende Tier, einerlei, er beugt sich über den Rand seines Trümmerbandes hinaus, hängt schon halben Leibes herunter und reckt die langen Arme. Und das Geißlein versteht ihn und hebt sich auf die Hinterfüße und krabbelt mit den vordern zu ihm auf. Fast kann er das Horn fassen. Er reckt und streckt und dehnt sich fast unmöglich. Noch einen Zoll, nur einen Zoll! Er fühlt, dann ist's gewonnen. Eins — —

zwei — — drei — — da spürt er plötzlich, daß er nicht mehr zurück kann, daß er schon mehr als halb in der Luft hängt, daß er jetzt auch hinunter muß. In Gottes Namen! Noch ein Ruck, — jetzt — jetzt hat er das Horn und — hrrrobomkrakrakra — bricht das Gesimse zusammen. Luft, graues Gepolter, Püffe, Schläge, Schüsse über ihm wie Hagel, aber wie von weitem, er spürt es kaum, es tut nicht weh, dunkel wird's, wie eine Decke über dem Kopf und irgendwo noch ein fernes Geklingel, — dann tiefe, stumme Ruhe. —

— — — — — — — — — — — —

Kaum werden sie ihn so spät im Jahr hier oben noch finden. Vielleicht ein Jäger oder ein später Botaniker. Der wird die Sennen aus der nahen Fellalp heraufholen und einer von den älteren Jahrgängen wird langsam hinterm Ohr kratzen und in bedächtiger Älplerweise sagen, daß dies eine berüchtigte Stelle sei, und daß er vor zehn Jahren am ganz gleichen Fleck des Ochsenwirtes Florin hier auf die Bahre gelesen habe. — Frau Agnes Ständel aber wird die Leiche ins Städtli nehmen und schön und hoch auf ihrem Himmelbett aufbahren, und sie wird die Armenhäusler und die Spitäler und Waisenkinder extra zum Kirchgang laden. Und der alte Pfarrer Ignaz Rohrer wird ein mildes und frommes Sprüchlein beten und sanft die erste Schaufel Erde auf den Sarg schütten. Und hernach wird die stramme Mutter Agnes diesen Waislein und Krüpplein und Armenhäuslern unter den Leidleuten durch Stube und Kammer und Küche die langen Tische decken und eine dicke Erbsensuppe und Schinken und Sauerkraut auftragen lassen und selber von Teller zu Teller vollschöpfen und jedem streng zusprechen: „Vergiß mir den Marx selig nicht! Er hat dir

Jahr für Jahr einen solchen appetitlichen Tag und sonst noch mehr Gutes gestiftet als Götti und Gotte*) zusammen."

Aber es ist wahrscheinlich, daß niemand vor dem nächsten Frühjahr in den Felsschutt da hinauf kommt. Die Landjäger werden umsonst auf Kleinmäusli hinter verhangenen Fenstern hocken und warten und sich den Kopf zerbrechen, weil nun doch ein richtiges Jagdpatent auf dem Tisch liegt. Und die tapfere Mutter Agnes wird sich steif und breit neben die Polizei hinsetzen und hundertmal sagen: Ihr Tölpel bekommt ihn doch nicht, er ist euch viel zu groß! — Und die Philister auf dem Sofa schließen von allen sechs Knöpfen zum mindesten fünf an ihrem Schlafrock weise zu und falten den Tagesanzeiger ordentlich zusammen und bemerken langsam: „Schon wieder einer, der die Berge nicht kennt, sonderheitlich den Pilatus nicht, so ein Luftibus und Lebensvergeuder." Und sie knöpfen auch noch den obersten und sechsten Knopf am dicken Hals zu und beendigen, weil es so am bequemsten klingt, in ihrem alten, lieben Philisterlatein: „Habeat sibi!"

Und hoch in einer großen nordischen Stadt wird Lucian Brunner in einem schönen Satze und mit einer aufrichtigen Trauer rügen: „So mußte es kommen. Er hat Dutzende, nur sich selbst nicht retten können. Er hatte weder Maß noch Zucht, der Arme. Sei ihm denn die Erde leicht im Tode, nachdem sie ihm viel zu schwer im Leben war. Laßt uns nun um so tüchtiger wirken!" —

Aber der andere lange, bleiche Student wird dem Toten

---

*) Pate und Patin, die in katholischen Bergländern gleich nach Vater und Mutter kommen, bei Begräbnis ihres Patenkindes sogar vorausgehen.

seinen schönsten Blick der Bewunderung aus den großen Augen in die Ewigkeit nachschicken und zu seinem dienstbaren Füchslein und Schreiberlein Auguste mitten im Diktat sagen: „Wie schade um diesen Pilat! Wo find' ich je wieder so einen Führer? He, Fuchs, hol' mir die Pfeife dort mit dem spaßigen Jammerkopf herunter! Die ist von ihm. Selbst hat er sie geschnitzelt und mir in einem Heldenstündlein geopfert. Nun bring' ich ihm gern ein Rauchopfer dar. Da, stopf' sie mal rasch! — In ein paar Zügen hat er so einen Kopf verraucht. Und so hat er die Berge und das Leben in ein paar Zügen verraucht. — Zum Teufel, da komm' ich ins Predigen wie mein heiliger Bruder Lux. — He, Feuer! — Wird's bald? — Kurzum, er war in allem ein großartiger Kerl und mir mächtig lieb. —

Was glotzest mich so an, Narr? Schreib' lieber weiter: ‚Die Kohlenhydrate der zweiten Gruppe ...'"

Und das dienstbare Füchslein schreibt gehorsam seinem Burschen den Sudel ins Reinheft und ist froh, wenn es ohne Ohrfeigen abgeht.

— — — — — — — — — — — —

Aber droben am Pilatus wird der Winter früh über die stillen Leichen kommen, die des Marx und die des Geißleins. Zuerst wird der November die beiden zudecken und dann kommt der Dezembersturm und orgelt ihnen am Christabend sein Weihnachtslied vor. — Aber dann wird es wieder Lenz, das Eis schmilzt und vielleicht inzwischen auch manche harte Menschenrinde unten im Tal. Und an einem schönen Junitag werden junge Hirten mit ihren neugierigen Geißen durch die Alpenrosen hinauf bis in diese Schneemulde klettern, um mitten in der Sommerhitze hier oben ein bißchen Winter zu feiern. Und da finden sie Marx noch frisch im tauenden Schnee, den Pickel in der einen und das Geißlein am Horn in der andern Hand, alles hübsch nebeneinander gebettet, Mensch und Tier und Fels und Schnee. Und weil diese Buben noch so frisch und jung sind und darum vor dem Tod noch einen heiligen Respekt haben, so ziehen sie vor dem schönen, langen, stillen Mann und seinem zierlichen Tier ihre Filzhüte ab und sagen fromm: „Herr, gib ihnen die ewige Ruhe!"